Frank Schulz, Jahrgang 1957, lebt als freier Schriftsteller in Hamburg. Für seine Romane wurde er vielfach ausgezeichnet, u.a. mit dem Hubert-Fichte-Preis (2004), dem Irmgard-Heilmann-Preis (2006) und dem Kasseler Literaturpreis für grotesken Humor (2015). 2012 erschien *Onno Viets und der Irre vom Kiez*, 2015 *Onno Viets und das Schiff der baumelnden Seelen*.

«Frank Schulz erzählt über seine Hauptfigur mit einer Sprachkunst und Wortgewalt, die in der gegenwärtigen Literatur ihresgleichen suchen.» (Deutschlandradio Kultur)

«Im ersten Moment denkt man: Warum soll ich diesem Zausel 350 Seiten lang folgen? Und im zweiten Moment hat man sich zum dritten Mal in Onno Viets verliebt.» (taz)

«Die Bücher von Frank Schulz, und speziell dieses, haben eine seltene und in dieser Form tatsächlich einzigartige Qualität: Sie verbinden das Leichte und Vergnügliche eines Unterhaltungsromans mit jener Art von Befriedigung, wie sie nur Literatur im anspruchsvollen Sinn des Worts spendet.» (Süddeutsche Zeitung)

«Ohne Frage der Höhepunkt der Onno-Viets-Reihe.» (Deutschlandfunk)

«Frank Schulz ist ein Autor, der in jeder Normalität das Sensationelle entdecken und selbst dem Jägerlatein poetische Qualitäten abgewinnen kann. Sein neuer Fall für Onno Viets, den wohl gutmütigsten und phlegmatischsten Detektiv der Weltliteratur, wird zu einer Exkursion durch das dichte Unterholz menschlicher Schicksale und das Gestrüpp der deutschen Geschichte.» (Richard Kämmerlings, persönliche Empfehlung der SWR-Bestenliste)

Frank Schulz

Onno Viets
und der weiße Hirsch

Roman

Rowohlt Taschenbuch Verlag

Veröffentlicht im Rowohlt Taschenbuch Verlag,
Reinbek bei Hamburg, April 2018
Copyright © 2016 by Verlag Kiepenheuer & Witsch
GmbH & Co. KG, Köln
Umschlaggestaltung any.way, Hamburg,
nach dem Original von Galiani Berlin
(Gestaltung Lisa Neuhalfen und Manja Hellpap)
Umschlagabbildung Stephan Storp
Satz Adobe Garamond PostScript, InDesign,
bei Pinkuin Satz und Datentechnik, Berlin
Druck und Bindung CPI books GmbH, Leck, Germany
ISBN 978 3 499 29118 0

Inhalt

Prolog
Januar 2009
9

Teil eins
Mai 2005
13

Teil zwei
April, Mai 2008
53

Teil drei
Juni 2008
111

Teil vier
Juni, Juli, August 2008
171

Teil fünf
August, September 2008
269

Epilog eins
Januar 2009 ff.
329

Epilog zwei
Mai 2015
353

Glossar
Plattdeutsch / Missingsch
375

Dank und Anmerkungen
379

Meinen geliebten Eltern gewidmet

Prolog
Januar 2009

Es ist am Nordrain des Mondwaldes, wo Onno nach monatelanger zielloser Suche endlich innehält; endlich ... und plötzlich. Vom Ruck an der Leine fiept Diana, und Onnos Haut im klammen Fäustling flammt auf. Unterm Stiefel zerbirst ein Spiegel aus Eis. Sieben Jahre Unglück. Durchs Krachen aufgestört, erhebt sich, fuchtelnd und fluchend, ein Rabe ins Abendgrau überm hartgefror'nen Moor.

Da. Zwischen Hohlweg und Waldrand, unter dem ausgreifenden Rankengewirr eines Brombeerbuschs, tut sich tatsächlich eine Grube auf. Überrest eines Entwässerungsgrabens, von der Einebnung ausgespart. Eben wegen des widerspenstigen Gestrüpps, vermutlich.

Gut und gern achthundert Meter vom Hochsitz entfernt, hatte Onno diese Vertiefung nicht auf der Rechnung gehabt. Im Spätsommer nicht und auch nicht im Herbst, und im übrigen ist sie selbst jetzt, trotz des Kahlschlags durch Gevatter Winter, nicht sofort als solche erkennbar. Der fahle Bewuchs, die weichen Konturen ... damit das Auge die Tiefe ausloten kann, hat es offenbar einen Kontrast gebraucht. Einen Kontrast durch einen Gegenstand. Einen eigentümlichen Gegenstand; für einen – sehnenlosen – Flitzebogen etwa viel zu kurz und am einen Ende zu stark eingedreht. Zudem knochenbleich. Eine ... Rippe?

Die Luft riecht nach nichts. Beinah klinisch riecht sie, so kalt ist sie. «Sitz», sagt Onno. «Sitz, Diana.» Der Dampf ihrer Atmung: zwei fröstelnde Lebensgeister; fröstelnd, verhuscht, doch quicklebendig ... heroisch auf rührende Weise. «Brav. So ist brav, nech?»

Dianas Schlappohren vibrieren, allerdings keineswegs vor Kälte. Bis in die Spitze der Rute gespannt verfolgt sie, wie Onno unters Gestrüpp in die Kuhle kriecht. Er keucht dabei. In Abständen ächzt er, und als der Strauch einen Widerhaken in seine Kopfhaut zieht, seufzt er scharf auf – schimpfen aber tut er nicht.

Onno Viets. Ähnlich zäh wie das Dornendickicht.

Ein paar Tage später verfluche ich ihn. Ich, Dr. jur. Christopher Dannewitz, ihn, meinen Mandanten und Gelegenheitsdetektiv, vor allem aber Sports- und Busenfreund seit Jahrzehnten. Verfluche ihn bis in die Steinzeit und zurück ... plus sieben Jahre in die Zukunft.

Teil eins
Mai 2005

… das gute, fromme, ebene Land …
Ludwig Tieck, «Der Runenberg»

Den Tag, an dem ihr Vater seinen siebzigsten Geburtstag beging, verklärte Edda später gern. Vielleicht, weil die Feier so schön und lustig verlaufen war – jedenfalls überhöhte sie den Tag später zu einem, an dem die Welt noch in Ordnung gewesen sei.

Sicher: Noch ungeschehen war die folgenschwere Gründung der ‹Detectei Viets› im April 2007 (zu schweigen von Onnos sonderbarer, einsamer, irreführender Kreuzfahrt mit dem gräßlichen Ende im Oktober 2013). Es war Eddas geliebte Großmutter noch am Leben … Knut Wiesmanns Gebiß noch nicht entweiht … noch kein nächtlicher Schußwechsel im Revier vorgefallen und überhaupt der Mondwald noch kein Ort des okkulten Schreckens, der Eddas Vater und seine Jagdfreunde bedrohte. Und die Schicksale von Onno, Edda und meiner Person waren noch nicht derart miteinander verwickelt, wie sie es am Ende dieser Moritat sein würden. Doch gärte all das bereits im Sumpf der Zukunft.

Allemal war es der süßeste Maitag gewesen, den man sich nur wünschen konnte. Halb Finkloch war eingeladen und die Stimmung überwiegend leichtherzig; war das Dörfchen für Weltanschauungen im besonderen zu klein, so der Garten der Baenschs im allgemeinen groß genug, und was die Generationen anging, so begegneten sie sich im Geiste dessen, was doch möglichst ihre Ursache sein sollte: Liebe.

Die Anfahrt von Hamburgs Stadtgrenze dauerte, Stau oder nicht, stets achtundachtzig Minuten. Bildlich gesprochen. Die liegende Acht ist bekanntlich das mathematische Zeichen für unendlich, und wahrlich, wenn etwas an Endlosigkeit gemahnte, dann die Fahrt von Hamburg nach Finkloch. Die Dreiviertelstunde Autobahn war halbwegs erträglich, aber die über Land zog sich. Ausschließlich Tempo siebzig war erlaubt, sei's wegen etlicher Straßendörfer, sei's wegen all der Kehren und Windungen in den Wäldern, wo überdies alle naslang vor starkem Wildwechsel gewarnt wurde.

Irgendwann aber tauchte es doch auf, jenes paradiesische Fleckchen. Kaum jemand kannte es ... außer seinen dreihundertelf Ureinwohnern, einer zugegebenermaßen wachsenden Anzahl Rad- und anderer Wanderer sowie den Patientinnen einer gewissen Bayerin. Und die nannten Finkloch nicht Finkloch, sondern Funkloch.

Wie Bongotrommelwirbel klang's, als Onnos und Eddas Ford Ka übers blütenbestreute Kopfsteinpflaster der Kastanienallee auf den reetgedeckten, denkmalgeschützten Fachwerkbau des Kühl- und Feuerwehrhauses zurollte. Sodann umkurvten sie den Löschteich. Hinter den Vorhängen der fünf Moneeschen Trauerweiden lud je eine Bank aus roh behauenem Birkenholz ein, vom Boßeln oder Nordic Walking auszuruhen. Und zu unken, was sich wohl unter dem hochflorigen Teppich aus Entengrütze verbarg. Oder mobil zu telefonieren: Hier am Ortsrand war die Wahrscheinlichkeit von Netzempfang noch am höchsten.

Vom dortigen Dorfplatz schließlich zweigten die Wege ab wie die Zinken einer Mistgabel, bis die anliegenden

Siedlungen aus Rotklinkerhäuschen und (in der Mehrzahl umgebauten) Bauernhöfen an die Grenzen stießen: Felder (einst vorwiegend Korn und Rüben, heut vorwiegend Raps und Mais), Forst (Nadel-, Laub- und Mischwald), ein bißchen Heide, ein See sowie das trockengelegte Moor.

Um zu den Baenschs zu gelangen, hatte man jahrzehntelang den linken Zinken wählen müssen, der am Forsthaus nebst Lärchenhain endete. Die Ära war vorbei. Und es war wohl kein Zufall, daß Edda ausgerechnet in dem Moment, da Onno den rechten Abzweig einschlug, die Frage stellte, die er seit Tagen erwartet hatte: «Meinst du, Nelkenheini taucht auf?»

«Weiß man nicht, nech?» sagte Onno. «Weiß man nicht. Aber ich glaub das nicht.»

Wie lieb er damals noch zu ihr gewesen war, dachte Edda später unter unsäglichen Leib- und Seelenschmerzen, wenn sie sich jenes Tages als desjenigen Tages erinnerte, an dem die Welt noch in Ordnung gewesen zu sein schien; wie lieb, wie alltäglich unbeschwert mit seinen fünfzig Lenzen, und wie *unschuldig* ...

Nicht, daß der Ford Ka ihre barocke Figur allzu sehr beengte ... nichtsdestoweniger enervierte Edda die Fahrt oft. Sobald jedoch der Jägerzaun entlang der Längsfront des Baensch'schen Hauses in Sicht kam, wurde Edda Viets, geb. Baensch, wieder von jener Freude und Geborgenheit durchströmt, welche die Zugehörigkeit zu einer liebevollen Familie zu schenken vermag. Als sie den Schlag des Kleinwagens zuwarf, erkannte sie am Ende der Straße – die dort in eine mit Verbundstein gepflasterte Buckelpiste überging (und letztlich in verschiedenen Etappen durch die Feldmark weiter zum Mondwald und in die Heide, ins Moor und an den See führte) – zwei Rehe.

«Guck mal», sagte sie, «guck dir das an.»

«So dicht», sagte Onno, «so dicht am Dorf.»

Nach ein paar staunenden Augenblicken lenkten die Eheleute ihre Schritte in die Zufahrt. Edda öffnete das Türchen im niedrigen Tor, und jaulend kam die zuverlässigste Glücksbotin des Hauses auf sie zugerast, springteufelte auf sie ein und machte Anstalten, sie zu küssen. Mit Zunge. Die nach Karnickelaas roch. «Ja meine Süüüße!» winselte Edda. «Ja was *machst* du denn! Ja wo *bist* du denn! Ja, ja, ja, ja, *ja!!* Jaaaa, du bist brav ... ganz Brave bist du ... jaaaaa ... so. Aus. Aus, Diana! Nu is gut. Ja, nu is gut.»

«Tochter!» tönte es darein, von links, vom Gartenhäuschen her. «Größte Tochter aller Zeiten! Was machst du denn! Wo *bleibst* du denn!»

«*Henry!*» schimpfte es postwendend aus der entgegengesetzten Ecke. Eddas Mutter, noch unsichtbar hinterm Haus. «Mach doch nicht schon wieder so 'nen Wind!» Und unweigerlich folgte jener Ausdruck von Gegenwind, der typisch für sie war: «*Horr...!*» Der Anklang, als verschlucke sie die zweite Silbe des Wortes Horror, täuschte aber. In Wahrheit war es eine Äußerung von Zuneigung, tief und bombenfest verwurzelt. Bloß, daß sie die aufgelaufenen Kosten der baldigen goldenen Hochzeit mitreflektierte. Ein Trugschluß, Liebe nähre sich ausschließlich von Eierkuchen.

«Ja, wir *warten* doch schon alle! Komm her, Größte, Liebste ...!» Und mit ausgebreiteten Armen eilte Eddas Vater herbei und koste und herzte sie – ein wenig so, als sei sie nicht grad achtundvierzig geworden, sondern vierzehn. Und als sei sie das Geburtstagskind.

Einen Meter achtzig groß, repräsentierte Henry Baensch den einsamen hageren Zweig der Familie. Eine beneidenswerte Frisur aus hunderttausend Silberfäden krönte das

Haupt, ein Schicksalskeil spaltete die dreifach gefurchte Stirn über der Nasenwurzel, und unter den schwarzen Brauen trauerten kastanienbraune Augen, in dunkleren Höhlen als ehedem, doch seelenvoll wie je. Ein Amtsförster a. D. wie aus dem ZDF ... wäre da nicht jene Trübung des Nimbus. Die allerdings nur Vertraute bemerkten.

«Wieso», sagte Edda, «wir haben doch extra noch mal angerufen, daß wir's erst zu halb zwölf schaff nnnnn!» In der Stimmhaftigkeit des Schlußkonsonanten verströmte sie gern ihre Emotionalität. Die Tonhöhe hielt dabei eine vage rhapsodische Spannung.

«Jaja!» meinte ihr Vater.

«Ja!»

«Ja, aber ist doch schon zwanzig vor! Ist das ‹halb›? Wohl kaum, Komma!»

«Papa!! – *Horr...*» Ging es um Familienangelegenheiten, stimmte Edda oft in den Tonfall ihrer Mutter ein.

Um sich weiterer Kritik seiner ältesten Tochter zu entziehen, klagte Henry ihre Gratulation ein ... dabei hatte sie ihm schon am Telefon gratuliert. Ihren anschließenden Neuansatz zur Nörgelei vereitelte er, indem er seinen Schwiegersohn empfing; immer noch mit Überschwang, doch maskulin angepaßt.

Während Onno ihn auf die Straße lotste, um ihm die beiden Rehe zu zeigen – sie waren allerdings mittlerweile verschwunden –, begrüßte Edda Knut Wiesmann, den greisen Freund des Hauses. Vierzehn Jahre lang hatte er Henry als Forstwirt gedient (gemeinsam mit einem weiteren namens Klaus-Dieter Heinrich), und auch im Ruhestand noch weitere zehn Jahre. Mittelgroß war er und drahtig, und die Bräunung der Schädeldecke glänzte durch die Schäfchenwolke seines Schopfs. Heller als sein Haar noch strahlte das

Gebiß, das eine Nummer zu groß schien. Ständig machte er Geräusche damit. Damit, und überhaupt. «Mensch, Edda mm-nn-rrrrrr Edda, Edda ... Mensch, ich bin vielleicht nervös, du! ... Ft, ft.»

«Jetzt schon, Knut?»

Er war es, der am Abend die Hauptrede hielt.

«Ja! Nn. Ja! Wt, ft. Mensch, Mensch.» Es war, als grinste er unentwegt – doch war es zumeist Konzentration ... oder auch Selbstvergessenheit. Ab und zu hackte er ein-, zweimal mit dem Gebiß, als feuerte er sich an oder weckte sich auf. In der Linken hielt er eine Schweißerbrille. Irgendwas hatten die beiden zu schweißen da im Gartenhäuschen.

Giebel vis-à-vis Giebel, wirkte es auf den ersten Blick wie eine Miniatur des Wohnhauses. Doch war es eingeschossig und nicht aus rotem Backstein, sondern aus Fichtenholz, mit inzwischen verbotenem Karbolineum imprägniert, und das geschindelte Satteldach flacher. Die straßenseitige Fassade ein Puzzle aus zahllosen Querschnitten von Holzscheiten. Gegenüber auf einem Gaskocher ein voluminöser emaillierter Topf zum Abkochen von Rehbockschädeln. Daneben stöhnte ein Komposthaufen.

Die andere Seite öffnete sich dem sonnendurchleuchteten Garten mit meisterhafter Klempnerei (halbrunde Dachrinne mit Rinnenhalter und Fallrohr aus Titanzink), malerischem Fensterkreuz nebst zwei Kästen voller Tagetes in den herzerwärmendsten Rot- und Gelbtönen sowie möblierter Terrasse. Außen grenzten Feldsteine das dichte Rasengras von den mäandernden Säumen der Pflanzenbeete ab, innen Kantsteine von der rechtwinkligen Zufahrt in den engen Hof. Den Angelpunkt markierte die alte Eiche, deren Stamm von einer sechsgliedrigen Sitzbank umzingelt wurde.

Dieser Garten war Betty Baenschs Leidenschaft. Eine

dankbare Leidenschaft. Buchfinken besichtigten das luxuriöse, strohbedachte Vogelhaus, das auf dem abgesägten Birkenstamm thronte, der hoch über einem gelben Trollwäldchen aus Kriechspindel emporragte. Auf einem krummen Stuhl aus Ästen derselben Birke stand ein Topf Fuchsien mit baumelnden roten Kelchen. Hornveilchen strahlten zu ihnen auf, als lebten sie von ihren Seelenpollen. Zart sprossen Waldphlox und Vergißmeinnicht, und eine rare Biene taumelte volltrunken aus dem Etagenschneeball in die Hortensien, von den weißen und lilafarbenen Akeleien in den Azaleenbusch, vom Steinkraut in die Fleißigen Lieschen.

Unbefangen duschte Amselweib- mit -männchen auf dem kleinen Fels unterm kleinen Wasserfall am kleinen Teich – obwohl unmittelbar daneben, unter der Pergola an der Jägerstube, geprünt wurde. «Was prünt ihr denn da», schmetterte Edda voraus, und die Selbstverständlichkeit, mit der ihr dieses hübsche niederdeutsche Wörtchen für Nähen einfiel, hob ihre Stimmung. (So sehr, daß sie Tage später, zurück in Hamburg, beim Gedanken daran fast zu weinen beginnen sollte. Zu ihrer eigenen Überraschung. Aus spontaner Sehnsucht nach der Sprache ihrer Kindheit entschied sie, zwei Karten à fünfzehn Euro fürs Ohnsorg Theater zu besorgen. Eine Summe, von der sie und Onno gewöhnlich drei Tage zu existieren vermochten.)

Betty Baensch aber, die den Puffärmel einer Folklorebluse reparierte, sagte: «Er macht schon wieder einen Wind den ganzen Vormittag», sagte sie, «das glaubst du nicht. Und seit 'ner halben Stunde alle fünf Minuten: ‹Wo bleiben sie denn, wo bleiben sie denn› …»

«Aber wir haben doch extra noch angerufen, daß wir –»

«Direkt danach ist die Standuhr stehengeblieben. Und das, nachdem ihm schon beim Brötchenholen zwei schwarze Katzen übern Weg gelaufen sind; und heut nacht hat er von einem Korb voll Kirschen geträumt.»

«Gott», sagte Edda. Henrys Aberglaube war legendär.

Ein Blaumeisenpaar flatterte vom Blauregen hinüber in die Hemlock-Tanne und von der Hemlock-Tanne herüber in die Mädchenkiefer.

«Ach Mama», seufzte Edda, am Terrassentisch angekommen. «Erst mal hallo!» Gurrend umarmten sie sich, und auch Schwester und Schwager begrüßten sie; Rosemarie außer mit Freude in geübter Sorge, Peter außer mit Freude zugleich in jener Miesepetrigkeit, die weder Frau noch Tochter oder Söhnen mehr auffiel – vielleicht nur ihm selbst.

Nach dem üblichen schwiegerlichen Geplänkel überließ Onno Henry dessen ehemaligem Forstwirt. Im Gartenhäuschen – von innen eine passable Allzweckwerkstatt – schweißten sie an einem ausladenden Grill.

Als Onno von jener Gartenterrasse über den Rasen zu derjenigen unter der Pergola hinüberstapfte, dachte er etwas wie: *Die drei Grazien muß man gesehen haben* ... Bronzelockig, blauäugig und strotzend vor Stabilität eine wie die andere, unterschieden sie sich in ihrer Art der Ausstrahlung denn doch. Müßig zu erwähnen, daß die eine Jahre älter war und wirkte als die beiden andern. Zwar verströmte sie unerschütterliche mütterliche Autorität, unterfüttert jedoch von der Bereitschaft, jederzeit nachzugeben – ihren Kindern jedenfalls, jedenfalls seit sie erwachsen waren. Leid hatte sie das gelehrt. Das Leid mit Nelkenheini.

Momentan war ihr augenfälligstes Merkmal allerdings die Signalfarbe der Nase. «... und dann», näselte sie, «bin ich trotz meinem Schnöf extra zu ihr rübergelaufen ...» Die Rede war von *ihrer* Mutter.

«Warum das denn?» fragte Edda. «Warum hast du sie nicht angerufen?» Ihr Lächeln schien fast wund vor vielgestalter Sinnlichkeit. Hübsche Zähnchen rahmte es, Zähne so weiß wie ihre Haut. Hauchblau wie ein Wasserzeichen das Aderndelta im Dekolleté. Blauer aber ihre Augen, die aus den brauengekrönten, sommersprossigen Grotten wie Unterwasserstrahlen hervorleuchteten. Für diese Augen würde Onno, ohne mit der Wimper zu zucken, seine eigenen geben.

«Weil Oma momentan nicht ans Telefon geht», sagte Rosemarie. Nein, quakte Rosemarie. Ihr Timbre ähnelte dem Daisy Ducks. Sie kultivierte es, um angsteinflößende Einflüsse zu verniedlichen. Ja, phasenweise schien sie sich mit der gesamten Außenwelt nur noch im Umgangston Entenhausens verständigen zu mögen.

Anderthalb Jahre jünger als Edda, fehlte Rosemarie doch deren Unbeschwertheit. Gut, sie war buchstäblich schwerer noch, und nicht nur, weil fünf Zentimeter größer. Den Ausschlag aber gab wohl die sonderbar lastende Intelligenz im Blick. Ein irritierender Gegensatz zum Entensopran.

«Sie geht nicht ans Telefon?» fragte Edda. «Wieso das denn nicht?»

«Weil sie Angst hat», quakte Rosi, «daß giftige Dämpfe austreten.»

«Oh nee ...» Edda seufzte dumpf. Spröder Knacks im Herzkranz. Die Liebe zu ihrer Großmutter war eine besondere; bedingungslos, unverbrüchlich, und ebendeswegen in einer ganz gewissen Hinsicht – belastend. Schamerfüllt.

«Na jedenfalls», erzählte Betty nasal, «bin ich trotz meinem dicken Kopp extra zu ihr rüber und hab gesagt, ‹Ick hef morgen fröh keen Tied, Mama› – um ihre Entschiedenheit nachzustellen, imitierte sie ihre eigene Intonation –, «ick mutt noch mien Rezept afholn. Und was sagt *sie*? Du dienkst ok blots an't Freten.»

Hellauf lachten sie; lachten mit dem gleichen klingelnden Akzent, und das Entzücken des Wiedersehens war ganz auf Onnos Seite.

*

«Was meinst du», fragte Onno, das Glas ansetzend. Kurz unschlüssig, sog er dann doch unterm schrägen Schaumpfropfen einen Schluck Bier heraus, schluckte umständlich, aber gewissenhaft, und vollendete erst dann seine Frage – leise genug, daß nur Adressat Peter ihn verstand (und höchstens noch ich): «Ob Nelkenheini wohl kommt?»

Mittag und Nachmittag waren in gemeinschaftlicher Betriebsamkeit verflogen. Pünktlich hatte der Monopolist für Partyservice aus dem vierunddreißig Kilometer entfernten Kreisstädtchen Geestend Mobiliar und Ausrüstung angeliefert und installiert. Das Lüftchen, das die Arbeiten erleichtert hatte, war versiegt, nun, da die Sonne allmählich ausbrannte ... und es folgte die Stunde einer duftenden Abendwärme. Längst erschallte der Garten in Geplauder aus ungefähr neunzig leutseligen Kehlen, inzwischen einschließlich meiner und Meikes. Mit Onno und Peter dem Miesepetrigen und einem halben Dutzend weiteren Anverwandten des Jubilars saßen wir auf der Pergola-Terrasse, in nächster Nähe übrigens Oma und Tante Hertha.

«Weiß der Teufel», so Peters Antwort auf Onnos Frage.

«Weiß der Teufel», griff Oma sie auf ... versonnen ... versponnen ... Und vielleicht weil sie sich stets vorkam, als heuchelte sie, wenn sie hochdeutsch sprach, dolmetschte sie plattdeutsch hinterdrein: «Dat weet de Düwel.» Worum es überhaupt ging, dürfte sie schlechterdings kaum mitbekommen haben.

Tante Hertha neigte sich zu ihr und legte ihre Hand auf ihre Hand: zwei Eichenblätter vom letzten Winter. «Wat seggst du, mien Deern?» Dreiundneunzig Jahre alt – wie Oma, ihre Kusine –, war sie jedoch wacher geblieben als diese. «Wat sall de Düwel woll weeten?»

«Dat weet de Düwel», wiederholte Oma, freundlich, ja eilfertig. Ahnend aber, daß diese ihre Aussage sich auf nichts bezog – ja fürchtend, daß sich alle ihre Aussagen, ja womöglich menschliche Aussagen grundsätzlich kaum jemals auf irgend etwas Wesentliches bezogen –, lachte sie gleich darauf. Das helle Klingeln ihres Gelächters: Matrix für das ihrer Tochter und Enkeltöchter und Urenkeltochter.

Nickend ließ Tante Hertha es dabei bewenden.

Onno zupfte Tabak aus dem Beutel und zog ihn auf ein Blättchen.

«Guck», sagte Peter und hielt ihm seine qualmende Zigarettenspitze hin. «Solltest du dir auch anschaffen. Austauschbarer Filter. Kieselgel. Gesund.» Da er auf dem Gymnasium der Kreisstadt Lehrer für Sport und Biologie war, verstand sich die Ironie von selbst. Er hatte seine Zigarette gerade so gut wie aufgeraucht, und also demonstrierte er Onno anhand einer unscheinbaren Fingerbewegung, wie man die Kippe hinauspreßte. «Auswurfautomatik.»

«Ih gitt», rutschte es meiner Meike heraus – im Grunde hatten wir alle etwas Ähnliches schon ein Weilchen erwartet –, und da mußte selbst Miesepeter lachen. Desgleichen Oma, warum auch immer. Vielleicht bloß, um etwas zu lachen zu haben in den letzten fünf Wochen ihres Lebens. Onno aber wußte genau, weshalb er sein gütiges Grienen griente. Ohne daß Meike es merkte, griente er mir zu.

Meike Meidlitz, neunundzwanzig, neunzig-sechzig-neunzig und Magistra der Medienwissenschaften. Eigentlich Meike von der Meidlitz, aber sie wollte «weg von der Aristokratenhybris». Als ich sie daraufhin Meike weg von der Meidlitz nannte, holte sie sich allerdings eine Schramme am Grenzbaum zur Selbstironie. Oder mindestens eine Laufmasche.

Wir kannten uns erst zwei Wochen, und nicht nur deshalb hatte ich es eigentlich für unpassend erachtet, sie zu diesem Anlaß mitzunehmen. Zeitweilig intellektuell beeinträchtigt, ließ ich mich jedoch von ihrer Engelszunge betäuben. Zumal sie sich doch beinah entleibte vor Ergötzung, als sie von all dem vollauthentischen Landleben hörte, und Förster und alles ... Nun, Finkloch, es sollte ihr Waterloo werden.

Um die angeblichen ersten Erfolge einer akuten Kohlsuppendiät zu feiern, hatte sie sich in Hamburgs City ein Kleid von Che+She gegönnt. Doch schon während der Begrüßungsarien ahnte sie, daß sie im Baensch'schen Garten keinen Blumentopf damit gewinnen würde. Ebensowenig mit ihrer Hochsteckfrisur, einer Art Horst; Henry schaute besorgt, als könnte ein Bussard drin landen. Als sie sich auf dem Rasen so köstlich unkonventionell ihrer goldenen High-Heels von Arturo Hop entledigte, heimste sie immerhin einen Flirtversuch des greisen Knut Wiesmann ein: «Na Hauptsache, Füße gewaschen, nn? Ft, fr.» –

Die jeweiligen Empfindungen der übrigen Gäste bei ihrem Anblick hätten kaum unverhohlener gespiegelt werden können. Allenfalls angesichts einer Äthiopierin mit Tellerlippen. Eddas Miene etwa vermittelte unzweideutig andächtiges Staunen.

Vielleicht war Meike das ländliche Kleinbürgertum denn

doch zu authentisch, oder die Kohlsuppendiät hatte ein erstes böses Omen erzeugt, oder sonstwas – jedenfalls schien es bereits eine Stunde nach dem Empfang, als habe sie nur auf ein Reizwort wie «Auswurf» gewartet, um unauffällig eine Äußerung aufgestauten Mißbehagens fahren lassen zu können.

Die Krönung war womöglich Jenny. So einiges hatte Meike sich auf diesem Parkett vorstellen können, Anmutskonkurrenz nicht. Und so dürfte es ihre Laune kaum gebessert haben, als sie Onno zu Peter sagen hörte: «Ist 'ne Wucht, nech?, deine Tochter!» Unversehens suchten des Schwagers Muffelmiene Stolz und Innigkeit heim, während Onno mit dem äußersten Wohlgefallen, das auszudrücken er nur fähig war, fortan den Weg Jennifers durch den Garten verfolgte.

Die Lichtgestalt der Sippschaft. Niemand würde das bestreiten (außer sie selbst). Jeder rief Jennifer Jenny, und wer sie so rief, hoffte auf Abglanz. Zweiundzwanzig Jahre alt, absolvierte sie bereits das sechste Semester im Münsterland. Als Hauptfach hatte sie Komparatistik / Kulturpoetik belegt – für ihre Großeltern ein Buch mit sieben Siegeln, noch für ihre Eltern mit drei bis vier. Zu deren Leidwesen sie nur mehr selten auf Heimatbesuch kam: zu umfangreich das Studium, zu aufwendig die Jobs, um es zu finanzieren. Zumal jede übrigbleibende Minute ihrem Engagement in ökologischen und politischen Initiativen, in vielfältigem Netzaktivismus und dem Laientheater galt.

Gestartet hatte Jenny ihre Kredenztour anhand eines Tabletts voller Gläschen mit Kräuterschnaps unterm Dach der Doppelremise zwischen Jägerstube und Hintereingang des Hauses. In den Reihen von Bierbänken und -tischen hockten Töchter von Tanten und Basen von Vätern, Onkel von Müttern und Vettern aus Dingsda, je nach Gusto in

Sonntagsstaat oder legerer Garderobe – darunter Betty, Rosi und Edda (Onnos Eltern lagen beide im Krankenhaus) –, die allermeisten hungrig, durstig, schunkelfest; geselligkeitsgestählt bis in die frisierten Haarspitzen. Dort wurde Jenny von Knut Wiesmann zum ersten Mal gestellt. Mit weißem Kopf nickte er auf sie ein und hackte mit weißem Gebiß vor ihr herum, während er mit braungebrannten Fingern ihre Schulter berührte oder ihr Schulterblatt.

Mit Ziel Gartenterrasse überquerte Jenny dann eine kleine Tanzfläche auf dem Verbundsteinpflaster der Zufahrt, vorbei an der Verstärkeranlage samt Keyboard und Mikrophonständern und Schlagzeug einer noch unbemannten Kapelle. Auf dem Fell der Baßtrommel stand in biedermeierlichen Lettern ‹Finklocher Dörpsmus'kanten›. Am Tisch vorm Gartenhäuschen rauchten die Honoratioren vom Ortsrat Zigarren – Walter Hartmöller und Adolf Petersen, Wolfram Porst und der einundneunzigjährige Ehrenbürgermeister Joseph Bock, um nur die wichtigsten zu nennen –, und indessen Jenny Schnaps verordnete, holte Knut Wiesmann sie auch dort ein, setzte ihr mit seinem typischen Hahnentritt nach – leicht vorgebeugt, schrittweise vorruckendes Kinn – und hielt sie im Schnack auf.

An den drei Stehtischen auf dem Rasenfilet, vorsorglich, doch glücklicherweise unnötigerweise überdacht von Marktschirmen, amüsierten sich Elfriede und Günther Hornbach, das amtierende Königspaar des Schützenvereins Finkloch, mit dem zweiten Vorsitzenden und der Jugendobfrau des Sportvereins Finkloch, Gerold Heinßen und Barbara Thomsen-Nieth; ferner die Heimatvereinsmitbegründer Herbert und Ewald ‹Schnucki› Erzfeldt über Kreuz mit ihren Eheweibern Mimi und Olga, beide einst maßgeblich am Aufbau der Gymnastiksparte des Sportvereins beteiligt; außerdem

Jelle Jensen mit Krischan Heidkamp und Arnulf Toppin mit Klaus-Dieter Heinrich, Waidmänner im Finklocher Revier alle vier, letzterer neben Knut Wiesmann einst der zweite Forstwirt Henry Baenschs. Gerade erzählte er zum wahrscheinlich eintausendsten Male die Anekdote, wie er sich im Zuge seiner Finklocher Einbürgerung Bürgermeister Bock vorgestellt hatte: «Mien Nom is Klaus-Dieter Heinrich, hef ick seggt, und he, wat seggt he? – Jo, *wat* denn nu.» Beinah ebenso bekannt war er für seine Fähigkeit, Tierstimmen zu imitieren – neben denen aus heimischem Feld und Flur auch Flipper, den Fernsehdelphin der 60er Jahre.

Unter der Eiche hielt ein Witwenkarussell aus dem Altenkreis ihr Schwätzchen, und Männerduette fachsimpelten vor den beiden schmiedeeisernen Grillöfen (repariert), den die Betreiber der ehem. Metzgerei Gebr. Poppenkamp, Inh. Hein und Fietje Poppenkamp, grad mit aufstaubender Holzkohle zu beschicken begannen.

Jedes all jener ohnedies fidelen Grüppchen blühte schier zusätzlich auf, sobald Jenny ihr Tablett darreichte. Die Bläue ihrer Augen, der Sprengel von Sommersprossen übertrafen selbst die ihrer Tante Edda noch im Ausmaß der Macht, Entzücken hervorzurufen. Ihre Mähne spiegelte sowohl Peters einstige Rappenhaftigkeit als auch Rosis Füchsinnenton wider, und so war sie schon als Abiturientin in der Schulinszenierung einer keltischen Sage die Idealbesetzung der Fee gewesen.

Nach den einzelnen Stationen galt es jeweils für Nachschub zu sorgen – aus einem mannshohen, bis an die Zähne bewaffneten Kühlschrank, der dem Tresen samt Zapfanlage angegliedert war. Hier, in nächster Nähe zur Pergola-Terrasse, walteten Jennys Brüder Dennis und Tim. Der ältere, kräftigere zapfte Bier, der jüngere, schlaksige spülte Gläser, schenkte Wein und Köm aus und schäkerte zwischendurch mit seiner Urgroßmutter und Tante Hertha.

Es war der letzte Bundesligaspieltag der Saison – als Deutscher Meister stand seit Wochen, wenn nicht seit Jahren Bayern München fest –, und soeben war, wie die jungen Männer diskret per Kofferradio verfolgt hatten, die Begegnung zwischen Hannover 96 und Hertha BSC zu Ende gegangen.

«Null null, Tante Hertha? Schwaches Bild!»

Dennis drehte das Messer in der Wunde um. «Torlos-Tante!»

Stunden bereits amüsierten sich die Geschwister damit, den jüngsten Avantgardismus der Sprachentgleisung zu parodieren. Seit geraumer Zeit grassierten in den Boulevardzeitungen Komposita von Eigenschafts- und Hauptwort. Eine Kindsmörderin wurde als Gnadenlos-Mutter tituliert, ein Musiker als Düster-DJ, eine Figur aus dem Privatfernsehen als Peinlich-Schäfer.

«Wat?» Tante Hertha wirkte sachte angefaßt, und da Tim bloß feixte, wandte sie sich an Peter: «Wat hett he seggt?»

Bevor der auch nur abwinken konnte, schaltete sich Jenny ein: «Mach dir nix draus, Tante Hertha!» rief sie. Zu allem Überfluß war ihr Alt-ähnliches Timbre Musik noch in den stumpfsten Ohren. «Ist ja auch voll fies, elf junge Kerle gegen eine alte Dame! Taktlos-Brüder!» In dem Moment bemerkte sie Bewegung in ihrem Rücken. «Oh mein Gott», murmelte sie noch – indes, zu spät. All wedder kam Knut Wiesmann im Hahnentritt herbeigeschaukelt. Inzwischen wedelte er mit einem Manuskript herum wie mit einem Fächer.

«Immer noch nervös, Onkel Knut?» flötete sie.

Schon als sie vierzehn war, hatte er ihr zu untersagen versucht, ihn weiterhin mit Onkel anzusprechen, und schon damals vermittelte ihr ihre Intuition, daß sein Motiv nicht ausschließlich auf demokratischer Generosität fußte. Weswegen sie unverwandt entgegnet hatte: «Wie denn? *Opa* Knut?»

«Wohl kaum, Komma», hatte er seinerzeit den kryptischen Lieblingsspruch seines Chefs und Idols nachgeplappert, gekränkt, versteht sich: liebte er doch das Selbstbild vom alterslosen, unverwüstlichen Naturburschen – ein anderes Idol war Luis Trenker – und pflegte es; siehe Teint, siehe Gebiß. Notorisch lustiger Witwer, kam er an keiner Frau unter sechzig vorbei, ohne ihr seine braungebrannten Finger auf Schulter oder Schulterblatt zu legen. Allerdings kannten sie ihn in Finkloch alle. Ist ja gut, Knut.

Seine Familientreue hatte etwas Vasallenhaftes, das Henry mal rührte und mal peinigte, doch nach wie vor selten gleichgültig ließ. Daß Knut es sein mußte, der die zentrale Rede zum Siebzigsten seines Exchefs hielt, war unabdingbar. Zumal er schon die zum Sechzigsten und die zum Fünfzigsten gehalten hatte – und ohnehin für seine Meriten als Dorfchronist ackerte.

Allerdings vornehmlich im stillen Kämmerlein; und so drohte sich sein akutes Lampenfieber zur Psychose auszuwachsen. «Ja klar», hechelte er, und sein Gebiß blendete sie, «immer noch aufgeregt ... ft-pft ... Du bist doch Profi, Jenny, du bist doch erprobt, du stehst doch dauernd auf der Bühne ... mm äh Bühne, ja. Wie machst du denn das? Wie machst du denn das? Wie machst du denn das! Wt, ft. Wie ... machst du denn das.»

«Na ja», sagte Jenny. «Aufgeregt bin ich ja auch. Kraß aufgeregt. Gehört doch voll dazu.»

Zähnefletschend wandte Knut sich an Tim. «Und du?

Mm. Du auch? Rrrrr. Du doch auch, oder? Nn. Oder du nee, du schreibst ihr nur die … rrrrr … die Stücke? Mm. Nn. Ft, ft.»

«Eins, Knut», sagte Tim, der grad frustriert sein Handy wegsteckte. Null Balken. «Ein Stück hab ich ihr mal geschrieben. Am zweiten sitz ich grad.»

«Am zweiten sitzt du grad? Mn'am … zweiten … sitzt du grad? Ft, ft. Wie soll's denn heißen?» Er grinste wie des Wahnsinns fette Beute, und unterdessen hackte er zweimal mit den Zähnen. Zwei- bis *drei*mal.

«Hab noch keinen Titel», sagte Tim.

«Hast noch keinen Titel? Hast noch keinen Titel? Rrrrrrrr Mensch, ich weiß gar nicht, ich muß – mmmmm …»

Hektisch wandte er sich um. Aus den Augenwinkeln hatte er etwas entdeckt. Zwei, drei Schritte an den Rand des Beets. «Kßßßßß! Kßßßßß!» Eine rotgeflämmte, weiße Katze machte auf dem Grat des Zauns zum Nachbarn kehrt.

Auf der Tanzfläche formierten sich sechs Männer unterschiedlichen Alters in grünen Kniebundhosen und Jankern mit Hornknöpfen. Davor nahmen vier Frauen in wadenlangen roten Faltenröcken, weißen Blusen und grünen Jacken Aufstellung. Alle hatten ein kleines Jagdhorn in der Hand, bis auf Klaus-Dieter Heinrich, der ein Parforce-Horn. Es herrschte ein kleiner Aufruhr, denn Henry – bis zum Kragen in seinem Element – rief händeringend: «Ich auch? Ach du lieber Himmel! Ach du lieber Himmel! …» Nun, so überraschend war es nicht. Immerhin war er Mitbegründer der Truppe. «Na, dann will ich mal mein großes Horn rausholen!»

Worauf hinterm Tresen Tim und Dennis in schlüpfriges Gelächter ausbrachen. «Schamlos-Enkel», gackerte Jenny flankierend, während sie frustriert ihr Mobiltelefon in der

Handtasche verstaute – null Balken –, und Tim tönte: «Jetzt hab ich einen! Jetzt hab ich einen Titel!»; und Knut, der das grad noch mitkriegte, fragte erregt nach: «Jetzt hast du einen ... einen Titel? Was für einen denn? Was für einen Titel hast du denn? Rrrrrr –»

«Na, dann will ich mal mein großes Horn rausholen!» zitierte Tim, und auch Knut mußte lachen – wobei offenblieb, ob vollständig im Bilde, worüber. «Na, dann will ich mal mein großes Horn rausholen!» wiederholte er und lachte noch einmal, um sich dran zu gewöhnen. Bei der Sache war er sichtlich nicht. Das Lampenfieber dampfte ihn förmlich ein.

Zwecks Verdrängung begann er, mir einen Erfahrungsaustausch hinsichtlich unserer Autos abzupressen. Obwohl in fußläufiger Entfernung wohnend, war er hergefahren, um seine Geschenke leichter transportieren und bis zur Stunde X verborgen halten zu können, und er hatte sie gerade mit einer Wolldecke getarnt, als Meike und ich direkt neben ihm eingeparkt hatten. Wir fuhren das gleiche T-Modell der C-Klasse, nur mit unterschiedlicher Maschine. Die Genugtuung, mit einem promovierten Juristen aus der Metropole Hamburg auf Basis eines Vorsprungs in Höhe von fünfundfünfzig Pferdestärken verkehren zu können, kostete ihn Hackdoubletten en gros ... doch er zahlte sie mit hörbarer Wonne.

Um jedoch endlich seine Rede hinter sich bringen zu können, hatte er noch etliche Programmpunkte abzuwarten.

Zunächst das kleine Potpourri von Jagdhornsignalen. Nachdem Henry sein großes Horn aus der Jägerstube geholt hatte, gesellte er sich, als einziger in Zivil, zu dem anderen Parforce-Hornisten, und beide stellten sich im rechten Winkel zur uniformierten Formation auf. Die das jeweils hüftgestützte Horn auf ein pointiertes Nicken ihres Leiters choreographisch ansetzte und die Begrüßung spielte. Dennis filmte mit einer kleinen Handkamera. Anschließend folgte Sau tot und schließlich Jagd vorbei, Halali! Insgesamt recht sauber, nur fünf, sechs Töne hatten sich verselbständigt, teils als feuchtwarme Luft, teils als etwas, das danach klang, was es beschwor: sterbende Sau.

Meike, die die ganze Zeit an meinem Arm hing, wand sich – im Wortsinn, doch aus gänzlich undespektierlichen Gründen, wie mir schwante, und mir war, als formte ihr Schmollmund das Wort ‹Kohlsuppe›.

In den Applaus hinein betraten Dennis und Tim den Platz. «Liebe Leute», sprach Dennis ins Mikrophon, «wußtet ihr eigentlich, daß es zu den Melodien, die wir eben gehört haben, auch Texte gibt?» Bestätigungsgemurmel aus dem Fachpublikum, Verneinung bei den Laien. «Das haben wir uns gedacht. Also, Sau tot zum Beispiel geht so.» Und sie schmetterten los, den zweiten Vers sogar mit sauberer zweiter Stimme:

«Gestern abend schoß ich auf ein grobes Schwein,
gestern abend schoß ich auf 'ne Sau.
Gestern abend traf den Keiler ich allein,
gestern abend traf ich ganz genau.
Halali! Halali!»

Auch dafür gab es Beifall, womöglich sogar ein paar Grad wärmeren: Bonus für den Nachwuchs. Und doch steigerte er sich noch, gleich darauf ... in weitherziger Wertschätzung jener Frechheit, mit der die jungen Leute den eigentlichen Coup landeten. «Dieses Signal, liebe Leute», kündigte Tim ihn an, «haben wir mal ein bißchen umgedichtet. Wir bitten um Aufmerksamkeit.

Opa Henry ist von echtem Korn und Schrot,
siebzig Jahre zählt er heut genau.
Opa Henry ist noch lang, noch lang nicht tot,
Opa Henry bleibt 'ne coole Sau!
Halali! Halali!»

Diesmal filmte Jenny. Ansonsten hatte sie entschieden, sich bei dieser Unternehmung zu enthalten. Im Zuge ihrer Beschäftigung mit dem Veganismus stand sie der Jägerei zunehmend kritisch gegenüber (sosehr sie ihren Großvater auch liebte; was die Sache nicht einfacher machte). Als die Jungs sich wieder an ihren Platz hinterm Tresen begaben, gesellte sich Knut zu ihnen. Doch nicht etwa, um ob der Leistung ein Chapeau zu überbringen oder ähnliches. «Du Tim … äh Tim, Tim», schnappte er und wrang sein Manuskript, «wie war das noch mal? Mm, nn … Und dann …? Und dann …?»

«Wie meinst du, Knut?»

«Dein Titel … mm dein … Und dann hol ich mir … – oder wie?»

«Ach so! Na, dann will ich mal mein großes Horn rausholen!»

«Ach so! Ja! Genau! Na, dann hol ich mir mal …»

«… dann will ich mal mein großes Horn rausholen! Was hast du denn vor? Willst du's in deiner Rede erwähnen? Soll ich's dir eben schnell aufschreiben?»

«… will großes Horn erwäh-äh rausholen, genau. Nee, nee mmmmm, das werd ich mir ja wohl noch merken können wt, ft! Ich hab doch noch kein Altershei äh Alzer …

heimer nicht noch nicht da mrrrrrr. Na mm nn, dann hol ich mal ... äh *will* ich mal rausholen ... genau.»

Unglücklich kam Meike aus dem Haus zurück – zum zweiten Mal unverrichteter Dinge. Das Gäste-WC war dauernd besetzt, und darüber hinaus stand nur ein derbes provisorisches Herrenpissoir am Komposthaufen hinterm Gartenhäuschen zur Verfügung. Offiziell. Ich bot ihr an, Erlaubnis für die private Toilette im Bad einzuholen, doch mutlos lehnte sie einstweilen ab.

Als nächstes brachten die Finklocher Finken Gründervater Baensch ihr Ständchen: zwölf wohltemperierte Damen, darunter Betty und Rosemarie, in farbenprächtigen, mit viel Liebe zum Detail geprünten, individuell unterschiedlichen, aber stilistisch ähnlichen Schürzentrachten – einheitlich nur die kornblumenblauen Fransenstores –, nebst neun Herren mit weißen Hemdblusen, klatschmohnroten Westen und passend gemusterten Halstüchern. A cappella brachten sie den Jung' mit'm Tüdelband, den Jäger aus Kurpfalz und Mondwald, o Mondwald, die inoffizielle Hymne des Dorfes, die, und zwar bereits anno 1979, wiederum niemand anderer als Amtsförster Henry Baensch komponiert und gedichtet hatte.

Diesmal wurde er nicht aufgefordert mitzutun. Doch als drei Schlager mit instrumentaler Begleitung folgen sollten – indes also bereits Hermann Potthold ans Keyboard schritt, Antje Hauff und Henning Tamerlan sich den jeweiligen Riemen von Akkordeon und Baßgitarre überwarfen und Gerd Schulz in die Schießbude einstieg –, stellte sich Henry, bewaffnet mit einer Trompete, in die Frontlinie, und der unstillbare Trieb, loszulegen – diese Entschiedenheit und Tatkraft von geradezu kindlicher Unerschöpflichkeit, dieser Wille, all sein musisches und menschliches Talent in die

Waagschale zu werfen – im Austausch mit einer Umgebung, die Sicherheit und Anerkennung, Behagen und Trost angesichts der ewigen Todesdrohung spendete –, diese kurzum: Lebenslust strahlte ihm aus sämtlichen Knopflöchern und vertrieb die Finsternis aus seinen Augenhöhlen.

Dennis filmte.

An jenem Moment des Abends angelangt, hatte Meikes Stimmung einen neuerlichen Tiefpunkt erreicht. Zwar hatte sie mittlerweile vor dem Gäste-WC angestanden – erfolgreich aber nur in puncto Eintritt. Sie war einfach zu skrupulös wegen der Geräuschentwicklung. Ich bot an, am Durchgang zur Küchentür Wache zu halten und sie im Falle feindlicher Annäherung zu warnen, vielleicht, indem ich den Jägermarsch pfiffe oder Horch, was kommt von draußen rein. Doch lehnte sie ab. Sie genierte sich auch vor mir. Wie gesagt, wir kannten uns erst zwei Wochen.

Mittlerweile hatte Knut nur noch einen Programmpunkt abzuwarten: Jennys Vortrag von Amazing Grace, der nicht nur mit donnerndem Applaus bedacht wurde, sondern mit innigsten Seufzern, Tränen und, wie Dennis, der alles filmte, neidlos feststellte, «Massenhysterie».

Zu Recht. Wie sie da stand in ihrem saphirblauen Kleid, zu dem sie weiße Chucks kombiniert hatte («Turnschoh op'n söbentichsten Geburtstach?» fragte Oma – sich, Münster, Gott den Herrn), und jene schönen Töne in ihrem überirdischen Alt aus ihrem schlanken Hals hervorfließen ließ ... das mochte wohl versöhnen den Menschen mit Tod und Teufel.

Henry aber schritt, heulend wie ein Schloßhund, mit weit ausgebreiteten Armen auf seine Enkelin zu, umklammerte sie und preßte sie derart an sich, daß es niemanden verwundert hätte, wenn von ihr nur noch ein Diamant übriggeblieben wäre.

Onnos und Eddas Blicke suchten – und fanden sich, über Dutzende Köpfe hinweg, hinter Dutzenden Rücken, und wanden sich zu Schleifchen in Herzchenform, jawohl.

Tapfer nahm Knut nun Aufstellung. Zu tattrig, um das Mikrophon herabzuwinden, und zu stolz, das einzusehen, kippte er fast hintenüber: das Lose-Blatt-Manuskript mit dem Ellbogen vor der Brust fixieren, gleichzeitig an Stellschrauben oberhalb der Hutschnur drehen, und alles ungeachtet eines Blutdrucks von zwohundert zu hundert schwierig. Zu Hilfe eilte Dennis. Knut brabbelte auf ihn ein. Von weitem sah es aus, als schnappte er nach seinem Ohr. Dennis nutzte die Gelegenheit und raunte ihm zu: «Na dann will ich mal …?» Und Knut: «… mein großes Dings, ähnnn Horn rausholen, ft, ft.» Gnadenlos filmte Tim.

Schließlich war Knut soweit. Teils mitleid-, teils furchterregend grinsend, verlagerte er sein Weltergewicht vom einen aufs andere Bein und grölte: «LIEBE GÄSTE!»

«BÖLK DOCH NICH SO», bölkte Schorse Ossenkopp, und wohlwollendes Gelächter plätscherte wie der kleine Wasserfall vor der Jägerstube hinterdrein.

«Liebe Gäste», sprach daraufhin Knut – nun selber lieb –, «und vor allem: lieber Henry.» Offenen Mundes versuchte er, das Manuskript mit der Rechten steif zu halten, während seine Linke sich ums Mikro krampfte. Für eine Schrecksekunde dachte so mancher von uns, er beiße gleich hinein. «Hermann Löns hat geschrieben: ‹Hier ist das Schweigen im Walde heimisch, das Schweigen, das aus tausend kleinen Stimmen gewebt ist, das flüstert und tuschelt und raunt und kichert, murrt und knirscht, das den einen so ängstigt und den anderen so beruhigt.›»

Irgendwo mußte er gelesen haben, daß man eine Rede

mit einem Zitat beginnen soll. Zähnefletschend, vereinsamt – heischend wonach auch immer – schaute Knut in die Runde. Drei, vier Menschen, Oma etwa, dem Tode selbst geweiht, taten ihm den Gefallen und murmelten aufs Geratewohl Zustimmung. Dennoch starrte Knut irritiert ins Manuskript. «So beruhigt. Mm. Mmnn.» Er dachte anscheinend drüber nach, was er damit eigentlich noch hatte sagen wollen.

Und dann fand er das Stichwort wieder. «Und das, lieber Henry, ist ja das, was du ... immer ... hier gesucht hast. Beruhi... also Ruhe und ... Frieden. Eine Heimat. Heimatliche Scholle. Heute vor genau siebzig Jahren bist du geboren, vor siebzig Jahren! In der Neumark von Brandenburg, in einem winzigen Dorf, Rauschenbach hieß es, noch winziger als Finkloch war es.»

Eddas schöne helle Augen verdrehten sich wie von selbst ob der biblischen Epik, doch Betty sah es und versetzte ihr einen sachten Schulterstüber. Zusammen mit Rosi und Henry hatten sie auf der äußersten Bierbank Platz genommen, mit dem Rücken zum Tisch, um Knut, der jenseits der kleinen Tanzfläche stand, von Angesicht zu Angesicht lauschen zu können. Henrys Augen schimmerten. Was kaum an dem einzigen bisherigen Jägermeister liegen dürfte. Er begann, sich eine Pfeife zu stopfen – zur Feier des Tages seine mit Abstand wertvollste, eine wunderschön gemaserte Billard von Bo Nordh. Daß er es vor dem Essen tat, bewies den Charakter der Ablenkung.

«Du warst noch ein Junge, als die Russen deinen Vater verschleppten, und du hast ihn nie wiedergesehen, und als die Polen deine Mutter und dich vertrieben, warst du immer noch ein Junge, und ein Junge warst du noch, als ihr in der Lüneburger Heide ankamt, in Hermann Löns' Heimat ankamt, neunzehnhundertachtundvierzig, und als du bei Hubert Graf zur Au anfangen durftest, als ganz einfacher Waldarbeiter, als ganz einfacher Waldarbeiter, wt, ft. Und als du das Au-pair-Mädchen Elisabeth näher kennenlerntest ...»

«– war er immer noch ein Junge», sagte Betty mit verstopfter Nase, «ist er heute noch», quakte Rosi, und während aus neunzig Kehlen wohlwollendes Gelächter strömte, lachte auch Henry und drückte Betty an sich. «Laß dich nicht», rief er seinem Laudator zu, «aus'm Takt bringen, Knut!»

«Nee nee ft, ffft», pustete der, «nee», und doch benötigte er die ein oder andere beherzte Hackdoublette, um den rhetorischen Rhythmus wiederherzustellen. Aber er schaffte es, und zusehends sicherer schritt Knut Wiesmann fort im Manuskript. Er sprach von der Baensch'schen Hochzeit vor neunundvierzig Jahren, von Eddas Geburt und Rosemaries anderthalb Jahre später, sprach von Henrys Studium der Forstwirtschaft, das der Graf ermöglicht hatte, verschwieg auch das spätere Zerwürfnis nicht (allerdings den Grund dafür: gräfliche Übergriffe auf Betty), welches im Sommer neunzehnhundertzweiundsechzig zum Umzug aus der Lüneburger Heide nach Hamburg-Wilhelmsburg führte; jenem Stadtteil, der noch am schlimmsten von den Schäden der Sturmflut-Katastrophe gezeichnet war und von wo aus Henry die Revierförsterei im unweiten Eißendorf übernahm.

Und in der Folge gab es «schöne Jahre in Wilhelmsburg, ganz gewiß mehr als nur ein ft, ft Intermezzo» – ja eben: ein zwölfjähriges Intermezzo?! –, und neunzehnhundertvierundsiebzig endlich den «ersehnten Umzug in die neue Heimat», ins Wunschidyll Finkloch, das Omas und Bettys Heimat war.

Und während Knut munter Henrys segensreiches, vierundzwanzigjähriges Wirken als dortiger Amtsförster würdigte, ging etwas vor sich mit den Baenschs.

Unmerkliches ging vor mit den Baenschs, wie sie da so saßen, während Knut Henrys Verdienste als Bürgermeister von neunzehnhundertachtundsiebzig bis -zweiundachtzig würdigte (der Rücktritt wurde nicht thematisiert); seine Initiative und Gründungsmitwirkung in puncto Schützen-, Sport- und Heimatverein, bei der Gruppe der Jagdhornbläser, bei den Finklocher Finken, bei den Finklocher Dörpsmus'kanten; seine zusätzlichen Talente als Hochsitzkanzel-Ingenieur und -Zimmerer, als gelegentlicher Volksliedichter, als Musiker überhaupt, als Conférencier und Stimmungskanone und Ausbilder – während dieser Knut Wiesmanns liebreichen Eloge ging etwas Unmerkliches vor sich mit den Baenschs.

Und die allermeisten Gäste bemerkten es trotzdem. Außer etwa allzu zerstreute wie Oma, törichte wie Knut selbst oder ortsfremde wie Meike, unvertraut mit den Familienverhältnissen.

Zwar hockten Henry und Betty, Edda und Rosi nach wie vor auf der Bierbank, Schulter an Schulter, die Töchter die Handballen aufgestützt, Henrys Arm um Bettys Taille. Ihre Gesichter drückten nach wie vor Gutwilligkeit aus und Wertschätzung, Bescheidenheit und Freude (Bettys zusätzlich Leid an der Schnupfenplage) – und doch hatte sich etwas verändert seit dem Anfang von Knuts Rede; etwas Feinstoffliches war mit ihnen vorgegangen. Ein Wechsel in der Resonanz. Vielleicht hatte ihr Muskeltonus zugenommen, so daß ihr Herzschlag dumpfer in den Garten klang als zuvor. Die weitaus meisten Gäste nahmen es durchaus wahr ... man sah es daran, daß sie sich nichts anmerken ließen.

Knut Wiesmanns Rede war hölzern und humorlos, pathetisch und schönfärberisch und uninspiriert, aber sie kam von einem nicht bloß bedürftigen, sie kam auch aus vollem Herzen, und all das war sowieso nicht das Problem, das der haarfeinen Befangenheit zugrunde lag. Und es war zwar verführerisch, die Verantwortung dafür Knut in die gewienerten Halbschuhe zu schieben – doch wäre es schreiend ungerecht ... nein, nicht einfach ‹ungerecht›; es wäre absurd.

Und ebenso absurd war die ebenfalls unmerkliche Hoffnung der Betroffenen, Knut habe Nelkenheini lediglich in der Chronik vergessen und würde die Erwähnung nachholen, wenn er begönne, Henrys Wirken als Vater und Großvater zu würdigen und also die nächsten Generationen. Absurd, die Hoffnung, wenn es denn eine war ... ja, bestenfalls frömmlerisch.

Denn war es nicht vor auf den Tag genau zehn Jahren das gleiche gewesen? Ja, vor zwanzig Jahren schon? Und war seither diesbezüglich irgend etwas verlautbart worden gegenüber Knut? Hatten sie nicht vielmehr alle, wie sie da waren, schlicht und scheinbar machtlos näher und näher heranrücken lassen die Stunde seiner unweigerlichen Rede? – Nicht im Ernst hatte irgendwer geglaubt, ausgerechnet Knut würde eine Klärung des Ungeklärten auf die eigene Kappe nehmen. Warum, um Himmels willen, hätte er das auch tun sollen?

Und so, nachdem er elegisch den bitteren Verlust des Forsthauses anno neunundneunzig und den kalten Krieg gegen das Imperium der Katzenzenzi abgehandelt hatte (nicht ohne hochachtungsvollen Fingerzeig auf mich, Henrys Rechtsbeistand; viel zuviel der Ehre, weil ich so gut wie nichts hatte tun können), sang Knut unverwandt das exklusive Lob auf Edda Viets und Rosemarie Zumfort, auf ihre ererbte gesangliche Begabung, auf ihre menschliche und weibliche Integrität («*Horr...!*» fauchte Edda mit gesenkter Stimme), und schlußendlich das fällige Hohelied auf vor allem Jenny, aber auch Dennis und Tim.

Und zwar wie folgt: «Ja, und auch der Jüngste der Sippe hat was vom künstlerischen Talent des rrrrrrr Opas abgekriegt: Er schreibt Theaterstücke für seine Schwester! Nn. Das neueste trägt den Titel: Na gut, wt, ft, dann bring mir mal einer die große Posaune!»

Als einziger verstand die Pointe offenbar Tim; jedenfalls prustete er hemmungslos los. Schwer zu sagen, wer verblüffter darüber war: das restliche Publikum – oder der Laudator höchstselbst, dessen Grinsen aus dem vorfreudig Triumphalen mählich ins Ungefähre, Hohle, ja Nirwana wechselte.

Sein Schlusssatz immerhin war für Knuts Verhältnisse geradezu nobelpreisverdächtig: «Was reimt sich auf guter Mensch? Henry Baensch!» Und dann überreichte er seinem Idol zwei Geschenke, die er unter dem Tapeziertisch hervorzauberte, auf dem das Büfett seiner Eröffnung harrte.

Eines das Modell einer Hochsitzkanzel mit Leiterchen und Türchen, Sitzbänkchen innen und Schießschärtchen, verklebt auf einer grünen Filzteppichfliese, umgeben von einem Wäldchen aus Flachmännern mit Kräuterlikör. Nicht ohne Rührung stellte man sich vor, wie viel Hackdoubletten derlei hingebungsvolle Bastelarbeit gekostet haben mochte. Das andere das goldschnittgerahmte, fette Ölgemälde eines unbekannten Künstlers, ein – röhrender Hirsch, tatsächlich. Unweit von Alttier und Kalb, die ihn anhimmelten, stand er an einem Gebirgssee und beschimpfte, das Geweih im Nacken, ein Grüppchen schmächtiger Tannen vom anderen Ufer. Meike lachte, diätgequält zwar, doch voller

Anerkennung für derart hellichte Selbstironie. Bis ich sie verunsicherte, ob es eine war. Mit reichlich Rrrrr und Ft-ft interpretierte Knut das Motiv, während Henry lauthals reklamierte: «So ein starker Hirsch – und keinen Pinsel?!»

Und so konnte sich allenthalben Befriedigung über die Vorlust darauf ausbreiten, daß nach dem kulturellen nun dem leiblichen Wohl gefrönt werden durfte. Henry dankte Knut mit bewegten Worten und erklärte das Büfett für eröffnet.

Entlang der Hauswand war es aufgebaut. Rosi und Edda – sowie Betty mit vorgehaltenem Taschentuch – hoben die Deckel von den stövchenerhitzten Aluminiumbrätern, aus denen Kartoffelgratin und ein Laib Fleischkäse dampften, und von den Terrinen mit je einer Suppe aus Tomaten, Spargel und Huhn (keine aus Kohl, doch Meikes Appetit war ohnehin hoffnungslos gestört). In einem gewaltigen Kessel aber köchelte eine, für die Betty besonders berühmt war. Anderthalb Stunden lang hatte sie Fleisch von Reh- und Damwild abgekocht, zusammen mit geputzten Möhren und Petersilienwurzeln, Sellerie und Porree, das Fleisch sodann ausgesiebt und vom Knochen gelöst, abkühlen lassen und in Bissen geschnitten, um sie in einer Mehlschwitze mit Brühe zu sieden und – unter Zugabe von handverlesenen Pfifferlingen – mit Wildgewürz und saurer Sahne abzuschmecken ... Da hatte einst, zu Wilhelmsburger Zeiten, gar Fernsehkoch Hotte Prick niedergekniet, als er mal Teilnehmer einer Treibjagd gewesen war!

Qualmumnebelt wendeten Hein und Fietje Poppenkamp Schweinekoteletts auf ihren erhitzten Rosten, Putensteaks und Hähnchenschnitzel, Rindswürste und Gemüseschaschliks; vernachlässigten aber darüber keineswegs den Wildschweinbraten, einen hundert Pfund schweren Überläufer, den der Partyservice geliefert hatte. Unterdessen drängten sich auf den gedeckten Tapetentischen Körbe voll Baguettes und Saucieren mit Grill-Dips und Kummen und Kasserollen mit zweierlei Kartoffel-, Blatt- und gemischtem Salat sowie gesottenen Hackbällchen; farbenprächtig leuchtete durch gläserne Schüsselwände Obstsalat – flankiert von einer Schale mit gletscherweise Schlagsahne –, und aus einer anderen lockte, gestockte Sünde durch und durch, der noch unberührte Spiegel eines Schokoladenpuddings; es gab ‹Kirschen im Schnee›, und es gab eine weitere Spezialität à la Betty: rote Grütze.

«Mmmmmmm», machte Knut, «wie macht sie das bloß ft, ft», und Jenny sagte: «Aus geheimen Beständen in ihren Kellergewölben holt zur Stunde X ein stummer, dummer Diener eingemachten Sauerkirschsaft, den Omi mit Speisestärke andickt, woraufhin sie bei Vollmond, Sprüche murmelnd, feinste Hirn-, Erd- und Johannisbeeren unterhebt.»

«Und dazu», ergänzte Tim, «Vanillesoße», und fügte, ohne daß Knut es auch nur im entferntesten merkte, ein «Ft, ft» hinzu, so daß Jenny sich schlimm verschluckte.

Was Wunder, daß des Schlemmens wollte kein Ende nehmen, und auch die Mundschenke Dennis, Tim und Jenny hatten alle Hände voll zu tun ... und also dämmerte es allmählich. Eine Grille zirpte (aus dem Lautsprecher; Dennis' Idee), doch die friedfertige Amsel-Arie aus dem Wipfel der Eiche war echt. Wir saßen und standen und schlenderten unterm reinen, rauchblauen Himmelszelt überm Baensch'schen Garten und schwatzten, um uns unseres Daseins zu vergewissern; um unser Glück in beliebige Worte zu fassen, unsere Angst vor Unglück zu bannen und unsere Liebsten in Frieden zu ehren. Wir kauten und schluckten und prosteten uns zu – nicht nur einmal wurde die alte Mahnformel bemüht, daß so jung wir nie wieder zusammenkämen! –, und als die ersten Sterne karfunkelten, gesellten sich unserer kleinen Gemeinschaft zwei Rehe hinzu. Wahrscheinlich die, die Edda und Onno am Vormittag am Dorfrand entdeckt hatten.

Diana war in der Jägerstube eingesperrt, weil das Tor einladend offenbleiben sollte, und so, ungestört, freimütig, stakste sie – unwirkliche Schattengestalten im funzligen Lichte der Lampions und Fackeln – über die Zufahrt heran. Sie waren noch jung. Das Schmalreh mußte den Nacken rückwärts biegen, um ein überhängendes Salatblatt aus einer Schüssel von der Tafel naschen zu können. Der Knopfbock blieb stehen und schaute sich um. Drehte und wendete die steilen Lauscher, richtete sie nach dem menschlichen Geräuschgewoge aus Geplauder und Gelächter aus, das sich nach einem Pingpong von spitzen Ausrufen rasch zu einem Raunen abdämpfte. Von der Terrasse am Gartenhäuschen über die Stehtische bis zur Terrasse unter der Pergola spannte sich ein Bogen aus Wispern und Brummen, bis eine andere Energie, eine Pfeilenergie übernahm: «Knut», sagte Henry, «komm her!», und Knut: «Klaus-Dieter, du ok, man to!»

Tollwutgefahr war gering, da in diesen Gefilden seit Jahrzehnten ausgerottet. Henry hatte etwas in der Kreiszeitung gelesen, das auf kirremachendes Pflanzenschutzmittel hinwies. Von rapsfressendem Wild gelesen, dessen Instinkt verrückt spielte.

Nahezu widerstandslos ließen die Tiere sich festnehmen. Ließen sich aufheben und hinlegen, ließen sich die Läufe mit Klebeband aus der Werkstatt fesseln. Dennoch schienen sie aufgeregt; sie schnaubten, und ihre Schlagadern unter der Halsdecke pochten sichtlich.

Nach und nach umringte den Vorgang die gesamte Gesellschaft (mit Ausnahme von zwei Personen: Meike und mir, die wir gerade anderswo steckten).

Henry, in der Hocke, strich dem einen Tier über die Flanke. «Ick glöv», sagte er, «dat beste is, wi bringt jüm in't Gehege vun Willem, und morgen fröh seht wi wieter.»

Wann immer ich Edda später, wenn sie von jenem Tag zu schwärmen begann, an das Ominöse des Ereignisses mit den durchgedrehten Bambis erinnerte – sie verwies sofort darauf, wie herrlich es sich mit einer ganz anderen, burlesken Choreographie des Abends verflochten hatte. Das ließ sich schwerlich leugnen.

Kurz bevor die beiden Tiere die Szenerie betraten, hatten sich Meikes Nöte ins Unerträgliche gesteigert. Sie drohte zu platzen – wie zuvor schon ihre Hoffnung, sich an Hausmittel gegen Leibweh erinnern zu können. Während sie unter Aufbietung der letzten Willenskräfte ihre Façon zu wahren trachtete, schilderte sie mir ihren Plan: Ich möge sie nun doch schleunig zum Privatbad der Baenschs ins Obergeschoß begleiten und anschließend unten an der Treppe Wache halten, so daß auch ich möglichst wenig von ihrer Erleichterung mitbekäme.

Doch als sie das Bad betrat, schreckte sie der Umstand, daß das erleuchtete Erkerfenster unten im Garten zu sehen wäre, sie folglich verraten würde. Im Dunkeln wiederum traute sie sich nicht, ihre inneren Dämonen freizulassen: Was, wenn ihre ausschließlich akustischen Erwartungen ein ‹falscher Freund› durchkreuzte? (Jene delikate Ungewißheit ... Onno drückte die negative Folge einmal so aus [in einem Wörterbuch stünde *derb*]: «Was, wenn da Land mit bei is', nech?»)

Ich beruhigte sie. Nur die Ruhe. Sie möge ruhig das

Licht anknipsen. Selbst wenn die Baenschs es mitbekämen, würden sie sich kaum großartig wundern – könnte sich ja um ein Familienmitglied handeln! Und wenn sie wider alles Erwarten nach dem Rechten sehen zu müssen wähnten, ich würde sie auf meinem Posten schon zu bremsen wissen. Meike betrat das Bad, ich schritt die Treppe wieder abwärts und stand Schmiere im Korridor.

Derweil versuchte Meike, sich zu entspannen, und knipste das Licht an. Ausgerechnet in dem Moment wurden unten die Rehe entdeckt, so daß die Geräuschkulisse, die bis dahin durch das geschlossene Badfenster hereingedrungen war, nach zwei, drei spitzen Ausrufen erstarb. Und Meike folglich in Panik geriet ... und das Licht wieder ausknipste.

Nach wie vor kolikengeplagt, kam sie treppab gestolpert und befahl mir schmerzschmalen Mundes, mit dem Auto vorzufahren, aber pronto subito. Ich versuchte noch zu argumentieren, wir könnten doch auch einfach ein paar Schritte die Straße hinuntergehen, aber die Vorstellung, sich vor stillen fremden Vorgärten entlüften zu müssen, war ihr unerträglich – sie wollte einen Faradayschen Käfig.

Während ich durch Küche und Hauswirtschaftsraum eilte, um meinen Autoschlüssel aus der Jacke zu holen, die über der Lehne des Gartenstuhls unter der Pergola hing, trat Meike bereits in den Vorbau zur Straße, wartete eine Minute, schritt aus der Haustür, und kurz darauf sah sie, wie der Kombi sich langsam näherte, und sie stöckelte auf die Straße, wedelte im Zwielicht von Straßen- und Hauslaterne wild mit den Armen, riß blindlings die Beifahrertür auf und warf sich in den Sitz und knallte die Tür hinter sich zu und ... und dann, dann brachen alle Dämme, Scham hin, falscher Freund her, und in ihrer grenzenlosen Erleichterung und Willfährigkeit – vielleicht auch, um den aussichtslosen Versuch zu unternehmen, den entsetzlichen Biolärm zu übertönen – rief sie die Jungfrau Maria an.

«Oha», sagte Knut, «Donnerlittchen rrrrrrr.» Was auch immer sie in seinem Benz suchte: Derart bukolischen Mumm hatte er der großstädtischen Gesandtin nicht zugetraut. Geschmeidig legte er ihr seine braunen Finger auf die Schulter.

Es war nicht einfach, Meike zum Bleiben zu überreden. Mit Naturrouge übergossen, zerrte sie an meinem Hemdsärmel, um die umgehende Flucht ins Geestender Gasthaus zu erzwingen, wo für uns ein Zimmer gebucht war ... doch schließlich blieb sie doch. Ihre tapferen Bemühungen um Galgenhumor wurden allerdings auf eine harte Probe gestellt.

Mit Höchstgeschwindigkeit machte die Schnurre die Runde. Ludwig Hucking schnupperte in einer Gesprächspause und sagte wie zu sich selbst: «Tüdel ick, oder rökt dat nach Zirkus hier?», Hinnerk Tragehner schöpfte das Synonym «Drohne», und namentlich Dennis und Tim sorgten sich um die CO_2-Bilanz der deutschen Adelshäuser. Sie belegten Jenny, die zur ausdrücklich mitleidenden Minderheit zählte, mit Schmähtiteln wie «Zimperlich-Schwester», und zu vorgerückter Stunde dichteten sie Evergreens um – mit Versen à la

Wie viele Kohlköpfe roll'n für 'ne Diät
und macht die denn schlank und nicht blind?
Die Antwort, mein Freund, weiß ganz allein der Wind.
Die Antwort weiß ganz allein der Wind ...

Und auch der Jubilar kam nicht umhin, in aller Unschuld endlich einmal wieder jenes Scherzchen unterzubringen, das er 1954 bei einem Umtrunk in Jesteburg aufgeschnappt hatte: «Wie wär's mit Popofax, dem kleinen Einbaugerät, Modell Nachtigall Schrägstrich Honigduft, wahlweise einführen lassend oder selbsteinführend.»

So ging das bis zum Morgengrauen. Zu den Fifties-Schlagern und Rock-'n'-Roll-Medleys der Finklocher Dörpsmus'kanten wurde das Tanzbein geschwungen – Arthritis hin, Arthrose her –, und dann ging's humba, humba, humba täterä! Mit glühenden Gesichtern tobte das vorjährige Silberhochzeitspaar Ulrike und Werner Lahm übers steinerne Parkett, und wieder einmal staunten Edda und Onno, wie man so harmonisch tanzen konnte, ohne sich um die Musik zu scheren – sie würden auch zu einer Kreissäge tanzen. Dennis, Tim und Jenny ließen nicht nach, in verschiedenen Ecken des Gartens mit dem Handy zu hantieren ... «Was grrrrrrnnnn, was macht ihr denn da dauernd?» fragte Knut, und Tim sagte, sie jagten nach Balken, und Knut sagte: «Luft hat keine Balken, wt, ft!» Einmal verjagte Konrad Pucken ein Katzenduo, das sich unbemerkt bis ans Büfett herangeschlichen hatte – «Kß! Kßßßßß!» –, einmal Gertrud Heinlein den einäugigen gelben Kater, der, mehrmals bereits totgesagt, immer wieder irgendwo im Dorf auftauchte: «Schu! Schu!» Ab etwa ein Uhr ließ in regelmäßigen Abständen Flipper sein berühmtes Keckern hören, und schließlich und endlich, betrunken, doch nach wie vor miesepetrig, identifizierte Hobbyornithologe Peter im sonntäglichen Frühkonzert die Stimmen von Schwarz- und Singdrossel, Kohl- und Blau-, Schwanz- und Tannenmeise, von Rotkehlchen und Grünling, Fitis und Dompfaff, und nachdem Rosi ihn untergehakt und abgeführt hatte, waren Onno und Edda wie üblich die letzten. Arm in Arm hockten sie im Morgenrot auf der Bank unter der Eiche und schwatzten noch ein bißchen ... über Meike und mich, über Knut Wiesmanns Rede, über Edith und Armin Roggenpohls Jeansanzüge; nicht aber darüber, daß Henry zwischendurch eine Stunde lang verschwunden gewesen und mit melancholischer Tapferkeit zurückgekehrt war, und nicht über Nelkenheini. Jene Ungewißheit, ob Nelkenheini auftauchen würde – auftauchen und wieder verschwinden würde wie ein Geist –, jene Ungewißheit hatte ihre aufwühlende Nebenwirkung schon lange verloren. Kein Mensch konnte in ständiger Alarmbereitschaft leben.

Unterm Strich war es eine sehr schöne, sehr lustige Feier gewesen. Sind es nicht Feiern wie diese, die den Menschen zu der Erinnerung an eine Vergangenheit der heilen Welt verführen?

Schließlich versiegte ihr Schwätzchen. Und als der Morgentau sie trotz der umgehängten Kamelhaardecke frieren machte, gingen sie gemeinsam zu Bett. Vom Bad aus sah Edda noch, wie eine schwarze Katze quer durch den Garten pantherte.

Anders als ihr Vater war Edda nicht abergläubisch. Doch recht behalten sollte *er*.

Teil zwei
April, Mai 2008

Daß man Jäger werden mußte,
wenn man nicht Hase bleiben wollte.
Dörte Hansen, «Altes Land»

Weite, blanke Diele. Elastischer, rutschfester Boden. Entlang den Wänden Gummimatten und Klettergerüste und Basketballkörbe; taghelles Deckenlicht, himmelhohe Milchglasfenster an der Bankseite. Und doch wirkte die Halle so gar nicht karg auf uns vier Herren (Durchschnittsalter: bestens), sprich auf die seit Jahren nur mehr recht schmale Tischtennissparte des BSV Hollerbeck Eppendorf e.V. Nein, wir fühlten uns wohl in diesem etwas schwülen Gemäuer.

Jeden Montag abend gegen sechs. Stretching, bißchen Spannkrafthopsen und Armrudern, und dann einspielen. Ermahnungen und Selbstermahnungen, nicht vor lauter aufgestauter Energie jetzt schon zu schießen – oder auch herumzueiern –, damit der Gegner sich nicht ständig unnütz nach dem Ball bücken muß. Greinen, wenn «heute kein Ballgefühl» sich einstellen will, oder Genugtuungsgrunzer, wenn eben doch.

Ach, und dann geht wieder die Post ab ... an diesem Abend allerdings mit Ausnahme Onnos. An diesem, aber auch bereits an den beiden vorangegangenen Montagabenden.

Ulli ‹Elefantenpeitsche› Vredemann und Der schöne Raimund hatten ihr letztes Match bereits absolviert. Hockten auf der Bank, sanft nachschwitzend und «seelisch besenrein», wie Raimund das besondere Befinden nach dieser unserer bevorzugten Leibesertüchtigung einst charakterisiert hatte. Schweigend verfolgten sie die Begegnung Onno Viets versus Christopher Dannewitz.

Wie bereits am letzten und vorletzten Montag führte ich mit zwo zu null Sätzen und im entscheidenden dritten hoch nach Punkten.

«Eins acht», sagte Onno. «Nech?»

«Zwo sieben», sagte ich.

«Zorry», sagte Onno. «Öff, öff. Zwo sieben. Ich hab, nech?» Aufschlag, meinte er.

«Ja», sagte ich. «Du zwei, ich sieben. Folglich Aufschlag du.»

«Zorry», sagte Onno, und daß er nicht einmal ein selbstironisches Kichern versuchte, deprimierte mich auf tieferer Ebene. Zu der ich mich im Augenblick keinesfalls herablassen durfte, weil niemandem von uns damit gedient wäre, verlöre ich das Spiel aus Mitleid doch noch.

Mit steifen Knien, den Schläger in der Linken, stand Onno mir gegenüber. In Shorts, die sich (bis auf die türkisfarbenen Streifen an den Hüften) farblich kaum von der blassen, haarlosen Haut abhoben, und ebensolchem Unterhemd. Die rotkarierten, fadenscheinigen Noppensocken konnte ich von meiner Seite der Platte aus nicht erkennen, ebensowenig den männchenmachenden lila Pudel, der anno neunzehnhundertneunundsechzig in seine magere rechte Schulter tätowiert worden war: Tribut einer mythischen Wettschuld, über die er sich hartnäckig ausschwieg. Im übrigen bedurften dringend seine aschfarbenen Zotteln einer Schur, und der Pfeffer-und-Salz-Bart stand ihm auch nicht besonders. Am besorgniserregendsten aber war die Tatsache, daß sein bleicher Teint feucht glänzte.

Nie hatte zu Onnos bevorzugten Lebensäußerungen Schwitzen gehört.

Hatte er im wirklichen Leben auch wenig zuwege gebracht, verfügte er doch über drei (wenngleich leider brotlose) «Superkräfte», wie Raimund einmal sagte (oder war ich es gewesen?). Nummer eins: rasiermesserscharfe Reflexe. Mit Hilfe jener – ungeachtet seines angeborenen Phlegmas offenbar ebenso angeborenen – Fähigkeit zur millisekundenschnellen Reaktion bog er gewöhnlich noch jedes Spiel um. Auf seinen Noppensocken rochierte er, der jeglicher Vorhand entbehrte, fortwährend eng an der Platte (und also kraftsparend, schweißvermeidend); schupfte, flippte und blockte stur weg, was ihm in die Quere kam, ja schmetterte mitunter gar, meist aus der Not heraus, was unter den grauenhaften Elementen seines unorthodoxen Spielstils am allergrauenhaftesten aussah; Zerstörer, der er war, griff er nie selbst an, sondern nahm das Tempo raus, wartete stumpfsinnig die Fehler des alsbald zermürbten Gegners ab und scherte sich einen Dreck um Ästhetik und Leidenschaft, sondern erntete bloß kaltblütig jeden Punkt, der auch nur im entferntesten möglich war.

Gegen so was wie Onno zu verlieren – ein Alptraum. Zumal ... tja, bitter, aber wir übrigen drei hatten ihn einst als Lückenbüßer rekrutiert: Für Doppelpartien braucht man nun mal vier Spieler. Also suchten wir nach einem stabilen Opfer. Eins, das uns nicht langweilte und dem Sportsfreund ein passabler Doppelpartner zu sein vermochte, doch in den Einzelkämpfen gefälligst zuverlässig verlor, zwecks Gruppenhygiene.

Wer andern eine Grube gräbt ... –

Seit drei Wochen jedoch war er nur mehr die leere Hülle seiner unbesiegbaren Inkarnation, unser Onno. Seit dem vorletzten Montag hatte er jedes einzelne Spiel verloren und in den Doppeln auch seinen jeweiligen Partner mit in den Abgrund gerissen. Auf Nachfragen, was zum Teufel eigentlich mit ihm los war, hatte er bis dato so gut wie nichts erwidert.

Und der heutige Abend setzte die deprimierende Entwicklung fort. Was unser Match – das letzte des Abends – anging, so hatte er den ersten Satz elf zu vier verloren, den zweiten zu drei. Die vier Punkte, die mir im dritten noch fehlten, schenkte Onno mir zur einen Hälfte mit Fehlern, zur andern holte ich sie mir mit Aufschlägen. Storchbeinig stand er da und verlor zu zwei. Schlaff klatschte er mich ab, sichtlich froh, daß die Sache vorbei war.

«PTBS», beantwortete er beim traditionellen Après-Pingpong nun schließlich doch die drei Wochen alte Frage, «nech? Hat der Onkel Doktor gesagt.»

Abgesehen von Schnorf war das *Tre tigli* lotterleer. Der April jenes Jahres verlief überwiegend mild, und ab fünfzehn Grad Celsius saß man *vorm* Lokal, ein paar Souterrainstufen aufwärts. Wärmte sich mit waldgrünen Fleecedecken, doch immerhin. Trotz eines freien Tischs aber hatte Onno so inständig darum gebeten, drinnen Platz zu nehmen, daß wir nachgaben. Und das, obwohl es sich um eine Raucherkneipe handelte. Rauchen tat von uns nur noch Onno. «Wenn's denn», knurrte Raimund, «der Caritas dient ...»

Entschädigt wurden wir mit einem besonders hemmungslosen Katarrhschnarren, dem Steamy Little Buffalo seinen Spitznamen verdankte: Schnorf eben. Raimund hatte ihn erfunden. In Hamburg gestrandeter Seemann, hatte Mr. Buffalo, waschechter Ogellalah (und stolz trug er nach wie vor Mähne), sich dereinst rettungslos in die Thekenplanke des *Tre tigli* verbissen, rauchte seither ingrimmig seinen Knaster, trank Bier und Whisky und lächelte, Carina zufolge, genau einmal die Woche – wenn Onno eintrat, nämlich. (Onnos Superkraft Nummer zwei: eine Art Charisma für Arme.)

Der einzige wirklich überzeugende Grund aber, diese Wirtsstube mit ihrer schimmeligen Küche zu besuchen, lag in der Süßkirschen-Iris, unserer Tresenfee. Mitte zwanzig und hübsch wie eine Manga-Figur, hielt Carina uns Alte mühelos bei Laune. «Hallo!» tirilierte sie. «Vier Pils erst mal?» Strahlend, als hätten wir mit Halogen vorgeglüht, setzten wir uns an den groben Stammtisch, faselten ein bißchen, solange das erste Bier noch nicht gezischt war, und bestellten Antipasti.

Als Carina die zweite Getränkerunde brachte, waren wir für den Ernst des Lebens bereit. «PTBS», wiederholte Ulli. «Heißt noch mal gleich was?»

«Posttraumatische Belastungsstörung», sagte Onno.

«Ach Gottchen», gluckste Raimund tuntig. Um ganz sicherzugehen, daß Onno den Ton auch wirklich als Teil der Folklore ihrer Sandkastenfreundschaft verstehen würde, verdrehte Raimund übertrieben die Augen ... und schleuderte Onno dann doch noch ein Lächeln hin. Ein verunglücktes Lächeln. Denn natürlich machte auch er sich Sorgen.

In den ersten Monaten nach der fürchterlichen Konfrontation mit dem Irren vom Kiez, im Spätsommer und Herbst des voraufgegangenen Jahres, hatte Onno mit Tischtennis ausgesetzt. Nichtsdestoweniger waren wir guter Hoffnung gewesen, daß er bald wieder der alte wäre. War nicht letztlich sein gesamter Lebenslauf ein einziger Nachweis außergewöhnlicher Widerstandsfähigkeit? Auf gut anderthalb Dutzend beruflichen Laufbahnen gestrauchelt und seit der Erfindung von Hartz IV dessen Empfänger, hatte er sich doch nie unterkriegen lassen. Und also bereits im Winter nach der Katastrophe wieder aufgeschlagen – und sich Montag für Montag bis auf achtzig Prozent seiner einstigen Klasse gesteigert. (Tatsächlich: «Klasse», hatte Raimund gesagt.)

So daß Siege gegen ihn eher möglich wurden (und auch vorkamen), doch eben nur achtzig Prozent wert waren. Seit drei Wochen aber waren sie einen feuchten Kehricht wert.

«Tjorp, 'ch, 'ch, 'ch», kicherte Onno halbherzig, indem er versuchte, seines Sandkastenkumpels Scherzchen Tribut zu zollen. «Jedenfalls mach ich nach Finkloch rüber. Bis auf weiteres. Nech?»

«O Mann», sagte Raimund. «Schon wieder? Zieh doch gleich ganz hin!» Schon im Vorjahr war Onno die Sommermonate über bei den Schwiegereltern untergetaucht. Damals, um der drohenden Gewalt des Irren vom Kiez auszuweichen; letztlich ja vergeblich.

Onno säte Tabakkrümel in die Blättchenrinne – umständlich wie je, nur, daß er dabei zitterte –, und ähnlich schwindsüchtig wie sein Tabaksbeutel wirkte sein doch sonst so gütiges, ja gutes Grienen. «Njorp, nech?» sagte er, «ich weiß auch nicht, nech?»

«Wie», fragte Ulli, und es war längst keine Überraschung mehr für uns, daß dieser unser Kaventsmann ein Seelchen beherbergte, «äußert sich denn das?»

Doch Onno druckste nur herum. Andererseits sah er *immer* aus, als druckse er herum. Jedenfalls brauchte er ein bißchen, und dann sagte er auch nur, der Arzt habe gesagt, es sei geradezu die Regel, daß eine solche PTBS sich erst nach Monaten mit seiner vollen Wucht Bahn brach. «Ich halt' es einfach nicht mehr aus in der Stadt», sagte Onno.

«Deswegen wollte ich auch nicht draußen sitzen, ich ... ich weiß auch nicht, nech? Drinnen fühl ich mich sicherer, nech?» Was geflunkert war, wie er mir später verriet. Drinnen, draußen – in Hamburg war es die Wahl zwischen zwei Übeln.

Schon seit drei Wochen suchten ihn aus heiterem Himmel tiefe depressive Verstimmungen heim. Unvermittelter Lärm löste scheinbar lebensgefährliche Panikattacken aus. Als erstes jener Kavaliersstart irgendeines Testosteronjunkies an der Kreuzung Hoheluftbrücke: kreischende Reifen – ein Geräusch, das die Nerven mit dem Skalpell schälte; der schwache Geruch erhitzten Gummiabriebs, vielleicht auch bloß eingebildet. «Ich bin regelrecht, nech?, in die Knie gegangen ...»

Unweit einer Kolonie Krokusse – stechendes Gelb, das Lila von Hämatomen – sackte er ins Gras. Unerträglich die Ramme in seiner Brust, holpriges Stampfen; kalter Schweiß verklebte Stirn und Nacken. Derart zitterten die Finger, daß noch eine halbe Stunde später nicht daran zu denken war, sich eine Zigarette zu drehen. Das war der Anfang, und jedes Bölken eines Gerüstbauers im Hinterhof setzte denselben Horror in Gang.

Dazu nachts immer derselbe Alptraum: Irrer vom Kiez ante portas. Zwo Meter zwo, hundertachtundzwanzig Kilo Knochen und fettarme Muskelmasse, vollkommen zahnlos, doch implantierte Stummelhörner aus Teflon, splitternackt, ganzkörpertätowiert, Tubus im Nasenloch, mitsamt Kabeln und Schläuchen und Tropf steht er vor der Tür, die Linke umklammert den Infusionsgeräteständer, mit rechts drückt er auf die Klingel.

Nach dem dritten Anfall in fünf Tagen und dem fünften Alptraum in fünf Nächten hatte Edda ihn zum Arzt geschickt, der ihn mit der Diagnose PTBS langfristig krank geschrieben und ein Asyl auf dem Lande befürwortet hatte. –

Uns selbst steckte der Amok vom Freitag, dem 13. August des vergangenen Jahres, noch in den Knochen. Doch das Leben ging weiter ... und so starrten wir ein Weilchen in unsere halbleeren Gläser, Ulli, Raimund und ich – Onno hatte das seine, weitere Ausnahme in seinem Verhalten, vorzeitig geleert –, und hofften, er sehe uns nicht an, daß wir über einen Ersatzmann nachdachten. Nicht schon wieder Wochen und Monate ohne Möglichkeit zum Doppel, bitte!

«Ich hab», sagte Onno da, «über einen Ersatzmann nachgedacht, nech?» Er nannte einen Namen.

«Der Lackaffe?» fuhr Raimund auf.

«Der ist ganz nett», sagte Onno. «Und kann auch schöner spielen als ich. Und», er versuchte ein gütiges Lächeln, «trägt bestimmt Unterhosen zu fuffzig Euro pro Stück.» Seit Jahren eiferte Der schöne Raimund sich in der Umkleide über Onnos Wäschegeschmack. –

Um der Wahrheit die Ehre zu geben: Es sollte keine drei Montage dauern, daß wir Onnos zeitweiligen Verlust verwanden (lediglich in seiner Eigenschaft als Tischtennispartner, versteht sich). Der Neue war Rechtshänder (d.h. stand seinem Doppelpartner nicht ständig im Weg herum), schlug phantastische Hyperbeln (d.h. konnte wirklich schöner spielen als Onno – wozu, zugegebenermaßen, im Prinzip nicht viel gehörte ...), und er verlor. Das diametrale Gegenteil von Onno.

Aber eben auch in puncto Freundschaft, Freundlichkeit, Geselligkeit, Schrulligkeit, Witz, Güte, Charme. Weswegen wir ihn ins *Tre tigli* nicht mitnehmen mochten. Weswegen jenes Après-Pingpong für ziemlich lange Zeit das letzte bleiben sollte.

Weswegen, als hätte sie das geahnt, Carina sich Onno in besonderem Maße widmete ... «Onnolein», rief sie ihm, vom Zapfhahn aus, durch die Rauchzeichen aus Schnorfs Kalumet hindurch zu, und ihre schwarzen Augen leuchteten vor Übermut, «ich brauch noch einen Tischherrn! Meine beste Freundin heiratet! Hast du Sonnabend schon was vor?»

Der Kitzel der sieben- bis achtprozentigen Unsicherheit, ob nicht tatsächlich was dran war, machte uns Komparsen schier affig. Am meisten erbitterte es Raimund, wenn Carina mit Onno «schmuste». Vom ersten Abend an hatten die beiden einen Narren aneinander gefressen, und Raimund führte den Umstand durchaus auf Onnos Charisma zurück. Gegen das er ja auch gar nichts hatte. Nur bei Wirkung auf allzu hübsche junge Frauen wurde er unwillig. Daß ein Zausel die Aufmerksamkeit einer Venus zu erregen vermochte, und zwar hinter seinem, Des schönen Raimunds, schönen Rücken: ein evolutionsbiologisches Unding.

«Carina!» mischte er sich folglich ein. «Nimm mich! Der kann nix!»

Nicht nur in puncto Beruf übrigens – Raimund hatte eine mustergültige, pfeilgerade Karriere als Verlagskaufmann hingelegt –, auch in puncto Frauen konnten die Lebenswege zweier Sandkastenkumpels kaum unterschiedlicher sein. Waren Onno und Edda schon als Jugendliche ein Liebespaar geworden und mit legendärem Ruf bis dato geblieben (bewußt kinderlos, übrigens), hatte Raimund, seit er sechzehn war, kraft Schönheit nebst Anmut die hanseatische Damenwelt en gros beglückt. Er war schon über vierzig, als ihn die zehn Jahre jüngere Liese becircte, kurz darauf heiratete und zum glücklichen zweifachen Vater machte. Seither war er treu wie Gold, doch geflirtet werden mußte – einfach, um in Form zu bleiben: das tägliche Trimmpensum eines einstigen Hochleistungsliebhabers.

«Du?» hupte Carina frech. «Du bist mir ... zu schön. Schöne Männer sind, hm.»

«Sind hm. Aha. M'hm. Na, so was hab ich ja noch nie gehört. Du junges Ding, du.»

«Nichts für ungut. Nichts für ungut.»

«Hm.»

«'ch, 'ch, 'ch ...»

Als ich ihn bei Edda absetzen wollte, hatte Onno einen sitzen. Ich hielt mit laufendem Motor in der zweiten Reihe im Eppendorfer Weg, aber ganz gegen seine Gewohnheit stieg er nicht sofort aus. «Was ist», fragte ich, und da er nicht gleich antwortete, drehte ich den Zündschlüssel herum. Ich war sein zweitältester Freund. Neunzehnhundertachtundsiebzig, als Erstsemester, war ich ins *Plemplem* geraten ... und seinem Wirt seither verfallen.

Da war es, daß er mir seine bereits länger anhaltende Befürchtung verriet, Edda gehe fremd – woraufhin ich die Vermutung äußerte, eine derart abwegige fixe Idee müsse mit seiner PTBS zusammenhängen. O Gott, dachte ich. Nicht auch das noch. Blieb ihm denn kein Wahn erspart?

«Mm.» Er kramte seinen Tabaksbeutel hervor, sah, daß nichts mehr zu holen war, kramte einen neuen hervor und drehte sich schweigend eine seiner bleistiftdünnen Zigarettchen, während ich noch ein bißchen weiter auf ihn einteufelte. Schließlich schnappte er sich seine Sporttasche vom Rücksitz und stieg aus – nicht, ohne zu heucheln, getröstet zu sein. «Schüs denn! Bis bald!»

«Soll ich dich besuchen, da in Funkloch? Hätte ohnehin Lust, meinen einstigen Mandanten mal persönlich wiederzusehn.» Ich sprach vom alten Amtsförster a. D., den ich seinerzeit gegen die Katzenzenzi vertreten hatte. «Oder wir alle besuchen dich da. Der ganze Verein. 'ne ordentliche Partie im Garten? Das hätte doch was.» Von Edda wußte ich, daß die Baenschs im Besitz einer Tischtennisplatte waren – allerdings seit Jahren keinen Gebrauch mehr davon gemacht hatten.

«Klar», sagte Onno durchs offene Beifahrerfenster und steckte seine Zille in Brand. «Macht das, nech?»

Am darauffolgenden Wochenende chauffierte Edda ihn samt Koffer nach Finkloch hinaus.

*

Und in diesem seinem Exil genas Onno seit bereits vier Wochen, als der kalte Krieg mit der Katzenzenzi plötzlich umschlug … und offen ausbrach; kurz nach Henrys dreiundsiebzigstem Geburtstag.

Der war auf einen Mittwoch gefallen, und am Wochenende sollte ein bißchen gegrillt werden. Ausschließlich im Familienkreis, der überdies enger ausfiele: Jenny studierte inzwischen in Kalifornien, Tim reiste und arbeitete für ein Jahr in Australien, und ob Dennis vorbeischauen oder sich in der Club-Szene Hamburgs herumtreiben würde, war noch unklar. Früh am Sonnabend war Edda gestartet, und obwohl sie wieder einmal von der achtundachtzigminütigen Anfahrt entnervt war – zumal sie das fünfte Wochenende in Folge rausfuhr –, zog es sie auch diesmal als erstes zu Omas Grab. Übers blütenbestreute Kopfsteinpflaster der Kastanienallee trieb sie Onnos klapprigen Ford Ka auf das Feuerwehr- und Kühlhaus zu, umrundete den Löschteich samt seinem dösenden Quintett von Trauerweiden und wählte den linken der drei Forkenzinken – wie früher, als ihre Familie noch im Forsthaus lebte. Auf dem Weg zum Friedhof grüßten sie zwei Leute per Wink, die sie nicht erkannte, und ein entgegenkommendes Auto, dessen Fahrer ihr auf den ersten flüchtigen Blick ebenfalls unbekannt blieb, betätigte die Lichthupe.

Diese asymmetrische Wiedererkennung war nur allzu erklärlich – Edda müßte sich hundert Autos merken, der Finklocher merkte sich eins (bestätigt durch Hamburger Kennzeichen) –, und doch war Edda ihre unzulängliche Rolle stets ein bißchen peinlich. Anders als Rosemarie und Nelkenheini hatte sie den Umzug von Wilhelmsburg nach Finkloch seinerzeit nicht mehr mitgemacht. Sechzehn war sie gewesen und Auszubildende in einem Eimsbütteler Kindergarten. Sie hatte ein möbliertes Zimmer bezogen und sich die fehlenden paar Kröten, die sie zum Leben brauchte, am Wochenende zusammengekellnert. Die Baenschs hatten volles Vertrauen in die Vernunft und Selbständigkeit ihrer Tochter. –

Wenn Edda traurig war, entsprach es ihrem Wesen, nach einer angemessenen Weile wieder an etwas Lustiges zu denken. Bisher hatte sie dann meistens an Onno gedacht. Als sie aber, immer noch weinend vom Anblick des Grabs, die schmiedeeiserne Friedhofspforte wieder hinter sich schloß, fiel ihr nichts ein. Sie öffnete die Tür des kugeligen Kleinwagens und – ein letztes Mal seufzend – entfernte mit dem Zeigefingerknöchel Tränenflüssigkeit. Dabei meinte sie, mit dem anderen, schielenden Auge vom ehemaligen Forsthaus her eine herannahende Gestalt wahrzunehmen, ob zu Fuß oder auf einem Fahrrad, war unklar.

Edda stieg ein, trocknete ihre Tränen und setzte vorsichtig zurück. Doch ein zweiter und dritter Blick, über die Schulter und in den Rückspiegel, belehrten sie, daß auf der Straße niemand war.

Als wäre diese Fata Morgana Anlaß genug dafür, fuhr Edda diesmal nicht sofort die Strecke zurück, um sodann in die nächstgelegene der beiden Querspangen einzubiegen, welche die drei Forkenzinken miteinander verbanden. Vielmehr wendete sie und tat etwas, das sie seit Jahren, ja Jahrzehnten nicht mehr getan hatte: Sie setzte den Weg in nördlicher Richtung fort, zwischen dem grellen Rapsfeld und dem verwucherten Unterholz des Lärchenwalds hindurch, bis er endete. Bis sein Asphalt in einen geschotterten Platz mündete, dessen Flächenform einer Dalíschen schmelzenden Uhr entsprach. Flankiert von licht stehenden, steinalten Eichen und Buchen, Lärchen und Tannen, bot er problemlos drei Dutzend Fahrzeugen Raum. Momentan war er leer. Auf ungefähr sieben Minuten vor zwölf zog ein schlichter brauner Lattenzaun eine Tangente.

Zwei Fahrzeuglängen vor dem Parkplatz stoppte Edda unter einer Eberesche. Die Äste kratzten ein wenig am Dachlack. Obwohl weit genug entfernt, als daß von Verletzung privater Sphäre die Rede sein könnte, fühlte Edda sich unbehaglich.

Wenn sie sich zum Beifahrersitz hinüberbeugte, hatte sie nahezu ungehinderten Durchblick – über Schotterplatz und Zaun hinweg, der neben einer doppelflügeligen Fahrzeug- eine Extrapforte für Fußgänger integrierte, eingefaßt von einem efeuüberwucherten Pergola-Tor. Parallel zur Fahrspur führte durch den verwilderten Garten ein Laubengang mit gemulchtem Wege, an dessen Ende – nebst Unterstand für einen funkelnagelneuen, schneeweißen Ford Galaxy – im Schatten eines Hains hoher Blautannen das einstige Forsthaus ruhte, schräg versetzt, zweistöckig, hell verputzt; malerischer Vorbau, dickes Strohdach mit Schleppgaube darin, über der Schmalseite abgewalmt, darunter kunstvolles Fachwerk, dunkelbraun gebeizt; desgleichen die Läden an den spiegelnden Fenstern. Kein Wunder, daß es einst Henrys – und auch Bettys – erfüllter Wunschtraum gewesen war.

Ein Capriccio zufälliger, gläserner Töne drang durchs heruntergelassene Fahrertürfenster an Eddas Ohr. Als feierten Elfen ein Gelage. Zu sehen war das Windspiel nicht.

Edda schaute. Zwei Dinge fielen ihr erst auf den zweiten Blick auf.

Zum einen ein rechteckiges Schild auf Stelzen, eingepflanzt über einer grünspanüberhauchten Buddha-Plastik. Auf sonnengelbem Hintergrund, zwischen zwei identischen Mandalas aus konzentrischen Zackenkreisen in Braun- und Rot-, Orange- und Gelbtönen sowie Hellgrün, stand die Inschrift HAUS TARA PARINAMA. Edda erriet sie mehr, als daß sie sie entzifferte. Wie ich von meinem einzigen Besuch der Eigentümerin etliche Jahre zuvor wußte, hatte der Setzer sich bei den Initialen von spiegelverkehrtem Sanskrit inspirieren lassen.

Zum zweiten: Katzen.

Zunächst nur eine. Eine, die aufgrund ihrer Fellzeichnung selbst Edda Yinyang taufen würde. In energiegeladenen Sätzen überquerte sie den Schotterplatz, und in kaum mühevoller wirkenden setzte sie den Stamm einer Buche hinauf, bis sie nicht mehr zu sehen war.

Dann eine pampelmusenfarbene. Geduckt schnürte sie den Zaun entlang. Diesseitig.

Dann eine dritte ... und eine vierte. Eine fünfte und sechste, die im Sauerklee zwischen den Klauen der Baumsaurier miteinander balgten. Und eine siebte zerpflückte einen Zeisig, daß die Daunen nur so stoben.

Nach wie vor auf den Beifahrersitz gestützt, die Stirn unterhalb der Windschutzscheibenwölbung, stockte der entsetzten Edda der Atem. Wenn sie das ihrem Schwager erzählte ... die Folge wäre neuerlich säuerlichste Miesepetrigkeit.

Die achte landete direkt vor Eddas Nase.

KRACHCHCH! Die Kühlerhaube dellt ein und wieder aus. Ein Monstrum. Mehlweiß, nackt, fett wie ein Köter. Rubine statt Iris, gespalten von Pupillen so schmal wie Ausrufezeichen. Die Fledermausohren vorgewölbt. Die dünne Innenhaut darin ... (In der darauffolgenden Nacht träumte Edda von toten Föten.) Edda kreischt – schrill genug, daß es ihr in den eigenen Ohren klingelt, und das Biest dreht die Ohren flach in den Nacken und faucht geduckt. Vampirzähne. Zunge wie das Geschlechtsteil eines Fabelwesens.

Als sie die Pforte im Jägerzaun der Baenschs öffnete, flatterte Eddas Hand immer noch. Das Gewicht des Schrecks konnte sie am Überschuß an Rührung abwägen, mit der sie Dianas Begrüßung entgegennahm. «Ach du kleiner Schatz, du kleiner *Schatz* du; *du*, du, du, du, du jaaaa, mein kleiner, süßer Schatz du ... *iiiiih*, was hast *du* denn gefress'nnnnn!»

Sie warf einen Blick zum Gartenhäuschen hinüber, doch Henry war nicht zu sehen. Die Remise war auch leer.

Auf der Terrasse vor der Jägerstube hockend, pellten Mutter und Schwester Kartoffeln für den abendlichen Salat. Es war, wie gesagt, Eddas fünfter Wochenendbesuch hintereinander, und wiewohl es der Herzlichkeit keinerlei Abbruch tat, irritierte Edda das Routinierte in der Begrüßung für einen Moment, und sie kicherte.

«Was», fragte Betty, «gnickerst du denn …?»

«Ach …» Edda seufzte. «Bin ein bißchen albern heute. Hab nur gedacht, wie bescheuert es wäre, wenn man sich so begrüßen würde, wie man Hunde begrüßt.»

Betty schüttelte unsichtbar den Kopf, aber Rosi quakte: «Mir machen die Wechseljahre auch zu schaffen …»

Ihr Erlebnis am ‹Haus Tara Parinama› verschwieg Edda. Der Gedanke daran sträubte ihr die Nackenhärchen (daß diese fette Bestie überhaupt auf den Baum gekommen war!). Sie wollte ihrer Mutter ersparen, einmal mehr in Melancholie über die Verwilderung ihres einstigen Paradiesgartens zu verfallen – das schmerzhafteste Symbol für ihren Verlust. Edda holte ein Kartoffelmesser aus der Küche und pellte mit. Sie schaute auf ihre Armbanduhr. Elf. «Pennt er noch, oder was?» fragte sie.

«Weiß nicht», sagte Betty. «Vielleicht liest er ja schon die Zeitung.»

«Mama», sagte Edda.

«Ja was ‹Mama›. ‹Mama›, ‹Mama›. Dann guck doch selbst nach.» Betty sah weder ein, daß sie über Onnos Zustand Rechenschaft ablegen sollte, noch daß sie ihn nicht in Schutz nehmen durfte.

«Was», sagte Rosemarie, «bedeutet eigentlich P… PBTS noch mal genau?»

«P-T-B-S», berichtigte Edda. «Posttraumatische Belastungsstörung.»

«Wegen der Geiselgeschichte, nä?» Rosi war nicht dumm – im Gegenteil, sie war schlauer als sie, Edda –, und deshalb ärgerte es Edda, wenn sie dumme Fragen stellte. Früher hatte sie Edda damit oft aufs Glatteis gelockt. Heute war es meist nur mehr Angewohnheit. Denkfaulheit.

In diesem Fall allerdings schwang etwas anderes mit. In

diesem Fall könnte Edda, wenn sie es drauf anlegte, die Frage geradezu provokativ auslegen – als wittere sie Zweifel von seiten Rosemaries.

Edda (und Onno) war es gelungen, ihrer Familie eine sehr schlichte Version seiner Verstrickung in die Geschichte vom Irren vom Kiez zu verkaufen. Er sei einfach zufällig eins von dessen Opfern geworden. Was einst zu der Familie Schutz gedacht war – als Onno hier untergetaucht war –, weste fortan als ungeklärte Sache. Aus demselben Grund wußte die Familie – auch wenn sie sich ihren Teil dachte – nicht gewiß, daß Onno schon lange kein Journalist mehr, geschweige zwischendurch Detektiv geworden war.

Onno Journalist? Nun, die Agentur für Arbeit hatte ihm sogar einen ordentlichen Gründungszuschuß zugesprochen. Gewährsmann für die ersten Aufträge war ein ehemaliger Kommilitone, Lektor eines Buchverlags, der die Verluste aus der Belletristik anhand von Juxprodukten zu kompensieren pflegte. Eines davon zu betreuen vertraute er Onno an, dessen er sich als komischen Vogels erinnerte, und auf seinen Sinn für Quereinsteiger hielt er sich was zugute. Sechstausend Euro Vorschuß! Zusammen mit dem Geld vom Staat ein warmer Regen, wie er bei den Vietsens sehr selten fiel. Mit einem wehen Lächeln dachte Edda an die kleine Schampus-Feier damals.

Es handelte sich um eine Reihe von Astrologie-Parodien. Schmale, mit Cartoons angereicherte Bändchen, die jeweils bestimmten Bevölkerungs- und Berufs-(sprich: Ziel-)Gruppen Spaß bringen sollten: Ärzten, Polizisten, Seglern, Sekretärinnen, Rentnern ... Im Akkord vollstreckte Onno die dünnen Textchen. Eines davon konnte Edda auswendig:

Das Rentner-Horoskop für nächste Woche
Stier (21. 4.–20. 5.)
Montag: Rente. Dienstag: Rente. Mittwoch: Rente. Donnerstag: endlich mal zum Arzt. Freitag: Rente. Samstag: Lottoschein abgeben; Auto waschen. Sonntag: Auto fahren. Montag: tot. Dienstag: tot. Mittwoch: tot. Donnerstag: Beerdigung. Freitag: tot. Aber Samstag! Samstag werden Ihre Zahlen gezogen!

Leider entbehren alle anderen ähnlicher Bündigkeit – und außerdem trug das Gesamtkonzept nicht –, so daß die Reihe schon nach einem halben Jahr wieder eingestellt wurde.

Ebensowenig wie Onno hatte sich Edda je schwere Sorgen um ihrer beider Zukunft gemacht. Von Anfang an hatte sie geahnt, daß ihr künftiger Gatte ein geborener Spinner war und bleiben würde. Schon immer hatte er den ganzen lieben langen Tag Blech verzapft. Um ehrlich zu sein, hatte sie ihn unter anderem deshalb geheiratet – sie liebte sein Vogelkino, es war nie langweilig mit ihm.

Doch nun erzeugte der Gedanke an ihn, der Wehmut eigentlich vertreiben sollte, neue Wehmut. Schuld jene Verkettung von unglücklichen Umständen der jüngsten Vergangenheit. Jener Vorschuß hatte zu einem Bußgeldbescheid vom Finanzamt geführt, weil Onno die Steuern dafür «hinterzogen» hatte (in Wahrheit bloß vergessen anzugeben, Chaot, der er war); der Bußgeldbescheid dazu geführt, daß Onno jenen fatalen Ermittlungsauftrag übernahm (eben, um das Bußgeld zahlen – und, nicht zu vergessen, Edda zum Fünfzigsten ein Fahrrad schenken zu können); die entsprechende Gründung der Detectei Viets letztlich dazu geführt, daß Onno unter einer posttraumatischen Belastungsstörung litt. Seit dem 13. August vergangenen Jahres war er einfach nicht mehr derselbe, und dieser Gedanke entzog Edda mitunter den Boden unter den Füßen. Noch nie in ihrem Leben, noch nie in ihrem Zusammenleben war das vorgekommen.

Mit ihrer pseudodummen Nachfrage, ob Onnos PTBS auf die Gewalttat des Irren vorn Kiez zurückzuführen sei, löckte Rosi also möglicherweise wider den Stachel. Doch Edda wollte keine Mißstimmung. «Ja natürlich wegen dem, was denkst du denn. Wegen *mir*?» Die Frauen lachten, lachten mit dem aufs Haar gleich klingelnden Akzent.

«Vielleicht», schlug Betty den Bogen zurück zu Onnos anhaltender Abwesenheit an diesem Morgen, «macht er ja noch dieses ... Ölgurgeln.»

«Ölziehen», sagte Edda. «Das macht er wieder? Seit dieser Woche, oder was? Hat er jahrelang nicht mehr gemacht.»

«Ölziehen?» quiekte Rosi-Daisy.

«Ja», sagte Edda. «Er nimmt morgens einen Schluck Olivenöl und bewegt ihn minutenlang im Mund. Soll Bakterien abtöten. Minutenlang kannst du nicht mit ihm reden. Immer nur hm-hm-hm ...» Edda machte Faxen, so daß Mutter und Schwester erneut hell auflachten. «Manchmal glaub ich, er tut das nur, damit er morgens nicht mit mir reden muß.»

Im Anschluß fiel Betty noch etwas ein, das sie wiederum Edda zu sagen versuchte. Was in etwa klang wie: «... und sag mal, Ros-, ts, Evel-, ts – horr! Edda!!»

Ein familientypischer Lapsus. Noch tief verstrickt in den zu äußernden Gedanken, verfehlte die Sprecherin den Namen der Adressatin knapp – irgendwas mit Liebe halt –, und da es den Adressatinnen oft ebenso ging, wurde überhaupt kein Aufhebens davon gemacht. So daß der Unmut über sich selbst in Bettys Miene rasch wieder dem Amüsement über das wich, was sie gleich sagen würde: «Sag mal, Edda – schläft Onno eigentlich immer so?»

Unwillkürlich erglühten Eddas Wangen. «Sag bloß, er hat ... du hast ihn gesehnnnnn.»

«Na ja, wir sind uns nachts vorm Klo begegnet.» Heftiger kicherte sie.

«Mann, Mann, Mann», sagte Edda. «Der soll sich 'ne Pyjamabüx überziehn, wenn er zum Klo geht, der Döskopp, der. Unmöglich, dieser Döspaddel. – Und hat er sein Schulterleibchen getragen?» Sie grinste. Sehenswert, wenn sich Eddas Lächeln in Grinsen wandelte.

Betty kam aus dem Kichern gar nicht wieder heraus. Wischte mit dem Zeigefingerknöchel der Hand, in der das Kartoffelschälmesser lag, eine Träne aus dem Augenwinkel. «Macht er das immer so?»

«Schulterleibchen?» quietschte Rosi-Daisy.

«Ja ...» Edda grinste noch einen Zacken garstiger. «Er nimmt 'n altes T-Shirt, und dann schneidet er alles unterhalb der Brust ab, und was übrigbleibt, zieht er dann an. Weil's ihm sonst zu warm wird unter der Bettdecke. So ganz ohne um die Schultern aber zu kalt.»

Rosi lachte hell auf. Wohl ob des fertigen Puzzlemotivs, das sie nun von dem Anblick gewonnen hatte, den Betty offenbar neulich nachts im ersten Stock hatte genießen dürfen.

Das Baensch'sche Haus war groß genug, eine fünfköpfige Familie zu beherbergen, und wäre es nicht Omas Erbe, hätten Henry und Betty nach dem Verlust des Försterhauses wohl ein kleineres vorgezogen (deren es in Finkloch allerdings kaum welche gab). Jedenfalls freuten sie sich über Onnos Dauerlogis allein insofern, als die neben den ehelichen Schlafzimmern weiteren beiden Zimmerchen im Obergeschoß – ansonsten als Abstell-, Näh- und Ankleidekammer genutzt – mithin mit Leben erfüllt wurden. (Das zweite bot Edda an den Wochenenden komfortables Schnarchexil.)

Da nun einmal so viel Raum zur Verfügung stand, hatten die Baenschs es sich zur Tugend gemacht, ein offenes Haus zu führen. Auch wenn Betty in ein Alter kam, in dem zusätzliche Hausarbeit keine Bagatelle mehr war – noch begrüßte sie jede Gelegenheit, ihrer Gastfreundschaft nachzukommen.

Als Edda nach ihrem Vater fragte, sagte Betty, auch wo der sei, habe sie keine Ahnung. «Gestern war er mit Onno bis in die Nacht auf Ansitz; muß spät geworden sein; hab gar nicht mehr mitgekriegt, wie sie nach Hause kamen.» Wie Edda schlief auch Betty im Schnarchexil. «Und heut morgen ...» Sie winkte ab, fuhr dann aber doch fort: «... hatte er wieder seine schmalen Lippen. Ich war am Blumengießen, und er hat nur eben schnell den Bockschädel in den Topf getan und ist gleich weggefahrn. Wollte irgendwas in Geestend besorgen.»

«Du glaubst es gar nicht», quakte Rosi, «die hängen dauernd zusammen, Papa und Onno. Peter nennt sie schon ‹unser Duo depressivo›.»

«Und wir», versetzte Edda, «nennen Peter ‹unsern piesepampeligen Miesepeter›.»

«Ich wollte dich nicht kränken», sagte Rosi. Quakte Rosi. Edda schämte sich ein bißchen.

«Aber es ist ja so», sagte Betty. «Dauernd glucken sie zusammen und machen 'ne Löt ... als ob's ihnen Spaß macht, Trübsal zu blasen.»

«Geteiltes Leid», quäkte Rosi, «ist doppelte Freud.»

Da kam der tannengrüne Opel Kombi auf den Hof gefahren, und Henry stieg aus. Natürlich mußte er den Ka vorm Haus gesehen haben, und natürlich sah er Edda sofort im Kreis der kartoffelpellenden Frauen auf der Terrasse am plätschernden Wasserfällchen. Und so erkannten sie an seiner Miene sofort, daß etwas vorgefallen sein mußte, und als im selben Moment Onno aus der Tür zum Hauswirtschaftsraum in die Doppelremise trat, erkannte Edda in dessen Miene sofort die Bestätigung dessen.

«Hallo, Töchter», sagte Henry, und wieder einmal klang's, als sei sein Mund mit Mull verbunden, so daß Betty – noch ohne zu wissen, was zum Teufel los war – ein angst- oder zumindest ahnungsvolles «*Horr...!*» entfleuchte.

*

Ihre Ahnung trog sie nicht. Seltsames, Düsteres war geschehen.

Im Gegensatz zum heutigen Vormittag war es am Vorabend ein wenig bewölkt gewesen. Dennoch hatte Henry entschieden, im Mondwald auf Ansitz zu gehen. Zum wiederholten Mal seit seinem Aufenthalt hatte Onno ihm dabei Gesellschaft geleistet. So wie bei fast allen seinen Expeditionen ins Revier, sei's zwecks Pirsch, sei's zwecks Hege – oder aber auch einfach, um die Trostmächtigkeit der Natur zu nutzen. In Henrys Generation war es noch unüblich gewesen, weiblichen Nachwuchs für die Jagd zu begeistern (anstatt für Stickerei, Hauswirtschaft, Kinderaufzucht usw.), und so zielte sein unerlöster Überlieferungsdrang auf Onno.

Ihm, der zuhören konnte wie kein zweiter, erzählte der alte Amtsförster alles, was er wußte und wie es ihm grad einfiel. Er blühte geradezu auf, wenn er von Reh- und Rot-, Dam- und Schwarzwild erzählte, von Bussard und

Bekassine, von Marderhund und Waschbär und und und; mal gerafft, mal ausführlich, je nach Gelegenheit ... so wie gleich zu Anfang von Onnos Aufenthalt zum Beispiel vom Fuchs: Jenseits der Kastanienallee, am Rain von Pukkens Busch, hatte Henry seinen Schwiegersohn auf ein grasfransiges, staubiges Loch in der Böschung aufmerksam gemacht. Zwanzig Zentimeter Durchmesser ungefähr. Das, erzählte Henry Baensch, sei die Öffnung einer sieben Meter langen Plastikröhre. Unterirdisch führe sie zu einem Betonkessel, von dem aus eine weitere Röhre zum Ausgang leite. Auf dem Kessel liege ein Deckel, den man notfalls abnehmen könne, um das sogenannte Fuchssprengen zu bewerkstelligen.

«Hm», meinte Onno. «Ganz schön fies, nech?»

Nun ja, meinte der alte Amtsförster, wie gesagt, *notfalls.* Arnulf Toppin beispielsweise habe Dackel Hermann in einem Naturbau verloren. Tief und weit unter der Krume hörten sie ihn bellen, doch kam und kam er nicht wieder raus. Mußten ihn ausgraben. Der Fuchs hatte ihn in die Ecke gedrängt und erstickt. Ferner habe seinerzeit die Population überhandgenommen, so daß außergewöhnliche Maßnahmen nötig geworden seien – schon allein, um selten gewordene Bodenbrüter wie Lerche und Kiebitz zu schützen. Und im übrigen ... auch dank solcher Kunstbauten könne die Tollwut, deren hauptsächlicher Überträger der Fuchs sei, heute als ausgerottet gelten.

An derlei Exkursionen und Exkursen hatte es im just auslaufenden Maien nicht gemangelt, und speziell dieser sollte in dieser obskuren Geschichte noch eine gewisse Rolle spielen. Zwei Wochen später nämlich entdeckte Onno auf einem seiner zusätzlichen, einsamen Streifzüge durch Finklochs Gemarkungen ein ähnliches Loch im Erdboden – diesmal im Mondwald –, allerdings mit größerem Durchmesser. Ein Monsterfuchs? Onno nahm sich vor, Henry danach zu fragen, vergaß es aber immer wieder. Erst Mitte August fiel es ihm wieder ein ... aus gegebenem Anlaß. –

Nun also ging's auf Sauen. Auf der Ladefläche des Kombis hockte bereits Diana, hechelndes Lächeln im braun-silbern gescheckten Gesicht, und bewachte die Büchse auf dem Rücksitz. Onno legte seinen Rucksack dazu. Zum wiederholten Mal lag ihm ein Scherzchen auf den Lippen: *der Henrystutzen, nech?, wie bei Karl May, nech?* Doch wieder schaffte es die fixe Idee nicht in den Rang einer Äußerung. Onno setzte sich auf den Beifahrersitz, und auch Henry stieg ein. «Und ick segg noch: Vadder, schlacht dat Schwien», sprach er unvermittelt und drehte den Zündschlüssel um. «Öber nee – he lett dat vunne Küken dotpetten.»

Gutes Zeichen, wenn Henry Nonsens aus der guten alten Zeit zum besten gab ... eigentlich. Andererseits traute Onno seiner Intuition nicht recht. War schwer zu bestimmen, was Knallbonbon sein mochte und was Nebelkerze, die einen Anflug von Depression verschleiern sollte. Der Trick war Onno selbst vertraut.

Zunächst passierten sie linker Hand die umfriedeten Grundstücke der Thomsens und der Müllerchens, rechter Hand das Haus, in dem Schorse Ossenkopp lebte – allein, seit seine Frau mit einem mecklenburgischen Hühnerzüchter durchgebrannt war –, sowie das, in dem Peter, Rosemarie und momentan nur noch Dennis Zumfort wohnten.

«Warum», fragte Henry mit einer Miene, in der Bekümmerung mit Widerwillen rang, «kann der Junge seine Schrottkarre bloß nie im Hof verschwinden lassen. Das sieht doch fürchterlich aus. Oder nicht? Daß Peter auch nicht mal 'n Machtwort spricht. Auf Rosi hört er ja nicht mehr. Ist doch einfach nicht schön, oder?»

«Njorp nech?» sagte Onno. In der Hinsicht war sein Bürgersinn nicht eben allzu gediegen. Hier, am Übergang der Sackgasse in die verbundsteingepflasterte Buckelpiste (jene erste Etappe durch die Feldmark in Richtung Mondwald und Moor, Heide und Finkensee), fiel ihm etwas ganz anderes ein: «Gab's da eigentlich noch mehr Fälle mit beklopptem Rehwild, damals?» fragte er. «Weißt du, nech?, die da diesen vergifteten Raps –»

«Ach so», sagte Henry. «Tja, das war 'n Ding. Nee, in Finkloch nicht. Aber in benachbarten Revieren», erzählte er, während sie die bucklige Straße hinunterfuhren, unter einer schattigen Allee aus Eschen und Eichen, Erlen und Birken, die rechter Hand die Parkplätze am Fußballfeld und Schießstand abschirmten. Nach sieben-, achthundert Metern ging der befestigte in den ersten reinen Feldweg über: Die zweite Etappe auf dem Weg zum Mondwald war ein Hohlweg, die Grasnarbe gemäht, die Spuren tief mit staubigem, weißem Geestsand gefüllt. Linker Hand ein dichter Knick, rechter Hand weiter Ausblick über die noch flachen Korn- und Maisfelder.

Zu Anfang ein auf der Spitze stehendes Triangelschild mit grünem Rand: über einem Greifvogelemblem stand

LANDSCHAFTSSCHUTZGEBIET

Darunter, am selben Pfosten, ein rechteckiges Schildchen mit dem Text

Hier ist es verboten, Hunde unangeleint laufen zu lassen. Bitte bleiben Sie auf dem Weg. Landkreis Geestend

Während Henry erzählte, spähte er unentwegt, nur von Lenkerblicken abgelenkt, aus dem Seitenfenster, und aus dem seinen tat Onno, während er zuhörte, ein Gleiches. Diesen Späherblick hatte er auf seinen ausgedehnten Wanderungen der vergangenen Wochen zusehends vervollkommnet. Manchmal war nicht ganz leicht zu unterscheiden, ob auf dem Feldweg jenseits dieser Gemarkung ein Rehbock floh – beziehungsweise, wie der Waidmann sagte, «hochflüchtig abging» – oder bloß eine Papiertüte davonwehte; ob am Rain jenes Flurstücks bloß ein Pfahl rußte oder der Samiel dastand und starrte.

Am Vortag erst war Onno eine solche Sichtung der Kategorie ‹unsicher› widerfahren. Er hatte am Zaun jener weiten, leeren Pferdekoppel zwischen Mondwald und Lärchenhain, unweit des ehemaligen Försterhauses, gestanden und zugeschaut, wie über dem anderen Ende ein Falke kreiste, sich dann abwärts schraubte und schließlich wie ein Stein fallen ließ – um sich kurz darauf mit einem Felltierchen in den Fängen wieder aufzuschwingen. Schwer zu sagen aus dieser Entfernung, ob Maus oder Kaninchen. Wie angewurzelt hatte Onno dagestanden und erst, als er weiterwollte, sein Gegenüber bemerkt.

Hinterm Zaun der Gegenseite, reglos wie er selbst, steht der andere da. Wenn es wirklich *jemand* ist und nicht eine Vogelscheuche ... oder überhaupt optische Täuschung. Steif, klein steht er neben dem Stamm einer Pappel, gekleidet in braun-grüne Tarnkluft, so daß er mit dem Hintergrund verschwimmt. Oder narrt das Hirn das Auge? Stanzt es aus dem Hintergrund eine Gestalt heraus, wo gar keine ist? Als einziger Anhaltspunkt, daß etwas Menschliches in Betracht kommt, scheint ein bleiches Antlitz aufzuscheinen – eine Ahnung von Augen, Nase, Mund. Punkt, Punkt,

Komma, Strich. Oder handelt es sich um einen ähnlichen Effekt, wie wenn man dem Mond die eigene Vorstellung von einem Gesicht aufzwingt?

Als Onno sich ein bißchen bewegt, um des anderen Spiegelneuronen anzuregen, bleibt der stur. Eine gewisse Peinlichkeit befällt Onno, so wie man manchmal unsicher wird, ob man sich von seinem Objekt der Beobachtung im spiegelnden Bus- oder Bahnfenster tatsächlich unbeobachtet fühlen darf. Einen Augenblick überlegt er, ob er sich Gewißheit verschaffen soll, doch dann geht er einfach seines Weges. Als er sich nach ein paar Schritten noch einmal umschaut, hat sich die Perspektive verändert, und es ist nichts mehr zu sehen da drüben. Ist es doch eine Vogelscheuche, von der er jetzt die Schmalseite sieht – beziehungsweise eben nicht? Seltsam. Egal.

Sie erreichten den Fünfundvierzig-Grad-Knick in der Mondwaldroute und somit den Beginn von Etappe drei; dort, wo der Hohlweg seinen Charakter änderte, der Erdboden fester war, die Grasnarbe ungemäht blieb und spröde am Unterboden der Karosserie entlangwischte; wo jenseits von Knicks, die von Brennesseln und dornigen wilden Hirn- und Brombeerbüschen verwuchert waren, Krischan Heidkamps noch flaches Maisfeld endete und seine hügelige Viehweide mit der bizarr verwachsenen Kiefer im Zentrum sich westwärts ausdehnte. Dort befiel Henry eine eigene Reminiszenz an seine Feier, und mit diesem jungenhaften Kichern fragte er: «Ist der Herr Doktor Dannewitz eigentlich noch mit der ... mit dieser ... bemerkenswerten ...»

Attribute wie ‹bemerkenswert› kümmerten, in Satin gewickelt, unter dem alltäglichen Schüttgut in Henrys Wortschatz vor sich hin. Verwendete er mal eines davon, wirkte sein Vergnügen, als füge er das verschollene Element eines Frieses wieder ein.

«Nee, nee», sagte Onno, «'ch, 'ch … das war ziemlich schnell wieder vorbei, nech?»

«Ja, ja, unsere Aristokraten», sagte Henry, «die wischen sich den Hintern mit handgeschöpften Bütten.»

Onno ließ sein diskretes, niedliches Kichern hören – *'ch, 'ch, 'ch* –, doch Henrys Miene unterm Hut blieb verdüstert … als hindere ihn eine höhere Macht am Genuß der eigenen Bosheit.

«Unsere Aristokraten», wiederholte er, als sei es der Refrain eines Spottliedes. «Weißt du, ich hab nie kapiert … Dieser», er betonte mit nachgeäffter Hochnäsigkeit, «Hubert zur Au … mein Gönner nach'm Krieg, weißt du?, der hat wirklich viel für mich getan. Aber», Henry preßte die Lippen aufeinander, um nachzudenken. «Er war ein … nicht nur, daß er ein fieses Schwein war. Nazi sowieso. Davon mal abgesehen. Nazi, Schwein, davon mal abgesehn. Aber er war außerdem ein richtiger Holzkopf, da beißt die Maus kein' Faden ab. Und arrogant. Der war nur großzügig, weil er sich dann selber groß vorkam. Hier, den Flüchtlingsjungen, den hab ich zum Förster gemacht; oh Herr Graf, Sie sind ja so großzügig!» Als habe ihn die kleine Travestie nur allzu viel gekostet, schickte Henry ein Geräusch des Abscheus hinterdrein. Wangen und Stirn röteten sich wie vergiftet, so daß die silbernen Schläfen ungesund leuchteten.

«Und weißt du, was ich nie kapiert habe … diese Herrschaften reden sich untereinander ja gern mit diesen kindischen Kosenamen an … was für'n bescheuertes Getue … aber wie man ein solches fieses Schwein ‹Hubsi› rufen kann …»

«'ch, 'ch, 'ch …»

«... ist mir vollkommen ...»

«... 'ch, 'ch, 'ch ...»

«... schleierhaft. Flüchtlingsjunge», griff er übergangslos ein Schlüsselwort wieder auf, «ich war kein Flüchtling. Wir sind *vertrieben* worden, meine Mutter und ich. Das ist ein –»

«*Halt* mal eben», unterbrach Onno für seine Verhältnisse scharf, «halt mal eben.»

Henry bremste, daß Diana mit einem Fiepen gegen die Rückbank prallte. «Wo, was», sagte er mit instinktiv gesenkter Stimme und kramte nach dem Feldstecher auf dem Rücksitz. «Der Wolf, oder was?»

Onno starrte aus dem heruntergelassenen Fenster, mit eingezogenem Kopf, um unterm Laub der Erlen am Rand des Weges hindurchpeilen zu können. Sein Zeigefinger war unentschieden krumm. «Ich weiß nicht, jetzt ist er weg, ich dachte ...»

«Wo. Wo», sagte Henry, das Fernglas vor den Augen, an Onnos linkem Ohr vorbeilinsend, «wo war er denn. Wo hast ihn denn gesehn.»

«Da drüben, da ... siehst du die Badewanne auf der Wiese?» Ausgediente Badewannen waren früher oft zu Viehtränken umgewidmet worden. «Davor, mein' ich, hätt' ich was gesehn. So 'ne Art Schäferhund eben, nech?»

«Das wär' 'n Ding», sagte Henry, «wenn der *tatsächlich* in unsere Gegend gezogen ist. Ich seh nix», sagte er.

«Vielleicht hab ich's mir auch nur eingebildet», sagte Onno. «Vielleicht hab ich's mir auch nur eingebildet, nech?»

Im Geestender Boten war seit Wochen von vermeintlichen Wolf-Sichtungen die Rede, und die Fachleute hielten sie nicht für ausgeschlossen. Kürzlich hatte Knut Wiesmann von einer eigenen berichtet, noch weiter nördlich, im Moor.

Wie auch immer ... Onno war froh, von seiner vortägigen

Beobachtung an der Pferdekoppel geschwiegen zu haben. In jüngster Zeit war es ihm sehr viel wichtiger geworden als früher, in Henrys Augen patent zu sein, glaubwürdig, integer. Gleich zwei vage Beobachtungen, das hätte ungut danach gerochen, er wolle sich bloß interessant machen.

Weiter holperten sie stracks nordwärts, Richtung Moor – die vierte und letzte, längste und schlaglochreichste Etappe. An der Ostflanke Weiden, die in die Seewiesen übergingen. Ein sumpfiger, verschilfter Ausläufer lappte bis in den Mondwald auf der Westflanke hinein und bereitete den Nährboden für jenen dschungelhaften Dickichtstreifen in dessen Unterholz. An dieser Querung war der Feldweg meist verschlammt; man lief Gefahr, sich festzufahren, den Auspufftopf zu schädigen oder ähnliches.

Henry deutete mit dem linken Daumen vage in den Dom des Mondwalds. «Bald geht's wohl wieder los», sagte er. «Hast du den Anschlag am Schwarzen Brett gesehen, da beim Kühlhaus? Letzte Woche war ja nix, aber in drei Wochen haben wir ja wieder Vollmond. Wenn ich diese verfluchte … diese gräßliche … Frau doch bloß …» Ein Ächzen, als holte er aus, um auf dem Geestender Jahrmarkt den Lukas zu hauen.

Die Katzenzenzi.

Aus einem niederbayerischen Kaff stammend, lautete ihr bürgerlicher Name Dora Maria Zils; spätestens seit ihrer erfolgreichen Show auf einem obskuren Teleshopping-Sender um die Jahrtausendwende nannte sie sich aber Tara Parinama. ‹Parinama› war Sanskrit für ‹Veränderung›, Tara jedoch nicht etwa dem Begriff für die Differenz zwischen Netto- und Bruttogewicht entlehnt, sondern dem Namen einer Figur aus der hinduistischen Mythologie, die der Mondgott Chandra geschwängert hat.

Ich glaube kaum, daß es entsprechend gemeint war, aber so sah sie auch aus, die gute Frau Zils: Sie hatte den Bodymass-Index eines Planetariums. Von einer Landkommune, die anno 1972 im gepachteten Hof des Junggesellen Heini Porst am mittleren Forkenzinken gegründet worden war, waren sie und ein komischer namenloser Hänfling die letzten Verbliebenen. Jahrelang verdiente sie ihre Dünkel-Brötchen mit einer obskuren Behindertenrente sowie ebensolchen Seminaren, einem kleinen Versandhandel mit esoterischen Devotionalien sowie Hausverkauf von Drogen wie Pot und getrockneten Hortensien.

Just als Katzenzenzi samt Hänfling das Dach von Heinis Haus über dem Kopf zusammenzubrechen drohte (und der Pachtvertrag auslief), kam der goldene TV-Segen, und in dieser prosperierenden Phase stieß sie vermittels eines Strohmanns in die Flanke, die sich öffnete, als unklar war, ob die Baenschs ihr geliebtes Forsthaus auch nach Henrys Pensionierung würden bewohnen dürfen. Dürfen, wollen oder überhaupt können: Es hatte an die dreihundert Quadratmeter Wohn- und Büro-, Arbeits- und Abstellfläche, die beheizt und bewirtschaftet, gereinigt und instand gehalten werden mußten, und unterdessen würden die Bewohner nicht jünger werden. Eine Lösung hätte nur mit Peters und Rosemaries Hilfe gefunden werden können, die wiederum bereits genug mit Omas Pflege zu tun hatte.

Auch in den Staats- und Landesforsten hatte in den 90er Jahren der Rotstift das Regiment übernommen, und auslaufende Försterstellen wurden nicht wieder ausgeschrieben. Ab 1999 war der Geestender Förster auch für Finkloch zuständig, und um die klammen kommunalen Kassen ein bißchen aufzubessern, wurden weite Waidflächen arrondiert und die nicht länger benötigten Dienstimmobilien zum

Kauf angeboten. Schon Monate vor seinem letzten Arbeitstag hatte Henry vom Leiter des Geestender Forstamts einen entsprechenden inoffiziellen Hinweis erhalten. Doch in einem unseligen Gemisch aus Kompetenzwirrwarr, Korruptionsverdacht, persönlichen Mißverständnissen und – ja, auch das gehörte zur *ganzen* Wahrheit der Affäre Forsthaus Finkloch – Baensch'scher Zauderei und Saumseligkeit wurden eines Tages Fakten geschaffen. Mein Mandat kam viel zu spät.

Selbst wenn sie sich gegen den Erwerb entschieden hätten: Der Schmerz bei der Nachricht, welche dreckig lachende Dritte hinter dem Strohmann steckte, hätte Henry fast den Verstand gekostet.

Wie auch immer, seither spukte die Katzenzenzi mit ihrer bleichen Mähne und in ihren weißen Gewändern in dem Garten herum, der emotional nach wie vor Betty gehörte, und zu allem Überfluß seit 2007 auch noch auf dem Mondplatz, der wiederum Henry heilig war: Ganz offensichtlich würde sie ihn künftig zum jeweiligen Vollmond der wärmeren Monate okkupieren, um dort mit den Jüngerinnen ihrer «Luna Lessons™» nächtliche Spökenkiekerei zu betreiben. (Recht lukrative. Zwanzig Arbeitstage pro Jahr gleich € 107 784,– Umsatz.)

Genausogut hätte sie Henry ein Messer zwischen die Rippen rammen können.

Jeder Finklocher, der was auf sich hielt, haßte Frau Zils herzhaft – seit Jahrzehnten. –

Tausend Meter später stellte Henry das Auto an einem Findling ab, der den Eingang in den Mondwald markierte. Ruck, zuck nahm Onno seinen Rucksack huckepack; Henry desgleichen, leinte Diana an und schulterte den Riemen der Büchse, Kimme und Korn vorschriftsmäßig himmelwärts gerichtet. Dann stapften sie ins Gehölz hinein, und ab sofort wurden Worte – wenn überhaupt noch – nur mehr raunend gewechselt.

Sie folgten einer Doppelspur von Treckerreifen mit tiefem Profil, zunächst durch hüfthohen Brennessel-, dann durch mannshohen Farnwald, stets dicht beschirmt von Kiefernwipfeln hoch über allem. Zehn Minuten später eröffnete sich jene nierenförmige Lichtung, die der Finklocher seit jeher Mondplatz nannte. Sie war ungefähr so groß wie ein Minigolf-Areal, der Boden teils weicher, gespickt von Maulwurfshügeln, teils härter und mit Kiefernnadeln bestreut, hier und da bewachsen mit Gras und Klee und Buschwindröschen.

Gleich am hiesigen Rand die Suhle fürs Schwarzwild. Während auf der Westflanke der Nadel- sachte in Laubwald überging, bewegten Henry und Onno sich an die hundert Schritte weit entlang der Ostflanke, dem Chlorophyllwall jenes Dickichts, das unterhalb der borstigen Stämme wucherte – die Rückseite desjenigen Dschungels, der auf dem sumpfigen Wiesenausläufer jenseits von Waldrain und vierter Feldweg-Etappe zu gedeihen begann.

Sie marschierten auf den Hochsitz zu: vier Pfosten – ehemalige Telegraphenmasten, pechgetränkt und somit Ewigkeiten haltbar –, an drei Seiten verstärkt mit Lattenscheren; obenauf die grüne Holzkanzel, geschlossen, zusätzlich gedeckt mit Teerpappe.

Henry legte Diana ab, indem er die Leine um den Fuß der Leiter schlang, die an der unverstrebten Seite aufragte. Bis zur schmalen Veranda mit Stahlgeländer galt es, über zwölf Sprossen immerhin vier steile Meter zu überwinden. Henry entriegelte das schwere Vorhängeschloß und öffnete die Tür, indem er den Holzwaber drehte. Schweigend und so geräuschlos wie möglich – Onno schnaufte vernehmlicher vom Aufstieg als Henry – richteten sie sich ein in der Hütte. Mit Teppichresten schalldämmend ausgeschlagen sämtliche Wände, aber auch die Sitzbank und das breite, schiebbare Stützbrett vor der Hauptschießscharte nach Norden. Henry hakte deren Luke sowie die an der Ost- und an der Westseite ein. Dann legte er das gesicherte Gewehr längs vor sich auf die Konsole, stopfte seine Pfeife und entzündete sie, suckelte sachte, bis die Oberfläche des Tabakpfropfens bis an den Kreisrand durchgeglüht war, und dann tat er einen tiefen Seufzer und begann damit, stundenlang in den Wald zu starren ... zuallermeist schweigend.

Onno tat es ihm gleich. Die Stämme der einzelnen Kiefern und Fichten waren gut und gern jeweils fünf Schritt voneinander entfernt, und doch reichte der Blick in die Tiefe keine fünfzig Schritt weit. Man sah den Wald vor lauter Bäumen nicht. Liebliche Sonnenlichtinseln im Schatten auf dem Waldboden; auf halber Höhe leuchtende Insekten und Spinnwebengespinste.

Schulter an Schulter hockten sie auf der Bank und starrten in den Wald, Stunde um Stunde. Onno hörte Henrys Schweigen zu, glaubte horchend, Henry immer besser zu verstehen, und hoffte, auch Henry verstehe ihn besser.

Daß ihre älteste Tochter einen Spinner geheiratet hatte, hatte natürlich auch den Baenschs nicht verborgen bleiben können. Glücklicherweise waren sie – wie alle – seinem treudoofen Blick früh genug erlegen. So hatten sie sich nach und nach angewöhnt, die biographischen Brüche und sonderbaren beruflichen Entscheidungen ihres Schwiegersohns einfach rückhaltlos gutzuheißen. Henry hatte ihn kurzerhand zum «Lebenskünstler» bestimmt; und stümperte Onno auf dem Feld des Brotwerbs auch vor sich hin – doof war er ja keineswegs: Er wußte sehr wohl ein- und überhaupt zu schätzen, welches Maß an Weitherzig- und Duldsamkeit ein zutiefst konservativer Mensch wie Henry gegenüber einem im Kern anarchischen wie Onno als Gatte einer so geliebten Tochter wie Edda aufzubringen hatte. Onnos leiblicher Vater hatte ein solches Maß sein Lebtag nicht aufbringen können.

Hier nun, im Mondwald, hoffte Onno, von seiner (neben den Spitzenreflexen und dem Charisma für Arme) dritten Superkraft zu profitieren. Denn wenn es überhaupt irgend etwas gab, das ein Onno Viets konnte – das ein Onno Viets gar besser konnte als viele andere –, dann war es: sitzen. (Womöglich schlüge er sogar Daniel Baraniuk aus Danzig, der im Heidepark Soltau nach hundertsechsundneunzig Tagen den Weltrekord im Pfahlsitzen errungen hatte.)

Ein solcher Hochsitz ... gut, er war vornehmlich zwecks ballistischem Winkel da, dafür, daß bei Fehlschüssen der Erdboden natürlichen Kugelfang bot. (Waagerecht abgefeuerte Projektile waren gefährlich, flogen gegebenenfalls kilometerweit.) Aber auch darüber hinaus war die höhere Warte günstig. Es war auch eigentlich kein Starren, was Jäger und Adlatus taten; es war Schauen, Sehen, Spähen ... Versenkung vermählte sich mit Aufmerksamkeit, Konzentration mit Tiefenentspannung.

Lange schraffierten grüngüldene Sonnenstrahlen die Gruppe Buchen jenseits des Pfuhls – eine davon war ein sogenannter Malbaum, an dessen Stamm Klaus-Dieter Heinrich Holzkohlenteer aufgebracht hatte, woran das Schwarzwild gern seine Borsten rieb, um sich gegen Parasiten zu feien –, und im nächsten Moment schon schien es beim Blick durch die Westluke, als sei das Gehölz in Brand gesetzt. Wiederum einen kosmischen Wimpernschlag später sickerte Dämmerung ins umliegende Unterholz, während der Mondplatz noch ein Weilchen Tageslicht konservierte. Wie ein fröhlicher Idiot rief der Kuckuck seinen eigenen Namen, und der Buntspecht übte einen ausgefinkelt synkopierten Trommelrhythmus, bis einer nach dem andern verstummte, die Farben entsättigten und Dunkelheit einkehrte in den Wald – fahle Dunkelheit.

Onno war nicht gläubig. Nicht mehr. Wann genau er den Glauben verloren hatte, entsann er sich nicht … spätestens wohl bei der Bundeswehr. Doch seit er mit Henry auf Ansitz ging, schien etwas in ihm die seinerzeitigen Gänge in die Wilhelmsburger Johannis-Kirche nachempfinden zu wollen: kindliche Aufgehobenheit im Schoße von etwas Natürlichem, ja Übernatürlichem; gemäßigte Ehrfurcht vor einer Art Ordnung und Genugtuung darüber; Befriedung des innerlichen Aufruhrs durch äußerliche Friedfertigkeit und Ruhe …

Doch gab es nicht nur das. Da war noch etwas. Da war noch etwas anderes – Kauerndes, Lauerndes –, das beim unscheinbarsten Mißton, der die Harmonien der Waldesruhe störte – Knacken, Rascheln –, aufgerufen wurde, ja das gereizt, *entzündet* wurde … Nervenkitzel. Drei Abende zuvor hatte Onno miterlebt, wie Henry einen Rehbock erlegte. Der Wind stand günstig, und so ist das Tier recht arglos, als es elegant die Lichtung betritt. Henry zieht den Abzug durch. Es knallt. Der Rückschlag pflanzt sich scheinbar bis in Onnos Schulter fort. «Hast du den Kugelschlag gehört?» fragt Henry ihn.

Sie baumen ab und gehen hin. Die großen Rehaugen, nun irisieren sie stumpfblau.

«Waidmannsheil», sagt Onno.

«Waidmannsdank», sagt Henry. Er hebt das tote Tier an.

«Man legt es immer auf die herzabgewandte Seite.» Er reißt einen Zweig vom herabhängenden Ast einer Tanne und teilt ihn in vier Teile. «Der sogenannte Bruch», sagt Henry. Ein Teil steckt er dem Bock zwischen die Zähne. «Das», sagt er, «nennt man den letzten Bissen.» Eins steckt er sich an den Hut, eins Onno ins Knopfloch und eins Diana unters Halsband. «Dann hält man kurz Andacht», sagt Henry und hält kurz Andacht.

Anschließend nimmt er den Hirschfänger und beginnt, das Tier aufzuschneiden. «‹Aufbrechen›, sagt der Waidmann. Zuerst der Querschnitt am ‹Träger›, am Hals, dann bis runter zum Brustbein. So. Und hier, am ‹Drosselknopf› …» Er reißt den Kehlknorpel samt Speise- und Luftröhre bis zum Brustbein heraus. «Und jetzt … Früher tat man einen weiteren Schnitt am ‹Schloß›, hier, zwischen den Keulen. Macht man nach neuesten EU-Richtlinien nicht mehr.» Er setzt ein Stückchen weiter oben mit dem Messer an und schneidet von unten herauf über den Bauch bis zum Brustbein. «So, und jetzt kannst du das ganze ‹Gescheide› rausziehen.» Die Gedärme dampfen ein wenig. Hellgrau. Henry hebt den Bock an. Ein Schwall schwarzroten, dicken Blutes schwappt heraus auf den Waldboden.

«Guck, das Herz ist noch heil.»

Diana quiekt und maunzt. Henry trennt die Leber ab. Zum Schluß zerrt er den Packen Innereien aus dem hohlen Körper und schleppt ihn ein paar Meter ins Unterholz, für den Fuchs.

Gemeinsam trugen sie das Bret zum Wagen, und währenddessen erzählte Henry, was er später Jelle Jensen, Klaus-Dieter Heinrich und Arnulf Toppin erzählen würde, beim sogenannten «Tottrinken». Wie das Stück Wild gekommen ist, wie Henry es gestreckt hat, wie es dem waidmännischen

Ideal entsprechend «im Knall verendet ist» und nicht etwa «angeschweißt, krankgeschossen» worden ist, so daß es sich womöglich «ins Wundbett gelegt hätte und vom Jäger wieder aufgemüdet» worden wäre, so daß es schwerverletzt hätte weiterflüchten müssen. In Henrys Tonfall schwang Ehrfurcht mit und liebevolle Übereinkunft mit den Traditionen. Gerade das Fraglose, Gegebene beruhigten und rechtfertigten die Genugtuung über die gelungene Überwindung von Ekel und Skrupel, lebendige Wesen totzuschießen, deren Eingeweide herauszureißen und so weiter. Im Schutz des Rituals erfüllte es seinen Sinn.

Eine eindrückliche Initiation, und seither konnte Onno die Existenz jener verborgenen Kammer in seinem Herzen schwerlich leugnen. Er hatte einen befremdlichen Stolz verspürt, nicht glorios, sondern karg; viel mehr als Befriedigung, aber weit weniger als Dünkel. Hatte sich verboten, Aufhebens von der Tatsache zu machen, daß keinerlei Abscheu aufkam in ihm; daß es so überaus leicht erschien, die Hemmschwelle zu überschreiten. Doch erlaubte er sich keinerlei Gewissensprüfung, und als er – zurück im Haus seiner Schwiegereltern – das Blut von seinen Händen wusch, gelang ihm Gleichmut mühelos.

Es war, was es war.

Warum erst jetzt? War es Zufall, daß es nach der Katastrophe mit dem Irren vom Kiez geschah? –

Ein Amselpaar scharrte im Laub … und verschwand wieder. Häsin und Rammler hoppelten von Kraut zu Unkraut … und verschwanden wieder. Fernes Fuchsgekläff, ein bißchen wie das eines Teckels. (Diana tat bei alldem keinen Mucks. Henry hatte sie derart abgerichtet, daß sie einmal sogar – am ganzen Leibe zitternd, doch lautlos und ohne zu handeln – ein Kitz an sich schnuppern ließ.)

Im Tempo von Onnos verwundetem Seelenleben schaukelte der abnehmende Mond über die Lichtung, und im schwarzweißen Lichte verselbständigte sich so manches Ding. *War der Baumstumpf vorhin auch schon da?* Ein andermal fragte Onno sich, ob ein Glucksen in seinem Gedärm, das leise Blöken aus Henrys Magen, das Rascheln eines Ärmels oder auch das Rauschen, Pfeifen und Summen seiner drei Tinnitusse nicht grad ein alarmierendes Geräusch übertönt hatten, und ein wieder anderes Mal wußte er nicht, vernahm er das Fauchen eines weit, weit entfernten Düsenjets, oder ging ein wenig Wind durch die Wipfel, oder näherte sich etwas Großes, Unheimliches … der Deibel? Und dann schielte er zu Henry hinüber, dessen Pfeife längst erkaltet war, nicht aber dessen Aufmerksamkeit … und dessen anhaltende Ruhe ihn beruhigte.

KNACK … KNACK. Da bricht etwas durchs Unterholz, jenseits der Suhle. Ein Etwas ohne Kontur, doch mit hörbarem Gewicht. Ein schwerer Schatten bewegt sich in die bleiche Lichtung, grunzend. Ein großes schwarzes Wildschwein. Noch wäre das Restlicht ausreichend.

Behutsam langte Henry nach der Büchse. Onno tat keinen Mucks. Henry legte den Vorderschaft in die aufgestützte Linke und schmiegte die rechte Wange an den Kolben. Mit dem Daumen entsicherte er den Verschlußhebel. Dann nahm er den Keiler ins Visier … lange … sehr lange. Dann setzt er wieder ab. Sichert den Verschlußhebel. Schnauft. Senkt die Stirn. Spannt die Gesäßmuskeln an, erst links, dann rechts, wird unruhig, und in dem Moment merkt Onno, daß er selbst unruhig geworden ist, und kann schon gar nicht mehr sagen, ob erst durch Henrys Unruhe oder ob er nicht schon vorher Beklemmung verspürt hat, Beklemmung und Unbehagen. Seine Wahrnehmung ist überwach, doch seine Augäpfel fühlen sich an, als vibrierten sie. Der Kelier hat scih vdppleoret nien, es snid jztet mrheree Suean. Dnncoeh, die Dgnie gertaen in Urnondnug. Die Pslue fattrlen. Die Hdäne zrtitetn. Die Hdnafächlen nsseän. Der Brktousrb ebrbet uentr Shcwgginenun.

Auf einmal läuft es ihm kalt den Rücken hinunter, eiskalt, und lähmende Gefühlszustände drängen und blähen sich auf, Schaudern und Furcht und ... Ehrfurcht – ja, Ehrfurcht –, und mitten im Grausen und Schrecken nimmt sich ein Schub tonnenschwerer Traurigkeit die Zeit.

Die hölzerne Zelle schien zu schrumpfen.

Henry gab Geräusche von sich ... Stöhnen, Seufzen. Dann schaltete er die Taschenlampe ein, stellte sie fahrig auf und packte seine Pfeifenutensilien ein. «Mir geht's nicht gut», raunte er. «Ich muß hier raus. Ich muß hier weg.»

Plötzlich Fiepen. Spitzes Kläffen. Diana.

Inzwischen sind weitere Sauen dazugekommen – Bachen, Frischlinge –, die jetzt sofort flüchten.

Onno sagt kein Wort. Henry merkt, daß es dem geht wie ihm selbst, und seine Panik beschleunigt, und die Nervosität in den Handlungen steigert sich zu flatternder Hast; Rucksack, Waffe, Taschenlampe – allzu glatte, sperrige Objekte. Mit windelweichen Knien baumen sie ab, einer nach dem andern, vorsichtig, vorsichtig, auch Diana scheint von Konfusion infiziert, und wie von tausend Teufeln gejagt fliehen sie durch die milchige Dämmerung des Mondwaldes, dem wild hüpfenden Lichtkegel der Taschenlampe nach, stolpern den Grat zwischen den tiefen Traktorspuren entlang, Stolperfallen, Fallgruben, astknochige Hände, die an ihren Haaren zerren, straucheln und fangen sich wieder, und als sie endlich, endlich im Wagen sitzen, der in Bocksprüngen über die tausend schlaglöchrigen Meter bis zur nächsten Etappe poltert, sind ihre Kleider schweißnaß unter den Armen, am Rücken, am Steiß ... vorbei tobt der Wagen am reglosen Scherenschnitt der Krüppelkiefer auf Krischan Heidkamps Viehweide ... helle Bahnen schießen die Scheinwerfer ins Schwarzgrün der Nacht ... das Gras der hohen Mittelnarbe schabt am Chassisboden entlang ... und Henry taucht in die Fünfundvierzig-Grad-Kurve, und jagt über die vorletzte Etappe, und im tiefen Sand scheint der Wagen zu schwimmen, und wehe, er kommt ins Trudeln und das Heck bricht aus und der Wagen überschlägt sich und knallt gegen den Baumstamm da.

Doch auf der letzten Etappe, der verbundsteingepflasterten Buckelpiste, ließ die Erregung langsam nach ... gab einer fürchterlichen Erschöpfung Raum, einer Niedergeschlagenheit und bizarren Angst, einem Horror vor allem und jedem, das noch nicht Heim und Herd war, und in der hellerleuchteten, schlafstillen Küche des Baensch'schen Hauses schauten sie sich, Schwiegervater und Schwiegersohn, in die entsetzten Pupillen.

«Was war das denn?» fragte Henry. «Was war das denn bloß? Was war denn da bloß los, sag mal?»

*

«Was ist denn los», fragte Betty am nächsten Vormittag ihren Mann, vor Angst ungehalten, und im selben Moment schalt auch Edda den ihrigen: «Was ist denn *los*, sag mal!»

Doch einer wie der andere wiegelte ab. Wimmelte ab mit undurchsichtiger Grimasse. «Nix, nech? Nix Besonderes. Mach dir keine Gedanken. Ich komm gleich.» Onno gab ihr einen heute morgen besonders verbrannt schmeckenden Begrüßungskuß, sagte auch «Moin» zu Betty und Rosi, und dann stapfte er ohne ein weiteres Wort Henry hinterdrein, der sich nach der Begrüßung mit dem Schädel eines Rehbocks unterm Arm zum Gartenhäuschen hinüberbewegte.

«Horr…!» schallte es zwiefach hinter ihnen her.

Hinterm Gartenhäuschen außer Sicht, entspannten sich die Männer ein wenig. In dem Emailtopf sprudelte auf kleiner Flamme Wasser. Die symmetrischen Zacken eines Gehörns – ein ‹klassischer Sechser› – ragten über den Spiegel hinaus, nicht ganz so weit ein wenig Fell – ‹Decke› –, und wie Eierstich rotierten ein paar Flocken Hirn. Es roch derb, doch keineswegs streng. Oma hatte es verstanden, aus derlei Sud und dem Fleisch aus den Backen die wohlschmeckendste Suppe zu kochen.

«Und?» fragte Henry. «Wie hast geschlafen?»

«Geht so», sagte Onno. «Irgend 'n bescheuerter Alptraum. Und du?»

«Fürchterlich», versetzte Henry, und seine Augenhöhlen verschatteten sich. Mit um so energischeren Handgriffen warf er sich eine lederne Schweißerschürze um. «Kein Auge zugetan», versetzte er und blickte sich nach seinem Hirschfänger um. Auf einer kurzen, schmalen Werkbank aus grobem Holz lag, nur mehr ein Ding, der Kopf eines zweiten Rehbocks, am Halse sauber abgesäbelt, rot-weißer Querschnitt, Bandscheibe, Knorpel, Fleisch. Wie in einem Comic hing die Zunge seitlich aus dem Maul, dem ‹Äser›. Die großen Augen – ‹Lichter› – waren gebrochen, trüb, grau. «So was», sagte Henry, «nennt man einen ungeraden Sechser.» Die eine Gehörnstange wies drei, die andere aber nur zwei Vereckungen auf. «Den hat ein Kollege im Geestender Bruch geschossen. Kein ausgebildeter Pinsel und nur eine Brunftkugel, dafür am Bein ein riesiges Gewächs», fuhr Henry fort.

«Der arme Kollege.» Onno griente.

Henry lachte und schnitt dem Bock die Ohren ab. Die ‹Lauscher›.

«Krebs. Das bedeutet, das Fleisch mußte abgesondert werden. Ab zum Luderplatz für die Greife. Nee, ich hab kein Auge zugetan. Kein Auge zugetan. Die ganze Nacht nicht. Und jede Stunde ein Anfall von Atemnot.» Mit der Linken faßte er sich an die Brust und imitierte, wovon er sprach, und sagte: «Ich weiß gar nicht, was das ist ... Fürchterlich. Und die Ärzte ...» Er winkte ab, und dann warf er die Ohren in einen Eimer. Fliegen in metallisch schimmerndem Grün schwirrten auf. «Ich mein', das ist ja nicht erst seit gestern; aber gestern ...» Er ließ die Sprechmelodie unerlöst.

Onno schwieg.

«Was», sagte Henry, «war denn das bloß, sag mal. Was war denn da bloß los!? Wir sind doch nicht bekloppt?!»

Onno schwieg. Schwieg. Erst als Henry den Bockschädel in eine sogenannte Abschlagvorrichtung klemmte und diese in den Schraubstock spannte, sagte er: ‹Tjorp ...›

Durch die beiden Führschienen sägte Henry den Schädel durch, damit er den Unterkiefer getrennt abkochen konnte. Dann zog er den geraden Sechser aus dem Kochtopf und versenkte ihn in einem Eimer mit kaltem Wasser. In den Kochtopf tat er den ungeraden. Dann holte er den Schädel aus dem kalten Wasser, setzte sich in einen Campingstuhl und nahm ein Taschenmesser zur Hand. Auf dem Campingtisch lag weiteres Besteck, Pinzetten, stumpfe, geknickte Scheren und ähnliches, die Henry von Heidi Moff bekam, die Arzthelferin in Geestend war. Derlei medizinisches Werkzeug wurde ausgesondert, sobald es auch nur ein Fleckchen Rost aufwies.

«Guck», sagte er, «jetzt kann ich ihm die Decke ganz leicht

abziehen. Und die Lichter», er ächzte ein wenig, «werden einfach – guck! – rausgedrückt.» Er warf sie zu den Ohren in den Eimer. Das Gehirn löste sich wie eine Walnuß aus der Schale. Eimer. «Und jetzt kannst du das Fleisch ganz locker rauspulen.» Henry warf es auf den Rasen. Gierig machte Diana sich darüber her.

Bevor er damit beginnen konnte, den Stirnknochenschild mit Wasserstoffperoxid einzupinseln, auf daß er für die Trophäe ausbleiche, erschallte von der Hecke her das Keckern Flippers, und im nächsten Moment kam Klaus-Dieter Heinrich um die Ecke. «Moin», sagte er breit grinsend, voller Vorfreude darauf, seinem einstigen Chef einen Heidenspaß zu verschaffen. «Nu is se woll heel un deel mallerig wor'n.»

«Moin, Klaus-Dieter.» Henry starrte ihn an. «Wat. Wer. Wieso.»

Wer? Er ahnte sehr wohl, wer.

Als Edda kurz darauf mit dem Fahrrad zum Kühlhaus fuhr – wo Betty das Grillfleisch für die abendliche Familienfeier deponiert hatte, weil ihre häusliche Kühltruhe überfüllt war –, kam ihr Klaus-Dieter Heinrich am Steuer seines Jeeps entgegen. Beifahrer: Henry. Fahrgäste im Fond: Onno, Knut Wiesmann. Sie wunderte sich, weil sie zwei davon hinterm heimischen Gartenhäuschen vermutet hatte. Mit Ausnahme Onnos redeten, so der Anschein im Vorüberrauschen, alle gleichzeitig. Das reinste Zeigefingergefecht. Niemand von ihnen bemerkte sie.

Da sie das Kühlhaus seit Jahren nur noch vom Vorbeifahren kannte, warf sie, bevor sie es betrat, einen neugierigen Blick in den verglasten Aushangkasten. Finklochs Zentralorgan. Verblichene, teils kaum noch zu entziffernde

Annoncen von privat *(Verkaufe mein Mofa. Ihr kennt es ja, das gelbe. 100,– Mark. Hinnerk Tragehner, Tel. 547)*. Von Gebr. Poppenkamp (u. a. *Sportsalami, 100 g –,79 €*), dem einst einzigen seriösen Gewerbebetrieb des Örtchens neben dem ebenfalls seit Jahren geschlossenen Dorfkrug. Ankündigungen für Konzerte der ‹Finklocher Finken› und der ‹Finklocher Dörpsmus'kanten›. Veranstaltungen und Ausflüge des Heimatvereins, Sportvereins, Altenkreises, Schützenvereins.

Etwa dies:

GÄNSESCHIESSEN 2001
Schießen für «Jedermann»
Schützenverein Finkloch e. V. von 1976
am 11. 11. 2001
von 10 bis 17 Uhr
Es wird mit folgenden Waffen ein buntes Programm für jeden Geschmack geboten.
Pumpgun
Halbautomat AR 15
30 M1 Carbine
Halbautomat 22 lfb
Pistole 22 lfb
Revolver 357 Mag.
Es wird nur mit gestellten Waffen und Munition geschossen.
Wie in jedem Jahr Gänsepreise nach Beteiligung und Urkunden je Disziplin und Gesamtpokal aller Disziplinen. Es stehen im Stand Speisen und Getränke zur Verfügung. Wir würden uns freuen, Euch zahlreich bei uns begrüßen zu können.
Die Großkaliber-Schützen des SV Finkloch.

Vor allem aber fesselten Edda zwei ganz andersartige Aushänge, beide augenscheinlich frisch, beide mit einem Briefkopf in derjenigen Graphik, wie sie sie ein paar Stunden zuvor vorm einstigen Forsthaus entdeckt hatte. Jeweils unter dem mandalaflankierten Namenszug TARA PARINAMA (in 24-Punkt-Versalien) also standen folgende Texte.
Erstens:

LUNA LESSONS™ 2008
Es ist uraltes Wissen: Der Mond steht für das Weibliche schlechthin. Der Mond steht für Gefühle (Astralkörper). Der Mond steht für Empfängnis. Erkenntnis. Verschmelzung. Für Stoffwechsel, für positive Veränderung – für Gesundung und Leidenschaft.

Der Mond = Wegweiser zur Spiritualität!
Ja: der Mond steht auch für das Angeborene und Konditionierte, für das Erlittene und Erduldete, für das Unbewußte und Unverarbeitete. Doch in seiner Eigenschaft als kosmobiologisches Zentralgestirn kann nur er uns auf den spirituellen Pfad zu persönlichem Glück und überpersönlicher Erleuchtung führen!

Initiation = wie neu geboren!
Die LUNA LESSONS™ vermitteln die Essenz jahrzehntelanger Studien und schmerzhafter, doch erkenntnisreicher Selbstversuche. Sie sind Tara Parinamas Lebenswerk. Sie schenken nicht nur wertvolle Einsichten in die körperlichen Symptome und Symbole unserer karmisch belasteten Psyche, sondern vor allem Techniken zur Selbstfindung und Transformation. Der Höhepunkt der fünftägigen Seminare sind jeweils die

gemeinsamen Vollmond-Messen zur Initiation. (Schon jetzt legendär! ☺) Und zwar auf magischem, heiligem Waldboden. Einem historischen Ort aus der germanischen Mythologie, dessen Erdstrahlung schon die Auren, Immun- und Wachstumskräfte unserer Urmütter stärkte.

TARA PARINAMA = Prophetin des Mondes!
Mit TARA TV wurde sie im gesamten deutschsprachigen Raum berühmt. Doch die nimmermüde Prophetin des Mondes war sie schon immer.

LUNA LESSONS™ 2008
Termine: 16.–20. 6., 16.–20. 7., 13.–17. 8., 12.–16. 9.
Kosten: jeweils 998,– inkl. Vollpension (Biokost),
4 Übernachtungen & div. kleine Extras
Max. Teilnehmerinnen: 27
Unbedingt mitzubringen: Jogging- oder Relaxhosen, dicke Socken, 1 langes weißes Kleid oder Gewand

Schon die Ankündigung hier auszuhängen eine Provokation: Kaum jemand aus dem Dorf war auch nur im Ansatz mondsüchtig – und nichts dürfte der Katzenzenzi in den sechsunddreißig Jahren ihrer Nachbarschaft klarer geworden sein. Ziemlich unwahrscheinlich, daß Erna Toppin, Elfriede Hornbach oder womöglich Tante Hertha nachts auf dem Mondplatz herumhüpften. (Allenfalls Barbara Thomsen-Nieth.)

Immerhin war dieser Text offenbar von einem Profi verfaßt oder zumindest redigiert worden. Dafür war der zweite authentischer.

BEKANNTMACHUNG
Das Mass ist voll.
Wir trauern um unsere Freundin Shiva, brutal, und sinnlos ermordet von so genannten Weidmännern und dann auch noch geschändet und verhöhnt!!!!!!!
Das Mass ist voll.
Ab sofort werde ich, TARA PARINAMA jeden weiteren Meuchelmord unnachgiebig, verfolgen. Kraft meiner angeboren, und in Jahrzehnen vervollkommeten, übersinnlichen Fähigkeiten werde ich künftig jeden Mörder seiner kosmischen Strafe zu führen.
Wer Weiße Magie kann, kann auch Schwarze!!!!!
Das Mass ist voll.

Kein Jeep vorm Baensch'schen Hause, als Edda mit dem Korb voller Grillfleisch wieder zurückgeradelt kam. Sie schaute hinters Gartenhäuschen. Henry pinselte schweigend an der Trophäe herum. Ihm gegenüber hockte Onno und sah schweigend zu. Sie legte ihm die Hand auf die Schulter.

«Na?»

Sie wartete auf irgend etwas; wußte selbst nicht genau, auf was. Vielleicht nur auf ein zärtliches Zeichen. Immerhin hatten sie sich eine Woche nicht gesehen. Zwar hatten sie jeden zweiten Abend telefoniert, aber gesehen hatten sie einander eine Woche lang nicht. Doch er schaute nur kurz zu ihr auf, und das wehe, melancholiesieche Grienen schmerzte ... und kränkte sie.

«Was ist denn los», fragte sie noch einmal. «Was ist denn das für eine Nummer da mit der Katzenzenzi. Ich hab diesen Aushang da gelesen.»

Und da hob Henry den waidwunden Blick zu ihr auf, und sein schmales Gesicht rötete sich augenblicklich. «Hast gelesen? Hast du das gelesen? Diese verfluchte ... irre, fette ... Hexe! Ist denn das ... man glaubt es ja nicht!»

Zu erregt für eine nachhaltigere Zwischenlösung zur Sicherung hielt er die Hand mit dem Wasserstoffperoxid-Pinsel und die andere weit ausgebreitet, und in dieser Christus-Haltung brach es aus ihm heraus, und er berichtete. Klaus-Dieter Heinrich habe den Aushang als erster entdeckt, und als sie Knut Wiesmann alarmierten, hatte wiederum der berichtet, er habe Anfang der Woche seit längerem mal wieder eine Katze erlegt. Nicht weit, aber deutlich außerhalb der gesetzlich tolerierten Zweihundert-Meter-Zone sei sie am Rand der Pferdekoppel entlanggeschlichen.

Einen Stamm von geschätzten fünf Dutzend Katzen auf ihrem Anwesen beherbergend, war die Zenzi anscheinend weder willens noch in der Lage zu verhindern, daß alle naslang eines jener domestizierten, doch aktiven Raubtiere aus ihrer Menagerie entwischte ... und herumstromerte, um Vögel, deren Gelege und Kleingetier zu wildern, nicht nur in fremden Gärten, sondern auch in den Feldern und Wäldern. Ein ewiges Skandalon für die Finklocher Jagdmeinschaft, aber auch für Hobbyornithologen wie Peter Zumfort, für Finklochs Gartenbesitzer, ja, für die ruhebedürftigen Bürger überhaupt (allein dieses lauernde Maunzen und jähe geile Aufquieken; dieses Grollen, Gejaul und nervenzerfetzende Aufkreischen, kurzum: dieses vielstimmige, schauerliche Furiengeheul im Frühjahr und Herbst, wenn die Biester rollig waren, bei Westwind bis hinein ins Dorf getragen!) –; und für die Behörden sowieso ein ewiger Zankapfel, ob nun ein Fall von krankhafter Tierhortung vorliege oder nicht.

Nun handelte es sich ja um genügend Exemplare, daß die Fluktuation nicht unerheblich sein dürfte. Insofern glaubte kein Mensch, die Zenzi behalte fürsorglichen Überblick über ihren Zoo, und in der Tat hatte von ihrer Seite all die Jahre stillschweigende Akzeptanz geherrscht hinsichtlich der Jagdmaßnahmen. Auf Henrys Frage, woher die Zenzi denn von Shivas Märtyrerinnentod hätte Kenntnis erlangt haben können – und was zum Kuckuck sie mit «geschändet und verhöhnt» gemeint haben möge –, hatte Knut ratlos Doubletten gehackt. Er hatte den Kadaver wie üblich ins Gebüsch geschleudert, wo Marder, Fuchs und Sau das ihrige besorgten.

Wie man es auch drehte und wendete: Weshalb die Katzenzenzi erstmals ein solches Bohei veranstaltete, blieb dubios. «Ach, Papa», sagte Edda und wandte sich zum Gehen, «reg dich doch nicht so auf über die durchgeknallte alte Trine. Das ist doch alles Tünkram.»

Zu sehr von Onnos Distanz in Anspruch genommen, maß sie ihres Vaters zögerlichem Schweigen als Antwort zu wenig Bedeutung bei. Betty hingegen – als Edda ihr von der Resolution der Katzenzenzi erzählte – ahnte sofort, was es geschlagen hatte.

Und sofort unterbrach sie ihre Bügelarbeiten, eilte hinters Gartenhäuschen und sagte: «Jetzt mal Schluß mit der Heimlichtuerei, sonst werd ich fünsch. Was war gestern abend los?»

*

«Bah, schwarze Magie», sprach Peter, nicht zum ersten Mal mit der Autorität des naturwissenschaftlichen Lehrers – die er nichtsdestoweniger nie überstrapazierte (ungewöhnlich genug für einen Lehrer) –, und preßte die Lippen zusammen, als gebiete er aufflammendem Sodbrennen Einhalt. Ohne es zu merken, pfropfte er den Filter der dreihunderttausendsten Zigarette seines Lebens in die Spitze, steckte das Mundstück zwischen die Zähne und fingerte in der Tasche seines Polohemds nach dem Feuerzeug. «So was gibt's nicht. Hokuspokus. Spökenkiekerei.» Ganz ruhig sprach er, ruhig und gewiß. Dem Silberrücken entgegentreten (wenn auch einem gutartigen Exemplar), ohne respektlos zu wirken – kein geringes Kunststück. «Du hattest mal wieder 'ne Panikattacke, und Onno hat sich irgendwie anstecken lassen, das ist alles.»

Umgehend äußerte Rosi Zustimmendes.

Die Grillkohle war verglommen. Unerschöpflich plätscherte Wasser über den Stein in das Teichlein. Auf dem Gartentisch kahle Teller, allenfalls mit bunten Soßenschlieren und Senfkraterchen, lotterleere Servierplatten und Dessertschüsselchen. An den Baenschs lag es nie, sollte tags darauf die Sonne nicht scheinen. Nur die Gläser waren noch gefüllt.

Über dem Garten sank die Dämmerung herein.

Es war ein Novum, daß der Begriff Panikattacke nachzuklingen vermochte, ohne im Getöse von Henrys Gegenwehr unterzugehen – vielleicht, weil ihn bisher nur die Frauen auf ihn angewendet hatten. Den Pfeifenkopf umklammernd, paffte der Paterfamilias wie eine Lokomotive. Um das Duo depressivo zu sprengen, hatte Edda ihren Stuhl so dicht als möglich an Onnos herangeschoben, auf seine Schulter ihren Kopf gelegt und um die andere ihren Arm geschlungen. Er ließ es geschehen.

Dennis war nicht gekommen.

Seufzend sprach Betty davon, wie sehr sie Tim und Jenny vermißte. «Weißt du», fragte sie, «was Ros-, ts, Edd-, ähm Jenny neulich am Telefon gefragt hat?» Däumchendrehend wandte sie sich an ihren Mann – vordergründig, um ihn abzulenken, um ihn, nach ihrer x-ten Standpauke wegen Aberglaubens, als Gesprächspartner wieder zu rehabilitieren, und nicht zuletzt tatsächlich, um auch seine Meinung zu hören.

Doch wer sich über fünfzig Jahre kennt, erfaßt die Schliche des anderen nachtwandlerisch: die vorbeugende Sanftheit des Tons, das einlullende Däumchendrehn ... Henry witterte Schmerzhaftes. Sacht schüttelte er den Kopf. Die Rauchfahne schlug eine Schleife.

Und weil Betty witterte, daß Henry witterte, gab sie ihm, damit er sich wappnen konnte, noch zwei Däumchenumdrehungen Zeit.

Das Däumchendrehen ... eine aussterbende Kulturtechnik, übrigens.

Unglaublich, aber die edle, junge Meike von der Meidlitz etwa (die den Begriff noch nie gehört hatte) glaubte, man führe dabei mit Daumen und Zeigefinger der Linken eine Schraubbewegung am Knöchelgelenk des rechten Daumens aus. «Wozu, bitte», fragte ich sie unter Lachtränen, «sollte das denn gut sein?» Als ich ihr in Wort und Tat erläuterte, worum es sich in Wirklichkeit handelte, stellte sie beleidigt die gleichlautende Gegenfrage.

Eddas und Onnos und meine Generation aber kannte sie noch, die zu tiefer geselliger Muße gereichende Geste mit vor dem Bauch verschränkten acht Fingern, während die Daumen umeinander kreisen, vorwärts ein dutzendmal, rückwärts ein halbes, oder umgekehrt. (Der Ursprung vielleicht eine protestantische Version des Rosenkranzbetens?)

«Sie wollte wissen», holte Betty aus, «warum wir ihre Stieftante Evelyn eigentlich immer Nelkenheini nennen.»

Die Dämmerung verschattete den Garten, doch es war noch hell genug, um die Mienen auf der anderen Seite des

Tisches fehlerlos zu lesen. Betty aber mußte nun einmal sagen, was sie sagen mußte.

«Das hat sie mich noch nie gefragt. Das fragt sie mich aus Kalifornien.»

«Ach», antwortete Peter mit feinfühliger Miesepetrigkeit, in der Fremde drängten sich einem eben oft ganz selbstverständlich Fragen auf, die man sich in der Heimat niemals stelle.

Rosi beeilte sich, ihm recht zu geben. Betty gab sich damit zufrieden.

Henry aber entnahm den schmalen Lippen die Pfeife, und während er sie prüfte und zürnte, sie zöge nicht gut, was denn heut nur wieder los sei, schlug wieder einmal der Schicksalskeil über der Nasenwurzel ein. Mit der Linken rieb Henry sich den linken Unterschenkel. Das inwendige Kribbeln und der äußerliche Juckreiz seien mal wieder unerträglich.

Kurz darauf sprang er auf und kramte herum. Hinterm Gartenhäuschen, in der Jägerstube, im Haus. Auf Schritt und Tritt folgte ihm Diana. Als Betty ihn inständig bat, sich an seinem eigenen Geburtstag doch ein bißchen zu seiner Familie zu gesellen, grummelte er Unverständliches.

«Henry!» rief Betty vernünftig. «Sei doch nicht so unglubsch!»

Kleinlaut setzte er sich ... doch nur, um gleich darauf aufs neue aufzuspringen und allen einen Jägermeister einzuschenken.

Um ihn zu ermuntern, am Tisch zu bleiben, begann Edda, im Schatz der Kindermundanekdoten über Dennis, Tim und Jenny zu wühlen – auswendig. Mit königsblauer Tinte hatte Henry gut fünfzehn Jahre lang ein güldenes Notizbuch geführt. «Ich muß grad dran denken», begann sie die Erzählung, wie der knapp vierjährige Dennis angesichts eines Rückenschrubbers im Bad der Baenschs darüber staunt, wie groß doch Opas Zahnbürste sei.

Rosi fügte die Erinnerung hinzu, wie die kleine Jenny auftrumpft, sie wisse ganz genau, was ihre Brüderchen gerne äßen. «Und ich: ‹Na, was denn?› Und Jenny: ‹Fängt mit Zucker an.› Und ich: ‹Na, sag schon!› Und Jenny: ‹Pfannkuchen!›»

Und Edda erzählte, wie Tim, acht Jahre alt, bei Uroma in der Stube sitzt und mit der Spitze einer Schere im flüssigen Wachs der Adventskerze herumspielt. «Daraufhin Oma: ‹Messer, Gabel, Schere, Licht dürfen kleine Kinder nicht.› Und Tim cool: ‹Frau am Steuer! Das wird teuer!›»

Doch das Heilbad in den Lachtränen der familiären Liebe, des Sippschaftsglücks – es wirkte nicht bei allen Familienmitgliedern. Auch Henrys braune Augen schimmerten feucht, doch wieder sprang er aus dem Gartensessel auf, um im Schutz der allgemeinen Reminiszenzenseligkeit ein paar leere Selterflaschen zusammenzusammeln, und mit diesem Kniff verschwand er wiederum hinters Gartenhäuschen. Betty sagte nichts, ihre gekräuselte Stirn alles. Diana, die ihm mit so weit wie möglich aufgestellten Ohren nachspähte, hielt die Ungewißheit nur ein paar Schritte weit aus und folgte ihm im Trab.

Kurz darauf folgte Hund und Schwiegervater Onno – mit irgendeiner hanebüchenen, genuschelten Begründung –, und es wurde still auf der Terrasse.

Kurz darauf schluchzte Edda auf, vergoß ein paar weitere Tränen – diesmal saure – und ließ sich von Betty und Rosi trösten.

Peter rauchte unterdessen eine gewaltige Zigarette.

Anschließend beschloß Edda den Gefühlsausbruch mit

einem herzhaften «*Horr…!*», und dann fragte sie Betty, ob noch von dem Vanilleeis in der Kühltruhe sei. Zwei Portionen rote Grütze mit Sahne hatte sie bereits intus. –

Genau das war der Moment, in dem mitten ins elfmalige Bimbam der Büfettuhr in der Jägerstube das Telefon dreinjodelte. «Wer ist das denn noch so spät», sagte Betty. Von der Pergola-Terrasse aus konnte man durchs offene Fenster zur Jägerstube auf einen Nebenapparat zugreifen. «Baensch …? – Knut! Warte, ich –»

Knut Wiesmann aber fand offenbar Gefallen daran, seine Heldengeschichte als erstes Betty zu erzählen. Ungeachtet ihrer höflich verbrämten Ungeduldsfüllsel schlafuterte er drauflos, daß selbst Edda noch die Hackdoubletten und Ftfts vernahm.

Das Mark seiner Geschichte: Er, Knut, und Klaus-Dieter Heinrich sind soeben auf Ansitz im Mondwald gewesen. Klaus-Dieter hat eine Panikattacke «oder so wat» erlitten, er, Knut, nicht. Er, Knut, hat Klaus-Dieter soeben nach Haus gebracht. Ihm, Knut, geht es prächtig, ft-ft.

*

Zwei Abende später aber saß er, Knut, wieder in der Mondwald-Kanzel. Diesmal tot. Im weißen Gebiß steckte ein Tannenzweig.

Teil drei
Juni 2008

Das Blut hat eine orgiastische Kraft ohnegleichen.
José Ortega y Gasset, «Meditationen über die Jagd»

Seit Knuts mysteriösem Tod stieß Onno, wenn er erwachte, im Sumpf der Überdecke auf jenen kantigen Fremdkörper: eine gerahmte Luftaufnahme von Finkloch, die zu nah überm Kopfteil hing ... und die er nachts, während er vor den heimtückischen Gestalten seiner Alpträume floh, unbewußt von dem Nagel hob.

Datierend aus den frühen 90er Jahren, war das Bild infolge des Widerstreits zwischen patriarchalischem Lokalpatriotismus und matriarchalischem Sinn für Dekor von der prominenten Position neben dem Fernseher über Intermezzos in Küche und Korridor schließlich hier im Gästezimmer gelandet. Zufall oder Plan, die topographische Ausrichtung des fotografierten Gebietes entsprach kartographischem Standard – oben Norden, links Westen. Moor und Finkensee lagen jenseits der oberen Rahmenleiste, zu schweigen von der Heide. Im Bild waren mit fransigen Rändern waldgrüner Wald und grasgrüne Weiden, wie vom Reißbrett braune, grüne und zwei rapsgelbe Felder sowie die karmesinroten und reetdunklen Dächer der paar Urhöfe und Häuser, keilförmig gruppiert um die Nabe am Ende des kurzen, mittleren Forkenzinkens, wo im Mittelalter Dorfbrunnen und Gerichtslinde standen, seit dem späten 19. Jahrhundert jedoch der Hof der Bauerndynastie Porst beziehungsweise der Kommune, die, als das Photo geschossen worden war, schon nur noch aus der Katzenzenzi und dem komischen Namenlosen bestand.

Finkloch war ein halbherziges Rundlingsdorf. Ein Dorf mit drei Sackgassen (die allerdings durch Querspangen verbunden waren). Linker und rechter Forkenzinken bemühten sich, Geschlossenheit herzustellen ... vergeblich. Aus der Vogelperspektive betrachtet, erinnerte die Form an eine antike Münze oder ein Wappen. (Spät- und Möchtegernhippie, vervollständigte Onno die fragmentarische Gestalt im Geiste zum *Peace*-Zeichen der 60er Jahre. Viel später erst fiel ihm auf, daß man auch ein Fadenkreuz oder eine Schießscheibe darin erkennen könnte ... mit Heini Porsts Hof als 12.)

Bei näherer Betrachtung konnte man Einzelheiten mühelos identifizieren. Von Süden her die Zuwegung via Kastanienallee, die zwischen Puckens Busch und Tamerlans Tannen hindurchführte. Feuerwehr- und Kühlhaus sowie Löschteich, umkränzt von den fünf Bubiköpfen der Trauerweiden. Dann die Drei-Wege-Gabelung. Westzinken mit Friedhof und Lärchenhain, darein eingebettet das ehemalige Försterhaus, angrenzend daran die einstige Pferdekoppel Agnes von Hoffs und daran der Mondwald. Östlich vom wipfelgeränderten Ostzinken Ackerflur, in Form von schiefen Trapezen, Rhomben und Kegelschnitten. (Wie ein Amorpfeil schießt die stillgelegte Bahntrasse diagonal von Südsüdost hindurch und bleibt im Zentrum stecken.) Am Ende biegt sich dieser Zinken ein, dort, wo die Baenschs und Thomsens, die Puckens und Schorse Ossenkopp sowie die Zumforts siedeln. Sportplatz und Schießstand des Schützenvereins entlang der Route, die in unterschiedlichen Etappen in nordwestlicher Richtung wiederum Kurs auf den Mondwald nimmt ... jenen Mondwald, in dem sich die finsteren Ereignisse zutrugen, die das Seelenheil so einiger Menschenkinder prägen sollten, letztlich vor allem Onnos und meines.

Als der Druckpunkt an Onnos Schläfe in sein Bewußtsein drang, tastete er nach dem Bild und legte es auf die andere Hälfte des Doppelbetts. Durchnäßt war sein Schulterleibchen, desgleichen die Überdecke. Obwohl dem jüngsten Alb wider Erwarten wieder mal entkommen, nahmen die fieberhaften Klimmzüge seines Herzmuskels kein Ende. Beim zweiten Blinzeln erstrahlte noch einmal das letzte Traumbild, klang das scheinbar harmlose Dingdong der Türglocke horrende nach ...: Irrer vom Kiez ante portas, zum aberdutzendsten Mal. Zwo Meter zwo, hundertachtundzwanzig Kilo Knochen und fettarme Muskelmasse, vollkommen zahnlos, doch implantierte Stummelhörner aus Teflon, splitternackt, ganzkörperpätowiert, Tubus im Nasenloch, mitsamt Kabeln und Schläuchen und Tropf steht er vor Onnos und Eddas Wohnungstür in Hamburg-Hoheluft, die Linke umklammert den Infusionsgerätestäner, mit rechts drückt er auf den Klingelknopf.

Hatte dieser Alptraum, der Onno im April fast allnächtlich gequält hatte, im hiesigen Exil ganz allmählich nachgelassen, so hatte ihn Knuts Ende anscheinend wiederbelebt. Onno war nach Finkloch geflohen – wohin sollte er jetzt fliehen? Er setzte sich bis knapp unter die holzverschalte Dachschräge auf. Langte nach dem umgewidmeten Senfglas mit Selter vom Vortag, das zwischen Leselampe und Flasche mit Olivenöl auf dem Nachttischchen stand, auf einer Schonmatte aus Bastschnecken. Gierig soff er, um die Kehle, ausgedörrt von der schnarchbedingten Maulsperre, zu befeuchten und der nächtlichen Dehydrierung abzuhelfen. Dennoch erlitt er einen Anfall von nadelspitzem Reiz-, der schließlich in den üblichen Breitspur-Raucherhusten mündete.

Keuchend sank er zurück ins nasse Kopfkissen, und während sein Herzmuskel nach wie vor rackerte, als müsse er bei jeder Systole das gesamte Körpergewicht hieven (diese ständige Panik, der wichtigste aller Muskeln könne dabei ebenso erlahmen, wie es der Bizeps unweigerlich täte …!), spähte Onno wie jeden Morgen angespannt im Zimmer umher, ob sich etwas verändert hatte: Koffer, Sessel mit Klamotten, Kleiderschrank, zwei Büfetts mit zinnernem Ziergeschirr und Leuchtglobus, gegenüber furnierte Kommode mit Spiegeltriptychon, Bodenvase mit Trockenstrauß … und starrte schließlich, unwesentlich beruhigt, unter der gelben Kugellampe hindurch geradeaus in den leuchtenden Tag hinter den dämpfenden, in Grün, Beige und Braun quergestreiften, an Holzringen hängenden Vorhängen. Starrte zugleich in die schrundigen Schluchten seiner Seele, voller Entsetzen und schwelender Hoffnungslosigkeit … und mit chronisch verfinstertem Gewissen.

Hätte er voriges Jahr *nicht* der Versuchung nachgegeben, den ersten (und bisher einzigen) Auftrag der ‹Detectei Viets› anzunehmen, um sich vorm gnadenlosen Fiskus zu retten und seiner geliebten Gattin ein Fahrrad zum Fünfzigsten schenken zu können – das Leben der unterschiedlichsten Menschen hätte wohl einen günstigeren Verlauf genommen: Ein alter Kommilitone verfügte sicher noch über beide seiner Augen. Eine junge Tänzerin wäre womöglich immer noch die höchst komfortabel dotierte Nebenfrau eines Poptitans. Eine Minskerin und ein verwahrloster zwölfjähriger Aalkooger Bengel hätten höchstwahrscheinlich immer noch ihre Jobs als Hure beziehungsweise Laufbursche der rechten Hand eines Kiezoligarchen. Und Tibor ‹Händchen› Tetropov selbst läge vermutlich *nicht* im Hamburger Hafenkrankenhaus im Koma.

Wenn Tetropov in Onnos Alptraum nackt und bis ins Mark verunstaltet an der Wohnungstür klingelt, sagt er nie etwas, wirkt auch keineswegs wie der Amokläufer, der er am Freitag, dem 13. August vergangenen Jahres, gewesen war. Er wirkt wie eine arme untote Seele, die sich aus dem Koma erhoben hat, um – gestützt auf den Rollständer mit dem Infusionszeug – die fünf Kilometer vom Hafenkrankenhaus nach Hoheluft-West zu marschieren ... und seinen «Freund» Onno zu befragen, weshalb er ihn verraten habe. Und doch wußte Onno im Traum mit kosmischer Gewißheit: Tetropov würde ihn mit bloßen Fäusten erwürgen oder erschlagen, und grauenvoll wäre Onnos Machtlosigkeit, Edda zu beschützen.

Nichtsdestoweniger quälten ihn Stimmen – beim Einschlafen, beim Aufwachen, beim Tagträumen. Anonyme Stimmen, aber auch vertraute (wie etwa Eddas: «Schäm dich, Onno Viets ...»), die endlos und immer wieder aufs neue mit ihm zankten, ob er, Onno, ein Charakterschwein oder nur rücksichtslos gewesen war, jedenfalls kaum unschuldig. So beredt, wie es ihm im wirklichen Leben nie möglich wäre, verteidigte Onno sich. Schwang stundenlang Rechtfertigungsreden. Gelang es ihm in puncto Tetropov, Minskerin und Laufbursche meist recht schlüssig, scheiterte er bei Tänzerin und vor allem Kommilitone regelmäßig. –

Und dann – immer wieder zwischendurch, wie ein heimtückischer Hieb des Satans, um ihm den Rest zu geben – dieser Gedanke: Edda. Sie hat einen anderen. Wie kann sie mir das antun?

Es dauerte eine kleine Ewigkeit, bis der Puls sich beruhigte und der Schweißfluß abebbte, und Onno zog sein Schulterleibchen aus. Seit kurzem nannte er es, nur für sich, zärtlich *Schul* – nicht nur zwecks Abkürzung, sondern weil Betty einmal von der Pergola-Terrasse zu der windgeschützteren am Gartenhäuschen gewechselt war und Onno mit den Worten begrüßt hatte: «Hier schult dat 'n beten, wat?»

Dann warf er seinen verschossenen blau-rot gestreiften Bademantel über, füllte den Mundraum mit Olivenöl und bewegte es noch darin, während er bereits duschte. In abgeschnittenen Jeans und FC-St.-Pauli-T-Shirt eilte er nach unten; der Speichelfluß wegen Nikotinentzugs nahm pathologisches Ausmaß an.

Er setzte sich in einen der Gartenstühle auf der Pergola-Terrasse, zupfte ein Blättchen aus dem Heftchen und dann Tabak aus dem Beutel. Ein phantastischer Morgen, sonnig und idyllisch wie in Eden. Euphorisch blühten die Blüten, und die Bewohner der Freiluftvoliere schwirrten und hüpften, tschilpten und musizierten auf Engel kommt raus.

Noch bevor Onno das Waffenöl roch, hörte er: «Moin, Schwiegersohn! Ausgeschlafen?»

Das Fenster zur Jägerstube stand offen. Inzwischen kannte Onno Henry gut genug, um das Quentchen Trübsal aus der Munterkeit herauszuhorchen. Auf einem Stuhle am Tische sitzend, wienerte der Amtsförster a. D. seine Lieblingsbüchse, die Sauer 202 cal. 30-06.

«Moin, Schwiegervadder. Njorp nech?» Wohlbemessen saugte Onno an der ersten Zigarette des Tages – sein übliches Frühstück – und genoß den ersehnten Schwindel, den das Gift hervorrief. Er atmete durch, bevor er hinzufügte: «Und selbst?»

«Ach ...»

Und als hätte der erwartete klagende Anklang es ausgelöst, platzten zwei, drei optische Blasen vor Onnos innerem Auge auf, verzerrt wie in einem Fischaugenobjektiv – weitere Alptraumsequenzen der letzten Nacht:

Onno und Diana am Fuße der Hochsitzleiter am Rande des Mondplatzes. Er krault sie am Kopf. Hellichter Tag. Oben an der schmalen Stahlbrüstung der Kanzel Henry, quer über die Unterarme eine grüngekleidete Puppe mit Hut tragend. Sie sieht ein bißchen unhandlich aus, weil in vorgebeugter Sitzhaltung erstarrt. Erinnert Onno an eine Westernfigur aus Plastik, wie sie Mitte der 60er Jahre zwischen einer Handvoll pastellbuntem Puffreis in Wundertüten zu finden war. Vielleicht deshalb wirkt sie von hier unten aus betrachtet leicht. Henry aber ist sie offenbar viel zu schwer. Scheint fraglich, ob er es mit der Last die zwölf Sprossen der steilen Leiter herab schaffen wird. Er ruft Onno ein hastiges Kommando zu; schon fällt ihm halb die Puppe aus den Armen, halb wirft er sie, um den Flug noch günstig zu beeinflussen. Onno beeilt sich, sie zu fangen, doch kurz vor ihm schlägt sie auf dem Waldboden auf. Es ist gar keine Puppe, sondern der vollumfängliche Körper Knut Wiesmanns. Aufgrund der Leichenstarre wird beim Aufprall sein Kopf vom Rumpf gesprengt, der Hut mit der Fasanenfeder segelt davon, der Kopf fliegt mit flatternden weißen Haaren Onno in Bauchhöhe genau in die Arme – wie einem Torwart mit gutem Stellungsspiel ein Fußball. Der Hals sauber abgetrennt, rot-weißer Querschnitt, Bandscheibe, Knorpel, Fleisch. Die Schäfchenwolke des Schopfs um die braungebrannte Schädelhaut. In dem grinsenden, wasserstoffperoxidbleichen Gebiß der Tannenzweig, durchwimmelt von Ameisen, einige mit Flügeln. Die Augen gebrochen; trübgrau, blicklos starren sie in Onnos entsetztes Gesicht.

In der zweiten Albsequenz vermischte sich derselbe Schauplatz mit einem anderen, dem hiesigen Friedhof. Die eine Szenerie ging in die andere über. Zunächst ein Auftrieb von Männern dort unterm Hochstand im Mondwald. Sie schütteln einander die Hände und sprechen knapp.

Moin. Hottner.

Baensch, Moin. Moin, Jelle. Moin, Krischan. Wat seggt man dor to, wa?

Dat segg ick di. Moin.

Moin, Henry.

Tja, ähm ...

Mein Kollege Baaßen.

Moin. Baaßen.

Moin, Baensch. – Das ist der Mann, der ihn gefunden hat.

Toppin, Moin.

Moin. Hottner.

Baaßen ...

Mein Schwiegersohn.

Viets. Moin.

Moin.

Haucke, Kripo Geestend. Moin.

Moin, Baensch.

Mein Kollege, Kommissar Späler.

Späler, Moin.

Moin. Das ist Herr Toppin. Der hat ihn gefunden.

Toppin, Moin.

Aha. Moin, Haucke.

Späler ...

Moin.

Mein Schwiegersohn ...
Viets. Moin.
Moin ...
Moin ...
Jensen ...
Späler ... Moin.
Haucke.
Heitkamp, Moin.
Moin.
Moin.
Moin ...
Knieß, Spurensicherung. Moin.
Moin, Baensch ...
Moin. Moin. Moin. Jensen, Haucke, Heitkamp, Moin. Späler, Knieß, Toppin und Viets. Hände, Hände, Hände. Schmal und feucht und lappenschlapp die eine, die nächste breit und ledern und so trocken, daß sie beim Zugriff raschelt. Gesichter. Das eine leer, das nächste beredt, das übernächste traurig. Stimmen. So leise, daß man ein Stethoskop brauchte. So laut, daß man drei draus machen konnte. Eine vernuschelt, eine melodisch wie eine Oboe, eine breit wie ein Kartoffelacker.

Und plötzlich das gleiche in Schwarz an Knuts Grab auf dem Friedhof, nunmehr halb Finkloch. Hartmöller, Moin. Moin, Viets. Petersen. Viets. Bock. Viets. Poppenkamp. Viets. Hauff Viets. Ossenkopp. Viets. Roggenpohl. Tragehner. Pucken. Moin. Moin. Moin. Viets. Viets. Viets. Eigentlich Quatsch; hier op'n Dörp, da duzte man sich. Und in der Wirklichkeit war er den meisten längst begegnet, manchen gar mehrfach.

Gänsehaut im Nacken, aschte Onno in einen Kronkorken. Hatte vergessen, den Aschenbecher aus der Küche mitzunehmen. Ohne es bewußt zu registrieren, nahm er am Rand des Gesichtsfelds jenes Amselmännchen wahr, das Henry ‹Häuptling Weiße Feder› getauft hatte – eben wegen jener Skurrilität.

Das Drückende an den beiden Träumen – jeder eine Fuge der Vergeblichkeit – war die holzhackerhafte Regsamkeit der Menschenkinder, das trotzige Stakkato der Konsonanten, wenn sie sprachen, das scheinbar Unverwüstliche ihrer Psychen, deren Zotten in Wahrheit jedoch verletzlich waren wie die Fiederblättchen der Mimose (die man übrigens, wie Betty wußte, auch Schamhafte Sinnpflanze nennt).

Kinderloser Witwer, hatte Knut Wiesmann nur wenige lebende Verwandte, weit entfernt zudem – genetisch wie geographisch. Als einziger war, obzwar selbst hochbetagt, aus Villingen-Schwenningen ein Vetter zur Beerdigung erschienen. Zur Alleinerbin von Häuschen, Mercedes und ein paar Spargroschen bestimmt hatte Knut seiner toten Gattin einzige Nichte, mittlerweile spanische Staatsbürgerin, der die Mittel zur Anreise fehlten.

Die Abwicklung all der Dinge hatte Betty übernommen, in Zusammenarbeit mit dem Finklocher Altenkreis. Federführend war der Pfarrer der evangelischen St.-Cosmae-Gemeinde Geestends. Henry war ihr keinerlei Stütze. War zu so gut wie nichts in der Lage. Das überraschende Ende des getreuen Gehilfen – auch wenn der ihm in all den Jahrzehnten bisweilen bis zum Weinen auf die Zwiebel gegangen war –, es traf ihn hart. Zumal die entwürdigenden Umstände seines Todes auf verdrehte Weise, aber empfindlich an die Urgründe seines, Henrys, eigenen Schicksals rührten ...

Es war am Montag nach jener Feier seines dreiundsiebzigsten Geburtstags gewesen, daß gegen Mittag ausgerechnet der heikelste seiner Jagdkollegen auf den Hof gekommen war. Henry hatte Gehrungen für die Eckpfeiler einer neuen Kanzel gesägt, als Arnulf Toppin ihn mit zutiefst verbiesterter Miene aus seiner tätigen Selbstversenkung aufschreckte.

«Ich hab's geahnt!» sprach Henry, während er zitternd in die Gummistiefel fuhr. Ein halblautes Rufen mit Tremolo. Nur Onno hörte es. «Ich hab's geahnt! Aber wehe, man sagt was.» Am Vortag hatte Betty Bettlaken zum Trocknen im Garten aufgehängt ... und sich Henrys Gemurr schärfstens verbeten. Doch siehe, sonntags Wäsche aufhängen bringt eben Unglück.

Während Betty auf die Funkstreife aus Geestend wartete – und Krischan Heitkamp sowie Jelle Jensen alarmierte –, fuhren sie mit Arnulf Toppins Auto los. Spontan entschied Onno, auch einzusteigen. Ein Impuls, der einem schlummernden Gefühl der Verbundenheit mit seinem Schwiegervater entsprang. Weder Arnulf Toppin noch Henry zeigten deswegen eine sonderliche Reaktion.

Am Findling stand Knut Wiesmanns uralter Opel Kadett, der Zweitwagen, mit dem er sein Waidwerk beschickt hatte. Die rechte Flanke berührte fast den Stein.

«So hett he güstern obend all stunn», sagte Arnulf. Er hatte den Malbaum auffrischen wollen, jedoch davon abgesehen, um Knut nicht beim Ansitz zu stören. «Und as ick vörhin keum, un sien schätterige Kist stünn jümmers noch genau so dor, heff ick mi glieks dacht, dor stimmt doch wat nich.»

«Harr jo öbers ok een Panne ween kunn», wandte Henry ein. Nicht etwa beckmesserischer Vollständigkeit halber ... vielmehr tragische Beschwörung einer harmlosen Parallelvergangenheit.

Als sie die tiefen Traktorspuren zum Mondplatz entlangstiefelten, fühlten sich Onnos Kniegelenke an, als wären sie aus Gummi. Vielleicht spielte dabei auch die noch unangenehm lebendige Erinnerung an das seltsame panische Vorkommnis vom Freitag eine Rolle, wiewohl der lauschattige, da und dort vom vormittäglichen Sonnenlicht durchlauchte Wald kaum als derselbe wie in jener schauerlichen Nacht erschien. Doch die tiefere Ursache lag natürlich darin, daß der Sensenmann in der Nähe lauerte.

«Ick heff em nich ünnerseugt, klor», sagte Arnulf Toppin. «Öbers to sehn is nix. Ick gleuv öbers nich, dat he freewillig op den Twieg rümgnauelt hett.» Daß sein Verdacht sich auf Katzenzenzi und/oder Hänfling richtete, brauchte er überhaupt nicht auszusprechen. Der bestand seit 1972 ununterbrochen.

«Viellich», sagte Henry, «is he von sülbens starvt, und denn ers hett em wo een den Bruch twüschen de Teen … dwardelt.» In bestimmten Momenten wurde offenbar, daß Plattdeutsch keineswegs seine Muttersprache war. Zur Not halfen Tätigkeitswörter Marke Eigenbau.

Onno nahm die Haltung ein, wie er sie in seinem späteren Alptraum einnehmen sollte: Er setzte sich neben Diana auf den Waldboden, als die beiden alten Herren die Leiter emporklommen. Streichelte das seidenfeine Fell auf ihrem Kopf. Ob die Hündin spürte, wie sehr es ihn beruhigte, das zu tun?

… das Schweigen, das aus tausend kleinen Stimmen gewebt ist, das flüstert und tuschelt und raunt und kichert, murrt und knirscht, das den einen so ängstigt und den anderen so beruhigt …

Blaß, aber gefaßt war Henry nach dem Abbaumen. Desgleichen Arnulf Toppin.

Zwanzig Minuten später trafen Jelle Jensen und Krischan Heitkamp mit zwei Streifenbeamten ein. Moin, Moin und so weiter.

Keine fünf Minuten später waren die wieder unten. Konstatierten das Offensichtliche: Kein Notarzt der Welt mehr nötig. Knut Wiesmann war seit mehr als zwölf Stunden tot, die Leichenstarre bereits eingetreten. Oberflächlich keinerlei Gewalteinwirkung erkennbar. Nun war das LKA für Leichen und Vermißte dran, um festzustellen, ob Fremdverschulden vorlag.

Zwanzig Minuten später waren auch die Landesbeamten vor Ort. Moin, Moin und so weiter. Befund: oberflächlich keinerlei äußerliche Gewalteinwirkung erkennbar.

Nichtsdestoweniger kam weitere zwanzig Minuten später die Spurensicherung. Moin, Moin; Moin, Moin.

Lange bevor der steife Leichnam herabgelassen wurde, hatte Onno das Weite gesucht. So spontan er mitzufahren entschieden hatte, so rasch hatte ihn der Mumm am Tatort verlassen. Er wollte nicht sehen, wie der einst so agile Greis tot und steif abtransportiert wurde.

Für die Alptraumerzeugung reichte schon Henrys spätere Schilderung. Die gekrümmte Sitzhaltung, Arme, zum Karree angewinkelt – die Büchse bergend auf dem Stützbrett abgelegt, Kinn auf der rechten Schulter, die Augen weit offen, die Zähne gefletscht, kaum in jener Selbstvergessenheit oder Konzentration wie zu Lebzeiten, eher im Schock des überstürzten Abschieds von der Welt. Im Biß der Tannenzweig. Die vier Meter lange zweispurige Ameisenstraße hinunter auf den Waldboden. Die Finger der linken Hand umklammerten den rechten Unterarm, die Finger der rechten den Kolben der Büchse. Die Beamten mußten einen nach dem anderen aufbrechen, um die Hock-Skulptur, die

Knut Friedrich Wiesmann nur mehr verkörperte, von dem Schießgewehr zu trennen.

Am Abend desselben Tages noch lag Knut nackt und bloß auf einem Blechtisch im Institut für Rechtsmedizin am Eppendorfer Universitätsklinikum. Äußere Leichenschau. Keine Erkenntnisse über äußere Gewalteinwirkung. Folgerung des Pathologen: Erkrankung mit Todesfolge. Nachricht an den Staatsanwalt. Der verneint Handlungsbedarf. Gewiß, der Zweig im Gebiß – doch Störung der Totenruhe ein Bagatelldelikt. Etwaigen Angehörigen wird anheimgestellt, Obduktion zu beantragen. Privatangelegenheit. Aus polizeilicher Sicht nicht erforderlich. –

Übrigens hatte Arnulf Toppin die Kripo auf den Drohbrief der Katzenzenzi am Schwarzen Brett des Kühl- und Feuerwehrhauses aufmerksam gemacht – derart eifrig und erregt, daß Kommissar Späler ihn knapp, doch unverhohlen auslachte. Hauptkommissar Haucke aber erläuterte ihm im geduldigen Stile eines populärwissenschaftlichen Volksaufklärers und Fernsehexperten, daß Schwarze Magie nicht nur so gut wie gar nicht justiziabel sei, sondern allen seriösen wissenschaftlichen Erkenntnissen der Gegenwart zufolge ohnehin Humbug.

Bei der Nacherzählung am Abendbrottisch schüttelte Henry nur den Kopf. «Arnulf, na ja. Den tiefen Teller hat er nicht erfunden.» Kraft übermenschlicher Beherrschung verkniff sich Betty den Kommentar, der sich kreischend aufdrängte. Andererseits wußte niemand besser als sie, daß Henrys fest mit der Seelenwurzel verwickelter Aberglaube nur in seltensten Fällen über die häuslichen Grenzen hinauswucherte. In der Öffentlichkeit war der Amtsförster a. D. ein in Worten leidenschaftlicher, in seinen Taten aber besonnener und vernünftiger Mann.

Natürlich wurde viel gerätselt im Dorf. Günther Hornbach vermutete, Knut sei an einem Herzinfarkt gestorben und der Tannenzweig eine Art Snack gewesen. «De hett doch ok jümmers so Eukalyptusbonsche lutscht!»

Desgleichen glaubte Hinnerk Tragehner an einen natürlichen Tod und argwöhnte, für den Tannenzweig möchten Mitglieder einer rumänischen Bande verantwortlich sein, die laut Geestender Bote in den hiesigen Wäldern Depots für ihr in Hamburg erbeutetes Diebesgut anlegten: War der Balkan nicht geradezu berüchtigt für derlei groben Unfug?

Oder ein Wilderer.

Oder einer dieser Geo-Cacher, die hatten doch sowieso nicht alle Tassen im Schrank.

Oder Knut hatte einen Feind, von dem niemand was ahnte und der ihn beschattet hatte: Immerhin mußte ihm der ‹letzte Bissen› verabreicht worden sein, solange die Leichenstarre noch nicht eingetreten war – ergo: nachts, oder wenigstens spätabends. Und wer sonst, bitte schön, treibt sich denn um die Zeit noch im Mondwalde herum?!

Allenfalls autonome Tierschützer mit Gruppen sogenannter Jagdstörer. Adolf Petersens Lieblingshaßfiguren, und da war er nicht der einzige im Dorf. Allerdings: Hörensagen. Im Kreise Geestend nie vorgekommen.

Der Verdacht Arnulf Toppins, Walter Hartmöllers, Schorse Ossenkopps und vieler anderer aber richtete sich zwingend gegen die Katzenzenzi beziehungsweise ihren namenlosen Gehilfen, «se sülbens kümmt jo woll kuben de Ledder ropp». Denn nun mal im Ernst – erst die Drohung am Schwarzen Brett, dann die diversen «nervlichen Anfälle» der Jagdkameraden auf der Mondkanzel und schließlich gar der Tod eines der ihren ebendort, und das alles innerhalb weniger Tage: *Zufall?!* Das kannst du jemandem erzählen, der sich die Hose mit der Kneifzange anzieht.

Barbara Thomsen-Nieth immerhin gab zu bedenken, daß kaum ein Nichtjäger diesen Brauch des ‹letzten Bissens› überhaupt kennen dürfte. Arnulf Toppin wischte den Einwand brachial vom Tisch, und zwar mit dem Hinweis aufs «Internet», wo man dem Vernehmen nach heutzutage ja wohl alles nachlesen könne. Woraufhin Barbara Thomsen-Nieth sich eingehend befragte, ob es denkbar wäre, daß jene Frau Dora Maria Zils diesen Herrn Knut Wiesmann wegen seiner Katzentötung tatsächlich ihrerseits per Schwarzer Magie getötet, sodann im Internet mit Erfolg nach jagdlichen Bräuchen recherchiert und ihren namenlosen Adlatus beauftragt haben könnte, einen davon zum Hohne anzuwenden? Und zu ihrer eigenen wohligen Bestürzung lautete die Antwort: O ja, das war nicht nur denkbar, sondern auch unheimlich. Unheimlich aufregend.

Denn wenn sogar die Hamburger Expreßzeitung (= HEZ; vom 3. Juni 2008) etwas als «gruselig» bezeichnete …

GEJAGTER JÄGER
Kreis Geestend. Bis gestern galt sie als letztes Idyll des Landkreises: die 300-Seelen-Gemeinde Finkloch. Nun wurde dort der Jäger Knut W. (82) auf einem Hochsitz leblos aufgefunden. Die Todesursache ist noch unklar. Gruselig: In seinem Gebiß steckte ein Tannenzweig. Einem alten Jagdbrauch zufolge wird dem erlegten Stück Wild so der ‹letzte Bissen› verabreicht. Die Kriminalpolizei ermittelt.

Nicht zuletzt deshalb war es wiederum Arnulf Toppin, der trotz seiner Belehrung durch Kriminalhauptkommissar

Haucke im Anschluß an Knuts Beerdigung spornstreichs, doch ungelenk einen Mob zu organisieren trachtete, der die dreihundertfuffzig Schritt vom Friedhof zum einstigen Forsthaus stürme und die Katzenzenzi samt komischem Namenlosen lynche oder wenigstens ein paar von diesen Katzenviechern, oder immerhin die Scheiben einschmeiße oder so. Jelle Jensen und Klaus-Dieter Heinrich winkten nicht einmal ab, sondern schnaubten nur. Henry pfiff ihn an, ob er noch alle Latten am Zaun habe. Und Krischan Heitkamp sagte: «Opbummeln? Den Dragoner? Dor brukst du 'n Kran.»

Gut, die zusätzliche Provokation jener Hexe mit dem Kampfgewicht einer Buddha-Statue von Bamiyan war wieder einmal schwer erträglich gewesen. Auf dem Weg zur Beerdigung hatte Gerold Heinßen nämlich folgendes neuerliches Bulletin am Schwarzen Brett entdeckt:

BEKANNTMACHUNG
Der Tot eines Menschens ist immer bedauelich. Doch für die Folgen seines Handels ist jeder selbst verantwortlich.
gez. Tara Parinama

Andererseits waren die Zeiten der Aufmärsche und Scharmützel um die Kommune auf Heini Porsts Hof bereits seit den frühen Achtzigern vorbei. Die letzte geharnischte Konfrontation hatte im Vorfeld zu einer Bewerbung für den Bundeswettbewerb ‹Unser Dorf soll schöner werden› stattgefunden. Ein spontan gebildetes Rollkommando aus Konrad Pucken, Gebrüder Petersen und zwei, drei weiteren Finklocher Freischärlern unter Führung Arnulf Toppins war bereits mit reichlich Pferdestärken unterwegs gewesen, um einen zerbeulten alten Bulli vom Hof zu schleppen und den «Schandfleck» (Toppin) überhaupt mal ordentlich durchzupflügen, als Henry noch gerade rechtzeitig mit der geballten Autorität seiner Bürgermeisterschaft dazwischenfunkte. (War den anderen ein Franz Josef Strauß noch viel zu linksliberal, so empfand Henry immerhin Helmut Schmidt als «keinen falschen Mann, nur in der falschen Partei».) Henry setzte Verhandlungen an, scheiterte aber an der seinerzeit starken Anarcho-Fraktion innerhalb der Kommune. Lautstarkes Murren bei den Finklocher Falken, doch keine weitere Eskalation. Die Bewerbung wurde in aller Stille annulliert; ein Jahr später trat Henry ohnedies zurück.

Wie auch immer, heutzutage war nicht einmal mehr ein Konrad Pucken (92, einstiger glorreicher Angehöriger der SS-Division Totenkopf) bereit, an jene Dranktonne von Hyäne auch nur noch einen einzigen seiner kostbaren arischen Gedankengänge zu verschwenden. –

In der Woche zwischen Tod und Beerdigung Knut Wiesmanns war Henry kaum zur Ruhe gekommen. Obwohl, wie bereits erwähnt, hauptsächlich Betty sich um die Abwicklung kümmerte, wurde Henry von Tag zu Tag blasser und nervöser, taperte entweder kreuz und quer durch Haus und Garten oder stand im Wege herum – oder hetzte von einem Ortsende ans andere. (Schmerzlich fehlte Berthold Bobziens Dorfkrug. Arnulf Toppin am meisten. Früher hätte man sich bei solchen Anlässen dort ganz unwillkürlich getroffen und schwadroniert, bis einem der Korn zu den Ohren herausgewachsen wäre; nun empfand er den Drang, alle naslang zum Schwarzen Brett zu laufen – allein, wer würde sich da schon länger aufhalten?)

Seit der großen Gemeindereform wurde Finkloch von

Geestend aus regiert, doch die Altbürgermeister Joseph Bock, Willem Kanicki und Henry Baensch ließen es sich nicht nehmen zu repräsentieren, Präsenz und Gemeinschaftssinn zu zeigen, in Wort und Tat Zugehörigkeit zu bezeugen, um dem unaufhaltsamen Sterben des Dorfes Würde zu verleihen und seinem Erbe Respekt zu zollen. In diesem Falle ging es Henry darum, Stimmungs- und Meinungsbilder ein- und aufzufangen und gegebenenfalls mäßigend einzuwirken. Glücklicherweise, wie gesagt, war das kaum nötig.

Die Spannung zwischen innerlicher Aufgewühltheit und äußerlicher Vernunft zerriß Henry beinah. Seit Knuts Begräbnis war wiederum beinah eine Woche vergangen, doch Henry ging's immer noch nicht besser als unmittelbar nach der Nachricht. Im Gegenteil, die innere und äußere Unruhe nahm zu. Nachts rotierte er in Grübelzirkeln, bis ihm schwindlig wurde, und obwohl tagsüber daher grottenmüde, konnte er keine fünf Minuten stillsitzen. Er aß appetitlos, rauchte jede Pfeife binnen einer Minute heiß und fluchte und greinte den lieben langen Tag vor sich hin. Nicht nur Betty, seine gesamte Umgebung machte er «vogelig» (Betty). Und so kam es zu folgendem denkwürdig absurden Dialog:

«Geh doch endlich mal wieder auf Jagd!» rief sie. Obwohl sie genau wußte, daß genau das sein unausgesprochenes Problem war.

Nun gab es nicht nur im Mondwald einen Ansitz. Sogenannte Reviereinrichtungen gab es auf den 840 Hektar in und um Finkloch mehr als genug: geschlossene und offene Kanzeln, Baum- und freistehende Ansitzleitern, insgesamt zwei Dutzend. Bei Tamerlans Tannen vier, zwei in Puckens Busch, diverse in Moor und Heide sowie am Finkensee. Doch nach dorthin ausweichen wäre eine unerträgliche Schmach, und deshalb schrie der Heimatvertriebene Henry Baensch – unter Umgehung von zwei, drei Gedankenschritten – mit puterrotem Halse: «Zweimal bin ich in meinem Leben schon vertrieben worden! Glaubst du, ich laß mich noch ein drittes Mal vertreiben? Wohl kaum, Komma!»

Sollte dann aber doch noch ein paar weitere Tage benötigen, um sich für die Einlösung des vollmundigen Versprechens zu sammeln. Wie die meisten vernunftbegabten Dorfbewohner war auch er eigentlich davon überzeugt, daß Knut mitnichten ‹ermordet› worden war (dito Onno, übrigens). Die Katzenzenzi war eine Maulhure, Knut eines natürlichen Todes gestorben, und den letzten Bissen hatte ihm irgendein schlimmer Finger verabreicht.

Und doch herrschte ständiger Tumult auf den Brücken zwischen Geist und Ungeist: Wenn das, was ihn, Henry, in jener Nacht mitsamt seinem Schwiegersohn in kardiologischen Alarm versetzt hatte, womöglich auch Knut in kardiologischen Alarm versetzt hatte, war es keineswegs undenkbar, daß ihn im Zuge dessen ein Infarkt ereilt hatte. Dagegen sprach allerdings, daß Knut die erste schwarzmagische Attacke (oder was immer es war) spurlos überstanden hatte (im Gegensatz zu Klaus-Dieter). Doch vielleicht ließ sich die Intensität eines solchen Angriffs steigern? Henrys Langzeitgedächtnis war gespickt mit Beispielen für Ungemach nach Nichteinhaltung abergläubischer Rituale, und das machte ihn seiner eigenen Vernunft gegenüber skeptisch. –

Auf dem Rasen vor der Eiche boxten zwei Amselmännchen. Immer wieder flatterten sie aufeinander zu und hackten aufeinander ein. Das eine hinkte bereits. Da Häuptling Weiße Feder nicht betroffen war, wartete Onno den

Ausgang des Kampfes nicht ab. Er drückte den dünnen Stummel seiner Zigarette im Kronkorken aus. In Henrys klagendem «Ach ...» auf Onnos Frage nach seiner Nachtruhe hatte deutlich hörbar der Wunsch nach Gespräch mitgeschwungen, und Onno beschloß, ihn seinem Schwiegervater zu erfüllen.

Die solide Holzlaube, die im Stil an Blockhütten erinnerte, war ebenso dunkel gebeizt wie das Gartenhaus. Eine dicke Scheibe Eiche mit der geschnitzten Inschrift *Jägerstube* schmückte die Tür. Zwar war die Innenverschalung hell, und von der Terrasse am Wasserfällchen drang durch das dreiteilige Fenster (auf dessen Brett der Nebenapparat des Telefons stand) das strahlende Tageslicht ins Kabuff – dennoch überrumpelte den Besucher ein düster-energetisches Sammelsurium von Waidtrophäen und Jagdnippes sowie Mobiliar, das hier seine letzte Inkarnation abbüßte. Lauter «Huschnusch», wie Betty sagen würde.

Ein heller Hochschrank links und ein unterm Gewicht seiner Intarsien und Zierbeschläge ächzender dunkler rechts hielten sich gegenseitig in Schach. (Hinter der Glastür des letzteren umzingelten Schnaps- sowie Biergläser mit Goldrand und Jagdmotiven eine Buddel Jägermeister.) Zwischen den beiden Kontrahenten machten sich zwei zum Quadrat gefügte rechteckige Tische breit, umstellt von Gestühl – auf einem saß Henry – und Bänken mit fadenscheinigen Polstern. Wandfläche, die nicht von deren Lehnen sowie von Schrank- und Kommodenrücken verdeckt wurde, beanspruchten Objekte unterschiedlichster Couleur:

unter der Decke vier karomäßige Reihen heraldisch geformter Brettchen mit bleichen Tierstirnen, aus denen die

Gabeln der Rehbockgehörne hervorstachen und die Schaufeln der Dam- sowie die Kronen der Rothirschgeweihe aufragten (darunter ein prächtiger ungerader Zwölfender). In Reih und Glied ein Dutzend ähnlicher Träger mit dem Gewäff von Keilern. Zahlreiche gerahmte Ehrenurkunden «für langjährige verdienstvolle Tätigkeit» im Verband für Jagdschutz, in der Landesjägerschaft, als Jagdhornbläser und so weiter, vom Ortsrat Finkloch für Ehrenämter im dörflichen Vereinsleben und vieles andere mehr. Verschnörkelte Zinnteller mit eingeprägten Stilleben voller Wildbret und Trauben, Hatzszenen mit Hund oder Porträts balzender Auerhähne und bockender Gemsen. Eine Kuckucksuhr. Eine Büfettuhr von ca. 1956. Ein Barometer unter gekreuzten Miniaturflinten, ein Baro- nebst Thermometer unter Miniaturschwarzwaldhaus mit -tanne, zwei Hufeisen, eine kleine Reproduktion von Dürers Hasenaquarell, ein Brett an Kette mit Hirsch und Hirschkuh unter Tanne im gleichen Silber wie die Lettern des Sprüchleins *Es grüne die Tanne / es wachse das Erz – / Gott schenke uns allen / ein fröhliches Herz*. Ein Regal voller Untertassen, Bierhumpen und Schnapshümpchen mit historischen Motiven aus Finkloch und Geestend, Hamburg und weiteren Ikonen des Heimattourismus wie Lüneburger Heide, Harz oder Insel Mainau.

Von der Decke hingen sowohl zwei 80er-Jahre-Punktstrahler als auch eine Lampe mit einem Schirm wie das Korsett einer Kokotte. Auf dem Ecktisch bereiteten sich ein Nußknacker, ein Troll und eine gußeiserne Wildsau auf den Tod durch Staublunge vor, umlungert von einem Samowar, einem «Harzer Grubenlicht» («der würzige Halb-Bitter»), einem Gebinde aus Strohblumen und Fasanenfedern, einem selbstgebastelten Streichholzschachtelspender sowie Knuts Präsent zu Henrys Siebzigstem, jenem Modell einer Hochsitzkanzel mitsamt Kräuterlikörwald verklebt auf grünem Filz. An der Wand darüber der bewußte röhrende Hirsch.

Über Eck weitere Regale ... mit Eulen, Igeln, Zwergen in geradezu drogenrauschhaften Existenzformen; einem Würfelbecher ohne Würfel und umgekehrt; einer Kuhglocke; acht verschiedenen Mundstücken für Jagdhörner; einem ausgedienten Fernglas; einem Flachmann, Lötkolben, Trommelschlegel, Bleistiftspitzer mit Kurbel; einer Hundebürste, Sturmlaterne, Taschenlampe, Kupferkanne, Biegefigur (Elch). Wimpel, Wappen, Gummiwurst. Lauter beredte Beweise, daß Henry und Betty zu den Menschen gehörten, die nicht einmal das groteskeste Mitbringsel seiner gerechten Bestimmung zuzuführen übers Herz brachten.

Zwischen dem Kaventsschrank und einer Garderobe mit Haken aus Horn, an denen Jacken, Mäntel und Parkas, Schals und Hüte hingen – alle in Wald- und Wiesentönen –, befanden sich, getarnt von einem Vorhang in Braun-Beige-Grün, die tresormäßig gesicherten beiden Stahlschränke mit Henrys Waffen und Munition. Im Augenblick stand der linke offen und präsentierte das komplette Arsenal (v. l. n. r.): eine Bockbüchsflinte cal. 20 (Schrot) und Magnum (Kugel); einen Mauser-Stutzen (ganzgeschäftet) cal. 6,5 × 57; eine Querflinte cal. 16; ein Kleinkalibergewehr; dann das leere Fach für die Büchse Sauer 202; dann einen Drilling mit 16er Schrot und Kugel cal. 8 × 57 sowie eine Bockflinte cal. 12. In dem geschlossenen Extrafach lag, wie Onno wußte, ein Arminius HW5 Magnum, ein achtschüssiger Trommelrevolver für Fangschüsse. Damit auf Distanz zu treffen sei unheimlich schwer; Henry habe mal vergeblich versucht, eine Katze aus einem Baum zu schießen.

«Da draußen prügeln sich zwei Amseln», sagte Onno. «'ch, 'ch, 'ch ...»

«Is' wahr?» Henrys neuerliches Seufzen bei Onnos Eintritt stellte eine konzentriertere Version dessen dar, das er auf Onnos Frage nach der Qualität seiner jüngsten Nachtruhe von sich gegeben hatte. «Immerhin sind Amseln da. Dies Jahr kein Fliegenschnäpper, kein Fitis. *Fünf* Jahre mindestens hab ich schon kaum mehr Lerchen gesehn draußen in der Feldmark, keine Stare, Kiebitze, Bachstelzen ... keine Himmelsziege ... Ach ja, Schwiegersohn ...» Er hob die Büchse auf und linste gegens Licht durch den Lauf. Dann schraubte er ein Filzbürstchen auf einen langen, dünnen Putzstock, führte ihn am Griff in den Lauf der Sauer ein und schob ihn ein einziges Mal kraftvoll hindurch. Um das Filzbürstchen sogleich wieder abzuschrauben. Mehrfach vor- und zurückzubürsten wäre kontraproduktiv, weil man die Bleirückstände wieder verteilen würde, so hatte Henry seinem Schwiegersohn bei anderer Gelegenheit bereits erläutert. «Kein Auge zugetan, mal wieder, heut nacht ...»

«Njorp ...?» Onno lauschte, während er die schweifwedelnde Diana begrüßte. Schaute seinem Schwiegervater zu bei seinem Tun. Schaute ihm ins Gesicht: Tief in ihren dunklen Höhlen fieberten die Augen. Die Schicksalskerbe über der Nasenwurzel spaltete die waagerechte Dreifaltigkeit der Stirn, und die gefletschten Zähne waren das typische, um einen Hau übertriebene mimische Hoheitszeichen für Tatkraft in Aktion vermählt mit Sorgfalt. Im Augenblick jedoch wirkte sein Teint, als hülle ihn ein Wasserdampf von Hysterie ein.

«Ich hab ... Alpträume», stieß Henry hervor und stellte die Spraydose mit säurefreiem Feinöl zur Entfernung rosterzeugenden Handschweißes, früher ‹Soldatengold› geheißen, wieder hin, um eine hitzige Geste der Verzweiflung zu vollführen. «Und nicht nur, wenn ich schlaf. Halluzinationen nennt man das wohl! *Dschunnnge*jungejungejunge ...»

Die raunend gekeuchte Fluchformel schloß das Lamento voreilig ab ... als stelle Henry Onno frei, zu einer derart ungeheuerlichen Selbstdiagnose überhaupt Stellung zu nehmen. Zudem war sie deplaciert. Reserviert für Ärgernisse wie platte Reifen oder die Katzenzenzi (in Dur aber auch für Blattschüsse, alle neune und ähnliches), verbot sie sich eigentlich in puncto Abgründe der eigenen Psyche. Indem Henry sie trotzdem anwandte, signalisierte er Fähigkeit und Willen zur Distanzierung – und gestattete Onno mithin offenen Umgang.

«Halluzinationen ...?» fragte Onno, dennoch vorsichtig. Seine eigene, getriggerte Angst hoffte er verbergen zu können.

«Jaa», sagte Henry gequält. Er sprayte Ballistol in die entleerte Schloßkammer und auf den paßgenauen Schlitten mit Kammerstengel, der auf dem Tisch lag. «Und nicht nur nachts, wenn ich wach liege. Auch am hellichten Tag, immer wenn ich manchmal so unruhig werde, weißt du, ich kann überhaupt die Beine manchmal nicht mehr still halten, das kribbelt und juckt und tut weh, zum Verrücktwerden ist das manchmal, und dann hab ich so Zwangsvorstellungen, du ... zum Verrücktwerden, sag ich dir, *Dschunnnge*jungejungejunge ...»

Henry setzte den Schlitten wieder ein und bewegte ihn. Nahezu geräuschlos glitt er hin und her. Dann sprühte er auch den Lauf ein. Der Duft des Waffenöls begann, die stets ein bißchen muffige Behaglichkeit in der Jägerstube aufzureizen.

Onno schwieg. Reglos saß er auf der Bank, gegenüber

von seinem Schwiegervater, der jetzt mit der Fingerspitze auf die Mündung des Gewehrlaufs tippte. «Weißt du, wie man das nennt, das hier, das Innere des Laufs? *Seele*», sagte er mit jener sanften Genugtuung des Wissens, die das einstige Staunen über den elefantösen Witz der Sprache abgelöst hatte. Kurzfristig glättete sich sein leicht gebräunter Teint. Doch dann schlug wieder der Schicksalskeil ein.

«Aha? Hm. Tjorp 'ch, 'ch, 'ch …» Onno räusperte sich. Bevor er das Reizwort *Halluzinationen* beherzt wieder aufzugreifen vermochte, flutete wie aus heiterem Himmel die Präsenz all jener Handfeuerwaffen sein Bewußtsein, und für einen Moment erschien ihm deren tödliche Gewalt unausweichlich, attraktiv und gerecht. Als gingen knallrote Leuchtstoffröhren an, flackerten groteske Bilder vor seinem inneren Auge auf … sinnlose Bilder, die er sofort vergaß; was jedoch nachblieb, war das aufwühlende Gefühl einer Überlegenheit, die alle Depression und Ohnmacht und Furcht hinwegmähen würde, in einem einzigen rasenden Orgiasmus. Er erschrak.

Im tiefsten Herzensgrunde war Onno Pazifist. Der übliche kindliche, kindische Hang zum Waffenfetisch war allerspätestens bei der Grundausbildung in der Stader Von-Goeben-Kaserne widerwilligem Pragmatismus gewichen. Als Heranwachsende noch hatten er und Der schöne Raimund im Schützenverein Moorwerder mit Kleinkaliberbüchsen auf Scheiben geballert – ohne nennenswerte Erfolge, doch aufgrund jener aus der Kindheit her verlängerten, unschuldigen Faszination des Schießens. Oh, dieses Lauffeuer in den Nervenbahnen, welches das blutjunge Adrenalin entfachte, wenn Onno haarscharf an der Ecke des Backsteinblocks lauerte, die beidhändig gepackte, himmelwärts gerichtete Erbsenpistole an die Wange geschmiegt! Und oh, diese herb prickelnde Geilheit in den Faszikeln, wenn Raimund nichtsahnend in die Falle tappte und Onno ihm aus nächster Nähe zwei Erbsen auf den Pelz brannte!

Bloß kraft Auges, Fingers und Mutwillens bringst du auf zehn Meter Entfernung Tod und Verderben ...

Wobei aber auch die Opferästhetik bittersüße Botenstoffe erzeugt. Je nachdem. Je nach Abmachung. «Wer am besten sterben kann!» «Okeh.» Und Raimund knallt Onno ein Kaliber .45 vor den Latz. Bauchschuß. Verdammt. Schlagartig steht Onno gekrümmt, sind seine Hände zu dem Einschußloch geschnellt. Verdecken es, als könnten sie es ungeschehen machen. Gleichzeitig die Gesichtszüge erstarrt, die Milchzähne entblößt. Gaaanz langsam, ungläubig, senkt er das Kinn. Schauen seine Augen zu, wie die Hände sich öffnen und die gräßliche klaffende Wunde offenbaren. Der Schock der Erkenntnis zwingt ihn auf die Knie. Gaaanz langsam, voller Entsetzen, hebt er das Kinn. Schauen seine traurigen Augen, bevor sie brechen, zu den grausamen Augen seines Bezwingers auf. Dann fällt er mit dem Gesicht zuerst in den Staub vorm Saloon *Alt-Wilhelmsburger Kaffeestübchen.* Aua.

Und nun – als erwachsener Mann, als wirkliches Opfer – aus heiterem Himmel dieser überwältigende, gewaltige Machtwunsch ... Onno würgte einen knochentrockenen Angstklumpen hinunter. «Halluzinationen ...?»

«Jaa», ächzte Henry. Er putzte das Okular des Zielfernrohrs mit einem Lappen. «Fürchterlich. Fürchterlich. Ich ...» Er stützte die Schäftung des Gewehrs auf seinen Oberschenkel, und während er an Onno vorbei- oder durch ihn hindurchschaute, schmiegte er die Wange an den Lauf. «Stell dir vor, ich ...» Er legte die Büchse quer vor sich auf dem Tisch ab und schob sie ein Stück von sich. «Ich hab

Angst», sagte er mit plötzlicher, prätraumatischer Ruhe, «durchzudrehen. Ich hab Angst, meine Enkelkinder ... Ich hab Angst, ihnen was anzutun, meinen Enkelkindern was anzutun! Meinen eigenen *Enkelkindern!* Kannst du dir so was vorstellen?» Nun blickte er Onno direkt ins Gesicht. Der feuchte Glanz seiner Augen («gleunige Augen», würde Betty schwer übersetzbar sagen) ... jäh wie eine Bö jagte eine Gänsehaut über Onnos Nacken. «Und außerdem träum' ich in letzter Zeit dauernd von – von Evelyn ...» Seine Stimme brach, und Onno schaute weg.

Natürlich fragte er sich, ob die Ursache für derlei finstere Anwandlungen und -fechtungen seines geschätzten, ja geliebten Schwiegervaters in etwas liegen mochte, von dem Onno nur dunkel Ahnung hatte, in den Kindheitserlebnissen des letzten Kriegsjahres nämlich. Unnatürlicherweise fragte Onno nicht ihn selbst.

Denn den alten Fokko Viets hatte er auch nie gefragt. Onnos Vater, der seit seiner Rente zäh, wortlos und erfolgreich gegen alle Jahre wieder neu sich formierende Partisanentruppen von Metastasen kämpfte – obwohl er oft kaum mehr wußte, wofür zum Teufel eigentlich noch – und erst im März 2011 mit siebenundachtzig Jahren sterben würde (so wie im November desselben Jahres auch Onnos Mutter) ... dieser leibliche Vater Onnos war wortkarg bis zur Stummheit, nicht nur, was seine Kriegsjahre anging. Zu Beginn war er fünfzehn gewesen, am Ende einundzwanzig. Mehr wußten weder Onno noch seine Schwester. Wenn Onno je nachgefragt hatte, dann erinnerte er sich nicht, und wenn er seine Schwester fragte, antwortete sie ausweichend, vielleicht aber auch bloß, weil sie nicht zugeben mochte, daß auch sie nichts wußte. Der Krieg, der Weltkrieg, der

Länder und Völker verheerende Zweite Weltkrieg – bei Onnos Geburt Silvester '54 noch keine zehn Jahre beendet – hatte in den Erzählungen der Familie Viets nie je eine Rolle gespielt. Im Hause Viets herrschte blanke Gegenwart. Vadder Fokko schweigsam und steif, Mudder Elken warmherzig und schwatzhaft – außer, wenn es um Vergangenheit ging. Zu den Verwandten in und um Aurich bestand so gut wie kein Kontakt, doch wenn, dann gab es Anspielungen von derartiger Vagheit, daß sie nicht einmal als Gerüchte durchgingen. Ende der 40er Jahre hatten die Vietsens Haus und Hof in Ostfriesland verkauft – weshalb, darüber wurde selbstverständlich nicht geredet – und waren nach Hamburg gezogen, wo Vadder Fokko bis zu seiner Rente im Hafen Schichtdienst schob. Das war im Grunde alles, was Onno und seine Schwester sicher wußten. Mudder Elkens Motto war: Nutze den Tag und gucke nach vorn! Und da sie es mit unerschütterlicher Güte, matronenhaftem Charme und grundoptimistischer Zufriedenheit mit ihrem Schicksal tat, vermißten die Kinder rein gar nichts.

Vadder Fokko aber schwieg vor allem. Stetig unterkühlt, wie er war, trank er seinen Tee mit Rum und seine drei Buddeln Bier zu Feierabend – der schichtbedingt auch am frühen Morgen sein konnte. Mittelgroß und eher schmalbrüstig, doch mit Popeye-Armen vom unablässigen Löschen der Frachterladungen aus aller Herren Länder, saß er am Küchentisch oder lag auf dem Sofa, und wenn er einmal lächelte, wurden die Kinder ganz aufgeregt. Er schlief zu den unmöglichsten Zeiten, und dann hielt Mudder Elken sie sanft, aber eindringlich an, stille zu spielen. Er tadelte nie, er lobte nie. Vor allem schwieg er, selbst mimisch schwieg er, und das Alleräußerste und Köstlichste an Rat und Trost waren Sätze wie der, den er Onno sagte, als der von Klempner auf Bürokaufmann umsattelte, und den Onno nie vergessen sollte: «Das' doch keine Aabeit, Junge. Kanns' doch bei sitzen.»

Eddas Vater hingegen war beileibe kein Schweiger. Solange Onno ihn kannte, hatte er durchaus auch immer wieder von seiner Kriegskindheit erzählt. Allerdings eingleisig, hermetisch und jeweils unter derart hoher Anspannung, daß er selbst die über alles in der Welt vergötterte kleine Jenny einmal anherrschte, sie möge doch zuhören, wenn Opa mal was erzählen möchte, schließlich gehe es dabei auch um ihren Uropa und ihre Uroma und ihre Großtanten und -onkel, die zwar alle schon tot seien, doch um so froher könne sie sein, daß sie noch eine andere Uroma habe ... und so weiter ad absurdum.

Vornehmlich an hohen Kirchentagen, bei Geburtstagsfeiern und ähnlichen Familientreffen. In geschlossenen Räumen. Winters. Meist hatte man gegessen (reichlich) und getrunken (eher mäßig, Alkohol stand bei den Baenschs nicht sonderlich hoch im Kurs), und war es die allermeiste Zeit über laut, lustig und lebendig zugegangen, so wurde das Oberhaupt zu vorgerückter Stunde zusehends stiller ... und bei nächstbester Gelegenheit, wie nach einem Schlag auf eine Zimbel, wechselte er zu einer Tonart, die von Zorn und Schmerz, Pathos und Melancholie geprägt war.

Diese Tonart war allen Mitgliedern der Familie geläufig. Es war die Tonart der henryesken Universallamentos. Sei's über die Tatsache, daß «Jungs heutzutage nicht mehr auf Bäume klettern», sei's darüber, daß «viele Jäger nicht mehr richtige Waidmannssprache sprechen» («‹Twee Piken›! ‹Twee Piken› sagt der doofe Arnulf anstatt ‹Vereckungen›») oder über den unfaßlichen Fall von Keller-Inzest in Österreich ... kurzum: Jene Tiraden betrafen Gott und die Welt, die Katzenzenzi wie die Mücke an der Decke gleichermaßen, und insofern konnte man diese aufreizende Tonart nicht mehr allzu ernst nehmen. Im Gegensatz zum Ton aber erschütterte der Inhalt der Kindheitsgeschichten. Bruder an der Westfront verschollen – und in der «Ostzone» wieder aufgetaucht. Vater von den Russen verschleppt – und nie wieder aufgetaucht. Beide Schwestern gestorben, an Diphtherie die eine und die andere an den Folgen einer Vergewaltigung. Mutter mit dem kleinsten Kind (Henry, 10) aus dem Heimatdorf vertrieben – und drei Jahre lang auf Odyssee zwischen Ost und West, bis sie in der Lüneburger Heide landeten.

Ja, der Inhalt der Geschichten erschütterte die lauschende Familie. Doch die Tonart, in der die Geschichten erzählt wurden, die bekümmerte, ja deprimierte die Zuhörer nicht nur, sie ging ihnen auf die Nerven. Aus vollem Lauf freudiger Feierstimmung wurden sie zur Vollbremsung gezwungen, um einer Erzählung von Wut und Schmerz, Pathos und Melancholie zu lauschen. Gravitätisch begann Henry, und mit immer den gleichen Formeln und Elementen erzählte er seine Erzählung, und wehe, wehe Unernst und Nebengespräche! So etwas erbitterte ihn, und gallig wetterte er auf seine Geiseln ein, und so gewann die Geschichte der Kriegskindheit Henry Baenschs die Qualität eines eingekapselten Familientumors.

Doch an jenem sonnigen Tag in der finsteren Jägerstube sollte er sich vorerst wieder fangen, der alte Amtsförster – vielleicht sogar durch Onnos Hilfe. Behutsam griff Henry nach dem Kolben, ließ das gesäuberte Zeiss-Zielfernrohr wieder in die Schwenkvorrichtung einrasten, während er den inneren Aufruhr verbal nach außen kehrte, und zwar vom Hundertsten ins Tausendste. Kreuz und quer verfluchte er die Katzenzenzi und ihresgleichen, schließlich via Arnulf Toppin und Konrad Pucken Hermann Göring, Adolf Hitler und Hubert zur Au, beklagte die Zeitläufte und verstieg sich schließlich zu einem Hohelied auf Onnos Weitsichtigkeit, sich keine Familie «angeschafft» zu haben ...

Onno verstand auf Anhieb, daß sich Henrys Aufwallung gegen nichts auf der Welt weniger als gegen seine buchstäbliche Familie richtete – sondern vielmehr gegen die Zumutung der Liebe, lebenslang Ängste und Sorgen um deren Geschöpfe ertragen zu müssen. Und so packte Onno die Gelegenheit beim Schopf, um seinen Schwiegervater aufzumuntern, indem er dessen Aufmerksamkeit auf das Widersinnige seines Pseudokalküls lenkte: «Aha», sagte er, «du hättest also lieber auf so was wie Jenny verzichtet im Leben, aha», und genoß Henrys einsichtiges, selbstironisches, erleichtertes, doch nach wie vor melancholisches Gekicher.

«Nech?», fuhr Onno fort, «und ich, nech? Wenn du dir keine Familie angeschafft hättest, hätte ich mein Leben mit irgendeiner häßlichen, total bescheuerten Schnepfe verbringen müssen, das steht fest. Nech?»

Und dann beeilte er sich, hier herauszukommen, heraus aus der muffigen Jägerstube, die Geborgenheit nur in den kühlen, dunklen Monaten auszustrahlen vermochte, hinaus in die paradiesische Sonne zu gelangen, und empfahl dasselbe dringend Henry.

*

Ja, vielleicht hatte es ja sogar das vielgerühmte Charisma seines Schwiegersohns bewirkt, der zudem in prekären Momenten oft das richtige Wort fand – und ganz gewiß konnte es in diesem Fall gar nicht anders lauten als *Jenny* –, daß der alte Amtsförster sich vorerst wieder halbwegs fing. Jedenfalls ging Henry gegen Abend dieses Sonnabends Mitte Juni erstmals nach Knuts Tod wieder auf die Jagd. Jaulend drehte Diana Pirouetten, als Herrchen die Büchse auf den Rücksitz des Wagens legte.

«Willst du auch mit?»

«Wohin?» fragte Onno zurück.

«Nur 'n büschen nach 'm Rechten sehen», versetzte Henry. «Richtung Mondwald. Vielleicht ein, zwei Stunden ansitzen, nicht mehr.»

«Njorp ... tjorp ... okeh.»

Als die Büchse auf der Rückbank lag, Diana auf der Ladefläche hockte und Onno auf dem Beifahrersitz, drehte Henry den Zündschlüssel um und versuchte, die ‹blitzblanken Bubenaugen› zu imitieren, die in Jugendbüchern vor dem Beginn eines Ausflugsabenteuers beschworen zu werden pflegten. Und um die Harmlosigkeit und Unbefangenheit des Unternehmens noch zu bekräftigen, kramte Henry in seinem Witzearchiv. «Wie heißen die Ohren beim Hasen?»

Onno stutzte. «Löffel, nech?»

«Und beim Karnickel?»

«Ohm ... keine Ahnung.»

«Teelöffel.»

«'ch, 'ch, 'ch ...»

«Und wie heißt, ähem, das Geschlechtsteil vom Keiler?»

«Tjorp. öhm ...»

«Keilriemen.»

«'ch, 'ch, 'ch ...»

«Und ...» so weiter, und so fort.

Ein früher Abend im frühen Sommer, wie man ihn sich nur wünschen konnte. Beide Fenster heruntergekurbelt, fuhren sie im zweiten Gang die Straße hinauf, hindurch zwischen den Häusern der Thomsens und der Müllerchens einerseits und andererseits derjenigen von Schorse Ossenkopp sowie der Familie Zumfort.

«Daß der Junge seine Klapperkiste nicht ...» Henry winkte ab. «Ach, so langsam wird's auch lächerlich, wenn ich mich da dauernd drüber aufrege. Ich versteh die Welt einfach nicht mehr. Ich *versteh* die Welt nicht mehr, Onno.»

«Njorp ... Ist auch nicht so einfach, nech?»

«Ist doch so.»

Am Ende der Scheinsackgasse ging's auf die erste Etappe Richtung Mondwald – die verbundsteingepflasterte Buckelpiste –, dann in den sandigen Hohlweg und nach der Fünfundvierzig-Grad-Kurve in den festen ... und dort, gegen Ende von Etappe drei, ungefähr auf Höhe von Krischan Heidkamps Krüppelkiefer war es, daß zwei Dinge gleichzeitig passierten.

Zum einen hatte Onno das Gefühl, mit halbem Auge im Außenspiegel auf seiner Beifahrerseite eine jener obskuren Beobachtungen oder Scheinbeobachtungen gemacht zu haben, wie er sie seit seinem Aufenthalt in Finkloch bereits zwei-, dreimal hier in der Feldmark gemacht hatte – nur, daß jener Außenspiegel ja auf die Sichtachse des Fahrers eingestellt war und der Beifahrer sich somit erst recht nicht sicher sein konnte, ob und was überhaupt er da gesehen haben könnte; irgendein Etwas, das vom Bewegungsprofil, von der Farbe oder Gestalt nicht in das Muster der stetig aus dem Spiegelrahmen perspektivisch verdreht verschwindenden Dinge paßte. Und was zum anderen passierte, war, daß Henry, bisher gelassen wachsam, plötzlich entschieden agierte.

So rasch es ohne blockierte Bremsen ging, brachte er den Wagen zum Stillstand und drehte die Zündung aus. Nun hatte auch Onno die pechschwarze Katze entdeckt. «Von links nach rechts übern Weg», wisperte Henry empört. Inzwischen acht, zehn Meter weiter auf der anderen Seite, pirschte das Raubtier Pfote auf Pfote am Rande des Maisfeldes entlang, direkt innerhalb jener Lücke im Knick, die breit war wie eine Schießbude.

«Psst», machte Henry, langte gleichzeitig nach der Büchse auf dem Rücksitz und bedeutete Onno mit hektischen Kopfbewegungen, er möge seine Sitzlehne weiter nach hinten drehen. Onno handelte sofort. «Halt dir», raunte Henry noch schnell, «die Ohren zu», und zugleich riß er den Schaft an die Backe – legte praktisch in zwei Ellen Entfernung parallel zu Onnos linker Wange zum offenen Fenster hinaus an – und zielte nur einen Wimpernschlag lang. Er zog den Abzug durch, und der Schlagbolzen traf auf das Zündhütchen an der Patrone, worauf das in deren Messinghülse hochkomprimierte Schwarzpulver explodierte und den Bleikern im kupferummantelten Projektil von 7,62 mm Durchmesser mit fataler Wucht aus der Ladekammer hinaus durch den Lauf katapultierte. Es knallte, und zwar verdammt laut. In Onnos linkem Ohr blitzte es, trotz des tief hineingebohrten Fingers. Onno sah, wie die Katze einen Riesensatz seitwärts in die Luft machte – und dann zwei, drei weitere Sprünge über den Hohlweg auf die Weide, wo sie im hohen Gras verschwand.

«Daneben?» fragte Onno verblüfft. Henry's Ruf als Schütze war legendär.

«Nee, nee ... das glaub ich nicht.»

Henry machte Anstalten, auszusteigen, ließ Diana als erste hinaus und schimpfte vor sich hin. «Luftlinie zwei Kilometer!» rief er. «Mindestens!» Er meinte die Strecke zum Haus der Katzenzenzi und spielte auf die eklatante Überschreitung der Höchstgrenze an, bis zu welcher Katzen sich vom Grundstück ihrer Besitzer entfernen dürfen. «Das sind die schlimmsten Raubtiere, die es in unseren Breiten gibt», wetterte Henry, indem er eigens den Ausstieg verzögerte, «weil Samtpfote, kommt überallhin, hat das beste Gehör und die beste Nase. Die Herrscherin aller Reußen!»

Auch Onno stieg aus und folgte Henry, der wiederum Diana auf die Weide nachfolgte. Sie hatte das tote Tier schon gefunden. Es war ein stattlicher Kater. Im schwarzen Balg war ein rotschwarzes Loch.

«Daß der», sagte Henry, «mit der großen Kugel noch so weit gegangen ist.»

«Der muß doch», staunte Onno, «augenblicklich tot gewesen sein.»

«War er auch. Sind einfach unglaublich zäh, die Biester. Man sagt nicht von ungefähr, daß sie neun Leben haben.»

Henry hob den Kadaver am Hinterbein auf, schleppte ihn über den Hohlweg und schleuderte ihn ins Maisfeld.

Dann setzten sie ihre Fahrt fort, absolvierten den Rest der dritten Etappe, und kurz nach dem Punkt der kürzlichen vermeintlichen Wolfssichtung auf Höhe der Badewannentränke bogen sie in die vierte ein.

«Ein, zwei Stunden», sagte Henry. «Länger nicht.»

Vorsichtig holperten sie die tausend Meter zwischen Moor und Mondwald durch die Schlaglöcher. Am Findling parkten sie das Auto.

Schweigend stapften sie die Traktorspuren entlang zum Mondplatz. Das letzte Wort, das Henry im Laufe der nächsten zwei Stunden sprach, war an Diana gerichtet, als er sie anleinte: «Sitz! Sitz, mein guter Hund.» Schweigend kletterten sie hinauf in die Kanzel, und schweigend setzten sie sich auf jenen Bock, wo Knut seinen letzten Atemzug ausgehaucht hatte. Wie üblich öffnete Henry alle drei Luken, deponierte seine Büchse schußbereit, doch gesichert auf dem Stützbrett und stopfte sich eine Pfeife, schweigend ... brunnentief schweigend.

Es geschah – nichts. Die Pfeife rauchte, das war alles. Es war ein wunderbarer Frühsommerabend und blieb lange hell.

Kurz vor Einbruch der Dämmerung hielt Onno es kaum noch aus. Hielt kaum noch aus, daß nichts geschah. Onno Viets, einst der Mann mit den eisernen Nerven, der Mann mit dem Sitzfleisch, der Mann, der das Verharren im Schilde führte – dieser einstige Onno Viets war nun kurz davor, Henry um die Entlassung aus dem Ansitz anzubetteln.

Die erste Stunde lang hatte Onno gesessen, wie nur er sitzen konnte: reglos, ruhig und gleichmäßig atmend wie das Mittelmeer an einem Sommertag. Nur sehend, schauend, spähend. Aufmerksame Versenkung, tiefenentspannte Konzentration. Doch dann stahl sich ein dämonischer Virus ins vegetative Nervensystem.

Ein Unruheherd entstand. Nach anderthalb Stunden nahm das Tempo, in dem der Infekt sich ausbreitete, überproportional zu, und kurz bevor Onnos Nervenbahnen, wie ihm schien, *hörbar* zu sirren begannen, sagte Henry: «Na gut. Gehen wir?»

Vielleicht hatte er registriert, daß Onnos Atmung womöglich vernehmlicher geworden war. Vielleicht hatte Onno doch angespannter gewirkt, als er selbst es für möglich gehalten hätte ... hatte er doch unter Aufbietung sämtlicher Willenskräfte vermieden, seinen nervlichen inneren Aufruhr nach außen dringen zu lassen.

Sie baumten ab. Schweigend stapften sie zurück zum Wagen, fuhren die vier Etappen ins heimelige Dorf zurück.

Erst unter der Dachschräge liegend, kam Onno der Gedanke in den Sinn, daß es Henry vielleicht ähnlich gegangen war wie ihm ...

War es womöglich tatsächlich der Beginn einer neuerlichen Panikattacke gewesen? Hatten sie diesmal nur rechtzeitig vorher den Absprung geschafft? Hatte es etwas mit dem Einbruch der Nacht zu tun?

Unsinn.

Und doch ... Es war seltsam, doch jeder etwaige Grund für eine ‹Panikattacke› erschien Onno mittlerweile weniger einleuchtend als die Annahme, daß jene mächtige, mythische Bayerin derlei Symptome zu beschwören tatsächlich fähig war – wenn auch nicht, wie sie behauptete, vermittels angeborener übersinnlicher Kräfte, sondern einfach kraft eines kraft- und wirkungsvollen, vier Zentner schwer wiegenden, in sechsunddreißig Jahren gebündelten Hasses auf die Ureinwohner ihrer Wahlheimat.

Das war Samstag gewesen, und am Montag gegen Abend hing am Schwarzen Brett des Kühlhauses eine neuerliche Nachricht.

BEKANNTMACHUNG
Jetzt auch du, Bruder Ramses ...
Doch sei gewiß: Der Kampf geht weiter!!!!!!!!
In tiefer Trauer, doch kampffbereit wie eh und jeh:
Tara, Parinama.

Daneben hatte ihr namenloser Gehilfe – denn sie selbst dürfte für derlei Grobes zu erlaucht sein – ein Foto gepinnt. Es zeigte einen stattlichen, pechschwarzen Kater mit tiefem rotschwarzem Loch in der linken Flanke. In INRI-Haltung hing er da, an den Tatzen auf die Borke einer deutschen Eiche genagelt.

Anläßlich eines Spaziergangs durchs Dörfchen hatte Onno es entdeckt. Zum vierten oder fünften Mal während seines diesjährigen Exils war er vom Ost- über die Querspangen zum Westzinken gewandert, um einen Blick auf das alte Forsthaus zu riskieren (in dem er als Schwiegersohn der Baenschs über fünfundzwanzig Jahre hinweg Geburtstags- und Weihnachts-, Oster- und Pfingstfeste mitgefeiert hatte) und staunend zu registrieren, daß bereits der halbe Parkplatz vorm HAUS TARA PARINAMA besetzt war: Mercedesse, BMWs und große Audis aus HH und H, aber auch B und gar M; andererseits Fiats, VWs und Peugeots aus WL und STD, aber auch etwa WAF und NES. Auf dem Weg zum Kühlhaus waren ihm weitere drei Pkw entgegengekommen, jeder mit zwei mondsüchtigen Damen besetzt.

Onno traute seinen Augen kaum, als er den neuen Aushang erblickte. Müßte schon ein merkwürdiger Zufall sein, wenn jener geschändete Kater nicht genau der wäre, den Henry zwei Tage zuvor außerhalb der Zweihundertmeterzone erwischt hatte. Doch hatte Onno mit eigenen Augen gesehen, wie sein Schwiegervater den Kadaver weit in den Maisschlag gepfeffert hatte. Daß er selbst es wohl kaum gewesen sein dürfte, der Bruder Ramses wieder hervorgekramt und an einen Baumstamm genagelt hatte, lag auf der Hand. Die nächstliegende Erklärung war, daß der komische Namenlose im Auftrag der Katzenzenzi hinter ihnen herspioniert hatte – sei's planmäßig, sei's zufällig –, um diese infame Inszenierung zu bewerkstelligen. In Onnos Nacken begann es zu schmoren, als er sich der vagen Beobachtung entsann, die er im Außenspiegel von Henrys Auto gemacht hatte.

Wie schon die Jäger des Dorfes bei den vorigen offenen

Briefen – die am Schwarzen Brett übereinandergeschichtet scheinbar unantastbar vor sich hin gilbten –, so traute auch Onno sich nicht, den Unfug einfach abzupinnen und in vierundsechzig Schnipsel zu zerreißen. Da ihm ein wenig flau wurde, begab er sich zur Sitzbank unter der ersten Trauerweide und setzte sich. Drei Bänke weiter saßen zwei Mädchen und zeigten sich kichernd ihre Handys. Grübelnd versuchte Onno, durch Seerosen und Entengrütze bis auf den Grund des Löschteichs zu starren. Miesepeters Erzählungen zufolge rosteten dort – seit jenem Tag kurz bevor im Mai 1945 die Tommies das Regiment übernahmen – Dutzende von MGs und Flakgeschütze und NSDAP-Abzeichen vor sich hin.

Schließlich hörte Onno – und sah es schließlich auch –, wie sich ein Auto näherte. Klaus-Dieter Heinrich in seinem Jeep. Weitere Insassen: Arnulf Toppin, Jelle Jensen und Henry Baensch. Die Manier, in der Klaus-Dieter Zwischengas gab, beschwor in Onnos Nervengedächtnis eine Anmutung von Rollkommando herauf, und mit jedem Schlag pumpte sein Herz eine Dosis vom lähmenden Gift der Resignation, Angst und Ängstlichkeit durch seine Adern bis hinauf ins Hirn.

Als er spätabends im Bett lag, erstand vor seinem inneren Auge noch einmal die Szenerie, die er von seiner Perspektive auf der Bank am Teich aus miterlebt hatte: Arnulf Toppin, der mit blasser Glatze, doch rotgesichtig vor dem Schwarzen Brett herumfuchtelte und -keifte; Jelle Jensen, der abwinkend seinen Widerpart bildete; Klaus-Dieter Heinrich, der sich, einen Fuß auf dem Trittbrett, über die halbgeöffnete Tür seines Jeeps lehnte, und Henry Baensch, der in Schleifen vor sich hin tigerte, die Fäuste tief in die Hosentaschen gerammt, um nicht auch ins Gestikulieren zu geraten. Alle vier in Jägerkluft und derart mit sich selbst beschäftigt, daß sie Onno nicht wahrnahmen. Phasenweise zu verstehen war bloß Arnulf Toppin, und Onno schnappte den ein oder anderen Begriff aus dem Wörterbuch des Unmenschen auf. Jelle Jensen und Klaus-Dieter Heinrich hörte er nicht, und Henrys Stimme bestand aus heißblütigem, entschiedenem Raunen, und Onno spürte förmlich, wie der alte Amtsförster sich zusammenriß, um jedes Gramm Gewicht, das sein Wort als Altbürgermeister und einstiger Platzhirsch nach wie vor hatte, in die Waagschale zu werfen, damit Arnulf Toppins schrankenloser Tatendrang eingedämmt werden konnte.

Um nicht in Lauschverdacht zu geraten, gesellte Onno sich zu ihnen, und während er sich näherte, hörte er Henry ins rote Gesicht Arnulfs sagen: «Verlot di dor op: De köfft mi denn Schneid nich af, dat segg ick di. An Vullmond go ick op Sauen. Basta. Öbers du – du mokst gonnix. Gonnix. Du hollst dien Feut fein still, versteihst du?»

*

Dann jener Mittwochabend; und für die Eskalation der Ereignisse – eine in gewisser Hinsicht seltsam stumpfe Eskalation – war es ausschlaggebend, daß Henry Strohwitwer war, weil Betty mit den Landfrauen auf einer viertägigen Radtour in den Berliner Außenbezirken.

«Schwiegersohn? Kommst mit auf Ansitz?»

Onno fuhr geradezu hoch von der Lektüre des Geestender Boten. Er war derart tief darin versunken gewesen (ohne auch nur ein Wort registriert zu haben), daß er erst durch Henry's Stimme wieder des Wasserfallplätscherns im Hintergrund innewurde.

Nicht, daß er dessen bedrohliches Versprechen an Arnulf Toppin, er werde – komme, was da wolle – in der Vollmondnacht auf Sauen gehen, vergessen hatte. Nur gehofft, der zweifellos Klügere würde nachgeben. Onno an seiner Stelle hätte es getan, ohne den geringsten Gesichtsverlust zu befürchten.

Allein, Henry war beileibe nicht Onno und die Lage komplexer, als Onno sie in seiner friedfertigen Weltsicht entzifferte. Frisch aufgeflammt war der schwelende alte Konflikt zwischen der unseligen, unsäglichen Dora Maria Zils und dem Dorf, und insbesondere der historischen Rolle des unseligen, unsäglichen Arnulf Toppins galt es dabei Rechnung zu tragen.

Nach dem konzertierten Angriff von RAF (Rote Armee Fraktion), AD (Frankreichs Action Directe) und PFLP (Volksfront zur Befreiung Palästinas) gegen den NATO-General Haig im Sommer anno 1979 hatte Hobbygeneral Toppin bierfeuchte Hinweise in seinem Hohlkopf entdeckt, daß die Kommune dafür mitverantwortlich war. Woraufhin er sich zum Rädelsführer einer Art BJMF (Bauern- und Jägermiliz Finkloch) aufschwang, um ein ochsenziemerbewehrtes, vierköpfiges Überfallkommando zu leiten: Konrad Puken (63), Adolf Petersen (61), Hermann Petersen (64) sowie er selbst, Arnulf Toppin (44). Das war das erste Mal, daß Henry, damals recht frisch im Bürgermeisteramt, grad noch rechtzeitig Wind davon bekam und sie zurückpfiff, die Volksfront zur Befreiung Finklochs.

Immer wieder in den 70er und frühen 80er Jahren waren es die Puckens, Petersens und Toppins gewesen, deren rünstige Triebe von den besonneneren Kräften der Gemeinde gezügelt werden mußten. Unausgesprochenermaßen forderten erstere von letzteren Tribut dafür, und sei es symbolischen. Aktuell erwartete einen solchen wieder einmal das rotgesichtigste aller Mitglieder. Henry spürte die freischwebende Bringschuld, machte sie sich zu eigen – unwillig, aber er machte es – und unterfütterte damit seinen persönlichen Trotz.

Denn nicht nur für die Esoterik, auch fürs Waidwerk barg der Vollmond gewisse Bedeutung. Jäger nannten ihn gern die ‹Schweinesonne› – bot sein Licht hinsichtlich der Wildschweinjagd doch die günstigsten Bedingungen –, und im diesjährigen Sommer stand zu allem ehrpusseligen Überfluß auch noch ‹Supermond› auf dem Programm: Viermal würde der Vollmond seine Bahn im Perigäum ziehen – der Erde um fünfzigtausend Kilometer näher als im Apogäum – und folglich um bis zu vierzehn Prozent größer wirken als gewöhnlich sowie um bis zu dreißig Prozent heller. War es nicht erniedrigend, eine solche astronomische Rarität nicht im Sinne der waidmännischen Leidenschaft begehen zu dürfen?

Nun galt im deutschen Walde, daß die Landesbevölkerung grundsätzlich freies Betretungsrecht genoß, und zwar zu jeder Tages- und Nachtzeit. Und wie man es auch drehte und wendete, zur Bevölkerung zählte selbst eine Katzenzenzi. («Wohrschienlich sogor fiefmol, so mastig wie de is.» [Krischan Heidkamp]) Traditionell taten die Jäger ihr Bestes, abschreckend zu wirken, und zwar anhand von Warnschildern hinsichtlich Borreliose, Tollwut und neuerdings Wölfen. Zu ihrem Leidwesen jedoch ließen sich etwa Geo-Cacher (ganzjährig) oder Hobbybiologen, -ornithologen und -hünengräbergelehrte (ganzjährig), Pilzsammler (ausgerechnet zur Hirschbrunft) oder eben Mondanbeterinnen (sommers) durch so etwas kaum noch ins Bockshorn jagen. War der Wald einst unumstrittenes Revier der Jäger gewesen, so fühlte sich heutzutage jeder Holzkopf aufgerufen, darin herumzustreunen und das Wild aufzustören und ... tjä, da biß die Maus keinen Faden ab: eben auch sein eigenes Leben aufs Spiel zu setzen. Besonders nachts waren nun mal alle Katzen grau ... und nicht nur die: Es war durchaus schon vorgekommen in deutschen Auen, daß Liebespaare in flagranti als Sauen «angesprochen» wurden, wie der Waidmann sagt. Erfolgreich, wie der Zyniker sagt.

Die ersten beiden Vollmond-Messen hatte Frau Zils, wie erwähnt, im Vorjahr veranstaltet. Fürs laufende waren, wie eine jede Bürgerin und ein jeder Bürger Finklochs hatte mit eigenen Augen sehen können, im Aushang am Schwarzen Brett doppelt so viele angekündigt. Dennis zufolge ließen sich in einschlägigen Internet-Blogs und -Foren sektenhaft begeisterte Erfahrungsberichte nachlesen. Offenbar hatte die gewiefte alte Quatschschamanin eine klaffende Marktlücke entdeckt.

2007 hatte noch keine entsprechende Bekanntmachung am Kühl- und Spritzenhaus gehangen, und zur jeweiligen Stunde jener Vollmond-Messen im Juli und im September hatte keiner der Finklocher Jäger die Schweinesonne genutzt ... reiner Zufall. Auf zwei Umwegen erfuhren sie von der ungeheuerlichen Provokation:

Zum einen petzte Else Trondorf, daß ihre Busenfreundin und Bauch-Beine-Po-Mitturnerin Magda Ossenkopp eine entsprechende Beobachtung gemacht hatte. Während Schorse zur Moorkur in Bad Bayersoien weilte, absolvierte sie auf Agnes von Hoffs ehemaliger Pferdekoppel ein Schäferstündchen mit Hühnerzüchter. (Dem, der sie bald darauf nach Mecklenburg-Vorpommern entführte.) Und ebenfalls laut Else Trondorf sah sie mitten in den Liebeshändeln, wie entlang des Knicks eine Herde weißgewandeter Weiber, fehlfarbene Formeln murmelnd, im Gänsemarsch Richtung Mondwald pilgerte – angeführt von der Mondgöttin persönlich.

Und zum anderen berichtete Peter Zumfort, der auf Höhe von Krischan Heitkamps Maisschlag mit dem Nachtsichtgerät nach einem angeblich erlauschten Uhu Ausschau hielt, von minutenlangem indianischem Geheul aus Richtung Mondwald, das gegen null Uhr zwanzig die lauschigste, friedlichste Sommernacht in freier Flur aufs abartigste störte. «Ich dachte, ich spinne. Wenn das kein Landfriedensbruch ist, wie er im Buche steht.» Zu einer Anzeige aber mochte er sich nicht aufraffen.

Als Onno der unmittelbaren Bedrohung durch Tibor Tetropov wegen erstmalig ins Exil nach Finkloch gegangen war in jenem Jahr, hatte er die Aufregung darum zwar mitbekommen. War jedoch zu sehr in seinen eigenen Nöten verstrickt gewesen, um die Tragweite jener vergleichsweise albernen Vorgänge für Henrys Seelenleben gebührend einzuordnen. Seither war einiges passiert, nicht nur zusätzlich in Henrys, sondern auch in Onnos Seelenleben. Inzwischen fühlte Onno sich seinem Schwiegervater geradezu seelenverwandt – ganz abgesehen davon, daß er stets gespürt hatte, wie sehr der sich neben seinen geliebten Töchtern auch einen Sohn gewünscht hätte, und Peter Zumfort war ihm einfach zu spröde, um je als weitreichender Ersatz dienen zu können.

Diese ihre jüngst entdeckte Seelenverwandtschaft, gewiß rührte sie daher, daß einer des andern Verwundung witterte. Verfestigt aber wurde ihre schwermütige Verbindung, indem keiner von beiden allzu arg rührte an des andern Wundmalen. Sie igelten sich ein in ihren benachbarten düsteren inneren Höhlen; Hauptsache, nicht allein auf der weiten Welt.

Henry's Frage war folglich teils Vertrauensbeweis, teils Bedürftigkeit, vielleicht auch Prüfung. Nichts entgegenzusetzen jedenfalls hatten Onnos verträumte braune Augen den braunen Augen Henry's, die vor Pseudogelassenheit leicht ‹gleunig› waren, doch allemal entschlossen.

«Jetzt? Auf Ansitz ... Mondwald, nech? Njorp ...okeh.»

Auf der ersten Etappe kam ihnen Barbara Thomsen-Nieth entgegengejoggt. Ihr ‹fröhliches› Winken wirkte ein bißchen fuchtelnd. «Die läuft immer, als ob», sagte Henry, «als ob ... die hat 'n Laufstil, ich weiß auch nicht.»

«Als ob sie», sagte Onno, «auf 'ne Pauke haut, 'ch, 'ch, 'ch ...»

«Genau! Genau so! Hihihihi ...»

Gleich darauf aber schlug wieder der Schicksalskeil zwischen den Brauen ein, und es verfinsterten sich die altmodischen Züge des alten Amtsförsters. «Jedesmal, weißt du», sagte er, «wenn ich mich auf den langen Weg zur Mondkanzel mache, fühl ich mich aufs neue vertrieben. Jedesmal.» Er seufzte. Onno verstand.

Vom Ende des Ostzinkens aus mußte man einen weiten Bogen schlagen, wollte man zum Hochsitz an der Südflanke des Mondplatzes gelangen. Auf Höhe der Krüppelkiefer war man Luftlinie schon recht nah dran – wäre Onno tatsächlich ein Täubchen, er bräuchte nicht mehr als drei Minuten Gleitflug! –, doch im sperrigen menschlichen Körper befangen müßte man nicht nur über die bucklige Weide stolpern, sondern an deren Ende rund hundert Meter in nordwestlicher Richtung durchs Unterholz des Mondwaldes kriechen, das in jenem Streifen hoffnungslos mit- und ineinander verwachsen und klettenverfilzt und dornenreich war. Da war der Umweg komfortabler, wiewohl die schlaglochreiche vierte Etappe erst einmal weit über die Ost-West-Achse des Mondplatzes hinweg nach Norden hinausgeleitete, dorthin, wo weitere Maisfelder, Moor und Heide begannen. Die Traktorspuren in den Wald führten vom Findling aus wiederum in einem sanften Südwestbogen zurück, bis der Mondplatz erreicht war.

Früher aber hatte Henry kein Auto benötigt, um seinen bevorzugten Ansitz zu erreichen. Vom Hinterausgang des Forsthauses gelangte man mit zwanzig Schritten an den Nordostrain des Lärchenhains, ging den Hohlweg entlang der trapezförmigen einstigen Pferdekoppel Agnes von Hoffs, bog an der Ecke C ab und lief die Seite c zwischen Koppel und Wald entlang, bis ein romantischer Trampelpfad den halben Kilometer bis genau vor die Leiter der Kanzel führte. Jenen alten Pirschweg aber würden – wenn der Teufel kein Einsehen hätte – heute nacht die mondsüchtigen Weiber wählen. Henrys Miene spiegelte die Ereignisse vorab.

Es war ein lauschiger, aber auch sehr schwüler Juniabend. Im Westen schäumten schmutzige Wolken auf. Beim Übergang von der ersten zur zweiten Etappe war kurz der noch reine Horizont im Osten erkennbar, auf dem ein transparenter Mond balancierte. Wirklich erschien er größer als sonst, doch obwohl sie ein wenig spät dran waren, war das Tageslicht noch viel zu stark, als daß er seine Leuchtkraft bereits zur Geltung zu bringen vermochte.

Ansonsten gab es seit Barbara keine weiteren besonderen Vorkommnisse, weder auf der zweiten noch auf der dritten Etappe ... keinerlei Wolf-, Satan-, Scheuchen-, Schein- oder reale Sichtungen, weder direkt noch im Außenspiegel. Vom flachen Hügel auf Höhe der Krüppelkiefer erblickten sie, wie der Himmel in dem Streifen zwischen Wolkendecke und Wipfeldach des Mondwaldes lohte, und die letzte Etappe führte bereits durch kompakten Waldschatten, den die kommende Dämmerung vorauswarf.

Nachdem sie am Findling geparkt hatten, um den Traktorspuren zu folgen – zunächst durch die Brennesseln, dann durch den Farnwald –, wurde Onno bewußt, was für einen Unterschied es doch machte, ob man einen Wald von außen wahrnahm oder – tief und tiefer eindringend – ein Teil von ihm wurde, aufgenommen wurde, ja einverleibt, nicht unbedingt freundlich und nicht feindselig, aber auch nicht gleichgültig. Die eigenen Schritte wurden zum Malmen des Waldes. Das Schweigen des Waldes aber, es besagte zunächst nicht viel; doch dem Schweigen hinter dem Schweigen zu lauschen konnte unendlich bereichern ... sofern es einem gelang, die Schwingungen hinter den Schwingungen wahrzunehmen. Heute gelang Onno das nicht.

Die vordergründigen waren einfach zu stark. Onno fragte sich, was Henry hier heute abend eigentlich konkret bezweckte. Präsenz zeigen, na schön. Doch daß es ihm um einen Abschuß ging, glaubte er sicher selber nicht. Was also, wenn aus irgendwelchen Gründen wiederum eine Panikattacke zur Umkehr zwang? War das nicht eine viel größere Schmach, als zweieinhalb Dutzend Frauenseelen den Mond anheulen zu lassen? Und was eigentlich, wenn die hier nun tatsächlich mit squawmäßigem Gejodel einfielen ... was hatte Henry dann vor? Warnschüsse abgeben? Vorläufige Verhaftungen vornehmen? Oder lediglich eine Gardinenpredigt halten? *Achtung, Achtung, hier spricht Amtsförster a. D. Henry Baensch! Sie stören empfindlich das Wild! Verlassen Sie umgehend den Wald, sonst sehe ich mich gezwungen ...* ja: Zu was? Ihnen je eine Ladung Schrot auf die Chakren zu ballern? Wohl kaum, Komma.

Und so war auch dieser Ansitz Onnos – wie schon beim

letzten Mal – von Unruhe geprägt. Als böses Omen hatte Henry all seine Herrchenautorität aufbieten müssen, als er Diana am Fuße der Leiter anzuleinen versuchte. In höchsten Tönen fiepend wollte und wollte sie nicht nachlassen, mit gesträubtem Widerrist und angespannten Muskeln auf irgend etwas hinterm Chlorophyllwall des Unterholzdickichts loszugehen – Marder, Waschbär oder Fuchs, wie Henry vermutete. (Fälschlicherweise.) Wie immer beugte sie sich schließlich doch.

Nun hockte Onno da und starrte parallel zu Henrys Starren durch die Nordluke auf die nierenförmige Lichtung, auf Suhle und Malbaum dahinten und auf die Inselchen von Buschwindröschen hier vorn – momentan noch deutlich erkennbar in den Keilen schrägen feurigen Westlichts zwischen den langen schwarzen Streifen, den die Schatten der Fichtenstämme auffächerten –; und während er lauschte, wie Henry vermittels männlicher Nuckelgeräusche am Pfeifenbiß seine eigenen sanften Nasenböen kontrapunktierte, tönte Onnos eigener Atemrhythmus unangenehm laut in seinen ohnedies rauschenden, pfeifenden und brummenden Ohren. Es schien, als hätten die teppichtapezierten Hüttenwände ihre schalldämmende Wirkung eingebüßt. Vorerst verfehlte der Duft nach Kiefernnadeln, Harz und brennendem Tabak seine beruhigende Wirkung.

Bestimmt eine volle Stunde benötigte Onno, um das niedrigschwellige, doch nachdrücklich störende innerliche Rumoren so weit zu befrieden, daß er sich schließlich ins Schauen, Sehen, Spähen zu versenken vermochte – auch wenn er diesmal nicht jene Tiefenentspannung erlangte, die für wahrhaftige meditative und kontemplative Zustände notwendig war. Dennoch, die Spitzen der Unruheoszillation schliffen sich ab, und immerhin verflüchtigte sich die quälende Empfindung, die Sekunden tröffen wie heißes Blei vom Dach der Kanzel. Seine linke Wange kühlte ab; das durch die Westluke einschwärmende Sonnenlicht war schwächer geworden.

Noch während er sich vorgenommen hatte, den Einbruch der Dämmerung bewußter mitzuerleben, wandelte sein Geist auf eigensinnigen Pfaden davon. Onno dachte an den magischen Nachmittag am Vortag, und so würde er künftig – wann immer er an das markerschütternde, finstere, folgenschwere Geschehen, das kurz darauf folgen sollte, denken würde – zunächst wieder an ebenjenen magischen Nachmittag am Vortag denken.

Ergonomisch hatte er auf der Gartenliege gelegen und aufwärts geblinzelt, der Eiche unter die grünen Röcke. Die Geborgenheit der Lage hellte seine düstere Grundstimmung auf, und so war es eine Art banges Behagen, mit dem er beobachtete, wie das Buntspechtmännchen seine stabile Schnabelahle in den Stamm zimmerte, daß die Späne durchs Laub herabrieselten. *Tock, tocktocktock, tocktocktocktock, tock, tocktocktocktock, tocktock* ... Aus irgendeinem Grund entzückte Onno der Rhythmus, und bei jedem Hieb erkannte er den hübschen roten Nackenfleck am schwarzweißen Köpfchen. Das Zielgerichtete, das Gewissenhafte, Energische an des Vogels Beschäftigung bewegte Onno – oder war es nur die Schönheit des Vorgangs? –, und wieder spürte er den plötzlichen Wunsch, fliegen zu können wie die Ringeltauben.

Seit dem existentiellen Kampf gegen Tibor Tetropov an Bord des Alsterdampfers Saselbek ruhte Onnos skurrile alte Phobie ... ruhte, wie ein Vulkan ruht. Sie richtete sich vor allem gegen Hühner (im besonderen gegen Hühner- und, noch schlimmer, Hahnen*köpfe*), aber auch gegen andere

Vögel. Wobei es recht willkürlich schien, welche. «Grobschlächtige Vögel», so Onnos hilflose Definition. Waren etwa Singvögel davon ausgenommen, so das eklatanteste Beispiel die städtischen Straßentauben auf Onnos und Eddas Balkon. Der Kot, das Kratzen der hornigen Füße auf dem schmiedeeisernen Geländer, das Glotzen und Gurren, Wackeln und Flattern, das Schillern der Halsfedern konnten anfallsweise Übelkeit, Panik, ja Lebensmüdigkeit in ihm auslösen. Seit seinem Kampf auf Leben und Tod aber war all das in den Hintergrund getreten.

Wie auch immer, den Ringeltauben im Baensch'schen Garten begegnete Onno seit jeher mit übersteigertem Wohlwollen. Zwar bewahrte er einen gewissen Respekt vor ihrer Macht (so wie ein Raubtierbändiger nie vergißt, was ihn ein einziger Prankenschlag kosten kann), doch seine leicht hysterische Sympathie minderte das nicht. Er fand ihre Stimmen, mit denen sie ihr *Guguuhuuu-guhuuu* aus der Eichenkrone bliesen, sauberer, ihr Gefieder vornehmer, ihren Körperbau feiner und eleganter ihren Flug, und in diesem Augenblick wünschte er sich mit lächerlich schmerzhafter Sehnsucht, es jenem blaugrauen Gartenbewohner mit den weißen Hals- und Flügelstreifen nachzutun ... sich vom magnetischen Erdboden aufzuschwingen und quer über den Garten und die Straße in den Wipfel von Thomsens Ulme zu fliegen, um aus zwölf Metern Höhe auf das Dorf hinabzuschauen, auf in der Brise schwankendem Zweig, doch schlafwandlerisch sicher ausbalanciert und festgekrallt ... wie als Junge in den Bäumen Wilhelmsburgs.

Ach, das Prickeln jener alltäglichen Abenteuer! Nichts war Onno je weniger gewesen als sportlich (auch Tischtennis betrieb er bloß wie einen Akt der Selbstbehauptung), doch an die Klettereien in den Bäumen des Wilhelmsburgs seiner Kindheit erinnerte sich Onno nun mit eindrücklicher Wehmut. Duft nach Gras und Klee, Borke, Moos ... man hechtet nach dem untersten kräftigen Ast ... Klimmzug, zugleich mit den Sohlen den Stamm hinauf, bis man – kopfüber – sich mit der Kniekehle an den Ast hakt ... kinetischer Schwung, und man hockt drauf. Jetzt in die Stammgabelung gestiegen, die nächsten Schritte und Handgriffe das reinste Kinderspiel, man spürt gerade genügend Zug- und Stemmkraft in Bi- und Quadrizeps, spürt, wie die Rauhheit der Baumhaut der Griffigkeit dient, wie stets ein neuer stabiler Ast in Reichweite abzweigt, wie rasch die Schwerkraft, die Erdschwere sich fügt, wie man an Lufthoheit gewinnt ... bis man, umhegt von Grün, im Schutz des elefantenstarken Baumes, mit Staunen, Furcht und Euphorie den Blick still feiert, den Blick auf all das da unten, das nunmehr entrückt, schräg und geschrumpft weiterwest – ein Herrenhut zwischen Schultern, ein Hunderücken, Autodächer –, nunmehr auf Augenhöhe mit der ollen Erna Poletzke von der anderen Straßenseite, die gewöhnlich von oben herabwettert ... –

In diesem Augenblick stieß Henry ihn sacht an der rechten Schulter an, um ihn auf das Spektakel hinter *seiner* rechten Schulter aufmerksam zu machen, und als Onno sich ein wenig vorbeugte und schräg auf- und rückwärts schielte, sah er – von der Luke gerahmt – hinter den schwarzen Scherenschnitten der borstigen Kiefernstämme, knapp unterhalb der Unterseite ihrer Kronen, im Südosten einen blassen, mongoloiden Riesenmond mit Wasserzeichen, aufgeblasen bis zum Platzen.

Deshalb vielleicht war der Einbruch der Dunkelheit so unmerklich vonstatten gegangen: Der Mond hatte sie von vornherein ausgebleicht. Die Armbanduhr zeigte zweiundzwanzig Uhr fünfundfünfzig. Laut Geestender Boten wurde der Höchststand um ein Uhr siebzehn erwartet.

Onno richtete seine Blicke wieder zur Nord- und Westluke aus. Die halbe Lichtung lag im Mondlicht, milchiges Licht mit einem Stich ins Bläuliche – auf den Gräsern beinah wie Rauhreif schimmernd –, und hinein, schräg nach links, ragte das wie in einem Spiegelkabinett langgezogene finstere Zerrbild des Hochsitzschattens. Die Waldwand im Nordwesten schien bleich getüncht. Im Himmelsausschnitt überm Mondplatz nur die hellsten Sterne zu sehen.

Supermond hin und her: Wieder einmal gewahrte Onno, wie die Dunkelheit alles einhüllte und einengte, die Dinge da draußen enger zusammenrücken, ja die Kanzel schrumpfen ließ – bei aller anhaltenden Schutzwirkung schrumpfen ließ –; einerseits. Andererseits aber machte die Nacht die Welt außerhalb der Stelzenhütte auch durchlässiger, membranenhafter, wodurch alles Unwägbare, Unheimliche und Ungute – gleich der zusehends den Wipfelschirm durchseuchenden Schwüle – leichter einzuströmen vermochte. Kam jetzt doch Windstärke 1 auf, oder begann nur die Dunkelheit zu wimmeln? Der Maulwurfshaufen da, der bewegte sich doch! Oder? Und in derselben Sekunde – schockhaft wie von einem Stromschlag – zuckt Henry neben ihm zusammen. «Runter! *Runter!!*» keucht er, tonlos, reißt sich den Hut vom Kopf und die Pfeife aus den Zähnen. Kurzer Gluthagel auf Onnos Handrücken. Baß reißt er den Blick von der Nordluke nach rechts. Zwischen zwei Wimpernschlägen erkennt er, wie in die nachtfahle Lücke zwischen Fensterholm und Henrys Hinterkopf ein knallroter Lichtstrahl hereinschießt. Diametral. Auf zwei Uhr unten am Boden vorm Dickicht im Neonlicht des Mondes, dreißig Schritt Luftlinie entfernt, ein schmächtiger Schatten mit angelegter

Waffe, deren Verlängerung der knallrote Lichtstrahl ist. Der die Dunkelheit dreidimensional macht. Abstruses Bild. Bild aus Film. Aus Alptraum.

Henry rammt Onno die Schulter gegen Onnos Schlüsselbein. Hastig duckt Onno sich. Der rote Strahl sticht in die Holzdecke, verschwindet wieder. «*Ganz* runter, ganz runter; *ganz* runter!» Henry fistelt. Schnaubt. Packt seine Sauer 202, die wie immer vor ihm auf dem Schubbrett bereitliegt, haut beim Rechtsschwenk mit dem Lauf gegen den rechten Holm der Nordluke, «*Schschsch*'ße», manövriert, schiebt ihn durch die Ostluke, legt an. «Geh endlich *runter*, Mensch», krächzt Henry vollkommen tonlos; und atemlos, bis ins Mark geschockt, rutscht Onno von der Bank und quetscht sich unter die Konsole. Hemd und Sweatshirt werden dabei aus dem Hosenbund gezerrt, über drei Wirbeln schrammt die Haut auf. Verrenkung im Nacken, woraufhin ein Muskelknoten grell zu pochen beginnt.

«*Waffe* weg! *Waffe* weg!» brüllt Henry da über ihm zur Schießscharte hinaus. Beim zweiten Mal schnappen die Stimmbänder über. Gespenstisch schallt der Refrain durch den totenstillen Nachtwald. Henry schnauft vor Atemlosigkeit. Onno riecht das Gummi von seinen Stiefeln. Nichts zu erkennen hier unten am Holzboden, nichts außer rasend pochender Schwärze. «*Waffe* weg, *sofort!*»

Und da knallt es da draußen, da unten, PACHCHCH!, und beinah gleichzeitig auch hier oben, nur noch lauter: PACHCHCH!!

Aus einem Wipfel heftiger Flügelschlag, mindestens doppelt, Fasanen vielleicht, Tauben – nein, Fasanen, sicher Fasanen, stumme Fasanen. Auch Henry rutscht von der Bank und pfropft sich zwischen Onno und die Wand, ohne den Kolben der senkrecht aufragenden Waffe loszulassen – ohne sie wieder zu sichern. Durch die Krümmung gestaucht, pfeift Henrys Lunge.

Fünf, sechs Sekunden aus heißem Blei. Nichts.

Henry gibt einen Laut von sich, der schwer zu deuten ist.

«Henry?» flüstert Onno. Macht eine Bewegung.

«Bleib hier unten», krächzt Henry, tonlos nach wie vor. Sein Schnaufen und Pfeifen füllt den ganzen Kasten.

Acht, oder neun, oder auch zwölf, dreizehn Sekunden aus heißem Blei. Nichts. Oder raschelt da unten was?

«Scheiße», flüstert Onno. «Hat da echt einer auf uns geschossen? Und hast du ihn getroffen?»

«Weiß nicht», hechelt Henry wispernd. «Weiß nicht. Gesehen hab ich nichts. Gottverfluchter Mist verfluchter, ich glaub, ich hab Kugelschlag gehört. Ich hab Kugelschlag gehört, glaub ich. Gesehen hab ich nichts.»

Da raschelt doch was, da unten. Nein, es rauscht in den Ohren. Oder? «Wer ... wer war denn das, liegt der da, oder was?»

«Weiß nicht, weiß nicht.» Es rauscht und pfeift dermaßen in Onnos Ohren, daß er Henrys Gewisper kaum versteht. «Hab mich ja gleich geduckt. Der Schuß ist einfach so losgegangen. Ich glaub, ich hab Kugelschlag gehört, glaub ich. Ich weiß nicht, könnte sein, daß das dieser Idiot ist, dieser Hänfling von der Katzentrine da, dieser Idiot, verdammt noch mal, das kann doch wohl nicht –» Er unterdrückt ein Stöhnen, was klingt, als würde er geknebelt und gewürgt.

Zweiundzwanzig. Dreiundzwanzig. Vierundzwanzig. Fünfundzwanzig. Sechsundzwanzig. Siebenundzwanzig. Achtundzwanzig. Nichtsundzwanzig. Nichts. Heiße Tropfen aus Blei, einer nach dem andern. Und das stetige Brummen und Pfeifen in den Ohren, überwölbt vom rasend pulsierenden Rauschen. «Meinst du ... meinst du, der liegt da unten, oder was?»

«Jedenfalls schießt er nicht mehr. Wenn er schießen würde, würde sowieso durchgehen, würde durchgehen, sowieso. Keine Chance.»

«Durchgehen.»

«Durchs Holz. Aber der schießt nicht mehr. Ich weiß nicht, ich glaub, ich hab Kugelschlag gehört. Gottverfluchter Idiot. Gottverdammter Vollidiot, ich glaub, ich spinne.»

Achtundsiebzig. Neunundsiebzig. Oder schon fünf Minuten? Blei, nichts als heißes Blei und heißes, schweres Atmen. Zwei gestauchte Menschen in einem Holzkasten.

Alles andere wie in Watte gebettet. Watte unter rasend pulsierendem Rauschen.

Fiepen. Fiepen und – jetzt deutlicher – Rascheln da unten. Fiepen und Rascheln überm Rauschen, Pfeifen und Brummen in Onnos Ohren. «Hörst du das, hörst du das auch, nech? Ist das Diana?»

Ohne zu antworten, reckt Henry sich am Lauf seiner Waffe entlang auf und späht aus der Luke. Späht aus der Luke, während eine bleierne Sekunde nach der anderen heiß von der Decke tropft.

«Was ... ist da was? – Henry? Nech?»

«Seh nix. Aber da war was. Ich muß runter. Wir müssen runter. Oder nee, bleib du mal erst mal hier. Bleib du mal erst mal hier, ich geh runter. Ich muß runter. Ich muß gucken, ob der da liegt. Ich kann den da nicht so liegen lassen. Wir können hier ja auch nicht ewig bleiben. Bleib du aber erst mal hier, ich geh gucken, ich muß gucken.»

«Sicher?»

«Bleib du mal erst mal hier.»

Und dann baumt Henry Baensch ab, und während er

abbaumt, kauert Onno Viets auf dem Boden des dünnhölzernen Kastens und starrt gegen die heiß pulsierende Wand, und erst jetzt geht es wieder los, daß sniee Apfgueäl vreibiren, die Pslue fttrlaen, die Hdäne zrtietn, die Hdnafähclen nsseän und der Brktorusb uentr Shcwgginenun ebrbet. Hlfie, Edda. Edda, hlif mir. Ich knan nhcit mher.

Teil vier
Juni, Juli, August 2008

Die Wahrheit sieht man immer von hinten.
Franz Dobler, «Tollwut»

Von alledem hatten der schöne Raimund, EP und ich keine Ahnung, als wir achteinhalb Wochen später nach Finkloch hinausreisten. (Und nicht nur wir nicht, sondern ebensowenig irgendwer im allerengsten Kreise … nicht einmal Edda oder Betty, Rosi nicht und nicht Miesepeter oder etwa Dennis.

Und so ungeheuerlich es klingt: Kein Sterbenswörtchen von alledem sollten sie je verraten. Die einzige, bedingte Ausnahme: ich.)

Es war logistisch gar nicht so einfach gewesen, mein Versprechen von Ende April einzulösen, Onno in seinem Exil zu besuchen. Nicht, daß Der schöne Raimund den ausnahmsweise familienfreien Sonntag nicht auch zu genießen in der Lage, und nicht, daß der eiserne Hagestolz EP das Problem gewesen wäre. Ich war es, der Termine umlegen mußte, um diesen hier wahrnehmen zu können. Mehr als drei Jahre war es her, daß ich die Strecke zuletzt gefahren war – mit der edlen Meike von der Meidlitz an meiner Seite –, und ich hatte vollkommen vergessen, wie ewig endlos sich die achtundachtzigminütige Anreise gestaltete. Doch als wir schließlich vor dem Baensch'schen Jägerzaun anlangten, war das monatelang schmerzlich vermißte vierte Mitglied des BSV Hollerbeck Eppendorf e. V. schlicht und einfach nicht da.

«Ich bring ihn um», sagte Der schöne Raimund an meiner Statt. «Ich erwürg ihn.» Er stützte sich mit Dem schönen Hintern am Kofferraum meines Mercedes ab, in dem unsere liebevoll gepackten Sporttaschen ruhten. Geparkt hatte ich hinter Onnos blauem Ford Ka – mit dem Edda tags zuvor in aller Herrgottsfrühe angereist war. «Ich erschlag ihn. Ich schieß ihn tot. Mausetot», korrigierte sich Raimund fortlaufend, die Fäuste in Die schöne Taille gestemmt.

Daß auf mein Schellen an der Haustür im Vorbau auch kein anderes Familienmitglied öffnete, war klar. Am Vortag waren Edda und Betty mit Miesepeter und Rosi nach Bad Herrenalb aufgebrochen, um das Wochenende bei Henry zu verbringen, der sich – wie ich ebenfalls von Edda wußte – seit fast vier Wochen dort zur «Kur» aufhielt (wie er es nannte).

Wir öffneten die Heckenpforte und betraten zögernd den Hinterhof. Der Garten blühte, und in der Remise stand der grünlackierte alte VW Polo Kombi, den Henry ausschließlich für die Feldmark nutzte. Seinen Opel hatte er – Auskunft: Edda – mit in den Schwarzwald genommen, um auch dort mobil zu sein.

Der Wasserfall abgestellt. Keine Diana schlug an.

Der Hintereingang zum Hauswirtschaftsraum abgeschlossen, desgleichen die Tür zur Jägerstube. Auf mein Rufen antwortete niemand, und als ich's per Handy versuchen wollte: null Balken.

Auch das Gartenhäuschen war verriegelt. Beim Kontrollblick auf die Rückseite entdeckte ich die zusammengeklappte Tischtennisplatte, geschützt von Plastikplane.

«Ich ersäufe ihn», fluchte Raimund. «Wann hast du denn zuletzt – ich vergifte ihn. Genau, ich vergifte ihn. Das merkt der gar nicht.»

Noch einmal versicherte ich ihm, daß der Termin seit Wochen feststand, am vergangenen Wochenende noch einmal fernmündlich von Onno persönlich und darüber hinaus letzten Dienstag von Edda bestätigt worden war – zumal er besonders gut paßte, da unsere Bedenken, die Gastfreundschaft Betty Baenschs nur allzu sehr zu strapazieren, wegen der Schwarzwaldreise gegenstandslos waren. «Und auf meine letzte SMS von Mittwoch hat er noch am selben Tag geantwortet. Abschiedsformel: ‹Bis Sonntag um drei!›»

«Ich erdrossel ihn mit seinen eigenen Noppensocken», sagte Raimund, «und dann zieh ich ihm die Ohren lang. Wie oft sprichst du eigentlich mit Edda, sag mal.»

«Wie oft? Wieso?»

«Na ja. Ich hör nur immer ‹Edda, Edda, Edda›.»

«Immerhin bin ich sein Anwalt, und ihn per Handy in diesem Finklochfunkloch hier zu erreichen ist schwierig, und ich mag nicht, daß dauernd die guten alten Baenschs meinetwegen ans Telefon hechten und unsern alten Esel rufen und suchen müssen und so. Und überhaupt ... Ich kann ja wohl meine gute alte Freundin Edda so oft sprechen, wie ich will, oder was!?»

Natürlich gehörte Gefrotzel zum guten Ton unter uns, und in bezug auf den BSV Hollerbeck Eppendorf e.V. existierte sogar der ein oder andere Satzungsparagraph, der da entsprechende Gebote vorsah. Und früher, als wir jung waren und Der schöne Raimund gleich mir noch ungebunden, war es durchaus gang und gäbe gewesen, um Edda zu buhlen – in Anwesenheit Onnos, der sich das stolz und gütig grienend anguckte.

Edda war eine typische Schönheit-auf-den-zweiten-Blick. Keine, die einem Mann den Kopf verdrehte, wenn sie ihm nur auf der Straße begegnete. Aber eine, der ein Mann zwanzig Minuten gegenübersaß, und plötzlich dachte er: Was ist denn mit mir *los*, verdammt noch mal!

Ihr mähnenstarkes, bronzefarbenes Haar wurde seit kurzem von der ein oder anderen grauen Strähne durchschlängelt, doch lockig wie eh und je umschnörkelte es dieses Lächeln, ein Lächeln mit Zähnen so weiß wie ihre Haut. Für eine Frau von einundfünfzig Jahren hatte sie straffe, zarte Haut. Und die einzig mögliche Ablenkung von all den anderen Attraktionen ihres Leibes waren ihre Augen, die himmelblau aus den Strahlenkränzchen ihrer Lachfältchen hervorleuchteten.

Ja, früher – seit jenen seligen Tagen, als Onno der gütige Wirt des legendären *Plemplem* war, wo wir uns alle vier kennengelernt hatten –, früher waren eddaschmeichlerische Kabbeleien zwischen Raimund und mir gang und gäbe. Seit wir jedoch die Vierzig hinter uns hatten, seit Raimund mit Liese verheiratet war und Vater geworden und ich verzweifelt versuchte, Anschluß an seine und Onnos und Eddas gefestigten Verhältnisse zu finden – vergeblich, leider –, war das passé. Und ich deshalb alarmiert, als Raimund plötzlich den alten Tenor anstimmte.

Denn mit traumwandlerischer Intuition hatte er ins Schwarze getroffen. Das große ungelüftete Geheimnis meines Lebens war, daß Edda meine große Liebe war, seit ich ihr anno 1978 am Tresen des *Plemplem* zum ersten Mal begegnet war. Mein ganz persönliches Drama; war mir doch all die Jahrzehnte lang klar, daß zwischen Philemon und Baucis keine Briefmarke paßte, und gelänge mir auch der herzerweichendste Liebesbrief in der Geschichte der Romantik.

Als Onno im vergangenen Sommer vor dem rasenden Tibor Tetropov ins Finklocher Asyl geflohen war, hatte ich mit Edda monatelang fast täglich zu tun. Zu ihrem Schutz hatte ich zwei Sicherheitsleute engagiert; aber natürlich hatten wir nicht nur deshalb eine Menge Verständigungsbedarf. Schon da also hatte die intensivierte Nähe zu ihr allen krisenhaften Umständen zum Trotz ein glimmendes Glück in mir geschürt. Und als Onno im April dieses Jahres bei mir im Auto nach jenem untypischen, atemlosen Seufzer sagte: «Ich glaub, Edda geht fremd», da dachte ich ja: *Oh Gott, bitte nicht auch das noch.*

Was wollte ich mir damit sagen? Ich war sicher, daß Edda nicht fremdging. Ich war sicher, sie hätte es mir erzählt. Spätestens seit dem plötzlichen Tod ihrer besten Freundin Gisa war ich ihr Intimus in allen Lebenslagen. Seither stand ich ihr einen Zentimeter näher, als ich Onno nahestand; Onno stand Raimund seit jeher einen Zentimeter näher als mir. Welches Gefühl, welche Vorstellung also lag dem Gedanken zugrunde: *Oh Gott, bitte nicht auch das noch?*

Heute weiß ich es. Es war eine süßlich-herbe Vision. Eine komplexe Vision. Eine Vision, in der Onno recht hatte mit seiner in Wahrheit zu dem Zeitpunkt noch pathologischen Wahrnehmung, Edda sei anders als sonst. Eine Vision, in der Edda deshalb anders war als sonst, weil sie meine Gefühle erwiderte. Eine Schreckensvision von Glück. Ich hatte Angst vor diesem Glück, vor diesem rücksichtslos alles niederreißenden Glück.

Und nun drohte seine PTBS Onno immer tiefer von Edda zu entfremden. Da er sich nicht einmal mehr beschwerte, als sie die je anderthalbstündige Autofahrt hin und zurück ab Mitte Juni nur mehr jedes *zweite* Wochenende auf sich nehmen wollte, war sie auf traurige Weise erleichtert.

Seither begannen wir, uns zusätzlich zu den Telefonaten zu treffen – ganz offen; noch hatten wir nichts zu verbergen, aber auch niemandem etwas auf die Nase zu binden –, und vielleicht fiel deshalb der Name Eddas einmal zu oft aus meinem Munde, als daß es Raimund hätte entgehen können. –

«Was machen wir denn jetzt?» unterbrach EP unser Geplänkel. «Ihn suchen? Laßt uns doch einfach ein bißchen durchs Dorf fahren. Wo soll er denn schon groß sein. Der Ford Guano steht vor der Tür, Fahrrad fahren kann er nicht ... Der geht bestimmt spazieren oder so. Vielleicht hat er's einfach vergessen, der alte Döskopp.»

Schon als wir übers denkmalgeschützte Kopfsteinpflaster der dreihundert Jahre alten Kastanienallee aufs Dorf zugefahren waren, hatte EP mit der Zunge geschnalzt und wie jeder Mensch, der seine sieben Sinne noch halbwegs beieinanderhat, von der sanften idyllischen Wucht geschwärmt. Auf der langen Autofahrt hatten wir ihm über Finkloch referiert, was wir nur je durch Onnos und Eddas Erzählungen erfahren hatten (Raimund war Mitte der 80er Jahre einmal dort gewesen, ich in einem Zeitraum von rund zehn Jahren immerhin dreimal), und weil die Après-Pingpong-Treffen Onnos Abwesenheit wegen seit Ende April ausfielen, genossen wir den außergewöhnlich ausgiebigen Austausch mit EP. Die Umkleideraum-Plaudereien vor und nach dem Training überstiegen naturgemäß nie anekdotischen Umfang, und außerhalb des allmontäglichen Abends überschnitten sich Raimunds und meine Lebenskreise mit EPs nur in Ausnahmefällen. Nach geo-, historio- und demographischen Aspekten gingen wir zu zusehends verblassenden Dorforiginalen, zu den Baenschs und zur Katzenzenzi über und berichteten schließlich von Knut Wiesmanns würdelosem Tod. EP war angemessen angewidert – auch wenn durchaus kein Freund von Jägern. Als passionierter Wanderer und Hobby-Hünengrabgelehrter war er das ein oder andere Mal mit unrühmlichen Vertretern der Zunft aneinandergeraten.

Auf der Suche nach Onno also chauffierte ich die beiden Herren kreuz und quer durch das Kaff.

Angesichts dessen beschränkter Fläche waren nicht eben wenige Menschen unterwegs, und sei's wegen des sonntäglichen Kaiserwetters – und zwar per Motor- wie Fahrrad, per Pkw wie pedes (sowohl mit Nordic-Walking-Prügel als auch ohne): Seit Finkloch personell einging, boomte es ideell ... befeuert durch Reiseführer, Wander- und Radwander-Broschüren sowie Homepages über die Naturparadiese des Landes.

Zunächst fuhr ich den Ostzinken hinauf – absolvierte sogar die Buckelpiste bis zum Übergang zur zweiten Etappe in die Feldmark (kein Onno weit und breit, und keine Diana) – und dann wieder hinunter, und just als wir Löschteich und Feuerwehrhaus umkurvten, um in den Westzinken einzubiegen, kam uns eine zweistellige Kolonne von Großstadtlimousinen und Kleinstadtkleinwagen entgegen, am Steuer ausschließlich Frauen.

«Was ist denn jetzt kaputt», schnaubte EP, und auch Der schöne Raimund staunte.

Sogleich reimte ich mir zusammen, daß hier frisch erleuchtete Mondanbeterinnen ihren Heimweg vom dritten LUNA LESSONS™-Kompaktseminar dieses Sommers antraten. Neugierig, Eddas Berichte dokumentarisch bestätigt zu finden, hielt ich an und winkte meine beiden Mitstreiter ans Schwarze Brett.

Mit durchschlagendem Erfolg. «Ich geh kaputt!» heulte Der schöne Raimund. «Nimmermüde Prophetin des Mondes! Ist das geil!» Und auch EP beteuerte, all das halte seine karmisch belastete Psyche nicht aus, zählte den Rest des Tages Katzen und nannte mich penetrant Bruder Ramses.

Als ich auf Tara Parinamas Handzettel die Daten *13. bis*

17. August 2008 schwarz auf weiß registrierte, fiel mir der Stapel Lesestoff ein, den ich Onno auf eigenen Wunsch zusammengestellt und via Edda vor Wochen hatte zukommen lassen ... darunter insbesondere Richard Wisemans populärwissenschaftliches Kompendium über die Forschungsrichtung der «Quirkologie». Unter vielem skurrilem anderen wird darin methodisch einwandfrei die ungesunde Wirkung nachgewiesen, die ein Freitag der 13. auf Verkehrsteilnehmer ausübt, im Vergleich zu etwa einem Freitag dem 6.

Beim Lesen von Onnos SMS am vergangenen Mittwoch hatte ich mich nämlich gefragt, ob ihm wohl gewärtig war, daß die fürchterliche Konfrontation mit Tibor Tetropov auf dem Alsterdampfer Saselbek am Freitag, dem 13. August 2007, auf den Tag genau ein Jahr her war. Im Gegensatz zu mir mußte Onno gewöhnlich mit der Nase auf Jubiläen gestoßen werden (Ausnahme: Eddas Geburtstag). Ich weiß nicht, warum erst jetzt ... doch hier, angesichts des Datums schwarz auf weiß, schämte ich mich plötzlich. Schämte mich, daß ich so unsensibel gewesen war, ihm die «Quirkologie» unterzujubeln.

Es war einem Reflex zuzuschreiben gewesen, einem Reflex des Rauh-aber-herzlich-Kodexes, nach dem seit ihrem Bestehen nicht nur die Sandkistenfreundschaft zwischen Onno und Raimund funktionierte, sondern seit anno 1978 auch unser Triumvirat. Es war unsere kerlhormonell verquere Art, unseren tiefsten Respekt für Onno, ja unsere Liebe zu ihm auszudrücken, wenn wir ihn nach Strich und Faden durch den Kakao zogen. Es war im Grunde nichts als Stolz auf ihn, wenn wir uns darüber amüsierten, mit welcher Güte und Unverwüstlichkeit, mit welchem von Bescheidenheit geprägten, doch unter normalen Umständen schwerlich erschütterbaren Selbstwertgefühl er unsere Spötteleien wegsteckte. Und wir waren bombensicher, daß er sie vertragen konnte – ja, gar genoß. Denn es war nichts als ein Kompliment für ihn und unsere Freundschaft, wenn wir den Spott auf die Spitze treiben konnten, ohne daß sie darunter auch nur ein Deut litt. Im Gegenteil: Sie wurde geschmirgelt und kalfatert und immer wieder neu lackiert – kurzum: gepflegt.

Gesegnet mit einer ordentlichen Portion Selbstironie, machte er im übrigen selber mit ...

Onno war in einem Jahrzehnt geboren, in dem Dinge wie Homosexualität, Frauenemanzipation oder Linkshändigkeit in weiten Teilen der Gesellschaft noch als Krankheit aufgefaßt wurden, im liberalen Falle als therapierbare. Als etwa Edda anno 1971 verfolgte, wie ihr Vater verfolgte, wie Onno ein Verslein in Eddas Poesiealbum eintrug, sah sie sekundenlang nur noch das Weiße in seinen Augen. Onnos Linkshändigkeit war seit Anbeginn ein Running gag, den nie brachliegen oder auch nur verkümmern zu lassen eine vornehme Pflicht seiner Freunde war.

Und Onno wußte das durchaus zu würdigen. Irgendwann im letzten Jahrhundert hatte ich irgendwo gelesen, daß es einen internationalen Linkshändertag gab, mir voller Vorfreude eine entsprechende Notiz im Kalender gemacht und meinen Lieblingslinkshänder früh am Morgen des nächstgelegenen 13. August angerufen. «Moin, Onno! Herzlichen Glückwunsch!»

«Njorp», knödelte er. «Wozu?»

«Zum internationalen Linkshändertag!»

«Ach so. Tjorp ... danke, nech.» Hustenanfall, gefolgt von selbstkritischem Stöhnen.

«Was ist», sagte ich, «verkatert?»

«Njorp», ächzte er. «Hab reingefeiert.»

Seit der Katastrophe vom Freitag, dem 13. August 2007,

aber taugten derlei Dialogversuche einfach nicht mehr zur Freundschaftspflege. –

Nach dem Zwischenstop am Schwarzen Brett schlichen wir weiterhin im zweiten Gang durchs Dorf. Weiter den Westzinken hinauf, den Friedhof links liegen lassend, bis zum ehemaligen Forsthaus. «Gott, ist das malerisch», flüsterte EP, der seit seinem fünfundzwanzigsten Lebensjahr in ein und derselben Hammerbrooker Zweizimmerwohnung lebte. «Kann ich verstehen, wenn Onnos Schwiegervater depressiv wird.»

Dann die Querspangen über den mittleren Zinken hinweg, vorbei am ehemaligen Dorfkrug Berthold Bobziens mit den vier Linden davor sowie an Hein und Fietje Poppenkamps einstigem Fleischereifachgeschäft. Ungefähr in dem Moment war es, da Raimund mich fragte: «Gab's eigentlich seit damals jemals wieder Neuigkeiten von Nelkenheini? Nee, oder?» Mit ‹damals› meinte er ihren mißlungenen Heimatbesuch nach sechzehn Jahren der Abwesenheit. EP, aufhorchend ob des seltsamen Namens, echote glucksend: «Nelkenheini?» War aber feinfühlig genug, es nach Abwägung der sparsamen Reaktionen auf sich beruhen zu lassen. «Nein», antwortete ich Raimund, und Raimund EP: «Finsteres Familiengeheimnis.» Und ich: «Na ja, eigentlich offenes.» Und er: «Ja, aber eben finster.»

Schließlich kamen wir am einstigen Hofe Heini Porsts vorbei, dem späteren Stammsitz der Kommune. Heute gehörte das für angeblich zweieinhalb Millionen Euro entkernte, anhand edelster Materialien und nach neuesten ökologischen Erkenntnissen restaurierte und behutsam ausgebaute Bauernhaus einem laut Wikipedia siebenunddreißigjährigen gebürtigen Elmshorner, der in seiner Eigenschaft als Rave-Papst ständig um den Globus rotierte und dementsprechend selten daheim war. Der Architekt hatte den stillgelegten Schienenstrang samt aufpoliertem Prellbock und pittoreskem Eisenbahnwaggon der Deutschen Reichsbahn (Baujahr 1929) auf hinreißende Weise ins Anwesen integriert.

Im Herbst 2000 – mehr als ein Jahr nach dem Umzug der Baenschs vom Forsthaus in das Haus von Bettys Mutter, in dem sie bis heute wohnten – hatte ich mir erlaubt, zusammen mit Edda und Onno in dem leerstehenden Wohngemeinschaftshort ein bißchen herumzuschnüffeln. Henry Baensch hatte sich ein letztes Mal aufgebäumt und mich inständig gebeten, mich meinerseits ein letztes Mal aufzubäumen und alle möglichen rechtlichen Optionen zu prüfen, die verhaßte Katzentrine aus dem Forsthaus wieder herauszuklagen. Ich wußte, es war hoffnungslos, doch Edda teufelte so lange auf mich ein, bis ich ihr zuliebe so tat, als suchte ich nach einem Ansatzpunkt, und weil ich ein bißchen neugierig war, richtete ich den fälligen Aktionismus auf die einstige Wohnstatt der Gegenpartei.

Da es nur noch wenige Jugendliche im Dorfe gab, gab es auch kaum einen Vandalismus, der seine Bezeichnung verdiente. Das einzige Graffito hatte im Alter von zehn Jahren Dennis hinterlassen. Es lautete *Tim* und war auf das Blech eines Fahrradständers gesprüht, der abseits des kopfsteinbuckligen Vorhofs im hohen Grase unter einem Zwetschgenbaum vor sich hin witterte.

Ein riesiger alter Schlüssel steckte auf der Groten Dör im Einfahrtstor. Das Haus war ein Fachwerkbau vom historischen Typus Niederdeutsches Hallenhaus. In der Diele – dem ehemaligen Viehstall – standen eine rostige Pflugschar, eine Egge, ein Satz platter Hinterreifen für den Fendt Baujahr 1949 im Schuppen nebenan und ähnliches agrarmuseales Zeug. Aber auch etwa ein Kicker, dessen reihenweise aufgespießte Spieler in dicken Staubpelzen Kopfstand machten.

In den Wohnräumen hatten Dora Maria Zils und ihr Adlatus nichts hinterlassen außer von der Abluft der Hochleistungsmeditation vergilbten Rauhfasertapeten an und Dübellöchern in den Wänden, Kabelstrünken mit Lüsterklemmen, die aus der stockfleckigen Decke hingen, erstarrtem Überfluß an buntem Kerzenwachs auf den Fensterbänken und in den Zimmerecken Staubknäuelchen, die von graziöser Nervosität zeugten, sobald man sich auch nur heftig kratzte; Kesselstein und Flugrost an den Armaturen im Bad und dem im Mauerwerk spukenden Muff eines ungeheizten Winters. Die Besichtigung erbrachte folglich das erwartete Ergebnis: null.

Demgegenüber entwickelte die spontane zusätzliche Begehung des in den zwanziger Jahren errichteten Nebengebäudes den Charme eines Museumsbesuchs. An die zwei Stunden stöberten wir in einem Konvolut von Exponaten herum, spektakulär allein aufgrund ihrer fauligen Aura: Offenbar seit gut anderthalb Jahrzehnten unangetastet – vielleicht, weil überwiegend auf dem nicht so leicht zugänglichen Dachboden –, schimmelten sie vor sich hin.

Der schafsköpfige Heini Porst hatte seit 1972 in Flensburg gelebt, sich sechsundzwanzig Jahre lang mit den gleichen zweihundert Mark Monatsmiete für das gesamte Anwesen begnügt und ansonsten um nixnich geschert. Daher hatten die Zils und der Namenlose sich offenbar ihrerseits um nichts anderes geschert, als im Haupthaus ein verlassenes WG-Zimmer nach dem anderen zu übernehmen. Im Nebengebäude, dem ‹Altenteil›, hatte sich folglich nach dem schrittweise vollzogenen, teils chaotischen Exodus nicht viel getan – Peters und Rosis Schätzungen zufolge also seit ungefähr 1984.

Gleich im ersten Raum empfing uns eine Ikone der rebellischen Sechziger, *die* Ikone der rebellischen Sechziger ... als habe der letzte jener Haschhöhlenbewohner eine Mahnung für die Archäologen hinterlassen wollen. Oder hatte er keine Verwendung mehr dafür? Weil damals schon geahnt, daß in Che Guevaras Namen einst Cola, Kappen und was nicht alles verkauft würden ...?

«Comandanteee ...», brummte Onno semimelodisch, «... Che Guevaaahaaaraaa ...»

«Da staun ich aber», sagte ich. «Onno Viets ein Politmakker?»

«Onno Politmacker, jo», grinste Edda. «Ich lach mich tot.»

Schmierenkomödiantisch probierte Onno die beleidigte Leberwurst.

«Gib's zu, mein Uhu», grinste Edda und nahm eine berühmte Fernsehwerbung um Jahre vorweg: «Im Grunde wolltest du doch schon immer Spießer werden.»

Onno griente. «Njorp ... bloß, sie lassen mich ja nicht. Nee, aber», er deutete an die versparkte Stirnwand, «ich weiß nicht, nech, so'n Che-Guevara-Poster hab selbst ich mir gewünscht, zum fuffzehnten oder sechzehnten Geburtstag, von Muttern gewünscht. Gehörte irgendwie dazu. Bravo-Starschnitt von Led Zeppelin, Deep Purple und Creedence Clearwater Revival, und ...»

«... und die nackige Uschi ...», fügte Edda grinsend ein.

«... und die nackige Uschi, nech, und 'n Che-Guevara-Poster eben.» Leicht peinlich be- und gerührt zugleich liebkosten seine Blicke die berühmte plakative Bearbeitung von Alberto Kordas Porträtfoto. Aus morgenröterotem

Hintergrund ging der melancholische, doch kämpferische Blick des holzschnittartig schwarzweißen *Guerrillero Heroico* in eine Zukunft, die von einem Gipfel irgendwo weit hinter der linken Schulter des Betrachters her zu blinken schien. Der dünne Bart, die wilden Locken, die Sternchenblesse auf dem Barett – die Schönheit der Revolution par excellence.

«Und was schleppt Elken Viets an?» griente Onno, nunmehr mimisch die damalige Enttäuschung imitierend. «So'n anderes, irgendwie deprimierendes ... in Dschungelgrün und Schlammbraun, wo er 'ne Bauernmütze aufhat und 'ne Zigarre zwischen den Zähnen. Da drauf sah er aus wie'n unrasierter Hinnerk Tragehner.»

«Und da hast du dich dann doch lieber», riet ich, «beim Barras verpflichtet.»

«'ch, 'ch, 'ch ...»

Wie die Gemächer der Katzenzenzi, so war auch dieses mit Rauhfaser tapeziert, eine Wand braun gestrichen, die anderen drei ehemals weißgetünchten gelb von unzähligen Joints – mit Ausnahme rechteckiger Negative, die mitsamt stecknadellangen Rissen an den jeweiligen Ecken von Plakaten zeugten, deren Motive den weiterziehenden Renegaten anscheinend wichtiger erschienen waren als der Mitstreiter Fidel Castros.

In einer Ecke ein Kistchen mit Chinoiserie auf dem Deckel. Darin ein hölzernes Haschpfeifchen.

Daneben ein schwarzes Plastiktütchen mit aufgedrucktem fünfzackigem rotem Stern; Inhalt: Buttons. Aufs Geratewohl kramte Onno einen nach dem anderen heraus und warf ihn wieder hinein: einen heiermanngroßen, blaßvioletten mit der Graphik eines mittig durchgerissenen Strichcodes, umkreist vom Schriftzug *Volkszählungs-Boy-*

kott. Einen zweimarkstückgroßen lilafarbenen mit orangefarbenem Venussymbol inklusive geballter Faust. Einen in bunten Pastellfarben mit stilisiertem weißem Täubchen sowie Inschrift *Die Friedensliste.* Einen gelben, auf dem eine schwarzweiße Cartoonsuffragette eine schwarze Mittelstreckenrakete aus dem Bild kickt, umrahmt von roten Lettern (*Aufstehn! Für den Frieden.*) und weißen (*Bonn 10. 6.*). Einen schwarzen mit roten Lettern, die *ns* darin kyrillisch verkehrt: *neu denken / und handeln.* Darunter das Emblem des MSB Spartakus: geöffnetes Buch und geballte Sklavenfaust. Eine rechteckige Anstecknadel, die in edler schwarz-goldener Holzschnittoptik ein Porträt Lenins offenbart.

Im nächsten Zimmer über den halben Boden hingestreut Papier – etliche weiße Innenhüllen für Langspielplatten, vier, fünf Ausgaben der *uz, der Zeitung der arbeitenden Menschen – Zeitung der DKP* des Jahrgangs 1975, ein ganzes Schock unbenutzter *Atomkraft? Nein, danke!*-Aufkleber und Flugblätter en masse, hektographiert oder fotokopiert, die Layouts auf bunten Bogen mehr oder weniger liebevoll, doch allemal einsatzfreudig aus einzelnen Schnipseln zusammengeklebt, flattrige Kanten, xerographische Schatten, übertippte Buchstaben aus der American Typewriter, fette Interpunktion.

Ein Blatt hob ich auf.

QUO VADIS?
Liebe leute,der abend nach der conti-tagung......
ich sitz hier seit 3 stunden und grübele herum,
wie's denn so weitergeht. tja,und da bin ich ich
zu einer entscheidung gekommen.das Ø im kopf
ist immer größer geworden.ich wollte nur noch 'n
paar sachen anbringen,deshalb bin ich hier am

tippen. auf groß-und kleinschreibung hab ich auch kein bock mehr,echt scheiße,wenn's einem dämmert,daß mann zwei jahre was falsches gemacht hat...heute auf

der conti-tagung gings mir wieder auf:so will ich nie werden,so wie die lau-brüder vom asta,feierabend-revolutionäre-großes maul,aber selbst nie in schwierigkeiten gewesen,aber das muß ich wohl erklären:wenn mann abends in einem besetzten haus ist,bei leuten,die versuchen nach ihren idealen zu leben,wo praktisch stündlich die bullen kommen können,leute,die wirklich alles,was sie haben,einsetzen um so zu leben,wie sie es wollen, nämlich selbstbestimmtund frei zu lebendann kommt die conti-tagung mit den sozis, shblern und msblern echt frustig:verschärfung der studienbedingungen,frieden sind die themen- und die leute in den häusern

frieren und es sypht durch,weil der staat sie fertigmachen will,weil sie eine echt gefahr sind- und es kratzt keinen arsch,der juso-arsch bleibt im bürosessel hängen und der asta-trakt wird ja auf studiekosten geheizt. ich fühl mich sogar auf nullwachstum-pressefesten alleine-kurz gesagt: es ist nicht mein ding' ich war nicht konsequent,genauso wie die msbler nicht konsequent sind...... Ich werde jetzt

Das Blatt war gelocht, und an der oberen linken Ecke war eine Heftklammer eingestanzt, doch das zweite war abgerissen. Zum Hohne der Spione des Verfassungsschutzes? No pasarán!

Onno und Edda waren inzwischen auf eine Art Enterhaken gestoßen, der entlang der Fußleiste lag, und hatten daraus auf die Existenz einer Bodenluke geschlossen … die sich schließlich in der Decke des nächsten Zimmers bestätigte.

In dem Spinnenparadies dort droben rotteten, beschneit von Staub, Umzugskartons. Unerschrocken öffnete Edda die Deckel des ersten. Stapelweise gewisse Magazine, durch die lange waagerechte Lagerung dem Heftungsrücken entlang aufgebogen, das Papier stockfleckig und holzig, staubspröde und eselsohrig. Sexy, Praline und Wochenend zog sie mit spitzen Fingern hervor, ja sogar einen Original-Playboy aus dem Jahre 1968, der außer Miß March (mit Gitarre und breitem Bikinistreifen [!] über der Hüfte) ein Interview mit Truman Capote enthielt sowie etwa eine Kurzgeschichte von Ernest Borneman. Außerdem ein Blatt namens … «Feigenblatt?!» trällerte Edda. «Hab ich ja noch nie gehört! ‹Die Zeitschrift für Genießer – alle 14 Tage neu›. Aha.»

Auf dem Titelblatt hockte eine Brünette mit bloßem Gesäß auf ihren eigenen hippiegrünen Stiefeln mit Plateausohlen und Blockstelzen. Per Schulterblick machte sie den Interessenten auf die Headlines aufmerksam:

HÖRIG BIS ZUM WAHNSINN
Auto-Test: AUDI 50 – DER MINI-GERMANE
FUNKENMAID OHNE HÖSCHEN – OHNE KLEID
Halide K.: MEIN KÖRPER IST MEIN KAPITAL
Neuer Fotoroman: DIE PARTYSANIN
Zum Herausnehmen: RIESENPOSTER in Farbe

«In Farbe!» rief ich. «Ei der dotter!»

«Tja», sagte Edda. «Neun Zehntel des Inhalts sind halt in Schwarzweiß.»

«Kostenpunkt?» fragte ich.

«Äh, eine Mark achtzig», sagte Edda. «Leserwitze hatten sie auch. Rubrik ‹Da wackelt das Feigenblatt›. O Gott. Achtung, Männer: ‹Wissen Sie, was trocken hineingeht, naß herauskommt und zwei Menschen glücklich macht?›»

«Ich habe», belog ich Edda abgebrüht, «nicht die geringste Ahnung.»

«‹Ein Teebeutel für zwei Personen natürlich! Wolfgang Kühn, Bremerhaven.›»

«Ein Teebeutel für –?»

«Zwei Personen. Moment? Ja, doch: zwei Personen. Ein Teebeutel für zwei Personen. Natürlich.»

«Klar. Ich Depp. Kühner Mann, dieser Wolfgang – wer?»

«Äh, Kühn.»

«Genau.»

Edda konnte sich von dem Karton offenbar nur schwer losreißen. Unterzog jedes einzelne der Titelblätter mit seinem jeweils barbusigen, wüst behaarten Twen einer kurzen Betrachtung und las die Schlagzeilen vor. «‹Witze, Mädchen, Abenteuer – Sexy hat die richtige Mischung.› ‹Frauenheld bekennt: ... und im schnellen Düsenjet war sie zu meinen Drüsen nett.› ‹Der superscharfe Comicstrip: Hoppla, jetzt bumst Hexy!› Ich fass' es nicht. Ich glaub's ja nicht. Sagt mal, ich denk, das war hier 'ne Kommune. 'ne Kommune hatte doch 'n gewissen Anspruch, oder nicht. Der so'n Zeug hier las, der zählte ja wohl zur Prollabteilung, oder was.»

«Prolls gab's damals noch nicht», sagte ich. «Die hießen damals noch Proletarier. Und na ja, die Praline-Macher zum Beispiel verstanden sich damals durchaus als Vorkämpfer für die sexuelle Befreiung. Ist Praline nicht im Grunde die vulgarisierte Form der St.-Pauli-Nachrichten, die ja schließlich ein Günter Zint gegründet hat? Wo ja schließlich Leute wie Henryk M. Broder und Stefan Aust sich ihre ersten Sporen verdienten? Sag du mal was, Onno. Du hast Soziologie studiert.»

«Das' zu lange her», griente Onno. «Kann mich an nix erinnern.»

«Nee», sagte Edda, «und zwar weil deine ‹Gruppensitzungen› mit Albert Loy meistens in Astra-Analysen endeten. Auha, hier: jede Menge Ausgaben von Pop! Herrlich!»

Nr. 5/75: Robert Plant. Jimmy Page. Cat Stevens bricht sein Schweigen. 2 Riesenposters: Orgel-Giganten Keith Emerson, Jon Lord, Rick Wakeman sowie 007-Girl Britt Ekland. Nr. 23/73: ein geschminkter Mick Jagger. Posters: Uriah Heep, Gary Glitter, Harley-Lady. Nr. 2/72: Klassik in Pop, Carlos Santana, Humble Pie, Frisuren. «Frisuren!» jubelte Edda. «Ich könnt' mich hinwerf'nnnnn! Und guck mal, mein Uhu: Ein Interview mit Robert Plant! ‹Das deutsche Publikum ist an und für sich o. k. Nur viel zu politisch!› Ach was.»

Jimi Hendrix. Rolling Stones. Emerson, Lake & Palmer. Humble Pie. Slade. Mountain. The Who. Roxy Music. Can. Atlantis. Pink Floyd. Jethro Tull. Leonard Cohen. Trafik. Aber auch The Osmonds und David Cassidy. «Und der Gründer heißt Jürg Marquard», sagte ich. «Damals dachte ich, er sei mein großer Bruder. Und recherchier nur mal ein bißchen im Netz, was aus dem geworden ist: Einer, vor dem wir unsere Eltern immer gewarnt haben.»

Schließlich fanden wir doch noch einen Karton, der die politischen Ansprüche jener Zeiten repräsentierte … und zwar in Form von, natürlich: Büchern. Rainer Langhans' und Fritz Teufels «Klau mich!» Bommi Baumanns «Wie alles anfing». Günter Amendts «Sexfront». Jerry Rubins «Do it! Scenarios für die Revolution». Fritz Teufels und Robert Jarowoys «Märchen aus der Spaßgerilja». Und so weiter, und so fort.

Als nicht mehr genug Licht durch die Eulenluken von Fenstern dort droben auf dem Dachboden des Altenteils fiel, beendeten wir unseren Lokaltermin, und die Tausendfüßler, Spinnen und Gespenster übernahmen die Herrschaft über all die Revoluzzer, Exhibitionistinnen und Orgel-Giganten.

Jenes späten Nachmittages um die Jahrtausendwende entsann ich mich also, als ich – auf der Suche nach unserem abgängigen Tischtenniskameraden – mit Raimund und EP im Fond meines Mercedes an dem ehemaligen Hof Heini Porsts vorüberglitt, der nunmehr schmucker Landsitz eines Rave-Papstes war. An die acht Jahre lag der staubige Lokaltermin folglich zurück, und Eddas sentimentalisches *Als-die-Welt-noch-in-Ordnung-war* erschien mir plötzlich nicht länger als kindliche, sondern nur allzu verständliche Regung.

Ein letztes Mal den Ostzinken hinauf, und diesmal entdeckten wir ihn. Er kam über die Spange vom Mittelzinken her. «Ist er das? Das ist er doch gar nicht. Oder doch?» Erschüttert von seiner eigenen Unsicherheit, blaffte Raimund uns an.

Ja, es war erschütternd, und auch ich war mir erst recht spät sicher, daß es sich bei der trüben Tasse mit Rucksack und Hund um unseren Onno handelte. Obwohl es drei Jahre her war, daß ich Diana zuletzt gesehen hatte, war ich mir hinsichtlich ihrer Identität sicherer als bei Onnos. Und was vielleicht noch seltsamer war – Onno schien seinerseits unsicher, ob es sich bei diesem Hamburger Mercedes mit den drei sonderbar bedrohlichen Insassen, der ihm da im Schrittempo entgegenkam, um meinen handelte. «Sag mal …!» sagte ich durchs offene Fenster schräg nach oben, und vom Rücksitz her bahnte sich über meine linke Schulter ein Schwall Unflätigkeit den Weg nach draußen.

«Äh …», machte Onno – unschlüssig vorgebeugt –, und dann: «Ach du Scheiße.» Gebückt schaute er auf die Armbanduhr. «Ich Idiot, nech? Oh Mann.» Selbst seine Stimme klang aufgedunsen.

In den knapp vier Monaten, die wir uns nicht gesehen hatten, hatten Bettys deftige Hausmannskost, die vier, fünf Bierchen pro Abend und mangelnde sportliche Betätigung ihr Werk getan. Seit jener fürchterlichen Vollmondnacht potenziert durch die tägliche Tranquilizerdosis, ohne die er nicht mehr zurande kam … doch darüber wußten wir zu jenem Zeitpunkt ja noch nicht Bescheid. Noch nie war mir sein Haar so grau erschienen, sein Teint so teigig und sein sonst so gütiger, neugieriger, lebenslustiger Blick stumpf wie Nuß. Sein seit jeher gelassener, ja bei aller Unsportlichkeit lässiger Schritt hatte sich in ein pseudobuckliges Schlingern verwandelt; im wesentlichen das war's, weswegen wir ihn nicht erkannt hatten. Seine blicklose, stirnlose Kopfhaltung, die unsichere Gangart … es hatte ausgesehen, als ließe er sich von Diana führen. Hätten wir geahnt, daß sein Rucksack unter anderem einen scharf geladenen Revolver enthielt, wäre der Nachmittag sicher anders verlaufen.

Er lud uns noch zu einem Kaffee am Gartenwasserfall ein – trank selbst aber zwei Flaschen Bier –, doch Tischtennis spielen lohnte sich nicht mehr. Weil er kein Sterbenswörtchen über die Vorfälle im Mondwald und ihre Folgen verriet, blieben die Erzählungen von seinem Leben hier auf dem Dorfe frustrierend einsilbig. Auf seine erdverschmutzten Hände angesprochen – «Bist du unter die Geo-Cacher gegangen, oder was?» fragte EP –, murmelte er unverständliches Zeug. EP und ich gaben unser Bestes, den Anschein einer Kumpels-besuchen-Kumpel-Sause ein Weilchen aufrechtzuerhalten (beziehungsweise überhaupt erst herzustellen). Raimund indessen war stocksauer und verängstigt, und das verzweifelt beredte Schweigen zwischen den beiden alten Blutsbrüdern entlarvte unsere Bemühungen als Farce. Onno gab sich kränkend wenig Mühe, eine Erklärung dafür, weshalb er uns versetzt hatte, zu suchen oder wenigstens zu erfinden, und so blähte sich binnen einer einzigen Tasse Kaffee der Eindruck auf, wir seien nichts als Störenfriede.

Der Abschied drohte traurig, fast kühl zu werden, und aus einem halb besinnungslosen, halb mutwilligen Reflex heraus umarmte ich Onno.

Das hatte ich, soweit ich mich erinnerte, noch nie getan. Nur wenige Jahre jünger als Onno und Raimund, zählte doch auch ich noch zu einer Generation und Kohorte, welche die Duseleien aus der Therapieszene der Siebziger nie so recht in ihr Selbstverständnis einzugliedern vermocht hatten, ebensowenig die in den Achtzigern abgeschauten südländischen Begrüßungssitten oder schon gar die via Einwanderer- und Hip-Hop-Kultur in den 90er und nuller Jahren eingeflossenen Männerküsse. Wiewohl keineswegs anti eingestellt – womöglich gar ein wenig scheel –, empfanden wir so etwas für unsere Verhältnisse als unpassend, ja aufgesetzt, weil durch keinerlei Überlieferung beglaubigt.

(Ich für mein Teil hatte ohnedies auch anderweitig Probleme damit: Einmalige Wangenberührung? Oder zwei- ... oder gar dreimalige, wie in Paris? [Mit links beginnend, oder? Doch nie einigte man sich intuitiv; immer wieder gab es Nasen-, Wangenknochen- oder Stirnkollisionen. Und immer diese Hektik, um's schnell hinter sich zu bringen ... da passierten Flüchtigkeitsfehler.] Und umarmte man Männer so fest wie Frauen, oder rammte man nur die Schulter? Schon am Abend des Kennenlernens – oder erst am zweiten? Oder dritten? [Und dann das unwillkürliche Old-School-Handhinstrecken immer, bevor es der andere nonchalant ignorierte, um dem Stiesel die Schulter zu rammen.] Und die Frauen? Wie schnell war man mit einer auf Knutschfuß? Umarmte man sie überhaupt fest? Und zog man sie an seine Brust, oder beugte man sich zu ihnen herab, damit Wangenberührung zustande kam, Brust- geschweige Unterleibsberührung jedoch tunlichst nicht? Fragen über Fragen; stetige Verlegenheiten.)

Und so tat sich auch bei uns eine Kluft auf zwischen gewachsener Innigkeit und deren Ausdruck, wenn Küken EP (damals zweiundvierzig) Onno ganz authentisch herzte, während wir, die wir ihn viel länger kannten und liebten, uns mit dem guten alten, doch plötzlich verdruckst und verspießert anmutenden Handschlag begnügten.

An jenem Sonntagnachmittag des 17. August 2008 aber, wie gesagt, umarmte, wie zuvor EP, auch ich Onno spontan ... und vertiefte damit den Graben zwischen ihm und Raimund ungewollt. Trotz aller Anstrengungen wurde der Abschied das, was zu befürchten gewesen war: traurig. Hätte Raimund geahnt, was der Grund dafür war, daß Onno unser Treffen vergessen – auf das er sich in Wahrheit seit Wochen gefreut hatte –, er hätte ihm natürlich auf der Stelle verziehen.

Als wir ihn gefunden hatten, war er nämlich soeben von einer Unterredung zurückgekehrt, die ausgesprochen heikel und befremdlich verlaufen war ... ebenso wie einerseits aufschlußreich, andererseits nach wie vor rätselhaft, vor allem aber schockierend bis ins Mark: mit niemand anderem nämlich als dem komischen Namenlosen.

*

Nachdem wir abgefahren waren, schloß Onno zuallererst die Gartenpforte, damit Diana frei im Garten herumlaufen konnte. Als nächstes schlurfte er in die Küche – eine Einbauküche, wie sie für Eddas Großmutter Ende der Siebziger der letzte Schrei gewesen war: braune Verblendungen à la Landhaus, Dunstabzugshaube; Eckbank, deren Sitzflächen Deckel von Truhen voller Plastiktüten, Rezepte, Ofenhandschuhe und aufgebügeltem Geschenkpapier waren; die Wände zwei Drittel verschalt, auf den Kanten balancierten Zierteller aus Zinn und Porzellan; Tisch und Stühle in bäuerlicher Optik. Im Hängeschrank über der Arbeitsfläche ein eingebautes Radio, das – während die Kochtöpfe dampften und der Backofen brummte – Schlager von Rita Pavone und Caterina Valente, Rex Gildo und Chris Roberts spielte sowie Potpourris des Hazy-Osterwald-Sextetts, des Rundfunkorchesters des RIAS Berlin, der Big Bands von James Last oder Paul Kuhn. Das Innenleben des Kühlschranks prägte eine ausgeklügelte, kubikzentimetergenaue Logistik von Tupper- und sonstigen Töpfen, Tiegeln, Tuben und Gläsern. Es war nicht einfach gewesen, diesem jeden Hamburger Hafen-Lagermeister ehrenden System Raum für fünf Flaschen Bier abzuringen. War im Baensch'schen Haushalt wegen zu geringer Umschlaghäufigkeit nicht vorgesehen.

Eine nahm Onno nun heraus, öffnete und leerte sie im Stehen an Ort und Stelle ... nur zwei Sequenzen mit jeweils drei, vier tiefen Zügen; die letzten beiden zu hart, zu gierig – mengenmäßig zu hoch bemessen und atmungstechnisch zu knapp –, so daß er sich ein wenig die Gurgel verrenkte. Schmerzverzerrten Gesichts öffnete er eine neue, nahm einen viel vorsichtigeren Schluck daraus und führte sie mit sich, während er rülpsend weitere Vorkehrungen traf.

Zittrig stieg er die steile Stiege in den Keller hinab zum Bierkasten, klemmte sich je drei Flaschenhälse zwischen die Finger seiner beiden Hände und stieg zittrig und schnaufend wieder hinauf. Verräumte sie in die spärlichen Lücken im Gefriergut der Tiefkühltruhe im Hauswirtschaftsraum. Entnahm im Gegenzug eine glucksende Buddel Doppelkorn Fürst Bismarck. Holte aus der Schrankvitrine in der Jägerstube ein Schnapsglas und stellte es samt Buddel Schnaps und Buddel Bier auf den Terrassentisch neben dem Wasserfällchen, wo bereits der Aschenbecher parat stand.

Dann verharrte er einen Moment grübelnd, bevor er noch einmal ins Haus ging – hinauf ins Gästezimmer – und mit einem Schweißband aus weißem Frottee (darauf in Schwarz der Nike-Swoosh) um die Stirn zurückkehrte, das er eigentlich fürs montägliche Training von Edda geschenkt bekommen, sowie auf dem Hinterkopf ein Mützchen mit Zickzackmuster in Grüntönen, das Betty in den frühen Sechzigern für die Klorolle im Heckfenster von Henrys DKW AU 1000 S Coupé gehäkelt hatte.

Was der Aufzug bedeutete? Prophylaxe nach Prof. Dr. Wilhelm Flitsch. In der Wochenendbeilage irgendeiner großen Zeitung kurz vor einem der letzten Jahreswechsel im vergangenen Millennium hatte jener interviewte Emeritus für Organische Chemie darauf geschworen, als es um den obligatorischen Silvestertip ging: «Gegen drohende Kopfschmerzen habe ich meine eigene Taktik. Ich trage beim Trinken ein Stirnband und halte den Hinterkopf warm. Das regt die Durchblutung an und verhindert, daß der Alkohol die Blutgefäße verengt. Denn das ist es, was die Kopfschmerzen verursacht.»

Gefundenes Fressen für Raimund und mich, als wir Onno derart ausstaffiert hatten dahocken sehen – es war eine Silvester- sowie Geburtstagsfeier gewesen, in seiner und Eddas Wohnung daheim in Hamburg-Hoheluft – und von der Bewandtnis erfuhren. «Wundervolle Utopie!» schwärmte ich. «Kneipen voller Gäste mit Stirnbändern und Pelzkäppis!»

«Vielleicht», meinte Raimund, «könnte man sogar eine Kombi entwerfen. Sollen mal die Winz- und Brenn- und Brauereien ihre Market- und Merchandising-Abteilungen mit entsprechender Modeschöpfung beauftragen!»

«Bier-Bowler...», legte ich vor, «Bembl-Barette...»

«Und damit sollen dann», fuhr Raimund fort, «die Wirtschaften ausgestattet werden, und sobald ein Gast das dritte, vierte Glas Alkohol bestellt, könnte dazu servicemäßig eine solche chice Kreation gereicht werden.»

«Hätte auch zwischenmenschlich positive Effekte», bestätigte ich. «Es bräuchte von vornherein nicht mehr so ganz ernst genommen werden, was der Träger eines ... Rotspon-Ballons oder ...»

«Korn-Nordosters», warf Onno ein.

«... genau ...; was der so von sich gibt.» –

Nachdem er in der Jägerstube noch die Umwälzpumpe für den Wasserfall eingeschaltet hatte, ließ Onno sich in dem wohlgepolsterten Gartensessel nieder und begann – schwach zittrig und zügig, doch ohne weitere unbotmäßige Hast –, sich ernst und gründlich zu betrinken.

Der zentrale Verdacht, wie er aus dem Gespräch mit dem komischen Namenlosen erwachsen war, ließ ihm gar keine andere Wahl. Er bildete den mittlerweile dritten Höhepunkt in dieser obskuren Geschichte … die mit Knut Wiesmanns Tod Ende Mai begonnen hatte (oder zu haben schien) und mit dem Schußwechsel Mitte Juni keineswegs beendet war. Beendet schien kurz nach dem Besuch des BSV Hollerbeck Eppendorf in Finkloch allerdings der Sommer.

Bis zu dessen vorzeitigem Ende aber hatten die Finklocher nicht klagen können – insbesondere während der Hundstage. Schon im Mai hatte es wunderbar sonnige Tage gegeben, ja gar etliche laue Abende, und im Juni übernahmen die Hochs Otto und Peer die Fortsetzung des warmen, überaus trockenen Sommerwetters. Ab Knuts Beerdigung hatte die Schafskälte ein paar Tage Einzug gehalten, doch schließlich die Luft sich wieder sehr schnell erhitzt und mit Schwüle aufgeladen – und war mit jenem Unwetter explodiert, das über die ganze Gegend bis hinauf nach Geestend und hinunter nach Hamburg hinwegfeudelte … und, wie verhext, nach der überstürzten Rückkehr Onnos und seines Schwiegervaters aus dem Mondwald etwaige Spuren all dessen löschte, was sie dort nur ein paar Stunden zuvor erlebt hatten.

Als Onno in jener Nacht endlich, endlich in seiner Kammer des Hauses Baensch lag – lebend, wenn auch nicht eben lebendig –, wollte sich jenes Gefühl partout nicht einstellen, das sich doch einstellen sollte, wenn man einem derartigen Schrecken entronnen war: Erleichterung. Ein Hirngespinst übertölpelte ihn, nämlich, die *Nachwirkungen* könnten tödlich sein.

Dieser Wahn kam nicht von ungefähr. Bei der Konfrontation auf dem Alsterdampfer Saselbek hatte Fernost-Kampfsportler Tibor Tetropov Onno einen kurzen, gar nicht sonderlich schmerzhaften Knöchelhieb aufs Schlüsselbein versetzt – und ihn im Glauben gelassen, es habe sich dabei um den sogenannten Dim mak gehandelt, der angeblich mit der Verletzung eines sogenannten Vitalpunkts einhergeht, in deren Folge der Tod unter Umständen erst Wochen später eintrete. Noch im Spätherbst und Frühwinter des vorangegangenen Jahres war Onno mit der Furcht schlafen gegangen, am Morgen nicht mehr aufzuwachen. Ab Anfang April dieses Jahres war diese Anwandlung von der Posttraumatischen Belastungsstörung mehr oder weniger eingeebnet worden.

Stundenlang noch nach seiner Rückkehr aus dem Mondwald waren sämtliche Nervenzellen in Aufruhr. Splitternackt lag er auf dem verschwitzten Laken – nicht einmal sein ‹Schul› mochte er tragen –, bis er von einer Sekunde zur nächsten plötzlich zu bibbern begann und wieder unter die Sommerdecke schlüpfte. Bis er sie wieder von sich trat, weil von einer Sekunde zur nächsten plötzlich Hitzepfeile durch Herz und Schädel schossen. Das Fenster hatte er – Mückengefahr war aufgrund der mannigfachen ökologischen Veränderungen gering – weit geöffnet, desgleichen die Vorhänge, weil selbst sie der Stickigkeit in dem kleinen, niedrigen Raum Vorschub zu leisten schienen. So wälzte Onno sich Stund' um Stunde um und um, streckte sich mal aus und mal krümmte er sich wie ein Seepferdchen, ja Embryo; tastete nach Hals und Herz und Handgelenk und setzte sich auf und starrte immer mal wieder in die Nacht hinaus, wo den silbrigen Abglanz des Supermondes zusehends schwellende, dunkelbraune Wolkenalpen überschatteten.

Doch eigentlich sah er da draußen gar nichts. Was er sah, waren innere Bilder ... Erinnerungsbilder der vergangenen Stunden, unterfüttert von rasender, lähmender Furcht, immer wieder untermalt von stillen Waldgeräuschen, vom PACHCHCH!-PACHCHCH!, Schuß und Gegenschuß – jenem synästhetischen Donnerblitz –, von Henrys Stimme und Stöhnen und dem Fiepen Dianas. Bis jetzt, hier im Bett, waren seine Gehörgänge derart erfüllt vom Dauerpfeifen, -summen und -brummen des durch die Schüsse aufgepeitschten Tinnitus und dem Rauschen des Adrenalins, daß er in regelmäßigen Abständen den Atem anhielt, weil er glaubte, ein Hilferuf Henrys aus dessen Schlafzimmer oder das Tapsen eines eingebrochenen Meuchelmörders könne in seinem eigenen Schnauflärm untergehen.

Als Onno auf dem teppichverkleideten Holzboden der Hochsitzzelle gekauert hatte, waren die innenohreigenen Geräusche jedenfalls derart laut, daß er keines von drunten, vom Waldboden her vernahm – dort, wo Henry sich aufhielt und Diana sowie mutmaßlich der Fremde mit dem lasergelenkten Zielfernrohr auf dem Gewehr. Allein dieser Lärm, der Lärm in seinem Kopf, trieb Onno an den Rand der Verzweiflung, und da sein gekrümmter Leib sich anfühlte wie ein einziges spasmisch pumpendes Herz – ein Herz, gequetscht von einer Gorgonenfaust –, hörte Onno nicht einmal, als Henry ihn von drunten raunend rief. Er mußte ihn holen kommen. Es konnten nur zwei, drei Minuten gewesen sein allein da oben, doch Onno kam es vor wie eine ganze schlaflose Nacht.

«Da ist keiner», flüsterte Henry. «Da liegt keiner. Der ist weg. Oder er lauert noch irgendwo. Aber warum sollte er. Ich ... weiß nicht. Komm, wir gehen nach Hause», flüsterte Henry. «Wir müssen nach Hause. Hat keinen Zweck, hier oben zu bleiben.»

Onno wollte etwas sagen – «Ich versuch's», wollte er sagen, oder etwas Ähnliches –, doch brachte er lediglich eine kurze Abfolge von Klick- und Röchelgeräuschen hervor.

Seine Knie fühlten sich an wie zwei Handvoll Sägemehl.

Auf der Leiter hatte er vor jeder Beugung Angst, Angst vor Fehltritt und Absturz. Bebend auf dem Boden angekommen, spielte die Gorgonenfaust mit ihm, ließ ihm grad so viel Spielraum; daß er nicht völlig gelähmt war, sondern kraftlos losstakste und -stolperte, seinem Schwiegervater hinterdrein, der kaum weniger täppisch wirkte, doch wenigstens entschlußkräftig, auch wenn er asthmatisch atmete, als sei das an seiner Leine keine Hündin, sondern ein Ochse, und die Büchse am Riemen über der Schulter ein Joch. Der gewaltige Mond malte den Wald schwarzweiß; sein Licht machte ihn zweidimensional und doch hohl; eine finstere Wand nach der anderen tat sich auf und ließ die beiden Menschen anhand ihrer zittrigen Licht-Lanzen der Taschenlampen durch in die nächste schwarzmilchige Sphäre, die zäh und gläsern zugleich erschien, zäh und gläsern zugleich.

Mehrfach hatte Onno das übermächtige Bedürfnis niedergerungen, *Ich kann nicht mehr zu* murmeln und sich neben die Traktorspuren auf den blätter- und nadelübersäten Waldboden zu legen, doch dann erreichten sie den Polo Kombi, der wie ein nach einem Atomangriff wundersamerweise unversehrter Gegenstand neben dem Findling stand. Diesmal fuhr Henry geradezu aufreizend langsam, wozu seine anhaltend schwere Atmung in noch aufreizenderem Widerspruch stand.

«Wer war denn das bloß», schnaufte er. «Was sollte denn das. Das kann doch nicht sein, daß die jetzt anfangen zu schießen. Das wäre doch der totale – ich versteh das nicht. Ob das wirklich dieser komische spillerige Helfershelfer von der gottverfluchten Katzentrine war? O Gott. O Gott, ich glaub, ich hab Kugelschlag gehört. Aber da war niemand. Da war ja nix. Ich hab alles mit der Taschenlampe abgesucht, den ganzen Rand der Lichtung hab ich abgesucht bis ans Dickicht ran. Da war nix. Der muß abgehauen sein. Aber ich hab Kugelschlag gehört, verdammt noch eins, ich hab doch Kugelschlag gehört, oder war das bloß Einbildung. Schweißspu... Blutspuren hab ich jedenfalls hab ich auch nicht entdeckt. Kann auch Einbildung gewesen sein. Ich hab ... ich hab einfach ... Der Finger hat gezuckt, und peng. Hat einfach gezuckt, und peng. Als ich den Schuß gehört hab, hab ich gezuckt, ganz unwillkürlich, kann man gar nix für. Ich hatte ihn im Fadenkreuz, als er geschossen hat, aber ... o Gott.» Er stöhnte laut auf und rang nach Luft und fuhr so langsam durch die Schlaglöcher in der milchhellen Nacht, daß Onno herauspreßte: «Soll ich? Soll ich fahren?»

Von dem Moment an bis zur Rückkehr ins Haus fehlte Onno bereits jetzt die Erinnerung. Hatte er das Bewußtsein verloren? Er entsann sich weder der Kurve um die Krüppelkiefer noch der Etappe durch den sandgefüllten Hohlweg, noch der Strecke auf der Buckelpiste.

Beängstigend und erleichternd zugleich war es, daß Betty verreist war ... daß es menschenleer war, das Haus; menschenleer und kühl und fahl.

Auf der Toilette im Erdgeschoßkorridor versuchte Onno subjektive zwanzig Minuten lang, die Nachwehen seiner Panik unter Kontrolle zu bringen. Als er herauskam, stand Henry am Büfett – im durch den Vorbau hereindringenden Mondlicht unauffällig beobachtet von den ausgestopften Rebhühnern, Stockenten und Auerhähnen –; er hielt den Telefonhörer in der Hand, und als ob es Onnos Erscheinens bedurft hätte, steckte er ihn wieder auf die Station und geriet ins Taumeln. Doch noch bevor Onno ihn stützen konnte, war er eigenständig ins Wohnzimmer gestolpert. Diesseits der Kommode, die die Halbgrenze zum Eßzimmer bildete, war es bereits erleuchtet, und unter dem Stilleben mit erlegtem Geflügel samt Quitten, Schoppen und Karaffe auf Spitzendeckchen sank Henry ins helle Sofa hin, wo er – heftig schnaufend – die eine Hand aufs Herz und den Rücken der anderen an die Stirn legte. «Geht gleich wieder», ächzte er. «Geht gleich wieder.» Hinterm gelb leuchtenden Schirm der Stehlampe an der Wand ein Atoll von gerahmten Bildchen, rechteckig, hoch- und querformatig, eines quadratisch, zwei medaillonförmig; die meisten zeigen umbrafarben einzelne Verwandte und Vorfahren vom ausstaffierten Säugling bis zur Greisin – nur eines ein Familienporträt: Henrys Eltern und Geschwister samt ihm selbst im Alter von etwa sechs Jahren. Im Hintergrund die hellgetünchte Fassade eines Hauses mit dunklem Schindeldach und mittigem Windfang, gekrönt von einem Dreiecksgiebel mit der Hausnummer 13. Ausgerechnet.

Onno ließ sich in den Sessel auf der gegenüberliegenden Seite des Kautschtisches sacken. Setzte sich auf seine Hände. Sein Verlangen nach Nikotin – und vor allem auch nach Alkohol – schwächte ihn in dieser Situation und wühlte ihn zugleich auf; doch steckte nicht Henry sich seine Pfeife an, traute auch er sich nicht zu rauchen, und ähnlich verhielt es sich mit Bier oder Spirituosen.

Hier war es, wo sie dann nach und nach ihr Schweigegelübde besiegelten. Hier, in der Stube, in der Onno sich in Bettys Abwesenheit wie ein Eindringling fühlte. Die helle Tapete. Der graue Eisenofen, der Korb mit Holzscheiten. Das braune Sideboard mit Fernseher. Von drüben aus dem Dunkel, an dessen Stirnwand das offene Vitrinenbord voller Likörgläser, Sammeltassen, Nippes, Stellbildern und Büchern stand, erklang das pendelbewirkte Tacken der Wanduhr mit ihrem zinnernen Zifferblatt.

Auch daran, an den genauen Ablauf des Gespräches zumindest, konnte Onno sich später, oben im Gästebett, kaum mehr erinnern. Wessen er sich erinnerte, war Henrys im Lichtkegel der Stehlampe und unter Anteilnahme der Sippe an der Wand lang hingelagerte Gestalt, schnaufend und unter der flatternden Hand auf der Stirn hervor sprechend, Dinge sagend, die Onno teils über die Maßen beruhigten, teils dann wieder maßlos beunruhigten, teils euphorisch zustimmen ließen, teils widerwillig, wortlos. Henry sagte ungefähr, er sei tödlich erschrocken gewesen, als plötzlich der durchgehende rote Laserstrahl von rechts, durch die Ostluke, direkt vor seiner, Henrys, Nase auf Onnos Schläfe zielte. Er sagte, er habe sofort gewußt, daß dies kein Scherz sei. Theoretisch habe es ja auch ein jugendlicher Streich sein können – schließlich gebe es ja diese Laserpointer –, doch etwas in ihm sei sofort alarmiert gewesen, und dann habe er den schmächtigen Kerl im Mondlicht da ja auch stehen sehen, «mit angelegter Büchse!» Er, Onno, habe den doch auch gesehen, oder? Onno bejahte sofort fest und nickte mehrfach. Hatte er ja auch. Oder?

Ferner hatte Henry ungefähr gesagt, er wisse, daß es solche Laserzielfernrohre seit etwa Mitte der 90er Jahre gebe. Die entsprechende Waffe müsse darauf extra eingeschossen werden. In Deutschland seien sie aber illegal. Bei der Jagd fielen sie unter den Wildereiparagraphen. Schließlich könne man damit ganz unwaidmännisch aus der Hüfte schießen, weil das Ziel ja nicht wie üblich über Kimme und Korn anvisiert werden müsse, sondern eben ganz simpel per Laserstrahl. «Merkwürdig, daß der trotzdem waidgerecht angelegt hat. Hat er doch, oder?» Onno bejahte und nickte. Henry sagte, man könne übrigens einstellen, ob der Strahl fest sein solle oder nur bei Kontakt aufscheine.

Henry sagte außerdem, es sei doch eher unwahrscheinlich, daß er den Schützen verwundet habe. Er sei ja jetzt schon nicht mehr ganz sicher, ob da überhaupt einer war. «Aber du hast ihn doch auch gesehen, oder?» fragte Henry, als habe er nicht soeben das gleiche schon einmal gefragt – und als hege er geradezu die widersinnige Hoffnung, es habe sich auch diesmal um eine seiner Zwangsvorstellungen gehandelt –, und Onno bejahte erneut, diesmal doppelt. «Außerdem haben wir doch den Schuß gehört, nech?» fügte Onno hinzu, heiser und bebend vor Entbehrung, und Henry bestätigte das, und es schien beinah, als wisse er, Henry, nicht genau, ob er enttäuscht oder froh sein solle, daß er sich auch den Schuß nicht eingebildet hatte.

Henry sagte, wenn er ihn verwundet habe, dann sei es ja wohl eindeutig Notwehr gewesen. Der andere habe schließlich zuerst geschossen. Dafür sei Onno sein Zeuge, oder? Onno sagte fest: «Ja. Klar», obwohl sich eine Gänsehaut nach der anderen vom Rücken schälte. Und wenn das so sei, sagte Henry, dann werde der andere – wenn er verletzt sei – vermutlich kaum Anzeige erstatten. Wenn doch, dann seien sie – weil zu zweit – aus dem Schneider. (Wenn nicht, dann sowieso.) Das sei doch rein sachlich eine richtige Überlegung, oder? Onno überlegte kurz und sagte dann fest: «Ja. Ich glaub' schon.»

Henry sagte, «wir warten jetzt am besten ab». Henry sagte, wenn sich niemand melde, dann ließen sie am besten Gras über die Sache wachsen. Eben noch hatte er die Kripo Geestend anrufen wollen, hatte bereits zweimal die Nummer gewählt, doch zweimal wieder aufgelegt. Nichts könne er derzeit weniger ertragen als ... er suchte nach dem richtigen Wort, fand es aber nicht und sagte «Ärger». Erst die Sache mit Knut, und wenn er jetzt auch das noch der Polizei meldete, dann hielte er es hier im Dorf allmählich überhaupt nicht mehr aus. Er könne nicht mehr. Er brauche Ruhe. Er könne und wolle nichts mehr von dieser gottverfluchten alten Kanaille von Katzenzenzi hören noch sehen, und alles, was er wolle, sei, zur Ruhe zu kommen, weiter nichts. Ihn graue es vor der Vorstellung, Betty mit neuerlichen Hiobsbotschaften zu kommen. Er gebe auf; solle die gottverdammte alte Riesenkanaille doch treiben, was sie wolle, er könne nicht mehr. Er gebe auf. Sie habe gewonnen. Sollte Arnulf Toppin doch versuchen, sie zu lynchen. «Die kriegt der sowieso nicht tot. Wie will der das denn machen. So einen Berg von Drecksau.» Seine Verbitterung schwebte im Raum wie ein Aroma. Onno meinte, es am Gaumen zu schmecken. Er habe das tiefe Bedürfnis, sagte Henry noch einmal, sich zurückzuziehen, zumindest für eine Weile; einfach nicht mehr in Erscheinung zu treten. Was er, Onno, davon halte, wenn sie dieses irrwitzige Erlebnis für sich behielten. Zumindest für eine Weile. Abzuwarten, was passiere. Betty komme ja erst in zwei Tagen zurück; bis dahin wisse man vielleicht schon mehr. Und wenn nicht, dann brauche man ja erst recht nichts zu berichten. Wie er, Onno, das sehe.

Onno schwieg. Er versuchte nachzudenken, doch in seinem Kopf herrschte nach wie vor Lärm, und seine Hände, die noch zu zittern schienen, obwohl er draufsaß, mochten's nicht leichter.

Henry sagte, «ich bitte dich darum». Im Ernst, er könne nicht mehr. Er könne nicht mehr. Er sei am Ende. Am Ende sei er. Er könne nicht mehr, und jetzt noch so etwas, das bräche ihm das Genick. Onno begann, leicht zu nicken, und nickte abschließend kräftiger. «Ja», sagte er fest. «Ist gut. Warten wir erst mal ab, was passiert, nech?»

Henry sagte, er wolle am Morgen noch mal zur Mondkanzel gehen, «zur Nachsuche». Vielleicht finde er ja irgend etwas. Onno nickte langsam, obwohl er sich fragte, was um Himmels willen Henry denn zu finden hoffte – oder fürchtete. Eine – Leiche? Die Leiche des komischen Namenlosen? Das war so unvorstellbar, daß Onno den Gedanken einfach ignorierte. Er nickte.

Und dann, entsann Onno sich oben im Gästebett, hatten sie eine Stunde lang oder eine halbe oder zwei nur so dagesessen, während der Fernseher lief, doch selbst bei Todesstrafe hätte Onno nicht mehr zu sagen vermocht, welche Sendung.

Insgesamt schlief er in jener Nacht vielleicht zwei Stunden am Stück; abgesehen von der Zeit zwischen drei und fünf schreckte er sofort wieder hoch, sobald er einzuschlafen drohte, weil er Angst hatte, erschossen zu werden, sobald er einschlief. Um fünf Uhr dann blieb ihm fast das Herz stehen. Ein helles Flimmern hinter seinen Augenlidern, die er aufklappte, und ein weiteres zwischen den dicken Schals der grün-braun-beigefarbenen Vorhänge – und gleich darauf ein nachhallendes Donnerkrachen, als bräche das Dorf in zwei Hälften. Und nachdem sich das Szenario ausführlicher wiederholt hatte, dauerte es nicht mehr lange, bis orkanartige Böen einsetzten und jene kosmische Sturzflut losging ... und etwaige Spuren, so es überhaupt welche gab, vom Waldboden auslöschte.

Zutiefst zerrüttet erhob sich Onno gegen zehn Uhr von seinem klammen Lager. Ungeölt, ungeduscht und ohne Frühstück geisterte er wie ein Schlafwandler hinunter in den Garten, um zu rauchen. Zitterte so sehr, daß seine Zigaretten faltig und fransig wurden. Sahen aus wie die, die er als dreizehnjähriger Anfänger gedreht hatte. Obwohl er im Gartenstuhl saß, haute ihn der erste Zug fast aus den Puschen.

Es war bereits zu spüren, daß der Tag wieder warm werden wollte, indes der Garten noch seine frischgewaschene Luft aushauchte. Henry war noch nicht wieder zurück. Im Dämmerzustand zwischen Schlafen und Wachen hatte Onno ihn gegen acht Uhr im Bad rumoren und gegen neun mit dem grünen Polo Kombi davonfahren gehört. Er nahm an, daß er – wie angekündigt – im Mondwald war.

Bei jedem jähen Schwirren eines Spatzen, bei jedem Motorengeräusch von der Straße schrak Onno zusammen, und dem Schrecken folgte jeweils eine Horrorvision: der komische Namenlose, wie er Henry auf der Kanzel auflauerte und in die silberne Schläfe schoß. Der komische Namenlose, wie er den Baensch'schen Garten betrat und die Büchse auf Onno anlegte. Der irre Hüne, wie er, das Tropfstativ mit der einen Hand führend, in der anderen einen Revolver haltend, den Baensch'schen Garten betrat und auf Onno anlegte. Milan, der elfjährige Laufbursche des irren Hünen, wie er den Baensch'schen Garten betrat und die Büchse auf Onno anlegte. Ja: Konnte nicht er der nächtliche Angreifer gewesen sein? Der Rächer seines Herrn? Hatte er Onno hier in Finkloch aufgespürt? Die Statur käme hin. War der blutrote Laserstrahl nicht auf Onnos Schläfe gerichtet gewesen?

Nach einer Dreiviertelstunde kam Henry wieder auf den Hof gekurvt. Auf dem Dachgepäckträger war mit Transportbändern eine Teleskopleiter fixiert. Onno, der bleiern dösend durch albhafte Tagträume watete, schrak von seinem Stuhl hoch, und mit bis in die Finger- und Zehenspitzen pochenden Adern – und nahezu keuchend – schüttelte er die Horrorvisionen ab und erwartete ungeduldig Henrys Nachrichten; riß sich schließlich vom atemlosen Fokus auf dessen undurchsichtige Miene los, um die Pforte zu schließen, und während Diana, per geöffneter Heckklappe aus dem Auto freigelassen, jiffelnd an ihm emporhüpfte, eilte er zurück zu dem alten Amtsförster, der sich in dem Stuhl neben Onnos niedergelassen hatte.

«Wie geht's», fragte er Onno. «Wie hast geschlafen.»

«Tjorp», machte Onno, «egal, erzähl. Erzähl. Und du?» machte er einen Rückzieher, halbherzig, und Henry ging darauf auch gar nicht erst ein. «Nichts», sagte er – sich die geschrumpften Augen reibend, was Antwort genug auf die Zusatzfrage war. «Gar nichts. Überhaupt nichts. Ich hab auch die Leiter mitgenommen», er nickte nach dem Werkzeug auf dem Dach des Kombis, «und nachgesehn, ob an der Ostwand der Kanzel ein Ein- oder Durchschuß ist. Nichts. Gar nichts ist da.»

Onno wartete. Irgendetwas an Henrys Verhalten – eine gewisse Unterlassung oder Unangemessenheit in der Mimik, was auch immer – verriet ihm, daß das noch nicht alles war.

«Und danach bin ich noch mal durchs Dorf», sagte Henry, «und da hab ich ihn gesehen; grad eben. Den Hänfling. Eindeutig. Fuhr mit dem weißen Ford Galaxy Richtung Geestend. Hat mich nicht mit dem Arsch angeguckt. Wie üblich. Als ob nie was gewesen wäre. Und machte mir auch tatsächlich nicht den Eindruck, als wäre er schwer verletzt oder so.»

«Tjorp», sagte Onno. In seinem Zustand war er unfähig, klar zu denken, doch die nächstliegenden Schlußfolgerungen ergaben sich auch bei vernebelter Geisteskraft: Entweder hatte Henry danebengeschossen, oder es war gar nicht der Namenlose gewesen.

Doch wer dann? Und weshalb?

Diese und alle weiteren Fragen begann Henry nun in

einem geradezu zügellosen Selbstgespräch zu erörtern ... Onno, zusehends erschöpfter, njorpte und tjorpte nur hin und wieder drein.

Wenn es ein Fremder war, mußte man dann nicht doch die Polizei alarmieren? Durfte man verschweigen, daß jemand Unbefugtes im Wald herumballerte?

Warum hatte derjenige eigentlich nur einen Schuß abgegeben? Weil er nicht mit Gegenwehr gerechnet hatte?

Warum hatte er eigentlich nicht getroffen, wo doch die Laserzieltechnik im Grunde idiotensicher war? – hatte er doch Onnos Schläfe bereits im Visier gehabt!

War die Munition überhaupt scharf gewesen? Hätte es nicht auch eine Platzpatrone sein können? Zwischen Schrot und Kugel kann das geübte Gehör unterscheiden, mitnichten zwischen scharfen und Platzpatronen.

Und wenn ja – wenn es eine Platzpatrone gewesen war –: Was zum Teufel sollten derlei lebensgefährliche Faxen?

War es womöglich ein minderjähriger Bengel von sonstwoher, der sich einen schlechten Scherz erlaubt hatte? (Sofort fiel Onno wieder Milan ein.)

Wie und wohin war er eigentlich so schnell geflohen?

Oder hatte Henry ihn doch getroffen, und er starb jetzt irgendwo im Dickicht, wohin Henry bisher noch nicht gekommen war? Sollte man jenes Dickicht durchkämmen?

Onnos Ganglien sirrten. In seinen Ohren herrschte wieder ein Lärm wie in einer Fabrik, die systematisch Blödsinn herstellte. Es war das alles derartig abstrus, daß die Annahme, all das habe überhaupt nicht stattgefunden – Henry und er, Onno, hätten sich all das nur eingebildet (und sei's als Resultat einer ganz groß angelegten, professionell durchgeführten Hexerei der vier Zentner schweren Bayerin) –, noch als die wahrscheinlichste erschien ...

Vielleicht spielte dieser unsinnige Gedanke eine gar nicht so geringe Rolle bei dem fahrlässigen Entschluß, einfach alles so laufen zu lassen, bis sich irgend etwas tat, und wenn nicht: um so besser.

Abschließend sagte Henry, er lege sich jetzt hin. Und schärfte Onno ein, «keine besonderen Vorkommnisse» zu vermelden, sollte im Laufe des Tages einer der Jäger auftauchen und nachfragen, wie die Vollmondnacht verlaufen sei. Mindestens Arnulf Toppin werde seine wutgespeiste Neugierde mit Sicherheit nicht zügeln können. Falls das Telefon klingele, bitte nicht rangehen – außer natürlich, auf dem Display erscheine etwa Eddas Nummer. Und falls einer der Jäger ihn auf die beiden Schüsse anspreche (normalerweise aber höre man Schüsse aus dem Mondwald im Dorf nur bei Nordwind), solle er sagen, er, Henry, habe einen Fuchs erlegt oder einen Waschbären.

Bis zum späten Abend tauchte Henry nicht wieder aus seinem Schlafzimmer auf – nicht einmal, um etwas zu essen. Onno ahnte, daß sein Schwiegervater sich nur dann so verhielt, wenn er krank war, zumal bei einem solchen Wetter. Er machte sich Sorgen, und das erleichterte ihm die Aufgabe nicht gerade, Henrys Jagdfreunde abzuwimmeln ... die in der Tat im Stundentakt auf dem Hof eintrudelten: als erster Jelle Jensen, dann – geradezu unhöflich hartnäckig in seinen Nachfragen – Arnulf Toppin und gegen Abend Krischan Heidkamp und Klaus-Dieter Heinrich. Onno sagte sein Sprüchlein auf, doch merkte er deutlich, wie suspekt den Männern das alles erschien. Denn: was denn nun, Fuchs oder Waschbär?

Glücklicherweise war es das erste Wochenende, das Edda mit ihrem Besuch aussetzte. (Und übrigens das erste Wochenende, an dem zum ersten Mal überhaupt sie und ich verabredet waren, ohne daß irgend jemand Drittes dabei war.) Betty kehrte erst am Sonntag nachmittag von ihrem Ausflug mit den Landfrauen zurück.

Bemerkenswerterweise half es vorerst – weder Henry noch Onno, daß es in den folgenden drei Wochen schien, als sei überhaupt nichts geschehen: Der komische Namenlose lebte ganz offenkundig. Keinerlei verräterischer Anschlag am Schwarzen Brett. Keinerlei Vermißtenanzeige im Geestender Boten. Keinerlei Leichenfund. Keinerlei Nachfragen wegen der etwaigen akustischen Wahrnehmung eines zweifachen Schusses. Keinerlei Beschwerden wegen der Mondzeremonie der Katzenzenzi. (Man hätte meinen können, auch sie hätte nie stattgefunden – hätte Miesepeter nicht berichtet, daß Dennis zufolge nach der ersten diesjährigen Runde der LUNA LESSONS™ neuerliche Lobeshymnen auf Tara Parinama in den einschlägigen Internetforen kursierten. Wie unwirklich, daß kurz nach jenem mysteriösen Schußwechsel ein Haufen seltsamer Frauen auf dem Mondplatz herumgehopst sein sollte!)

Und das Erstaunlichste war, daß die Jäger stillhielten. Sogar Arnulf Toppin. Ein dummer, feiger Charakter wie er dürfte kaum in der Lage sein, etwas wie Ungehörigkeit zu empfinden, handelte er hinterm Rücken eines handlungsunfähigen Anführers. Triftiger war, daß er keine Miträdelstäter mehr fand und auf eigene Faust ... nun ja, zu dumm und zu feige war.

Es kehrte also eine Art von tödlicher Ruhe im Baensch'schen Hause ein. Onnos tiefschwarze Niedergeschlagenheit wurde nur von Angstattacken aufgelockert. Beinah jede Nacht träumte er die Szene auf der Mondkanzel nach ... nur, daß es Tibor Tetropov war, splitternackt und ganzkörpertätowiert und mit verwüstetem Gesicht, der vom Waldboden aus auf ihn, Onno, anlegte, indem er auf die Stange mit dem Tropf die Büchse stützte, durch die er anhand von leuchtendroten Kugeln, die schnurgerade leuchtendrote Bahnen hinter sich herzogen wie in einem Computerspiel, die Holzwände des Hochsitzes perforierte, auf dessen Boden Onno kauerte – allein, ohne Henry – und sich die rauschenden, pfeifenden und brummenden Ohren zuhielt.

Beinah ebenso häufig träumte Onno von den gelben und lilafarbenen Krokussen an der Kreuzung Hoheluftbrücke, an der er den ersten heftigen Anfall von Panik erlebt hatte. In diesem Traum stand er einfach da und brachte es nicht fertig, an dem Beet vorbei zur U-Bahn zu laufen; noch beim Erwachen stach die heliotrope Farbigkeit derart grell und stinkend auf ihn ein, daß er rasende Kopfschmerzen bekam … falls er sie nicht schon die ganze Nacht gehabt hatte.

Er gab das Ölziehen vorerst dran. Zu umständlich, zu anstrengend. Ohnehin hatte er Angst vorm Aufstehen, Angst, sich nicht auf den Beinen halten zu können, Angst vor Bettys Fragen nach seinem Befinden, Angst vor Henrys Befinden, Angst vor seinem eigenen, Angst vor allem, zum Beispiel, in der Dusche zu kollabieren. Duschen war ein ungeheuerlicher Vorgang, nervenaufreibend, körperlich anstrengend und aufgrund der widerwärtigen alltäglichen Wiederkehr vergiftet von lähmendem Überdruß – doch Nichtduschen wiederum undenkbar, weil unzumutbar für Betty. Die Dusche war das horrende Nadelöhr, durch das der aufgedunsene Onno sich jeden Morgen zu quetschen hatte. Jeden Morgen wieder galt es, sich durch eine dichtgedrängte Herde von inneren Schweinehunden zu kämpfen. Ab sofort also drückte er jeden Morgen eine Tablette aus dem Blister in der Tavor-Schachtel, die ihm sein ‹Onkel

Doktor› im April eigentlich ausschließlich für einzelne Notfälle verschrieben hatte, und nahm sie ein. Bis dahin hatte er gerade mal vier Stück verbraucht.

Sodann legte er sich in den Garten; las den Geestender Boten, ohne auch nur ein Wort aufzunehmen; starrte in den Himmel, käste vor sich hin, schwitzte ein Handtuch nach dem anderen durch und beneidete Amsel, Täubchen und Specht um ihre eindeutigen Existenzen so inständig, daß ihm die Tränen kamen. In Wellen überrollte ihn alle paar Stunden Panik aus heiterem Himmel; manchmal siedend, so daß er ins Haus flüchtete, um sich etwaigen Bitten Bettys um Hilfe vorsorglich zu entziehen, etwa einen Gang zum Kühlhaus, Rasen mähen oder ähnlich Lebensgefährliches. An guten Tagen las er in Richard Wisemans «Quirkologie», aber auch die schien ihm bei aller grundsätzlichen Interessantheit von tiefer Sinnlosig- und Vergeblichkeit durchdrungen.

Ein-, zweimal die Woche zwang er sich unter mitunter übermenschlicher Kraftaufwendung, Diana Gassi zu führen. Wobei hinter jeder einzelnen Hausecke ein Kerl mit Knarre lauerte. Zehn zittrige, schweißtreibende Minuten bis zum Feuerwehrteich, wo er – auch, um zu schauen, ob er SMS-Nachrichten hatte, die bis zum Haus der Baenschs nicht durchgedrungen waren – ein halbes Stündchen unter einer der Trauerweiden hockte, bis er wieder genügend Energie geschöpft hatte, um die zehn Minuten freihändig zurück zu schaffen. Und oft genug haute ihn gerade dann der satanische Gedanke aus den Puschen, Edda gehe fremd, sie habe sich in irgendeinen anderen Kerl verguckt, und er sank auf den Kantstein.

Als er eines Samstag nachmittags ‹nach Hause› kam, versetzte ihm ein Zettel auf dem Küchentisch im ansonsten leeren Haus den nächsten Schock. Trotzdem die Zeilen in aller Eile hingekritzelt schienen, erkannte er Eddas Schrift sofort. Mit weichen Knien tat er, wie ihm darin geheißen, und stakste die paar Meter zu Miesepeter hinüber.

*

Kurz zuvor hatte Edda mit Schwester und Mutter im Garten gesessen. «Guck dir den Kleiber an», quakte Rosi. Henry und Betty hielten sich an jene Fraktion der Ornithologen, die ganzjährige Singvogelfütterung bejahten. Rosi nickte zum Vogelhäuschen hinüber.

«Ist das nicht 'ne Blaumeise?» fragte Edda.

«Nee, nee», versetzte Rosi. «Die ist kleiner. Und würde sich ja einfach an den Knödel hängen. Daher der Begriff Meisenknödel. Der Kleiber kann das aber nicht. Deswegen krallt er sich ja eben das Netz und zieht sich's in die Hütte, damit er besser an die Krümel kann. Gewußt, wie.»

Betty sagte: «Der Buchfink schafft nicht mal das. Ist ja auch ganz schön figelinsch. Muß er sich die Krümel vom Boden aufpicken.» Sie sah abwesend aus, und nachdem Edda ihr über den Arm gestrichen hatte, klagte sie ihren Töchtern ihren Jammer. «Allmählich langt's mir!» rief sie. Die Däumchen rotierten in Höchstgeschwindigkeit. *«Horr!»*

Die Jägerstube im Rücken, schauten sie und Rosi übers geplünderte Kaffeeservice hinweg und am Vogelhäuschen vorbei tiefer in den Garten, wo die Amseln übern Rasen federten. Edda hockte im rechten Winkel zu ihnen, mit Blick auf Teich und Wasserfall.

Eine jede der ‹drei Grazien› (Onno) hielt den Hals kerzengerade, doch den Kopf ein paar Grad zur Seite geneigt, und während ihre Mundwinkel optimistisch blieben wie seit ihrer Geburt, schweiften ihre meerblauen Augenstrahlen unter den gekräuselten Brauen suchend umher.

«Das war so schön», schwärmte Betty, «da in und um Berlin herum, herrlich, all die Seen, und die schönen Grundstücke da, herrlich ... Und dann kommst nach Hause, und –»

«Duo depressivo», quakte Rosi.

«Im Garten saß Arnulf und schlafuterte auf Onno ein, alle beide am hellichten Tag schon 'ne Buddel Bier am Hals, bei *dem Wetter!*, und Papa lag mit offenen Augen im Bett. Bei dem Wetter! Der Kühlschrank sah aus, und die Spülmaschine – nee, nee. Und das miefte da oben, im Gästezimmer, das glaubt ihr nicht.» Bettys trotziger Zug um die Augen signalisierte das Ende der diplomatischen Immunität für ihren Schwiegersohn.

«Was hast du denn da überhaupt verloren», schalt Edda sie. «Laß ihn da doch vor sich hinmief'nnnnn.»

«Ach, meine Älteste nu wieder. Schlau wie sieben Geestdörfer. Das ist ja wohl immer noch *mein* Haus», versetzte Betty. «Außerdem riecht man das bald bis auf den Flur! Letzte Woche hab ich erst mal alles durchgewaschen, und –»

«Was, alles.»

«Na, *alles.*»

«Bettwäsche.»

«Ja.»

«Doch nicht etwa seine schätterigen Plünnen auch?!»

«Als ob die drei Unterbüxen mehr 'ne Rolle spielen. Sag mal ...»

«*Horr!*» machte Edda.

«... ja nu, wie denn, du kommst ja nur noch alle vierzehn Tage, und daß er hier 'ne Extratrommel macht für seine drei Unterbüxen und sein Schul und das bißchen da, das ist ja wohl Quatsch, oder? – Sag mal, gut, die Klamotten, die riechen ja immer, als würde er jede Nacht drei Häuser in Brand stecken, aber ... abgesehen davon, ich glaub, Onno transpiriert. Kann das sein?»

«Kann sein», sagte Edda. «Kann sein. Früher hat er nie geschwitzt. Hat Schwitzen seit jeher gehaßt.» Weitere Erläuterungen blieb Edda schuldig, doch weder Betty noch selbst Rosi forderten sie ein. ‹Früher› bedeutete ‹vor der PTBS›, und selbst Rosi schien das verbotene Terrain von Onnos Geiselhaft inzwischen zu respektieren, wenngleich widerwillig. Irgendwann vor Wochen hatte Edda sie angeherrscht, wenn sie Näheres wissen wolle, solle sie Onno doch selber fragen. Das würde Rosi nicht tun, das wußte Edda: Für Kämpfe gegen Gummiwände war sie zu klug.

«Das ist eine Stimmung im Haus hier immer, das glaubt ihr nicht», sagte Betty, und erstmalig brach ihre Stimme unwillkürlich ... sie bekam sie aber sogleich wieder unter ihre Gewalt. Vielleicht doch nur ein Krümel im falschen Hals. «Dauernd diese langen Gesichter. Dieses Rumgedröhne, *horr* ... Papa vor allem, alle naslang tun ihm die Beine weh, alle naslang hat er 'n Herzinfarkt, und alle naslang muß ich wen abwimmeln, am Telefon, an der Tür, auf'm Hof – seit drei Wochen geht er kaum noch raus!» Anklagend zeigte sie auf das Haus. Auch momentan hockte er mutmaßlich im Wohnzimmer, rauchte die Pfeife heiß und machte Eselsohren in die *Wild und Hund*. «Nicht zum Blasen, nicht auf Jagd, nicht auf'n Schießstand und nicht zu den Dörpsmus'kanten. Und wenn, dann ... wenn er bloß in 'n Garten geht, dreht er gleich durch, neulich konnte ich ihn nur mit Müh und Not davon abhalten, auf 'ne Katze zu ballern.»

«Hier im Garten?» quiek- und quakte Rosi.

«Ja! Aber zum Arzt will er auch nicht», brauste Betty auf. «Furchtbar. Im Haus hängt Papa rum, im Garten Onno ...»

«Wo ist *der* denn überhaupt jetzt grade?» fragte Rosemarie.

«Mit Diana Gassi gehn», sagte Edda. «Müßte gleich wiederkommen.»

«... und wenn ich sie mal zusammen erwische, merk ich irgendwie, die haben über was gesprochen, oder auch nicht, aber irgendwie ... weiß nicht ... jedenfalls, wenn man fragt, ob sie was ausgefressen haben oder was, tun sie nur so: was? wie? wer, wir? Ich komm mir allmählich vor wie 'ne Olsch von der Fürsorge.»

Die Töchter kicherten.

«Wie die so zusammenglucken, wenn sie denn mal zusammenglucken ... ganz komisch.»

«Die mögen sich, das ist doch nix Neues», sagte Edda. «Ist doch schön. Onno *liebt* Papa. Der liebt ihn mehr als seinen eigenen. Fokko, Fokko ist ... na, ihr habt ihn ja ab und zu mal erlebt, und so war er immer schon. Mit dem kann man einfach nicht reden, und er selbst kann auch mit niemandem reden. Traurig ist das. Ich mag ihn irgendwie gerne.»

«Ja, aber ... also, ich weiß nicht», sagte Betty. «Ja, doch, Papa und Pet-, ts, Onno, die reden ... reden tun die auch, ja ...»

«Ich glaub», sagte Edda, «Papa erzählt Onno mehr, als Onno Papa erzählt. Jedenfalls, was richtige Sachen angeht. Wann erzählt Onno schon mal ausführlich was, das Hand und Fuß hat, oder was, das er Schlimmes erlebt hat, oder so.»

«Kann sein», sinnierte Betty. «Aber vielleicht spricht

Onno ja mit Papa über sein ... PTBS.» ‹Geiselerlebnis›, meinte sie.

«Glaub ich nicht», sagte Edda.

«Neulich», sagte Rosi, «hat Dennis erzählt, Onno hätte ihm erzählt, daß Papa Onno erzählt hätte, daß sein Vater, damals in Rauschenbach, wohl ordentlich einen auf vornehm gemacht haben soll, obwohl er ja nur ganz einfacher Arbeiter war.»

«Wie, vornehm», sagte Betty perplex. «Das hat er mir noch nie erzählt.»

«Ich weiß auch nicht genau», sagte Rosi. «Dennis hat erzählt, Onno wär' geradezu schwatzhaft gewesen, so hätte er ihn noch nie erlebt, und Papas Vadder – also, unser Opa, komisch, das zu sagen – jedenfalls, der soll immer gern in die Dorfkneipe gegangen sein, aber immer piekfein angezogen, die haben ihn alle immer ‹Herr Geheimrat› genannt, da in Rauschenbach.»

«Wenn die man nicht», unkte Edda, «'nen Joint zusammen geraucht haben, Dennis und Onno. Wer Hasch raucht, quasselt wie'n Weltmeister, da ist Onno keine Ausnahme.»

«Hör bloß auf», quakte Rosi, und Betty seufzte nur. «Du, Edda», sagte Betty, «ich will ja übrigens nix sagen», sagte Betty, «aber demnächst muß ich Onno 'n paar Euro abknöpfen. Wir haben auch nicht so viel, daß wir ihn *Monate* durchfüttern könnten.»

«Ja, Mensch», fuhr Edda auf, «Mama! Das war doch von Anfang an so abgemacht!»

«Aber dann muß er das auch mal tun!»

«Ich sag's ihm», grollte Edda. «Ich weiß, der olle Tüdelkopp. Der kann so was einfach nicht. Konnte er noch *nie*. Der *denkt* einfach nie an so was. Hier», sagte sie und kramte in ihrer Handtasche.

«Ach laß mal», sagte Betty plötzlich. «So doll eilt's nun auch wieder nicht.»

«Ja wat denn nu», sagte Edda.

«Na gut, fürs Bier», sagte Betty. «Du, Evel-, *ts*, Hen-, *ts*, *horr!!* Edda!!, ich will ja wirklich nicht ... aber eins sag ich dir, ich finde, Onno säuft.»

Edda seufzte.

«Jeden Tag drei, vier Flaschen Bier? Wenn nicht fünf. Pro Woche 'ne Kiste geht mindestens drauf. Ist das noch normal, sag mal?»

«Ich könnt jetzt auch 'n Schnaps», quakte Rosi, die eigentlich gehofft hatte, ihren Kummer über die sehr vermißten Kinder in Australien und Amerika teilen zu können – doch feinfühlig genug war, um die Hierarchie der Bedürfnisse wahrzunehmen. Alkohol hatte schon in kleinen Mengen durchschlagende Wirkung auf sie, und genau eine solche wollte sie jetzt.

Gerade als Betty einen Obstbrand aus der Jägerstube anschleppte, erschien Henry im Türsturz zum Hauswirtschaftsraum. «Notarzt, schnell», raunte er.

Es sah aus, als hätte er sich, um nicht umzukippen, kursiv in der Zarge verkeilt; die Linke klammerte sich irgendwo oben fest, trotz durchhängender Knie stützte er sich mit der rechten Schulter am Rahmen ab und brachte es gleichzeitig fertig, in die Herzgegend zu langen. Die Iris war schwarz vor Panik, und tief spaltete der Schicksalskeil die leichenbleiche Stirn.

Neun Tage später bereits war er in Bad Herrenalb.

Peter Zumforts bester Freund war leitender Neurologe im Klinikum Geestend, wohin Henry eingeliefert worden war. Er verfügte über einen familiären Draht zu jener Psychosomatischen Klinik im Schwarzwald, und so ergatterten das nächste freie Bett die Baenschs.

*

Kurz nach Henrys Zusammenbruch war es, daß Onno den folgenschweren Beschluß faßte, wieder detektivisch tätig zu werden.

Die Frauen waren dem Notarztwagen ins Klinikum Geestend gefolgt. Im Hause Zumfort wartete Onno auf telefonische Nachricht – die nach zwei Stunden in Form von Entwarnung auch kam: Es handele sich nicht um einen Herzinfarkt, sondern offenbar um eine schwere Panikattacke.

Nicht sofort wollte sich Erleichterung bei Onno einstellen. Vielmehr drohte ihn die mittlerweile allgegenwärtig lauernde Verzweiflung stündlich heimtückisch anzuspringen, zu zerfleischen. Zwei Tage lang war er drauf und dran, sich aufzugeben … doch dann, im Grunde aus dem Nichts, erstarkte seine angeborene Widerstandskraft in Form eines Funkens von quasispiritueller Energie, einer Idee: wieder als Privatdetektiv tätig zu werden. Auftraggeber: er selbst. Auftragsgegenstand: Identifikation des rätselhaften Schützen mit dem lasergelenkten Zielfernrohr. –

Onno wußte sehr wohl, daß es eine Menge Leute gab, die ihn für eine Null hielten. Für einen Totalversager, Nichtsnutz, ja, Schmarotzer. Weniges war ihm gleichgültiger als das. Selbst zu Zeiten dieser seiner PTBS-bedingten Krise war er sich ganz zutraulich sicher: Die ihm am Herzen lagen, schätzten ihn, wie er war – und nur darauf kam es ihm je an.

Gerold Heinßen soll Tim zufolge einmal von Onno als «Henrys Schwiegerniete» gesprochen haben? Tjorp … ein

Mann, der den Motor seines Pkws putzte, war in Onnos Augen schwerlich ernst zu nehmen.

Ludwig Hucking fragte ihn an der improvisierten Bierbude am Sportplatz, ob er, Onno, im Winter «zum Rodeln in den Hartz IV» fahre? Einem Mann, der sich traute, derlei wackelige Witze auf Kosten seines nebenstehenden Zechkumpanen zu machen, konnte man nur einen ausgeben.

Agnes von Hoff meditierte auf der goldenen Hochzeit der Hartmöllers gegenüber Rosi (!) im Proseccorausch, ob ihr Schwager «auf Hartz IV wohl überhaupt noch einen hochkriege»? Eine Großgrundbesitzersgattin, die in ihrem Leben noch keine einzige Minute erwerbsmäßig zu arbeiten nötig gehabt oder auch nur eingesehen hatte – geschweige ihr Gatte, der bei jedem fetteren Karnickel einen hochkriegte –, war mitnichten satisfaktionsfähig.

In puncto Henry lag die Sache anders. Auch er, Henry, schätzte Onno mit all seinen Unzulänglichkeiten, dessen war sich Onno gewiß. Bloß …

Ein-, zweimal in all den Jahrzehnten hatte Onno ihn mit eigenen Ohren auf «arbeitsscheues Gesindel» fluchen hören, doch war Henrys stockkonservative Anschauung immer weicher geworden … im Zuge des Alterns wie auch der zunehmenden Unübersichtlichkeit der Welt. Ohnedies hatten Einzelexemplare bei näherem Kennenlernen schon immer binnen kurzem in Henrys Bewertungsschema Ausnahmestatus erlangt. Ohne daß er je auf den Gedanken gekommen wäre, es möchte vielleicht der Großteil der Menge aus solchen ‹Ausnahmen› bestehen. Wie auch immer und wie gesagt: Henrys voraussetzungsloser Wertschätzung konnte Onno sich sicher sein, und war es auch.

Doch anders als bei fast allen anderen hatte er bei seinem Schwiegervater das Bedürfnis, ihm Gründe dafür zu liefern.

Bei seinem leiblichen Vater hatte Onno sich in diesem Belang seit jeher die Zähne ausgebissen. Von seinem Schwiegervater bekam er alles geschenkt. Da klaffte eine Lücke, die – so seine halbgare Empfindung – nur er, Onno, selbst füllen konnte. Am besten mit tätiger Dankbarkeit.

Was sich anfühlte wie von Bußfertigkeit unterspült; denn da sein derzeit vorherrschendes Lebensgefühl Schuld war – Schuld gegenüber seinem nunmehr einäugigen Exkommilitonen, Schuld gegenüber jener Burlesque-Tänzerin, ja widersinnigerweise gegenüber jenem im Koma vor sich hin vegetierenden Tibor Tetropov ... gegenüber dem Leben, der Welt insgesamt –, all dessentwegen verdichtete sich in Onnos wundem Gemüt eine Art Zuversicht, er vermöchte doch so einiges wiedergutzumachen, löste er nur das finstere Rätsel um die Vorgänge im Mondwald. Am besten, noch bevor Henry aus Bad Herrenalb zurückkehren würde.

Onnos und Eddas Hausärztin kannte die beiden seit dreißig Jahren. Das Vertrauensverhältnis erlaubte so einiges. Kurz bevor Onnos Krankschreibung über jeweils vier Wochen ablief – Ende Mai und Ende Juni –, genügte ein Anruf bei ihr für eine weitere.

Nach der dritten hatte Onnos Jobcenter verfügt, daß der Ärztliche Dienst der Bundesagentur für Arbeit eingeschaltet würde. Mitte Juli fuhr er für zwei nur mit einer Doppeldosis Tavor halbwegs glimpflich überstandene Tage nach Hamburg, um die entsprechende Untersuchung zu absolvieren. Der Agenturarzt sprach eine Viertelstunde mit ihm, stufte ihn als nicht vermittelbar ein und empfahl ihm, bei der Krankenkasse um vorläufige Erwerbsunfähigkeitsrente nachzufragen. Das tat er.

Noch nachdem das geklärt war, benötigte er eine Woche, sich mental auf seinen Plan bezüglich der geheimen Ermittlungen einzustellen. Das Wetter war ohnehin nicht gut – windig, kühl und regnerisch. Bei Henrys Abreise allerdings sollten überpünktlich Hundstage beginnen, wie sie im Buche standen.

Am späten Nachmittag des vorherigen Tages hatte es noch genieselt. Überraschend waren Jelle Jensen und Klaus-Dieter Heinrich zu Besuch gekommen (glücklicherweise nicht auch Arnulf Toppin), in Jägerkluft und scheinbar zufällig des Weges. Beim Keckern Flippers zuckte Henry zusammen. Vorm schwachen, schwach nach Fisch riechenden Regen hatte er unter der Pergola am Wasserfall Schutz gesucht und rauchte eine Pfeife, während sein Schwiegersohn sich eine seiner dünnen Zigarettchen drehte. Wie unter Finklochern üblich, betraten die Jagdfreunde frank den Hof. Wie schon Klaus-Dieter grüßte auch Jelle ein wenig übertrieben aufgeräumt. Er hatte einen Fuchs geschossen, dessen totenschlappen Leib er auf dem Rasen neben dem Gartenstuhl langlegte.

Schon allein die dörfliche Höflichkeit gebot, ihnen ein Bier anzubieten. «Dat Beer is' öbers nich koult, Jelle.»

«Macht nix. Kein Problem.»

Halb leutselig, halb zurückhaltend griente Onno sein gütiges Grienen dazu und lauschte mal, mal schweiften seine Gedanken davon.

«Jetzt kannst dem Mais beim Wachsen zugucken … Innerhalb von fünf Tagen so'n Stück!»

«Vier Katzen hab ich gesehn! Alle schwarzweiß. Wahrscheinlich aus einem Wurf. Zwei hab ich erwischt.»

«Die Felle sind gut gegen Rheuma.»

«Jo.»

«Die Böcke fangen jetzt schon an zu treiben. Ist alles früher dies Jahr.»

«Ich hab das Kitz gesehn. Lief da rum wie Falschgeld. Das von der Ricke, die neulich überfahren wurde da bei Puckens Busch. Die hatte ja so'n Gesäuge!»

«Die können allein nicht überleben.»

«Weißt du nicht.»

«Der ist noch jung, wa?» sagte Henry, auf den Fuchs schauend.

«Jo. Hab ihn so'n bißchen angemäuselt. Ich da Donnerstag bis elf gesessen! Ich denk, das kann doch wohl nicht angehn: Ist doch frisch gemäht!»

«Nee, da unten bei von Hoff, das ist schon –»

«Das ja schon zwei Wochen her!»

«Drei.»

«Drei!»

Und nach einem Weilchen horchte Onno erneut auf. «Da bin ich skeptisch», sagte Klaus-Dieter. «'nen Sechzig-, Siebzig-Kilo-Damhirsch gerissen? Ein einzelner Wolf? Am Träger waren Bißwunden. Aber ich weiß nicht … ausgerechnet direkt an der Straße gerissen? Ich nehm eher an, der ist angefahren worden. Keine Ahnung, gehen die auf Aas?»

Nach einer halben Stunde ging die Stippvisite in dem allseitigen Bewußtsein zu Ende, die in Jahrzehnten erprobte, sicherheitstiftende Form des Umgangs wiederhergestellt zu haben. Mit vereinten Kräften hatten sie das Kunststück fertiggebracht, weder ein Wort über die Vorfälle der jüngeren Vergangenheit zu verlieren noch über Henrys morgigen «Kur»-Antritt. Wenn sie überhaupt davon gehört hatten. Daß sie ausgerechnet heute kamen, deutete allerdings darauf hin. Indiskretionen waren nicht nur denkbar, sondern Teil der Finklocher Folklore. In einem solchen Fall liefen sie ungefähr so: Postbote Armin Roggenpohl ließ seiner Gattin gegenüber einen Satz fallen, zum Beispiel «Een ehemoligen Bürgermeester hett Post vun een Kurklinik in Bad Herrenalb kregen!» Und Edith überlieferte ihn an Olga Erzfeldt. Fertig war das Gerücht.

In den Tagen nach Henrys Abfahrt beschloß Onno, die Hitze zu genießen – obwohl er es nach wie vor, wie seit eh und je, abgrundtief haßte, wenn ihm dieses Sauerkrautwasser aus den Haaren in die Augen rann. Über Hals und Nacken in den Kragen floß, ergänzt von Zuströmen aus den Achselquellen durch die Unterwäsche sickerte und, somit noch essigmäßig angereichert, bis in die Socken. Und befolgte Bettys Rat, jene Socken doch einfach wegzulassen – *horr!*, es herrschten dreißig Grad! –, und beschloß loszulegen. Zwar war ihm noch reichlich unklar, *wie* er sein Ermittlungsziel erreichen sollte. Was ihn mitnichten davon abhielt, zu handeln.

Wenn man bei einem in der Wolle gefärbten Faulpelz und Taugenichts wie Onno Viets überhaupt von «Arbeitsweise» sprechen konnte, dann bestand sie seit jeher darin, der erstbesten intuitiven Vision zu folgen. Dies dann durchaus halbwegs strukturiert; nur ob jene Vision überhaupt Hand und Fuß hatte, überprüfte er mitnichten. Im vorliegenden Fall sah sie wie folgt aus: Er, Onno, würde sich möglichst regelmäßig auf die Mondkanzel setzen und abwarten, was passierte. (Womöglich waberte vage jenes Kriminalklischee durch Onnos Hirn, dem zufolge der Verbrecher unbedingt an den Ort seines Verbrechens zurückzukehren hat.) Insofern Sitzen eine der drei Superkräfte unseres alten Freundes war, war die Wahl der Arbeitstechnik gar halbwegs schlüssig.

Allerdings mußte er seine Nerven in den Griff bekommen.

Es galt, am Ort jenes nächtlichen Schreckens ohne Panikattacken auszuhalten. Er würde es einfach trainieren. Onno setzte sich ein Ultimatum: Am 16. August – in dreieinhalb Wochen – wollte er in der Kanzel als heimlicher Zaungast an der dann dritten LUNA-LESSONS™-Vollmondmesse teilnehmen. (Wie von der ersten, war auch von der zweiten ein paar Tage zuvor kaum etwas an die Finklocher Öffentlichkeit gedrungen. Dennis sprach von «Parallelgesellschaft».)

Um dieses mittelfristige Ziel zu erlangen, setzte er sich kurzfristige. Quasi machte er sich zu seinem eigenen Patienten einer knallharten Verhaltenstherapie. Machte sich daran, seine Kreise um das Baensch'sche Haus nach und nach auszudehnen. Übte, jeden Tag ein bißchen länger zu marschieren. (Schließlich war er gezwungen, per pedes zu ermitteln. Fahrrad fahren – das war die beklagenswerte Wahrheit – konnte er nicht, und es in dieser Situation zu erlernen, hielt er für unbotmäßig. Auch die Überlegung, um Henrys Jagdfahrzeug zu bitten, verwarf er: Ein solcher Wunsch wäre Betty nur vermittelbar, wenn er seine Absichten offenlegte … was das Schweigegelübde verbot.)

Täglich brach Onno also, jeweils etwa eine Stunde nach dem Abendbrot, mit Diana an der Leine und seinem Rucksack huckepack auf. Inhalt: Feldstecher, Taschenlampe, Wasserflasche, Tavor-Blister (der somit zusehends der endgültigen Leere entgegenfledderte), Flachmann mit Notration Wodka, Tabak, Blättchen, Zündhölzchen, Dauerwurst, Notizbüchlein, Kugelschreiber, Schirmkappe. Weil in der Feldmark noch hoffnungsloser als im Dorf, ließ er das Handy auf dem Nachttisch liegen.

Zu Fuß wäre der Weg zur Mondkanzel um gut die Hälfte kürzer, wählte Onno die Route über die Ost-/Mittelzinken-Spange und von dort aus querfeldein zum Rain der

Pferdekoppel Agnes von Hoffs. In seinem wackeligen Zustand jedoch empfand er sie wegen der toxischen Nähe zur Katzenzenzi als unangenehm. Also wählte er – zu Übungszwecken ja ohnedies sinnvoller – die doppelt so lange Route über die bekannten Etappen.

Am ersten Tage kam er nicht einmal bis zur Mitte des zweiten Abschnitts. Er war gerade mal fünfzehn Minuten unterwegs gewesen, da schlotterte seine Muskulatur derart, daß er sich eine halbe Stunde im Grase ausruhen mußte, um dann umzudrehen und – mit weiteren zwei Pausen – zurückzukehren. Am zweiten Tag erreichte er immerhin die Fünfundvierzig-Grad-Biegung, die den Beginn der dritten Etappe markierte. Mit Vernunft bezähmte er einen gewissen Übermut. Brauchte die Kraft und Lungenkapazität für den Rückweg; und sollte er dann noch Reserven haben, konnte er am Haus der Baenschs vorbei ein wohlbemessenes Stückchen des Ostzinkens weitergehen, um die Ausdauer zu trainieren; auf die Weise wäre der Risikoumfang leichter zu handhaben.

Am dritten Tag erreichte er bereits jene seltsame Krüppelkiefer, die einsam am diesseitigen Rand der buckligen Weide stand wie ein krummbeiniges, kopfloses Fabelwesen mit zahllosen Schlangenarmen und -fingern, das beim furiosen Fuchteln zu Holz verflucht worden war – mit Blut aus Harz, Haut aus Borke und Haar aus immergrünen Nadeln. Onno erklärte dies zu einem Etappensieg und kehrte wieder um, allerdings nicht ohne weitere Scheinsichtung dort hinten bei der Badewanne beziehungsweise Viehtränke. Allerdings: Warum sollte sich der Wolf Onno stets nur dort offenbaren?

Am vierten und fünften erreichte er jeweils den Findling, traute sich aber noch nicht in den Wald hinein – zumal einmal direkt neben ihm aus dem Gebüsch ein Rebhuhnpärchen aufstob, dermaßen jäh und mit knallenden Schwingen, daß seine Knie nachgaben und der Puls noch zwanzig Minuten weiterraste ... Bis hierher war er jeweils fünfzig Minuten lang gewandert, und es war nicht ganz ohne, sich das Zutrauen abzuringen, auch die fünfzig Minuten Rückweg zu wuppen. Er wuppte sie, und am sechsten Tag hätte er sogar den Weg bis zur Mondkanzel gewagt. Sah aber davon ab, weil der bekannte Jeep am Findling stand und er Klaus-Dieter Heinrich beim Ansitz nicht stören wollte.

Ja, der Zuwachs an Ausdauer war rasch spürbar. Am siebenten Tage erreichte er die Lichtung. Während er sich ihr durch die tiefen Traktorspuren näherte, wurde ihm jedoch etwas klar: Selbst wenn er es gleich schaffen sollte, den Flekken des Schreckens jener Juninacht ohne Angstattacke zu betreten – die größte Herausforderung würde darin bestehen, *in Dunkelheit* dort auszuharren.

Auf dem Weg an die Südkante der Lichtung hielt Onno trotzig wenig Abstand zum Dickicht, das sich fast den gesamten Ostbogen entlangzog – jene augenfällige Überlappung des Ausläufers jener feuchten, ja teils sumpfigen Seewiesen mit dem Mondwald.

Als er einen Punkt erreicht hatte, von dem aus die gedachte diagonale Luftlinie schräg in die Ostluke des aufragenden Hochsitzes hinein ungefähr dreißig Schritt entfernt war, hielt er inne.

Aufmerksam kehrte er sich dem wild und grün wuchernden Unterholz frontal zu. Wich, um weitwinklige Perspektive bemüht, ein paar Schritte zurück. Mannshoher Chlorophyllwall, dessen Oberfläche beinah zweidimensional wirkte. Durch die Einflutung strahlenden Sonnenlichts ergaben sich auf den zweiten Blick holographische Effekte.

War da eine Höhle? Ein Tunnel? Bei näherer Betrachtung schien's dann aber doch nirgends hinzuführen.

Onno richtete seine Aufmerksamkeit auf Einzelheiten. Langhalmige Gräser, Kiefernzapfen, Reisig. Einen vor Jahren bis auf Hüfthöhe aufgeschichteten Haufen Birkenholz, morsch und verwurmt, überwachsen von Dorngengestrüpp, das wiederum von Brennnesselstauden infiltriert war. Über alles hinweg wuchsen ein Strauch, dessen bizarr gespreiztes Geäst in jede mögliche und unmögliche Lücke vorstieß, und wiederum darüber hinweg Weidengebüsch, dessen Blattunterseiten silbrig schimmerten.

Es sendete widersprüchliche Signale aus, dieses Dickicht. Gaukelte Durchlässigkeit vor, doch erzeugte vorauseilende Resignation. Bestenfalls mit einer Machete käme man hier hindurch. Oder kriechend, und dies auch nur mühsam.

Dennoch: Irgendwo hier – oder auch zwei Meter weiter nördlich oder anderthalb südlich – mußte es gewesen sein, wo der mysteriöse Schütze acht Wochen zuvor gestanden hatte. Jene finstere, schmächtige Gestalt, verjüngt zu einem angelegten Gewehr und zugespitzt zu einem dreißig Schritt langen, knallroten Laserstrahl, schräg durch die Ostluke an Henrys Nasenspitze vorbeischießend die rechte Schläfe Onnos markierend, der vorgebeugt durch die Nordluke gespäht hatte.

Tief in sich versunken, stand er da, da vor dem Dickicht. Und tatsächlich, solang Tageslicht herrschte, hielt er dem Ungeist des Ortes stand. Die Erinnerung erschien absurd. Fühlte sich an wie Einbildung. Im Hellen war der Ort der Erinnerung nicht wiederzuerkennen. Schien ganz woanders zu sein. So himmelweit entfernt wie das eigene Bett, von dem man träumt … obwohl man doch im selben Moment darin schläft.

Er hielt stand – doch kurz darauf fühlte er sich erschöpft. Plötzlich wurde ihm klar, daß er sich den Mut zum Aufenthalt an dieser hellen, harmlosen Stelle im Walde erkaufte. Der Preis war die Leugnung der Tatsache, daß es sich um ein und denselben Ort handelte, an dem erst ganz unlängst die grauenvollste nächtliche Hölle geherrscht hatte. Onno drehte sich um, und schlingernd verließ er Lichtung und Wald.

Am nächsten Tag aber kletterte er die vier Meter in die Höhe. Mit Nerven unter Schwachstrom und Adern voller Ameisen mit nadelspitzen Füßchen hielt er es in der hölzernen, teppichausgeschlagenen Zelle ein paar Minuten aus, bevor er wieder abbaumte.

Wiederum einen Tag später öffnete er die Luken und kletterte wieder hinunter. Stakste über die gesamte Lichtung und schaute vom Nord-, West- und Ostrand aus verschiedenen Blickwinkeln zu den Luken auf. Bei bestimmten ergaben sich lichte Durchsicht-Diagonalen durch West- und Nord- oder durch Nord- und Ostluke. Wie viel aber war zu erkennen, wenn es dunkel war?

Onno fragte sich, ob er entdeckt würde, wenn er mit geöffneten Luken dort droben hockte, während die Horde der Mondweiber ihre Messe zelebrierte. Er spielte mit dem Gedanken, eine Vogelscheuche oder ähnliches heranzuschleppen – als Lichtdouble, wie's beim Fernsehen hieß. Zudem überlegte er, ob es sich lohnte, am Gehäuse einen Spiegel anzubringen, damit er auch die Südseite im Blick behalten könnte. An der Südseite stand die Leiter zur Tür, die man ungern offenließ, weil man sich sonst eine nur allzu große Blöße gab: den gesamten Rücken nämlich. Von Süden kam jener Pfad, der, entlang der Pferdekoppel Agnes von Hoffs, vom Forsthaus direkt herführte.

Doch abgesehen von den Mühen, die derartige Bastelarbeit bedeutete, verzichtete Onno auch wegen der umständlichen Erklärungen, die er den Jägern gegenüber schuldig wäre.

Daß er sich als Stichtag für die Generalprobe zum nächtlichen Ansitz ausgerechnet den 13. August setzte, war keineswegs etwa einem trotzigen Faible für harte Nagelproben geschuldet. (Welches anzunehmen keineswegs abwegig wäre, bedachte man die Wette eines knapp fünfzehnjährigen Jungspunds, der als Einsatz die lebenslange Tätowierung eines rosafarbenen, männchenmachenden Pudels akzeptierte.) Nein, die Tatsache erschütterte ihn später selbst am meisten. Wie ich vermutet hatte, war ihm nicht gewärtig gewesen, daß jene Generalprobe auf den Jahrestag des Entsetzens fiele. Zufall? Höhnischer Winkelzug seines Unterbewußtseins?

In dieser Zeit seiner spätnachmittäglichen oder frühabendlichen Trainingsmärsche verbrachte Onno die Vormittage mit Routine. Er hatte wieder mit Ölziehen begonnen, bot Betty die ein oder andere Handreichung (Kartoffeln schälen etc.) und las auf der Gartenliege in der «Quirkologie» – wie Autor Richard Wiseman seine schrullige, doch streng wissenschaftliche Beschäftigung mit Alltagsphänomenen nannte –, worauf Onno sich tatsächlich inzwischen auch besser einlassen konnte.

Die Sache mit Freitag dem 13. verbarg sich in dem Kapitel über ‹Psychologie in der Grauzone›, doch da ich in meinem Empfehlungshinweis nur allzu kryptisch geblieben war, fühlte Onno sich frei und nahm sich zunächst das Kapitel über die ‹Psychologie von Lüge und Täuschung› vor. Wisemans Experimenten zufolge war die weitverbreitete Annahme, Lügner erkenne man an ihrer Nervosität, falsch.

Wer die Wahrheit sagte, war im Schnitt genauso nervös. Vielmehr sagen Lügner «in der Regel weniger und nennen weniger Details als Menschen, die die Wahrheit sagen». Sie «sind häufig bestrebt, sich innerlich von ihren falschen Aussagen zu distanzieren, und deshalb enthalten ihre Geschichten weniger Bezüge auf sie selbst und ihre Gefühle». Und während ehrliche Menschen Gedächtnislücken häufiger zugeben, tun Lügner dies nicht. Und so weiter, und so fort. Interessant, fand Onno.

Direkt nach dem Mittagessen mit Betty – manchmal stießen auch Rosi, Dennis oder Peter oder alle drei hinzu – pflegte Onno im Garten Siesta zu halten. Stets mit schlechtem Gewissen, doch Betty – das meinte er inzwischen herausgefunden zu haben (und zwar zu Recht) – graulte sich über sein ‹System›, die Spülmaschine einzuräumen. Nach dem Erwachen las er wiederum in der ‹Quirkologie›, bis es wiederum Zeit zum Marsch in den Mondwald wurde.

Die lockere Struktur tat ihm gut, und sein Fernziel erzeugte eine Art provisorischen Lebenssinn. Er klang auch gut. Ich erinnere mich an jenes Telefonat, das wir am Sonntag, dem 10. August, kurz vorm Mittagessen führten und in dem er mir den Termin für unseren Besuch mit Tischtennisturnier am kommenden Sonntag bestätigte: Nahezu unbeschwert klang er. Erzählte mir von langen Spaziergängen in der idyllischen Natur, von langen dösigen Nachmittagen in Bettys Garten und von Diana, die sich mit hinreißend schuldbewußtem Gesichtsausdruck verdrücke, wenn man vorwurfsvoll schnuppere, weil sie «einen fliegen gelassen» habe.

Spät am selben Nachmittag wagte Onno eine spontane Abweichung von seinem üblichen Trainingsprogramm. Schon vom Findling am Waldeingang zum Mondplatz aus hatte er ein Auto erspäht, das ganz da hinten stand, am Rande des Trockenmoores, wo es via Trampelpfad zum Ufer des Finkensees weiterging. Durch den Feldstecher erkannte er, daß es sich um den zerbeulten roten VW Golf von Dennis handelte.

Nackt und mutterseelenallein hockte er an der Badestelle, umwölkt von herbsüßlichem Rauch.

«Peace», sagte Onno, und Nostalgie zwickte seinen schwermütigen Busen so herzhaft, daß ihm das Wasser in die Augen schoß.

Zwanzig Jahre alt war der Bengel inzwischen, erschien jedoch reifer. Irritiert registrierte Onno, wie reif. Außerhalb des familiären Rahmens sah Onno ihn plötzlich mit unvoreingenommenen Augen.

Im Gegensatz zu Jennys dominierte in Dennis' üppiger, Grunge zitierender Frisur Rosemaries Fuchston, und ebenfalls im Gegensatz zu Jenny hatte er Miesepeters perlmuttgraue Augen geerbt. Die körperliche Robustheit – ausladende Schultern, starke Wangenknochen, breite Fäuste mit Sommersprossen – wirkte bei ihm seltsam unangebracht. Wie ein Arbeiter wirkte er, obwohl er wenn überhaupt irgendeiner Materie, dann geistiger zuneigte. Vorherrschend war der Ausdruck einer umfassenden, heiteren Gleichmütigkeit. Vielleicht aber war er auch einfach nur total bekifft. «Onkel Onno», sagte er. «Kraß, oder? Zeig mir einen Flecken in Deutschland, wo du bei so einem Wetter in so einem Sommer so einen See für dich allein hast. Irgendwo im tiefen Osten vielleicht, maximal.»

Sie mochten sich, doch die Zweisamkeit so ungewohnt weit entfernt vom Baensch'schen Hause schüchterte sie ein. Unbeholfen tauschten sie sich über die phantastischen Sommertage aus, in Worten, deren Floskelhaftigkeit Dennis zu stören schien, so daß er sie durch betonte Wiederholung zu veredeln suchte. Was schlechterdings bloß altklug wirkte.

Es entstand eine kurze Pause, und vielleicht empfand Dennis sie als peinlich. Jedenfalls stand er auf, watete ins Wasser, tauchte unter und wieder auf. «Willst nicht auch reinkommen?» rief er wassertretend. «Megasamtig, das Wasser!»

Onno winkte ab. «Kann nicht schwimmen, nech?»

«Du kannst nicht schwimmen? Im Ernst? Kraß.»

Kraftvoll zog er ein paar Bahnen, und als er triefend, gelinde schnaufend und lächelnd wieder an Land stieg, bat Onno ihn um ein bißchen Gras. Warum nicht, dachte er, und krümelte es zwischen ein paar Tabakfäden.

Aus dem Ufergebüsch immer wieder ein *Rrrrrt, Rrrrrt*, als würde man sehr rasch mit dem Fingernagel über die Zinken eines sehr feinen Kamms streichen. «Der Wachtelkönig», sagte der Sohn des Ornithologen, während er Onno Feuer gab.

Sanft schwoll die Brise an und ab ... das wohlige Seufzen Gottes. In Sinuswellen eilte ein Vogel über die Wiesen. Eine Weile starrten die beiden Männer parallel über den flirrenden See, auf den die Sonne ein dickes, gleißendes Fragezeichen projizierte, das an den Rändern glitzerte. Am anderen Ufer, vorm Schilfsaum, fuhr eine Ente entlang. Dahinter die gewaltigen Schöpfe von Büschen und Bäumen, und dahinter wiederum, auf einer Böschung, schwarzgrün ein Streifen Wald, Laubwald, durchbrochen vom blauen Abendhorizont. In seichten Wellen wogten Getreidefelder über die Hügel.

Plötzlich rührte Onno die Zottigkeit der Wipfel an. Während er Fisch- und Algenduft schnupperte, setzte eine

Flottille Gänse mit gehörigem Geschnatter über die Westflanke des Sees hinweg, und plötzlich schwoll Onnos Seele, schwoll an und flog ebenfalls über den See, wo sie sich in die lieblichen Mulden der Natur schmiegen konnte. Er kicherte, und plötzlich kicherte auch Dennis, und dann begannen sie zu quatschen, quatschten bis zum Sonnenuntergang, und wenn nicht über Gott und die Welt, so doch immerhin vom Hundertsten ins Tausendste von Finkloch.

«Finkloch», hatte Dennis begonnen. «Ich meine hey, ein Dorf, das buchstäblich aus drei Sackgassen besteht ...? Heiliger Vater und alle zwölf Apostel! Da kannst du eigentlich nur abhauen, solang du jung bist. Aber *fuck*, mir gefällt's hier irgendwie.»

Onno hatte Zustimmendes geschnurrt, und plötzlich hatte er eine Idee, und indem er Dennis nach Knut fragte, nahm das Gespräch an Fahrt auf.

«Knut ...», sagte Dennis. «Knut? Knut war ... der war voll der krasse Grapscher. Besonders, wenn er was gesoffen hatte, ist der immer kraß haptisch geworden, der Vogel. Hab ich immer wieder gehört von unsern Mädels, nur die Alten im Dorf wollten's nie hören, auch Oma und Opa nicht, schätz' ich. Solche Sachen fallen in so einem kleinen Dorf untern Tisch. Jenny konnte ihm auch nicht aufs Fell kucken, aber an die Enkelin des Chefs hat er sich natürlich nie allzu nah rangetraut. Wenn du mich fragst, ist er eines natürlichen Todes gestorben, da oben auf dem Ansitz, und eins seiner Opfer hat ihn zufällig gefunden und ihm sein ganz persönliches Beileid ausgedrückt.»

«Tjorp», nuschelte Onno. «Das mit dem letzten Bissen meinst du.»

«Ja. Na ja. Na ja, de mortuis nil nisi bene. Heiliger Vater.»

«Was heißt das noch mal? ‹Vorsicht vor dem Hunde›?

Nee. 'ch, 'ch, 'ch ...» Sie kicherten sich kurz in Rage, und zum Abschluß winselte Dennis: «Nee, auch nicht ‹Nutze den Tag!› oder – hier, warte: ‹Morgen Nieselregen!› Hihihi ...»

«Nee, ich weiß», keuchte Onno. «Über die Toten nur Gutes.»

Es brachte Rosi zur Verzweiflung, daß Dennis Latein und Altgriechisch gewählt hatte anstatt Französisch und Spanisch. Oder Italienisch, Japanisch, Chinesisch.

Zumal er dann anscheinend doch nicht wußte, was damit anfangen. Zwei Jahre zuvor hatte er ein halbwegs tapferes Abitur gebaut, und seither pendelte er zwischen Hotel Mama und dem WG-Zimmer seiner Freundin in Hamburg-Ottensen, jobbte dort oder in Geestend und hielt ansonsten den Ball flach. Gab aber selbst dem von Kindesbeinen an geliebten Kicken kaum noch Raum. Er brauche Zeit zum Nachdenken, was genau er eines Tages beruflich machen wolle, und diese Deklaration erfolgte in einem so ernsthaften Ton, daß Rosi und Peter sie nur hinnehmen konnten; je länger die Karenzzeit dauerte, desto lauter murrend ... doch nach wie vor hinnahmen. Zumal Dennis weder die stromlinienförmig grassierende Leistungspanik seiner Altersgenossen zur Abgrenzung heranzog, wie es der hitzköpfige Tim prophylaktisch tat, noch als Rechtfertigung die einstige «Gammelphase» seines Vaters. Allemal mit Händen zu greifen war der Unterschied in der Agilität zu seinen Geschwistern.

«Tim wird mal 'n krasser Blogger oder investigativer Journalist oder berühmter Dramatiker oder so was, und Jenny? Bundeskanzlerin», sagte Dennis mit dem altklugen Akzent. «Jenny ist Supergirl. Heiliger Vater, Jenny rettet die Welt. Ohne Scheiß jetzt. Wußtest du, daß sie einen IQ von hundertachtunddreißig hat?»

Wie es Depressiven in besseren Phasen manchmal geht

– und der Marihuana-Rausch dürfte ein übriges getan haben –, wurde Onno alle naslang von übersteigerter Rührung gebeutelt. In diesem Moment über die Coolneß, die Dennis aufwand, um seine Zärtlichkeit und Bewunderung für die große Schwester und die uneitle, beinah heiligmäßige Neidlosigkeit gegenüber dem kleinen Bruder herunterzukochen. Miesepeter pflegte diesen doch eigentlich sympathischen Zug allerdings gern als Beleg für Dennis' bestürzenden Mangel an Ambition auszulegen.

Onno fragte ihn nach seiner Meinung zu Tara Parinama.

«Ach, Tara Panorama», sagte Dennis, «sooo übel ist die auch nicht. Klar, sie hat einen an der Waffel.» Dennis kicherte. «Eins ihrer Katzenviecher, da meinte sie allen Ernstes mal, das sei die – Moment», er konzentrierte sich, «siebenundsiebzigste Inkarnation einer weisen altbabylonischen Tempelhure ... Und klar, Opa Henry haßt sie, klar. Aber ich mein', alle zwölf Apostel!, er dämonisiert sie total.» Ein paar Sätze verloren sie über Henrys Befinden dort drunten im Schwarzwald. Nach Besserung sah es nicht aus. «Er läßt sich auf nichts ein, da in der Therapie», befand Dennis. «Dem war gar nicht klar, daß da Therapie überhaupt angesagt ist»; nach Henrys Erinnerung habe der Arzt von einer Art Kur gesprochen, gelandet aber sei er nach seinem, Henrys, Dafürhalten in einer Art Klapse, und noch, so Henry, sei er ja wohl nicht bekloppt, oder?

Dennis' Einschätzung traf sich leider mit Eddas, die alle drei Tage mit Henry telefonierte. Entsorgt und verraten fühle sich Henry in jener Klinik; weder mit den Ärzten und Psychologen noch mit den Mitpatienten kam er zurande, und sein Heimweh treibe ihn in den Wahnsinn. Onno fragte sich, ob er wohl noch – oder wieder – unter jenen Zwangsvorstellungen litt, die er ihm in jener finsteren Minute in der

Jägerstube gestanden hatte. Ob er wohl ebenso wie er, Onno, unter Alpträumen litt, die den unbekannten Laserschützen als Hauptakteur hatten. Fragte sich, wie lange Henry das Schweigegelübde wohl aufrechtzuerhalten trachtete. «Na ja», sagte Onno. «Aber sie hat Henry das Haus genommen, in dem er glücklich war, die dicke alte Katzenzenzi.»

«Kann man auch anders sehen», sagte Dennis. «Hätte er sich da richtig hintergeklemmt damals ... Frag mal deinen Freund Dannewitz.»

Zu seiner weiteren Überraschung erfuhr Onno, daß die Zenzi Dennis' Gelegenheitsdealerin war. «Erzähl das bloß nie Opa Henry. Der schießt mich tot.» Begonnen hatte es, als er noch kein Auto hatte, «und in den Ferien ohne Schulbus nach Geestend und so, viel zu aufwendig». Da habe sie ihm zu fairen Preisen Haschisch und Gras verkauft. «Gutes Zeug. Und erst, als ich sechzehn war. Hat sich meinen Ausweis zeigen lassen.» Oliver Heitkamp etwa oder «die strohdumme Heidi Toppin» hatten, als sie vierzehn, fünfzehn waren, die Katzenzenzi wochenlang um Hortensien angebettelt – vergeblich.

«Hortensien?»

«Die Stengel kann man rauchen. War mal 'ne Mode, zumindest auf den Käffern hier. Heiliger Vater und alle zwölf Apostel. Getrocknete Hortensien rauchen. Tara hatte 'ne eigene Plantage, hat 'n Versandhandel damit betrieben. Und weil sie Heidi nix verkaufen wollte – hast das nicht mitgekriegt? Anfang der Zweitausender war das; da herrschte in ganz Finkloch Hortensozid, sämtliche Hortensien futsch, aus den Gärten, von den Gräbern, weil die dämliche Heidi Toppin sie alle abgerupft hatte. Prima Skandal, damals. Arnulf, der alte Nazi, hat sie grün und blau geprügelt.»

«Au Mann.»

«Doch, doch – Tara? Die verdealt doch alles mögliche. All so'n Eso-Zeug. Orgonit zum Beispiel.»

«Orgowat?»

«Nit. Orgonit. Das ist so 'ne Mischung aus ... da sind so ... Metallspäne drin und angeblich Edelsteine und krasse Erden, und Ashok muß die dann in Polyesterharz eingießen, oder Epoxidharz oder was. Megabescheuert.»

Ashok war der komische Name des komischen Namenlosen. «Tjorp», machte Onno, «und was soll das?»

«Wirkt angeblich wie'n Transformator. Wandelt geschädigte Energie in positive Lebensenergie um. Graben die Öko-Bauern auf ihren Feldern ein, kraß. Kann man sogar Regen mit machen. Tara Parinama, Tara Parinama ist einer der ganz großen Stars der Eso-Szene. Mußt nur mal 'n bißchen googeln. Schmöker mal in die diversen Foren rein. Tara Parinama hier, Tara Parinama da. Auf YouTube gibt's auch noch Videos aus der Zeit, als sie auf diesem Shopping-Kanal da predigte. Kraß. Megaschlimm. Heiliger Vater.»

Und alle zwölf Apostel.

«Apropos Ashok», sagte Onno. «Wie ist der so? Weißt du was über den?»

«Harmlos wie'n Zaunkönig», meinte Dennis altklug. «Bißchen irre, bißchen debil. Aber voll harmlos. Total. Und der Zenzi voll untertan. Hörig, würd' ich sagen.»

Onno sinnierte ein wenig vor sich hin. Der Hang zur Ächtung des Hauses Zenzi durch die Alteingesessenen hatte offenbar nicht bis in die nächste Generation durchgeschlagen. Als Onno seine Verwunderung darüber zum Ausdruck brachte, meinte Dennis: «Die hatten halt schon 'ne Anziehungskraft auf uns, als wir so vierzehn, fünfzehn waren. Die waren halt ganz anders als die andern im Dorf, und die ganze Dämonisierung und Geheimniskrämerei und so hat uns natürlich voll neugierig gemacht. Zu uns waren die immer voll nett. Haben uns allerdings auch 'n bißchen ausgefragt, wo wohnst du denn und wer ist denn der und wer ist denn die, und auch zum Beispiel wer ist denn der mit dem blauen Ford Ka mit der Hamburger Nummer und so.»

«Echt? Nee, nech?» Onno war authentisch überrascht.

«Die wissen voll kraß Bescheid, heiliger Vater! Die kennen alle im Dorf. Die kennen sogar die, die regelmäßig zu Besuch kommen. Na ja, kein Wunder, wenn sie ihre Kundschaft so ausquetschen.»

So schwatzten sie und schwatzten – insbesondere Dennis –, was ihre geräucherten Stimmbänder nur hergaben, und bei Sonnenuntergang trotteten sie mitsamt Diana zu Dennis' rotem Golf und holperten die fünf Etappen zurück, zurück ins Dreihundertelf-Seelen-Dorf (abzüglich Knuts), und es waren diese zweieinhalb entspannten und doch munteren Stunden, die Onno mit der Welt, der Menschheit und der Zukunft wieder auf Tuchfühlung zu bringen schienen. In der Nacht schlief er zum ersten Mal seit Wochen durch. Was die Generalprobe am Mittwoch anging, war er daher ausgesprochen zuversichtlich.

Leider zu Unrecht.

Als er an jenem Mittwoch Nachmittag des 13. August auf Bettys Bitte hin ein tiefgefrorenes Hühnchen für den Folgetag aus dem Kühlhaus holte, morste Onnos Handy die Ankunft einer SMS: *tüt-tüt-tüt-tüüüt-tüüüt-tüt-tüt-tüt*. Abgeschickt hatte ich sie bereits am Vortag.

> Noppe, alter Freund, wie geht's? Brauchst Du
> noch irgendwas? Oder bringt Edda alles mit?
> Gruß, Stoffel

Bevor er es noch vergessen würde, tippte Onno die Antwort sofort in die enervierend enge Tastatur:

> Stoffel, altes Haus. Hab alles, danke. Bis Sonntag um drei. Gruß, Onno

Dann schaute er zwei dicken SUVs aus K und MG nach, deren Fahrerinnen zunächst den Ostzinken ansteuerten, dann aber doch in den Westzinken umlenkten. Der erste hatte anstelle des weltberühmten Sterns als Kühlerfigur einen Engel.

Onno spazierte zurück, legte sich in den Garten und las in der «Quirkologie», und eine Stunde nach dem Abendbrot schulterte er seinen Rucksack. Prompt sprang Diana von ihrem Platz auf, einem Fleckchen kühlen Mutterbodens zwischen den Stauden und dem Zaun zum Nachbarn, und umkreiste Onno, hechelnd und lächelnd. Onno aber sagte: «Nein, Diana, heute nicht. Tschüs, Betty», fügte er hinzu. «Ich dreh 'ne Runde, 'ne große Runde, nech? Und weißt du, was?»

«Ja?»

«Ich äh, nech?, komm vielleicht erst spätnachts wieder, nech?»

Betty, die mittels Gartenschlauch gerade die Blumen goß, starrte ihn an. «Wie. Was. Wieso das denn. Wo willst du denn hin.»

«Na ja, ich ... Weißt du, ich dachte, ich such' mir mal 'ne Beschäftigung. Täte mir glaubich ganz gut. Und mein alter Verleger, weißt du, der, für den ich mal diese Nonsenshoroskope gemacht hab – der hat mir nach langer Zeit grad mal wieder 'ne SMS-Anfrage geschickt, ob ich nicht mal wieder was für ihn machen will und ob ich nicht 'ne Idee hätte, und da hab ich ihm erzählt, wo ich gerade meine Tage zubringe, im letzten Idyll Deutschlands und so, 'ch, 'ch, 'ch, und da hat er gesagt, er hätte gerade ein Projekt mit modernen Schauermärchen am Laufen. Schwarze Romantik nennt man das. Und dann hab ich ihm vorgeschlagen, ich schreib ihm eins aus Finkloch, 'ch, 'ch, … und geh jetzt quasi zur Nachtrecherche in 'n Wald. Nech?»

Betty, Onno über der Schulter zugewandt, fing an, das Dach des Gartenhäuschens zu gießen. Aufgrund des veränderten Geräuschs merkte sie was, wurde fuchtig, machte unglubsch «*horr!*», und während sie ihre Haltung so veränderte, daß sie gleichzeitig zielgenauer weitergießen und Onno anschauen konnte, formulierte sie, auf dem Drahtseil zwischen mütterlichem Es und schwiegermütterlichem Überich tänzelnd, die erstaunlich zaghafte These: «Onno, du tüdelst doch.»

Onno aber konnte sich mit seinen weit über fuffzig Lenzen auf einen mittlerweile nicht unerheblichen Haufen Stuß berufen. Ja, seine Flunkerstärke leitete sich daraus geradezu ab. «Ich weiß», grinste er, «klingt total behämmert. Aber irgendwas muß ich ja machen. Hab keine Lust mehr auf Müßiggang. Vielleicht tut er ja sogar 'n bißchen Vorschuß raus oder so, nech? Also, mach dir keine Gedanken, wenn's später werden sollte.»

Diana konnte seine Treulosigkeit kaum fassen. Fiepend und mit aufgestellten Ohrknorpeln ließ sie sich die Pforte vor den verzweifelt schnobernden Nüstern zuknallen. Und damit zog ihr Zweitherrchen los, ohne sich noch weiter darum zu bekümmern, ob seine Nachtigall so laut trapste, daß Betty sich am liebsten die Ohren zugehalten hätte.

Zunächst schritt Onno munter aus. Abgesehen von einer gewissen Grundspannung fühlte er sich verhältnismäßig gut. Okay, er schwitzte, doch verglichen mit den Tagen der Stumpfsinnigkeit hatte seine körperliche Verfassung durch das Training spürbar gewonnen – keine Frage. Körperlich war er zweifellos erstarkt. Und doch ...

Was nicht stimmte, ging ihm erst nach zehn Minuten auf: Ihm fehlte Diana an seiner Seite. Eindeutig; ein Umstand, der ihm vorher nicht im Traum eingefallen wäre. Ihre kreatürliche Unbefangenheit, ihre Identität, ihre sichtbare Lust und Freude daran, in einem Kosmos der aufregendsten Düfte zu leben, diese ihre Lust und Freude allein an Dasein und Bewegung – und sei's an der mal kürzeren, mal längeren Leine ... o ja, Onno fehlte dieses Tier an seiner Seite. Es fehlte ihm als lebendiges, liebkosbares Gegenmodell zum ewigen Zweifel und Hader und zu der Angst vor dem Nichts, das den einsamen, depressiven Wanderer jederzeit zu verschlingen drohte. Diana fehlte ihm, weil ihm – Edda fehlte.

Doch bei dem, was er vorhatte – unbeobachtet beobachten –, konnte er keinen Hund gebrauchen, der am Fuß der Leiter allzu überdeutlich auf Anwesenheit eines Herrchens hinwies.

Inzwischen genoß er den Spaziergang durch die Etappen (wenngleich ein gewisser Respekt vor dem Wolfsgespenst blieb ... vollkommen unberechtigterweise, wie Miesepeter eindeutig ausgeführt hatte). Schon auf der ersten blühte der Wegesrand. Gänseblümchen leuchteten, lieblich bimmelten lila Glockenblumen; die Blütenstände des Rainfarns erinnerten Onno an eine Handvoll gelber Samtknöpfchen für Eddas Sommerkleid, die Schafgarbe an seine Kindheit. (Henry übrigens auch. «Schafgarbe», hatte er erzählt, «haben wir Hitlerjungen sammeln müssen, damals, in Rauschenbach ... für Tee und Medizin und Führer, Volk und Vaterland.») Der

Roggen entlang der zweiten Etappe war schon ziemlich reif; mit hängenden Ähren schweifte er weit über die Felder aus wie ein sacht bewegtes blondes Meer und verströmte seinen staubigen Brotduft. Bald würde auch er geerntet. (Gerste, Weizen und Hafer waren schon weitgehend eingefahren, und dort, am anderen Ende des Dorfes, verseuchte der Güllegestank von den gegrubberten Stoppelfeldern die Luft.) Aus den Ebereschen entlang der vierten Etappe glühten in fetten Trauben die Vogelbeeren – die Onno allerdings mit einem tiefen Stich in die Eingeweide an Laserstrahlen erinnerten. Hoch überm blühenden Sauerklee in den Wiesen auf der Ostseite der letzten Etappe kreiste ein Bussardpärchen. Der herzzerreißende Duft frisch gemähten Grases.

Die erste Stunde auf dem Ansitz war geradezu angenehm. Es war kühler hier im Wald als auf dem Weg hierher; es duftete betörend nach Fichtennadeln, und die Hitzewelle hielt bereits lang genug an, daß die dem nordischen Gemüt eigene Bangigkeit, wie lange sie wohl noch anhalten würde, verschwunden war. Die Westluke schuf den Ausguck für eine Waldbühne mit dem prächtigsten Sonnenuntergang, und Onnos Atem synchronisierte sich mit dem Odem des Sommerabends, so daß die Zuversicht stieg, die Befriedung des Gemüts möge auch noch anhalten, sobald die Dämmerung eingesetzt hatte.

Onno gähnte. Ein gutes Zeichen, daß sein momentaner Biorhythmus sich nicht von der Sondersituation beeindrucken ließ. In der Stunde ab neun, halb zehn am Abend erfaßte ihn stets eine archaische Müdigkeit, die gegen zehn, halb elf wieder abebbte ... bevor sie ihn gegen ein Uhr endgültig hinwegspülte. Sein Plan für die Generalprobe war entsprechend angepaßt: Es galt, jene müde Stunde zu überstehen, um sodann eine Stunde in Dunkelheit zu verbringen, bevor er gegen halb zwölf den sechzigminütigen Rückmarsch antreten würde.

Gelassen ließ er seine Gedanken schweifen. Es waren heikle, hoffnungsvolle Gedanken – Gedanken an eine Zukunft mit Edda, die der Vergangenheit vor Tibor Tetropov ähnelte. Hatten Onno seine Widerstands- und Willenskräfte in den letzten Tagen noch unter negativem Streß über die Runden gescheucht, so schien die selbstgestellte Aufgabe zur Überwindung der unguten Umstände nun mit positivem Streß verbunden. Er tagträumte vor sich hin. Alles würde gut werden. Er würde herausfinden, was zum Kuckuck hier im Mondwald los gewesen war. Er würde es herausfinden, würde das Ergebnis Henry präsentieren, und Henrys anschließende Gesundung würde auch zu Onnos Gesundung führen. Onno würde wieder in seine und Eddas Wohnung zurückkehren können. Er würde sein bescheidenes, doch so sehr geliebtes Eheleben mit seiner so sehr geliebten Ehegattin wiederaufnehmen und – wer weiß – eines Tages wieder einen Job angeboten bekommen, der ihm die zehn Jahre bis zur Rente erhalten bliebe. Er würde das Rauchen aufgeben. Er würde wieder zum wöchentlichen Training gehen und beim Après-Pingpong hin und wieder einen ausgeben, und er würde wieder Spaß an seinem Leben haben, einen ganz unspektakulären, alltäglichen Spaß, unbefangene Freude eben am Dasein. –

Vielleicht war es nur ein Sekundenschlaf gewesen – in dem Fall allerdings konnte Onno sich an den vorangegangenen Prozeß der Dämmerung nicht erinnern. Oder er war wider alle vernünftige Erwartung doch tatsächlich hier auf dem Hochsitz eingeschlafen. Jedenfalls herrschte Dunkelheit, als er zu sich kam. Der Mond war von hier aus nicht zu sehen – vermutlich noch hinter der Tür, im Rücken –, doch seine dünne, farblose Farbe durchströmte den schwarzen Wald. Onnos Herz klopfte. Hatte ein Geräusch ihn geweckt? Er schaute auf die Uhr. Die Zeiger leuchteten ungefähr Viertel vor elf.

Er hatte von Edda geträumt. Alles war wie früher. Es war früher.

In diesem Augenblick fiel Onno auf, daß er nicht nur unter Alpträumen litt, sondern auch unter grauenvollen Wunschträumen – dem zum Beispiel, die gräßlichen Geschehnisse auf dem Alsterdampfer Saselbek seien nichts als ein Alptraum gewesen. (Wer kennt nicht die Erleichterung beim Erwachen, daß die gräßlichen Ereignisse der letzten Nacht nur ein Alptraum gewesen waren? Doch wer konnte das Gegenteil ermessen – ein bleischweres Grauen beim Erwachen, das Grauen darüber, daß der Wunschtraum, die gräßlichen Dinge wären nie geschehen, nur ein Wunschtraum war?)

Was für ein Geräusch war das gewesen, das ihn geweckt hatte? Onno lauschte angestrengt, doch selbst als er den Mund öffnete, um ohne zu schnaufen atmen zu können, herrschte zu viel Brummen, Rauschen und Pfeifen in seinen Ohren, als daß er die gewünschte Hellhörigkeit entwickeln könnte. Er starrte durch die Ostluke, durch die acht Wochen zuvor der todbringende rote Laserstrahl geschossen worden war. Etwas raschelt da unten. Und verstummt. Ein zäher Schwall Blut rauscht Onno in den Kopf, und ab sofort wird das ungesund hohe Niveau scheinbar endlos anhalten. Gegen das Brustbein paukt das Herz wie ein Gummihammer, in rasendem Trabrhythmus, der unregelmäßig ins Stolpern gerät – FUMP-FUMP-FUMP-FUMP, FUMP – ... FUMP – ... FUMP-FUMP-FUMP-FUMP-FUMP-FUMP – ... FUMPFUMP ... – – – Die Pausen entsetzlich lang. Sekundenlang. Heiße, flüssigbleierne, tödliche Sekunden lang. Wie ein aufprallender Medizinball in Zeitlupe setzt der Zyklus wieder ein, und macht rasend weiter ... – bis zum nächsten Aussetzer, der die lähmende Angst freisetzt, daß der nächste Herzschlag für immer ausbleibt.

Was ist das da unten. Nichts ist das da unten. Schlimmstenfalls Eichhörnchen. Laubfrosch. Spitzmaus. Oder sonst etwas vollkommen Harmloses. Onno starrt und glotzt.

Nun hat er doch ganz konkret und viehisch Angst, von leuchtend roten Laserstrahlen perforiert zu werden. Zuckt mehrfach zusammen, vor zwei, drei Phantom-PACHCHCH! PACHCHCH! Nun jagen Schauer über seine Rückenhaut, die eiskalt sind, während seine Stirn sich heiß anfühlt – unter einem dicken Film kühlen Schweißes. Und unter all der Angst und Panik, unter all dem Grausen und Schrecken macht sich wieder – Ehrfurcht breit, und Jammer, Traurigkeit und Angst, Todesangst, nackte Todesangst. Wie konnte er nur den Wahnsinn begehen, sich so zu exponieren? Unter den dünnen Bodenbrettern vier Meter Luft; die dünnen Bretterwände gespickt mit potentiellen Schußvektoren.

Onno starrt, starrt und glotzt in den schwarz-grauen Wald. Der finstere Waldboden wimmelt schwarz-grau. Onno starrt, und die Augäpfel beginnen zu vibrieren. Die Ätse an den Keferin sheen aus wie Stgseieien. Es Isöt scih aells auf. Alels lsöt scih auf. Er sleebr lsöt scih auf. In Slcuhd. Snieteweegn Igeit ein Mnan im Kmoa. Seweneteign hat ein adrener Mnan nur ncoh ein Ague. Stieneewgen ist Edda siet eniem Jhar turairg. Die Hdnäe zrtietn. Die Hdfnaähceln nsesän. Das Lbeen ist dmeßaren bshicesesn.

Doch Onnos vielleicht frappierendster Charakterzug bestand in seiner Widersprüchlichkeit. So umstandslos er einen Beruf nach dem anderen aufgab, so fahrlässig er wichtige Dinge jahrelang vor sich herschob, bis sie im- oder explodierten, so hartnäckig war er, wenn es ihm existentiell an den Kragen ging. Und wehrte sich mit einer Widerstandskraft, die Kakerlaken alle Ehre machte.

Schon während er eine Schaumstofftablette auf der Zunge zergehen ließ und mit Puddingmuskeln abbaumte, beschloß er, nicht aufzugeben. Auf keinen Fall aufzugeben. So randvoll mit Angst er war, er war auch wütend. Hatte es satt. Fünfundachtzig Minuten brauchte er durch Nacht und Wald, über Stock und Stein bis ins rettende Heim. Er schwankte im Dunkeln, unsicher der Tritt, unwillkürlich wich er ständig irgend etwas aus; beim Gehen tat sich was in den Bäumen, es klickte, es klackte und knisterte, und wenn er stehenblieb, um mit angehaltenem Atem zu lauschen, lauschte auch das andere ... eine Nacht voller Gespenster und Untoter, voller Wolfsschatten hier drunten und unheilverheißender Sternbilder dort droben unter der irrwitzigen Zirkuskuppel des Nachthimmels, Orion allen voran; fünfundachtzig grauenvolle Minuten, die umgerechnet in Nervenzeit je fünfundachtzig Sekunden zählten. Doch er schaffte es ... allerdings nicht, ohne daß immer wieder ein ganz bestimmtes Bild vor seinem inneren Auge auftauchte.

Ein grimmiges Bild, aber auch Schutz und Rettung verheißend. Das Bild von Henrys Arminius HW5 Magnum.

Als Onno am nächsten Morgen erwachte, von Alpträumen wieder einmal schweißgebadet, war er vollkommen durcheinander. Das niederschmetternde Gefühl des x-ten Rückschlags. Diese dauernde Angst vor allem und nichts. Die allmähliche Wut auf die eigene Weinerlichkeit, in die ihn seine Depression trieb. Das Gefühl der Erniedrigung. Der Verfolgung. Der Ungerechtigkeit, zu der ihn das Schicksal verdammt hatte. Geflohen war er, geflohen an den Rand der Welt, ins letzte Idyll – und selbst dort war ihm keine Ruhe vergönnt. Er war es müde, sich piesacken zu lassen ... und wie von ungefähr erstand wieder das Bild vor seinem inneren Auge, das ihn den grauenvollen gestrigen Nachtmarsch zu überstehen geholfen hatte: Henrys Arminius.

Dieses Bild, verblüffend selbstverständlich erstand es, wie angesichts eines gordischen Knotens das Bild von einem Schwert. Onno entsann sich des Moments in der Jägerstube vor etlichen Monaten, als Henry ihm seine Zwangsvorstellungen gestanden hatte. Als Onno in der Anwesenheit all der Schußwaffen von jenem erschreckenden Wunsch nach einer Überlegenheit überwältigt worden war, die alle Depression und Ohnmacht und Furcht hinwegmähen würde, in einem einzigen rasenden Orgiasmus.

Sicher, mulmig war ihm beim Gedanken an die Knarre. Noch mehr allerdings davor, ohne sie seinen Plan aufgeben zu müssen. Seinen Plan aufgeben hieße sich selbst aufgeben.

Er wollte nur von ihrer Souveränität zehren, von ihrer Macht. Er wollte zumindest ausprobieren, ob es eine Wirkung entfaltete, wenn er sie in seinem Rucksack mit sich trug. Für alle Fälle. Gott bewahre, daß er sie benutzen müßte. Er sagte sich, er würde sie nicht benutzen, auf keinen Fall benutzen. Er wollte sie nur als Sicherheit. Treffen würde er damit ohnedies nicht. (Erinnerte sich deutlich, daß Henry gesagt hatte, er habe einst vergeblich versucht, eine Katze in einem Baum zu treffen.) Das alles sagte er sich; wie Blitze in einer Sturmnacht aber ließen Adrenalinexplosionen Bilder in seinem zutiefst verfinsterten Gemüte aufflackern, die eine andere Sprache sprachen – eine rohe, blutige Sprache, die Sprache der schwachen, aus Ohnmacht auferstehenden Allmacht.

Die Vorschriften des Ordnungsamts für Waffenlagerung besagten unter anderem, daß die Schlüssel für Waffen- und davon getrenntem Munitionsschrank zwecks Diebstahlsvorbeugung immer am Mann zu tragen waren. Normalerweise befolgte Henry sie – wiewohl: «Nun ja, wenn man schläft, liegen sie halt auch auf dem Nachttisch.» Onno vermutete aber, daß er sie nach Bad Herrenalb nicht mitgenommen hatte, und weil er sich dunkel erinnerte, wie Henry auf der Suche nach irgendeinem Ersatzschlüssel blind und gereckten Armes auf der Fußpfette des Gartenhäuschens gesucht hatte, suchte auch er dort nach, als Betty auf ein Stündchen zu Rosi hinübergegangen war. Und wurde fündig.

Mit pochenden Pulsen öffnete er den Waffenschrank. Und mit einem weiteren Schlüssel das Extrafach. Dort lag er, im Lederholster. Er nahm ihn heraus und legte ihn auf den Tisch. Dann öffnete er den Munitionsschrank. Griff nach einer Schachtel mit kurzen Patronen. Schloß alles wieder ab, brachte die Schlüssel zurück ins Gartenhäuschen und trug Revolver und Patronenschachtel nach oben in sein Zimmer.

Während er die Waffe in seiner Linken wog, fiel ihm das wilde Wilhelmsburg seiner Kindheit ein. Wie später zwischen Stones und Beatles war er als Siebenkäsehoch zwischen Pistole und Revolver hin- und hergerissen. O.k. waren beide Gattungen. Pistolen trugen Agenten, Revolver Cowboys. Auch der Grad der detailgetreuen Nachbildung war o.k. Das Gute an der seinerzeitigen Erbsenpistole war, daß die Kugel den Feind tatsächlich physisch zu treffen vermochte. Das Alberne daran allerdings Dinge wie die plastoide Leichtgewichtigkeit oder, vor allem, das Schußgeräusch:

Drückte man den Abzug, ertönte ein blechernes Schnalzen mit Drahtecho, wenn der Federkatapult in der Munitionskammer die Erbse aus dem Lauf beförderte. Dramaturgischer Schwachpunkt erbärmlichster Sorte, so daß man kraft mündlicher Nachahmung nachhelfen mußte.

Der Trommelrevolver hatte andere Vor- und Nachteile. Er war schwerer – dem Gewicht der schicksalhaften Vorgänge angemessen. Und die abgefeuerte Munition klang zumindest ein bißchen authentischer: Immerhin knallten die Zündplättchen. (Onno sagte immer «Zündplätzchen», und mit verdrehten Augen korrigierte Raimund ihn – jahrelang.) Wenn auch verniedlicht. Einen eklatanten Nachteil hatte allerdings die Version, die nicht mit Platzpatronenkränzchen für die Trommel bestückt wurde, sondern mit papierenen Schnecken. Lächerlich, wenn das Band mit den gezündeten Plättchen aus der Munitionskammer herauswuchs. Wo gab's denn so was. Schwacher Phantomschmerz, sobald Onno sich daran erinnerte: Wie oft hatte er unter verschmurgelten Daumenkuppen gelitten, wenn er die Schwefelpickel mit dem Fingernagel zum Entzünden gebracht hatte?

Oberflächlich sah der Arminius HW5 Magnum nicht viel anders aus als das Spielzeug aus seiner Kindheit. Sicherlich war er schwerer – so schwer wie ein veritabler Briefbeschwerer –, aber Onno hatte sich ihn noch gewichtiger vorgestellt.

Der brünierte Stahl, der braune, gewaffelte Griff.

Onno zog am Walzenstift und schwenkte die Trommel aus. Alle acht Patronenlager waren leer. Er ließ die Trommel wieder einrasten und zog den Abzugshebel durch. Der Widerstand war spürbar. Es war Willen erforderlich, ihn zu überwinden. Und Selbstüberwindung. Doch so groß, daß der Schütze gegebenenfalls verzöge, war jener Widerstand im Abzug auch wieder nicht.

Onno öffnete die Schachtel und nahm acht goldfarbene Patronen heraus. Sie sahen aus wie Bomben für ein Modellflugzeug. Wieder zog er an der Trommelachse des Revolvers, dann schob er eine Patrone in eins der Lager. Geschmeidig glitt sie hinein, und ihr serifenhafter Rand verhinderte, daß sie hindurchrutschte. Sie paßte perfekt. Vorsichtig klopfte Onno sie wieder heraus.

Auf Schießübungen würde er verzichten müssen. Wo hätte er sie schon durchführen können, ohne Gefahr zu laufen, Aufmerksamkeit zu erregen? Und er wollte ja sowieso nicht schießen. Auf keinen Fall schießen, schon gar nicht auf Menschen. Er wollte nur, daß er ihn begleitete – wie ein großer Bruder.

«Armin», murmelte Onno, so wie er manchmal sein jeweils derzeitiges Lieblingswort vor sich hinmurmelte, *Borschtsch* etwa. *Borschtsch, Borschtsch, Borschtsch …*

«Armin, nech?»

Armin. Armin, Armin …

Am selben Abend schlief Onno nicht wieder ein auf dem Ansitz, sondern starrte stur mal aus dieser, mal aus jener Luke, während der Mond dem Wald die Farbe auszusaugen begann. Und es war wahrlich kaum zu glauben: Ab einem gewissen Zeitpunkt begannen wiederum jene Symptome zu wirken, die Onno jetzt bereits zum vierten Mal zu gewärtigen hatte … schweißnasse Hände, Fingerzittern, vibrierende Augäpfel und übersteigerte Emotionen wie Ehrfurcht. Der Fluch der Tara Parinama.

Nun aber – mit Armin im Rucksack, ungeladen, doch nebst acht Patronen in einer leeren Zündholzschachtel –, nun aber lief es anders. Onno hielt es aus. Onno erstellte ein Paradox. Während er nervös wurde, blieb er ruhig. War dieser irrsinnige Zustand vielleicht deshalb so schwer erträglich, fragte Onno sich, weil er dagegen ankämpfte? Wäre er vielleicht leichter erträglich, wenn er ihn zu ertragen versuchte?

Ab sofort ließ Onno nicht mehr zu, daß die Panik eskalierte. Mit der Sicherheit der Wumme in der Hinterhand hielt er sie einfach aus. Er saß sie aus. Ließ sie über sich ergehen. Zitternd und schwitzend hockte der äußere Onno da, und ein innerer Onno durchlebte jene obskuren Gefühle von Ehrfurcht vor dem dunklen Wald, von Angst und zähneklappernder Demut, indessen ein im tiefsten Kern seines Wesens eingekapselter Superonno all das erduldete wie einen Sturm, der über ihn hinwegtobte, aber nur Blechschaden anzurichten vermochte.

Desgleichen einen weiteren Abend später.

Wie schließlich auch am Sonnabend, dem 16. August – in der Nacht der dritten Vollmondmesse Tara Parinamas. Auch wenn den Durchbruch bei seinen Ermittlungen erst der nächste Tag erbrachte: Immerhin wurde Onno in dieser Nacht Zeuge eines sehenswerten Rituals, das die geweihte Zeremonienmeisterin mit ihren siebenundzwanzig Jüngerinnen zelebrierte.

Kurz nach Sonnenuntergang – gegen 21 Uhr – war Onno eingetroffen. Inzwischen gab er sich der Hoffnung nicht mehr hin, heute nacht aber wirklich mal ohne die äußerst unangenehmen körperlichen und seelischen Sensationen davonzukommen. Abgeklärt und gewappnet wie ein Extremsportler, erwartete er sie.

Gegen Mitternacht wurde er davon geweckt. Er mußte einen Großteil seiner frisch ihm zugewachsenen Kraftreserven anzapfen, um nicht dem allzu vitalen Impuls zu erliegen, einfach davonzulaufen. Fürchterlich, wieder einmal einen Alb geträumt zu haben, in dem ein gräßlich verunstalteter Hüne an der Haustür klingelt, und daraus zu erwachen, indem man sich in einem Alb von Wirklichkeit wiederfindet ... in einem vom Neonlicht eines ungeheuerlichen Mondes erhellten tiefen schwarzen Wald nämlich, in dem unlängst auf Menschen geschossen worden war, einer davon er selbst, Onno Viets.

Dann fiel ihm Henrys Knarre wieder ein. Schnaubend nahm er sie aus seinem Rucksack, befreite sie vom Holster und hielt sie einfach nur in der Linken. Genoß ihr Gewicht; und schließlich gelang es ihm erneut, die unsäglichen organischen Vibrationen und trübsinnigen Empfindungen zu erdulden, gerade so, als passierte nicht viel mehr, als daß er an einem Regentag auf einem alten Traktor durchgerüttelt würde. Und er vergaß sie beinah, als jener erste Triller-Kanon erklang. «Lululululu ...»

«LULULULULU, LULULULULU ...!»

Schlagartig ist Onno hellwach. Späht aus allen drei Luken. Nichts. Reglos wie die Theaterkulisse zu einem Schauerstück liegt der Mondplatz da. Klar, sie würden von Süden kommen. Von dort, wo die Kanzeltür ist. In Onnos Rücken. Mit gespitzten Ohren hockt Onno vornübergebeugt. Entferntes Geraschel. Aus einem Baumwipfel in nächster Nähe flüchtet ein Fasanenpaar, derart jäh die Nadelzweige peitschend, daß Onno einen kleinen Schock erleidet. Von fern das Keckern eines Marders in der Ranz. Dann wieder: «Lululululu ...»

«LULULULULU, LULULULULU, LULULU ...!»

Und schließlich kommen sie. Eine nach der anderen tauchen sie ein wenig versetzt unterhalb der Kanzel in Onnos

Blickfeld auf, zunächst mit den Hinterköpfen und Rücken zu ihm. Allen voran ein sagenhaftes Trampel. Bei jedem Stampfen fliegen die schlohweißen Haarfedern im Mondlicht auf. Obzwar geräumig wie ein Pagodenzelt, wird das weiße Gewand von den jeweils nachbebenden Gesäßgloben ausgebeult, während sie ihre Besitzerin kybernetisch vorantreiben – links, rechts, links, rechts ... Im Gänsemarsch folgen ihre Jüngerinnen, siebenundzwanzig an der Zahl, alle ebensohell gewandet; vertreten alle Haarfarben, Konfektionsgrößen und Altersgruppen vom staksigen Bambi über die peri- und postmenopausalen Moppel-Iche bis hin zur sehnigen Seniorin. Eine gottserbärmlich dünne Frau unter dem dünnen Stoff offenbar splitternackt; mindestens vier in unterschiedlichen Stadien schwanger.

«Lululululu ...»

«LULULULULU, LULULULULULULULU ...!»

Dem trotzigen Geheul zum Trotz spürt Onno das kollektive Schlottern dort unten. Angenehm kühl ist es hier um Mitternacht im Wald, ja; doch unterdrückte Seufzer, der ein oder andere weggeräusperte Wimmerlaut und häufiges Keuchen, dessen Ausmaß mit der geringen physischen Anstrengung in keinem Verhältnis steht, Gestolper, Übersprungsgesten und Schulterblicke herauf zu den geöffneten Luken des Hochsitzes, in dessen Schatten Onno kauert (ob er gesehen wird? Vorsichtshalber zeigt er sein gütiges Grienen ...) – alle diese Anzeichen aber haben nichts mit der Außentemperatur zu tun.

Während die angestammten Bewohner des Waldes, wie Onno sich vorstellt, sternförmig entfliehen, stapft Tritt um Tritt voran Tara Parinama, bis ganz ans Nordende der Lichtung. An der Suhle schlägt sie einen Bogen, Onno nun ihr Mondgesicht zukehrend (keine Brauen, oder was? Gruselig …), und steuert in die Mitte des Platzes, dem Vollmond zugewandt, die Kinne aufgefächert wie einen Akkordeonbalg, während sie die ausgebreiteten Armschenkel schüttelt, um die vielköpfige Gemeinde im Halbkreis um sich zu scharen. «Lululululu …»

«LULULULULU! ULULULULULU …!»

«Spürts de Energie», spricht Tara Parinama, während sie ihre Hände nun in einem weiten Kreis aufeinander zuführt und flach gegeneinanderpreßt. Obwohl sie anscheinend keine besondere Anstrengung unternimmt, ihre Stimme anzuheben, versteht Onno jedes Wort. «Spürts de Energie, und backts eich bei de Händ.» Um zu tun, wie sie geheißen, rücken die Jüngerinnen näher zueinander. Dann hebt Tara die Arme wieder auf, auf zum Mond, und beginnt, eine Oktave höher, ihren Singsang:

«Vaehrta, g'liebta Chandra, Chandramaaa! Sohn des Weisen Atri und der Anasuyaaa! Mitglied der Navagraha, der neun Planeten! Schau uns oo! Schau mi oo, mei g'liebta Herr und Entführer, mi, dei G'liebte, die du einst kraftvoll begatteteeest, und schau auf deine siemundzwanzig Eheweiber, die Töchter Dakshas, des großen Sehers, der di einst zum Abmergeln verfluchte, doch den seine Töchter um Gnade für di bateeen, so daß du seither nur mehr viazehn Nächte abmergeln mußt, aber viazehn Nächte zunehma derfst! Schau nieda auf sie, dei siemundzwanzig Nakshatras, deretweg'n du viazehn Nächte leid'n mußt, aber auch viazehn Nächte wieda völlern derfst! Lululululuuu …»

«LULULULU …! LULULULULULUUU …!»

«Chandra, großa Chandramaaa! Du hast Rohini bevorzugt, die Rötliche, wesweg'n du verflucht wurdeeest, doch schau nicht nur auf sie nieda, schau auf sie oi do nieda, sie oi san do, um dia zu huldigeeen, großa Chandraaa, und deine lunaren Kräfte zu erbitteeen, damit sie Heilung erfahr'n und ia Leben wieda mit Freude und Hingabe» – ein erster spitzer Lustschrei, Onno verdächtigt die Dünne – «zu leben vamöchteeen sowie in Anbetung deina Herrlichkeit, o Chandra, großa Chandramaaa! Lulululu ...»

«LULULULU ...! ULULULULULULULUUU ...!»

«Schau nieda auf sie, sie oi san do, oi! Purva Phalguni is do, die Vordere Hellrötliche!» Vage und halbwegs über den Halbkreis hin machte sie eine Geste, die teils Hohepriesterin, teils Showmaster war. Eine der weißgewandeten Damen trat vor, und teils andächtig, teils ohnmächtig streckte sie die Arme zum Monde hinauf aus, und Tara Parinama heulte «Lulululu ...», und die Vordere Hellrötliche heulte «Lululu ...», und die Gemeinde tat es ihnen nach: «LULULU-LU ...!»

«Und Chitra is do, die Glänzende!»

«Lulululu ...»

«Lululululu ...»

«LULULULU ...!»

«Und Vishakha is do, die Gegabelte!» Lulululu, und Purvashadha, die Vordere Unbesiegbare lululu, und Shravan, die Lahme, sowie Mrigashirsha, die Hirschköpfige – und ned zum vagess'n Uttar Bhadrapada, die Hinteren Stuhlfüße, und Ardra, die Feuchte (die dünne Nudistin; sehr witzig), etc. Summa summarum siebenundzwanzig.

Bis der Reigen endlich auch die letzte erreicht – Pushya, die Blume (Silberdistel?) –, hat sich die Zeremonie enorm aufgeschaukelt. Pionierarbeit hat dabei «Ardra» geleistet. Immer wieder hat sie sich gehenlassen, bis ihre Nervosität zu hysterischen Wehen anschwoll und in euphorischen Koliken gipfelte; begleitet von lüsternem Kreischen, hat sie sich geschüttelt, hat die dünnen Arme zwischen die dünnen

Schenkel geklemmt und sich aus einer spontanen Hocke in die Nachtluft katapultiert, hat sich mit den offenen Händchen rhythmisch über Kreuz auf die spitzen Schultern gehauen und ähnliches ... und mit derlei Gezappel eine Betschwester nach der andern angesteckt, so daß eine nach der andern die befreiende, ja aufputschende Wirkung spürt, wenn sie sich hingibt, dem anhaltenden Dauerfeuer auf die Nervenzellen hingibt, ja mithilft, es zum lodernden Brande zu beschleunigen.

Und so mündet der anfangs noch halbwegs geordnete Ritus nach und nach in einen chaotischen Orgiasmus. Inzwischen – als ob ein Schalter umgelegt worden ist – ohne jedes unangenehme Symptom, hockt Onno schwer beeindruckt da und schaut zu. Die Elemente, aus denen das Haremsspektakel da unten auf dem Waldboden im bleichen Lichte des runden Mondes sich zusammenfügt, sind nicht leicht zu isolieren. Die meisten tanzen, zum eigenen Lululu, eine Art Ringelpiez mit Einhaken. Vier bis fünf stampfen auf der Stelle, reißen – kryptische Gospeln johlend – ihre Gewänder auf und recken ihre Busen, um mit flehenden Armen Chandra darein einzuladen. Einhellig und -tönig flennend wakkeln zwei bis drei Paare umeinander wie Sumo-Ringer. Die nackige Dünne bockt, im Kindersitz mit auswärts gedrehten Barfüßen, auf ihren eigenen Fäusten, indessen sie über drei Oktaven heult. Und dieses kollektive, ohnedies bis in den Himmel über der Lichtung auflodernde Seelenfeuer wird noch angefacht von dem finalen Kabinettstück der Tara Parinama. Den Kopf seitlich geneigt, die Hände erhoben, eine aufwärts geöffnet, eine abwärts abgeknickt, wirbelt sie gegen den Uhrzeigersinn beständig um sich selbst herum, und während sie um sich selbst herumwirbelt, brummkreiselt sie um die Außengrenzen ihres Hühnerhaufens herum, in

Endlosschleife den Kammerton a absondernd. Federleicht plötzlich die Vierzentnerfrau, wie auf Scheinfüßchen. Ein Wunder ... ein Wunder, o ja. (So perfekt, wie ihr Gewand im Kreise tellerte, mußte im Saum eine Bleischnur eingenäht sein, vermutete Onno, ähnlich wie einst in der Ado-Gardine selig, «die mit der Goldkante» ...)

*

Als er am nächsten Morgen gegen zehn Uhr im Baensch'schen Garten sein Frühstück einnahm, war Onno zwar müde, doch handelte es sich um eine sonderbar wohlige Müdigkeit. So aufwühlend und befremdlich das nächtliche Geschehen gewesen sein mochte – im Vergleich mit dem letzten aufwühlenden und befremdlichen Geschehen an selber Stelle trug es geradezu zarte Züge, und so wurde es schon in der unmittelbaren Rückschau von einer silbrig schimmernden Gloriole umhüllt. Aber nicht nur deshalb.

Daß Tara Parinama mögliche Zeugen ihrer Mondmesse in Kauf nahm, war nicht nur aufgrund der verstohlenen Blicke ihrer Mänaden beim Einmarsch anzunehmen. Gewiß hatte sie erkannt, daß sie gegen etwaige voodooresistente Jäger wenig tun könnte. Folglich dürfte sie ihre Jüngerinnen gewahrschaut haben, daß sie im Falle geöffneter Lukenläden höchstwahrscheinlich beobachtet würden. Und wenn sie schlau war – und das war sie zweifellos –, münzte sie diesen Umstand für ihre Zwecke um ... vielleicht indem sie eine emanzipatorische, womöglich gar erotische Note beschwor.

Und auch wenn die bei Onno wenig, nein gar nicht fruchtete: Daß die Damen ihn gebilligt hatten, daß sie ihm angesichts ihres intimen Treibens quasi vertrauten, freute ihn. Nicht, daß er sich geschmeichelt fühlte – da bildete er sich nichts ein. Eingebildet war Onno sicher nicht; nein. Doch ungeachtet der Tatsache, daß die irrwitzigen Weiber ja wohl kaum wissen konnten, daß er es war – er, der liebe, gute Onno –, der da oben hockte und ihre narzißtische Mondhuberei mit milden braunen Augen verfolgte, ungeachtet dessen empfand er eine sonderbare Freude darüber und Dankbarkeit dafür, daß sie ihn als Zaungast toleriert hatten. So war er, so war Onno.

Zwar hatte er rasch einschlafen können, doch ohne Alptraum war auch diese Nacht nicht zu haben gewesen, und irgendwann gegen halb sieben in der Frühe weckte ihn Edda mit einer Umarmung, bekam ihn aber nicht ganz wach. Wenn es Türenklappen, Stimmen und Motorengeräusche gegeben haben sollte, die die Abreise Miesepeters und der drei Grazien nach Bad Herrenalb begleiteten, so hörte Onno sie nicht. Gegen zehn aber war es vorbei mit der Bettschwere, und er begab sich in den Garten, um zu frühstücken. Es war Sonntag, der 17. August, und er war sich vollauf bewußt, daß um 15 Uhr seine Tischtenniskameraden hier aufschlagen würden. Er freute sich sehr darauf und hoffte, vorher vielleicht noch die ein oder andere Stunde Schlaf nachholen zu können.

Diesen seinen Plan aber durchkreuzte die weitere Lektüre von Richard Wisemans «Quirkologie».

Er hatte das Kapitel «Psychologie in der Grauzone» zu Ende gelesen. Im letzten Abschnitt ging es um okkulte Phänomene. Anfangs schmökerte er mit schwacher Aufmerksamkeit vor sich hin, so wie es seiner Verfassung entsprach. Dann aber horchte er quasi auf, und schließlich war er elektrisiert. Starkstrom.

Als er gegen elf Uhr dreißig nach dem Schlüssel von

Henrys Polo Kombi suchte, hatte er noch nicht vergessen, daß wir verabredet waren. Er fand ihn nicht, weder im Schlüsselschränkchen im Hauswirtschaftsraum noch in der Jägerstube, noch sonstwo. Schließlich nahm er an, daß er in Klaus-Dieter Heinrichs Briefkasten steckte. Der den Wagen am Montag durch den TÜV bringen sollte, wie Onno drei Tage zuvor mit halbem Ohr aus einem Telefonat Bettys mit ihm herausgehört hatte. Also ging er – Diana an der Leine, Rucksack inklusive Armin auf dem Rücken – zu Fuß los. Da er die ‹toxische› Abkürzung wählte, dauerte es nicht viel mehr als eine halbe Stunde, bis er jene bewußte Stelle im Mondwald wiedergefunden hatte.

Das Loch lag abseits aller Pfade, doch nur unweit jenseits der Lichtung. Jenes Loch, das Onno bereits auf einem seiner Streifzüge vier Monate zuvor entdeckt hatte – und zwar nur deshalb, weil Diana ihm kurz ausgebüxt war, als er den Karabinerhaken am Halsband geöffnet hatte, um die Leine zu enttüdeln. Schwanzwedelnd und fiepend hatte Diana davor gewartet, vor jenem Eingang zum ‹Kunstbau für den Monsterfuchs›, nach dessen wirklicher Bewandtnis Onno Henry zu fragen immer wieder vergessen hatte.

Rund dreißig Zentimeter im Durchmesser, mündete das Loch nur ungefähr zwei Handbreit unterhalb des Waldbodenplateaus in eine natürliche Senke und wirkte dadurch wie ein Abflußrohr. Läge es nicht vierzig Schritt weit vom Westrand der Lichtung entfernt im Wald und wäre es nicht so gut getarnt, hätte man es von der Westluke der Kanzel aus mit bloßem Auge erkennen können. Onno band Diana an einem Bäumchen fest. Schnaufend kniete er nieder, bückte sich und spähte in das Loch. In der Tiefe war außer Dunkelheit nichts zu erkennen. Onno betastete die Innenwandungen, beklopfte sie: leicht klammes PVC.

Ächzend erhob er sich. Dechiffrierte die Beschaffenheit des Waldbodens. Sinnierte etliche Atemzüge lang. Dann machte er den Schritt auf das erhöhte Plateau, spreizte die Beine, bückte sich erneut und kratzte mit bloßen Händen Laub, Gras und Reisig, Sand und Erde zusammen. Binnen einer Viertelstunde hatte er insgesamt sieben Meter Röhre, die zwei Handbreit unterhalb der Oberfläche in den Waldboden verlegt worden war, stellenweise freigelegt. Etwa viereinhalb Meter von der Öffnung entfernt gab es eine Art Hutze oder Stutzen am Rohr. Nachdem Onno den Deckel entfernt hatte, konnte er auf ein hochkantiges Kistchen mit Konusmembran zugreifen, allerdings nicht vollständig herausheben. Ein Kabel hielt es fest.

Sicher war es eine unumstößliche Tatsache, daß Onno Viets in puncto Karriere keinerlei besondere hierarchische Höhen erklommen hatte. Quasi war er in den Weiten der Ebene steckengeblieben. Immerhin war er reichlich herumgekommen, um es mal so auszudrücken; und insofern er in den 70er Jahren unter anderen auch eine Ausbildung zum Radio- und Fernsehtechniker abgebrochen hatte, war er durchaus in der Lage, einen Wandler zu erkennen, wenn er einen sah. Einen Wandler, der elektrische Signale in mechanische Schwingungen überträgt. Sprich, in Schall. Einen Lautsprecher, wie wir Laien sagen.

In wessen Steckdose das dazugehörige Kabel seinen Anfang nahm, ahnte Onno bereits, als er und Diana begannen, es zurückzuverfolgen – sage und schreibe eintausenddreihundert Meter weit. Wohlgetarnt und wetterfest isoliert zog es sich schnurstracks durch den Wald und entlang Agnes von Hoffs einstiger Pferdekoppel, bis es unter der Einfriedung des Lärchenwaldes verschwand. Onno war zuversichtlich, daß es die restlichen fuffzig Meter bis zum

HAUS TARA PARINAMA auch ohne ihn noch schaffen würde.

Ihm näherten sich Onno und Diana nun von hinten. Drei-, viermal mußte er sie zur Raison zischen, weil sie fiepend und mit gesträubtem Nackenhaar auf die ein oder andere Katze losgehen wollte, die jenseits, aber auch diesseits des Zauns auf Mäuse- und Meisenraub ausging. Anders als am Eingang beim Parkplatz war der Zaun hier noch derselbe wie zu Zeiten der Baensch-Ära, sah man von Rost- und sonstigen Schäden ab.

Im Gegensatz dazu war der Pfad offenbar erst kürzlich gepflegt worden. Anfang Juni – bevor Onno sich der Gegend hier nicht mehr nähern mochte – hatten noch üppige Brennesselstauden und sonstiges Kraut und Rüben den Blick auf jenes verwunschene Farnwäldchen verstellt, das zwischen dem Knick am innerdörflichen Getreidefeld und dem Trampelpfad entlang der Einfriedung des Lärchenhains gedieh. Onno wand Dianas Leine um einen Pfahl. «Down, Diana», wisperte er. «Down, mein Hund. Leg dich hin, nech? So ist brav.»

An die schmiedeeiserne Pforte erinnerte er sich auch noch als dieselbe von früher. Sein gerechter Drang, die dicke Bayerin für ihre niederträchtige Installation zur Rede zu stellen, sein Schwiegersohneifer, sein wiewohl gutmütiger Wille zum Triumph waren so unwiderstehlich, daß er in fließender Koordination von Schritt und Griff die quietschende Klinke drückte und ohne zu zaudern auf einen Kerl vom Typus Jockey zusteuerte, der gerade einen Eimer auf dem Komposthaufen entleerte. Schon Dennis' Charakterisierung hatte Onnos spekulative Bangigkeit vor dem Manne verdünnt. Sein Anblick tat ein übriges. Sowie das wachsame Unterbewußtsein, das instinktiv abwägte: Eimer gegen Armin.

War Onno durchschnittlich groß – ein Meter sechsundsiebzig –, so wirkte der komische Namenlose trotz seines langen Halses schon allein deshalb viel kleiner, weil er ihn stark vorwärts knickte. Dem orangefarbenen Leibchen und bordeauxroten Shorts entwuchsen sehnige, nervige Extremitäten, und erinnerte auch der schmächtige Rücken an einen Hänfling, so der Schädel am vorgestreckten Halse doch eher an eine Schildkröte.

Als er die ungeölte Pforte hörte, fuhr er zunächst zusammen, bevor er herumwirbelte. Ein glitzerndes Amalgam aus Flucht- und zugleich Kampfbereitschaft in seinen grauen Augen, starrte er den Eindringling an. Warf sodann einen geradezu routinierten Blick durchs Fenster in die Küche. In genau dem Moment drang aus den Tiefen des ehemaligen Forsthauses entferntes, doch infernalisches Gejaul. Als würden Katzen lebendig gehäutet.

Plötzlich erblühte ein Grinsen im Schildkrötenschädel. «Bioenergedik, gell?» sagte der komische Namenlose in komischem Singsang. «Koi Zuckerschlecke …?» Dann stellte er den Eimer neben dem Kompost ab und machte mit gespitzten Lippen sanfte Blasgeräusche, ungefähr, als pustete er auf heißen Brei. Onno kramte in der Rumpelkiste seiner Lebenserfahrung und verstand, daß es sich um das Tic-artige Echo einer südostasiatischen Atemtechnik handelte, anhand deren Eingeweihte ihre sogenannte Mitte fanden.

Schließlich sagte Ashok: «Du bisch der Schwiegersohn vom alte Baensch, gell? Hab seit acht Woche auf di g'wart' … Na gut, laß uns schwätze? Aber eins sag i dir glei: I war's net? Nelgeheini war's. 's gann nur Nelgeheini g'wese sei. Und die Gnarre war mit Blatzbadrone weider nix, des sag i dir glei …?»

Und damit drängte er den unversehens geschockten

Onno vom Hof, zurück durch die Pforte, und begleitete ihn bis zu einem Plätzchen im Farnwäldchen. Dort setzten sich die beiden verkorksten, alternden Burschen im Lotussitz nieder und rauchten fast ein ganzes Päckchen Knaster auf, während der eine dem anderen nicht minder verkorkste Dinge erzählte.

Teil fünf

August, September 2008

Je länger man vor der Tür zögert,
desto fremder wird man.
Franz Kafka, «Heimkehr»

Bis ich mir die im folgenden geschilderten Hintergründe zusammenzureimen vermochte, hatte es erheblichen Aufwands bedurft, vor allem an administrativem, diplomatischem und psychologischem Strippenziehen. Die entsprechenden komplexen Recherchestrukturen an dieser Stelle aufzudecken würde jedoch viel zu weit führen, und so kann ich nur mit meiner bescheidenen Autorität als Rechtsanwalt und Notar um Vertrauen dafür werben, daß jene meine Schlußfolgerungen durch zumeist sehr triftige Zeugenaussagen gedeckt sind.

(Verdient hätte ich dieses Vertrauen nach all den Jahren, in denen ich die Aufklärung jener obskuren, pseudookkulten Geschichte betrieb – und im entsprechenden Schreibprozeß immer noch betreibe –, notabene nach Feierabend. Wiewohl zugegebenermaßen aus Motiven, die mit einem durchaus ebenso obskur zu nennenden Impuls zur Wiedergutmachung korrespondieren. Wiedergutmachung an meinem großen Freund Onno Viets.)

Beginnen wir mit jenem ominösen ISG (Infraschallgenerator). Denn nichts anderes stellte Onnos Entdeckung im Mondwald dar, mit der er die gewiefte alte Druidin konfrontieren wollte, um sie zur Deinstallation zu bewegen –

andernfalls er die Sache an die Öffentlichkeit brächte usw.

Für die Höhepunkte der LUNA LESSONS™ bot die Lichtung im Mondwald natürlich ideale Bedingungen: Von den Seminar- und Meditationsräumen aus vermochte Tara P. ihre mondsüchtigen Novizinnen binnen nur zehn Minuten Fußmarschs in eine schwarzromantische Wildnis zu überführen! Zumal auf mythischem Boden. Irgendein urgermanischer Hornochse soll der Sage nach dereinst hier zur Unsterblichkeit verdonnert worden sein.

Schon seit den Tagen ihrer TV-Prominenz hatte Dora Maria Zils, ihres Zeichens Topunternehmerin des esoterikindustriellen Mittelstands, jene «Essenz von jahrzehntelangen Studien und schmerzhaften, erkenntnisreichen Selbstversuchen» feilgeboten, die ihr Ghostwriter, Webmaster und Rechercheur behauptete. (Für die Akten: der Hamburger Dieter Kottje.) Und zwar in Form von Kompaktseminaren. Aufwendig hatte Zils das Forsthaus umgestalten lassen, damit die finanzkräftigen Jüngerinnen aus dem gesamten Land mit artgerechter Kost und 4-Bett-Schlafzimmern versorgt werden konnten – und über genügend Auslauf verfügten, daß sie sich nicht gegenseitig verstümmelten, wenn sie ihr Sternbild tanzten. Doch zehn bis zwölf Seminare per annum wurden der alten Mondjungfer allmählich zu viel. Beileibe nicht mehr die Jüngste, nahm ihre Müdig- mit jedem Pfund Fleischlichkeit zu. Da half auch die allzweckmäßige Globulisierung nimmer.

Was tun? Nun, pro Einheit höhere Erlöse erzielen, sprich: mit erheblich weniger Arbeit und Kosten den gleichen Gewinn. Und wie das? Nun, indem man das Kernprodukt inhaltlich aufwertete.

Und so entstand Schritt für Schritt jene ausgesprochen

fixe Idee ... (Daß zwar die vermaledeite Jägerschaft nächtliche Störerinnen nicht ohne weiteres tolerieren würde, war so sicher wie das Halali. Nachdem aber Fischkopp Kottje herausgefunden hatte, daß die Finklocher Knallköpfe letztlich wenig gesetzliche Handhabe hätten, um sie an ihrem Plan zu hindern, verdrängte Tara das Problem vorerst.)

Eine Mondmesse im Mondwald! Ha! Der mythische Überbau (altgermanisch-hinduistisches Tamtam), der Exkursionseffekt und Gruselfaktor waren schon mal prima Elemente. Um den Nährboden für eine nachfragesteigernde Legendenbildung zu bereiten, fehlte aber noch ein Clou. Ein Clou mußte her, verflixt noch eins. Und der Clou-Ingenieur war seit jeher wer?

«Geh, Ashok», knurrte die Chefin. «Frogst fei den Luftgitarrist, gell?»

Der ‹Luftgitarrist› (der ‹Wildpinkler›, ‹Spinner› etc.) Friedel Löble war der einstige Mitzögling und Zellennachbar des komischen Namenlosen im oberschwäbischen Jugendknast. Und Finklocher Exkommunarde (bis 1980). War Ashok Taras geborenes Helferlein – keine Leuchte, aber weißgott nicht «debil» (Dennis) und darüber hinaus geschickt in der Auftragserfüllung –, so Löble ihr Düsentrieb. In seinem Messie-Kabuff in Geestend betrieb er seit Anfang der 8oer Jahre eine inoffizielle kleine Werkstatt für Problemlösungen aller Art. Im übrigen konnte er alles, aber auch alles «organisieren» – vom Flusensieb bis zur Bombenbauanleitung (inkl. Material).

Seit den Spiegelfechtereien der Siebziger war die Zils (Gewalt gegen Sachen) mit Löble (Gewalt gegen Personen) in inbrünstigem Haß verbunden. Schon jahrelang kommunizierten sie nur noch über Ashok, ließen aber nie voneinander ab. Die Zenzi brauchte ihn und haßte das, und

Löble liebte es und brauchte es, daß sie es haßte, daß sie ihn brauchte. Es stimulierte seine verzwickte Libido, wenn er sich ausmalte, wie die große, schwere, heilige Besserwisserin sich desto fürchterlicher über seinen jeweiligen Coup ärgerte, je stärker sie davon profitierte.

Und so schlicht Ashoks Wesen auch sein mochte – eine gewisse intuitive subalterne Manipulationstechnik war ihm nicht abzusprechen, und so gaukelte er Löble stets erfolgreich vor, daß die haßgeliebte Zenzi geradezu raste vor lauter verleugneter Begeisterung über seinen jeweils jüngsten Geniestreich.

Ashok nämlich profitierte am stärksten davon, wenn jene schwierige Allianz aufrechterhalten wurde. Bis in die früheste Jugend verwurzelt seine existentielle Angst, Dora Maria Zils könne ihn fallenlassen. Sie war es gewesen, die ihn Mitte der Sechziger aus einem der faschistoiden schwarzpädagogischen Heime gerettet hatte, über die Ulrike Meinhof einst ihre berühmten Reportagen machte, und die einzige, die ihn und Löble Ende der Sechziger im Knast besucht hatte. Zils war Ashoks Fels in der Brandung der Zeitläufte, und wenn sie in Finkloch unterging, dann mit ihr er. Für sie würde er alles tun.

Kurzum, von niemand anderem als dem Wildpinkler und Luftgitarristen stammte die durchschlagende Idee für den ersehnten Clou zur Steigerung der Portfolio-Effizienz. Das Schlüsselwort lautete: Infraschall.

Schall unterhalb der menschlichen Hörschwelle. Unterhalb von 20 Hz. Infraschallwellen besonders tiefer Frequenz breiten sich gar über große Entfernungen aus. Die Wirkung auf einen signifikanten Anteil von Menschen ist frappant. Die Symptome reichen von geistigen wie etwa Konzentrationsproblemen über seelische wie Unbehagen, Beklemmung und Reizbarkeit, Furcht und Ehrfurcht sowie extreme Traurigkeit bis hin zu körperlichen wie Übelkeit, weichen Knien, Druck auf der Brust, Bluthochdruck etc. Da Menschen Infraschall nicht bewußt, d. h. nicht akustisch, wahrnehmen, vermag diese Wirkung sie zutiefst zu verwirren. Folglich nicht allzu hoch die Schwelle, übernatürliche Vorgänge zu vermuten.

Im Mai 2003 hatte Richard Wiseman in London ein Massenexperiment an siebenhundert Menschen durchgeführt. Während eines Konzerts wurden Infraschalltöne untergemischt. Fast jeder vierte berichtete von einem oder mehreren der obigen Symptome. Eine Frau schilderte gar «präorgasmische Anspannung in Rumpf und Armen, aber nicht in den Beinen». (Wiseman legte übrigens nahe, daß Orgelbauer die eigentlich fürs menschliche Ohr unhörbaren langen Pfeifen deshalb verwenden, weil sie auf diese pfiffige Weise der Kirchengemeinde spürbare Ehrfurcht vor Gott einzutrichtern vermögen.)

Löble war das Phänomen schon vorm Erscheinen der deutschen Ausgabe der «Quirkologie» bekannt. Als er bei der Lektüre daran erinnert wurde, schlug er dem komischen Namenlosen einen entsprechend ausgearbeiteten Coup vor. Die Zenzi ärgerte sich enorm und gab begeistert grünes Licht.

Im Morgengrauen eines Märztages anno 2007 fuhr Löble mit seinem Pritschenwagen vor. Zusammen mit Ashok sowie dem aus Hamburg herbeigeeilten Fischkopp Kottje vervollkommnete er den Stoßtrupp. Vom Privatparkplatz hinterm Forsthaus aus schleppten sie allerlei Material entlang der Koppel Agnes von Hoffs in den Mondwald. Dort steckten sie sieben Kunststoffrohre von rund 30 Zentimeter Durchmesser, wie sie im Kanalisationsbau verwendet werden, zu einer Gesamtlänge von rund sieben Metern ineinander – verbunden durch Muffen und Lippendichtungen –, installierten darin einen Subwoofer mit Langhubmembran, der eine Sinusschwingung von 17 Hz aussandte, versenkten die Röhre in einem zuvor ausgehobenen Graben und verlegten wetterfest isoliertes Kabel durchs Gebüsch bis zum Forsthaus.

«Fast tausenddreihundert Meter!» prahlte der komische Namenlose Onno gegenüber.

Dann tarnten sie den fertigen ISG, so gut es ging.

Der Test verlief überaus befriedigend. Sobald der Schalter im Forsthaus umgelegt worden war, ging den Probanden Löble und Kottje auf dem Mondplatz planmäßig der Stift – obwohl sie gewahrschaut waren. Auch der Katzenzenzi selbst. (Nur der komische Namenlose war immun. So wie später ja auch etwa Knut Wiesmann.) Am eigenen Leibe erprobt, versprach Tara Parinama sich von den aufwühlenden Wehen höchst wirkungsvolle Mundpropaganda, die ihren Kundenstamm der esoterischen Schwestern möglichst üppig gedeihen ließe.

Zusätzlich zum laufenden Seminarbetrieb desselben Jahres erfolgten im Juli und September also die ersten beiden Mondmessen. Zils riskierte es einfach. Zils war Macherin, der Zauderer war Ashok. Rein zufällig war keiner der Jäger in jenen Nächten auf Ansitz – sicher auch ein Grund, weshalb die beiden Probeläufe geradezu überwältigende Erfolge wurden. War auch alles andere in der Ankündigung der 2008er Vollmond-Messen der hanebüchenste Unfug, die folgende Aussage stimmte aufs Wort: «Schon jetzt legendär! ☺»

Im Verlauf des zweiten Halbjahres 2007 hatten die rund vier Dutzend Pionierinnen in Tara Parinamas Internetforum eine schwärmerische Massenhysterie entfacht, wie sie bisher ihresgleichen suchte. Eine trachtete die andere mit ihren Erfahrungsberichten zu übertrumpfen. Der Grundtenor basierte auf dem *Per aspera ad astra*-Prinzip: Nach den herrlichen seelisch-körperlichen Preßwehen des Initiationsrituals gebäre sich frau am Ende aus sich selbst heraus neu. Den Vogel schoß *love_427* ab, die behauptete, seither an Vollmonden durch ihren Zen-Garten fliegen zu können. (Einen veritablen zweiten Platz belegte *asana211*, die nur noch Traubensaft menstruierte. Platz drei m. E.: eine Judith, die während ein und derselben Messe «neunzehn Orgasmen» erwirtschaftet hatte.) Alle aber waren mindestens schön und gesund geworden, erglücklich und erleuchtet.

Folglich schien es Tara Parinama nicht allzu gewagt, die üblichen zehn Wochenendseminare pro Jahr durch nur vier Intensivkurse mit Mondmesse zu ersetzen. Acht Tage nach der Ankündigung im Netz waren sie für 2008 ausgebucht. Wenn es jemanden gab, der der Entwicklung nicht recht traute, dann selbstverständlich Ashok.

Und einige Wochen vor der Juni-Messe passierte denn ja auch etwas, das ihn in seiner Schwarzmalerei zu bestätigen schien. Er hatte die große Gartenpforte geöffnet, um mit dem Ford Galaxy zum Einkaufen nach Geestend zu fahren, als er eine der Katzen fand, erschossen und an den Stamm der dicksten Eiche auf dem hauseigenen Parkplatz genagelt. Natürlich war er betroffen und beunruhigt, vor allem aber verwundert: Was sollte das? Der kalte Krieg mit den Jägern hatte eigentlich stabile Verhältnisse geschaffen. Die Kurve von Entspannung und Eskalation war seit Jahren extrem flach und dieser anonyme Anschlag eine recht überraschende Provokation.

Am liebsten hätte Ashok den Kadaver klammheimlich

verschwinden lassen. Die Furcht jedoch, daß die Chefin ihn dabei erwischte, saß tief. In all den Jahrzehnten hatte er sich nie an ihre gemeinen Gardinenpredigten gewöhnt – und Anlässe gab es nach wie vor mehr als genug: Der Coca-Cola-Vorrat ging zur Neige oder das Heizöl im Keller, auf einer der Sopranos-DVDs glänzten erdnußfettige Fingerabdrücke, oder er hatte zum x-ten Male den Tresorschlüssel steckenlassen. Nicht auszudenken, was er sich würde anhören müssen, nähme er sich Eigenmächtigkeiten heraus.

Auch Dora Maria Zils war eher konsterniert als wütend. Nichtsdestotrotz blieb ihr nichts anderes übrig, als sichtbar zu reagieren, und sie wäre nicht der Machtmensch, der sie nun mal war, hätte sie nicht versucht, den Spieß umzudrehen. Solang sie keine Ahnung hatte, was der Quatsch sollte, erschien es ihr am sinnvollsten, die finstere, undurchsichtige Symbolik für sich zu vereinnahmen und in den Dienst ihrer eigenen Agenda zu stellen.

Also tippte sie die Totenklage zu Ehren ihrer Freundin Shiva bzw. den Bannfluch gegen die Jäger in den Laptop und beauftragte ihren Schergen, den Ausdruck mitsamt der von Kottje erdichteten Reklame für die Vollmondmessen ans Schwarze Brett des Kühlhauses zu heften. Ferner sollte Ashok bis auf weiteres schon vor den Messen den Infraschallgenerator anwerfen, fast jeden Tag, aber nicht jeden Tag; ungefähr gegen Abend, aber nicht immer zur gleichen Stunde. Die Jäger durften keinerlei Regelmäßigkeit erkennen. (Und das war ihr Geniestreich: mit demselben Mittel, das die Kundschaft zielführend aufrührte, die Gegnerschaft abzuschrecken!) Schließlich rasierte sie sich – nach dem Vorbild der alten Ägypter, wenn eines ihrer heiligen Katzentiere starb – zum Zeichen der Trauer die Augenbrauen ab und krümelte sie in den Ficus.

Als Tara und Ashok ein paar Tage später dann durch die HEZ vom Tod des «Knut W. (82)» erfuhren, waren sie gewiß nicht so mitgenommen wie Teile der restlichen Dorfbevölkerung, doch kaum weniger irritiert. Vollkommen ahnungslos, wer «dem alten Nazi» (Tara) den ‹letzten Bissen› verabreicht haben könnte, war ihnen gleichwohl klar, wen dessen Kumpanen verdächtigen würden. Doch auch diesmal reagierte die Katzenzenzi pragmatisch … und ließ es auf eine Konfrontation ankommen. Es war ihre zweithervorragendste Eigenschaft, aus einer Position der Ratlosigkeit im Handumdrehen in Vorhand zu wechseln.

Ihre bei weitem hervorragendste war allerdings das Gesäß. Mit einer derartig wuchtigen Waffe ließ sich alles plattmachen, was nicht niet- und nagelfest war, oder wenigstens aussitzen. In der Hinsicht war sie Sitzriesen wie etwa Helmut Kohl oder Onno Viets durchaus ebenbürtig. Tara Parinama bekümmerte sich einfach nicht weiter um das Rätselhafte der Geschehnisse, sondern konzentrierte sich auf ihren Mondmessenplan.

Der furchtsame Ashok hingegen war alarmiert. Zwei derart befremdliche Vorgänge in so kurzer Zeit, das konnte nichts Gutes bedeuten. Als dann rund zwei Wochen später der nächste Kadaver an der Eiche hing, hatte er die Nase voll. Und die Hosen.

Kein Wunder, stand er doch eh unter erheblichem Streß. Es war am Sonntag nachmittag des 15. Juni, als er die zweite gekreuzigte Katze entdeckte. Und am Montag nachmittag des 16. Juni würden die siebenundzwanzig Jüngerinnen zur Premiere der diesjährigen LUNA LESSONS™ eintrudeln. Die Zenzi arbeitete selbstverständlich nur noch geistig bzw.

spirituell, und so blieben die meisten körperlichen Arbeiten an ihm, Ashok, hängen. Örtliche Putzkräfte zu finden war aussichtslos, und um welche aus den umliegenden Dörfern oder aus Geestend anzulocken, bedurfte es schon außerordentlicher Stundenlöhne. Hinzu kamen Koordination und Organisation der Verpflegungslieferungen. Der komische Namenlose ging bereits selbst auf dem Zahnfleisch, als Bruder Ramses ihn gequält grinsend begrüßte. Beim Rapport ereilte ihn ein Nervenzusammen-, den Tara mit einem Wutausbruch kurierte. Sodann improvisierte sie eiskalt ihr Ramses-Pamphlet, befahl Ashok, es – diesmal mitsamt einem Foto der Leiche – ans Schwarze Brett zu pinnen, und blieb stur auf Kurs.

Seit jeher neigte Ashok dazu, Ängste auszuagieren. Präziser: seine Katatonie punktuell aktionistisch zu unterbrechen. Schon nach der ersten Katzenschändung Ende Mai hatte er seine alte Knarre aus dem Versteck geholt, die Laserzielvorrichtung draufgeschraubt und hinterm breiten Rücken der schnarchenden Chefin nächtliche Zielübungen im Garten des Forsthauses durchgeführt. Sprich, ein bißchen herumgefuchtelt und leise Schußgeräusche imitiert. Was durchaus beruhigend auf das kindliche Hänflingsgemüt wirkte ... zumindest tageweise. Die Büchse (Seriennummer herausgefeilt) war, wohlgemerkt, bloß mit Platzpatronen geladen. Wiewohl, der Namenlose verfügte durchaus auch über scharfe.

Besorgt hatte ihm einst all das, wer sonst, der Luftgitarrist. Nach dem letzten großen, letztlich bloß am Machtwort des Exbürgermeisters Henry Baensch gescheiterten Rollkommando der Dorf-SA unter Leitung von Bauernführer Arnulf Toppin Mitte der Achtziger hatte Ashok das dringende Bedürfnis entwickelt, sich gegen einen neuerlichen

Angriff zu wappnen. Insbesondere vor jenem stiernackigen, rotgesichtigen Stinkstiefel war Ashok höchst bange ... zu Recht, vermutlich; Arnulf Toppin könnte den Hänfling mit der linken Hand erwürgen. Die Knarre verschaffte ihm ein wenig Sicherheit. Als Löble ihm – viel später, Mitte der Neunziger mußte es gewesen sein – aus reinem Schacherdrang auch die illegale Laserzielvorrichtung anbot, griff er zu. Aus reinem Zugreifdrang.

Da die Katzenzenzi in ihren heiligen Hallen niemals Waffen toleriert hätte, hatte Ashok sie zu Kommunenzeiten heimlich im Hof vergraben. Nach dem Umzug ins Forsthaus entdeckte er ein seiner Meinung nach bombensicheres Versteck in Henry Baenschs ehemaligem Waffenschrank. Es handelte sich dabei um einen Einbau, den die Zenzi zu einem geräumigen Tresor umfunktioniert hatte. Wovon sie nichts wußte, war das Geheimfach – die doppelte Rückwand, die Ashok eines langweiligen Sonntagnachmittags entdeckt hatte.

Am Abend des 16. Juni also war der komische Namenlose in höchster Alarmbereitschaft. Unter allen Umständen mußte es ihm gelingen, im Vorwege alles zu eliminieren, was einen reibungslosen Ablauf der ersten Vollmondmesse dieses Jahres würde stören können. Stornierungen hinsichtlich der übrigen drei Messen? Das wäre, wie Ashok sich später Onno gegenüber ausdrückte, «der schlimmschde word case».

Kurz vor ein Uhr in der Nacht zum 17. würde Tara Parinama vom Forsthaus aus starten, um ihre seit Stunden gehirngewaschenen siebenundzwanzig Novizinnen in den Wald zu geleiten (Höchststand Vollmond: ein Uhr siebzehn). Ashok konnte sich nicht entscheiden, welcher Zeitpunkt an diesem heiklen Tag der sinnvollste wäre, um den

ISG einzuschalten. Falls zu früh, so argwöhnte er, könnte sich der Feind vielleicht daran gewöhnt haben, bevor die Show begann. Und zu spät wäre vielleicht, nun ja: zu spät. Tara konnte er nicht fragen, die seifte mit Volldampf ihre Mondkälber ein. Schließlich kompensierte er seine Unruhe und Unentschlossenheit, indem er sich gegen halb neun auf den Weg in den Mondwald machte – einfach, wie er sich sagte, um sich vor der Entscheidung ein persönliches Bild von der Lage vor Ort zu machen. Nicht, daß die Jäger da in Kommandostärke aufliefen oder die Bauern irgendeinen Mist bauten. Oder sonstwas passierte.

Angetan mit olivgrünem T-Shirt und Tarnfleckhose, schlich er wie üblich von Süden her durch den Wald auf den Mondplatz zu. Der nadelteppichgedämpfte Pfad endete ja direkt an der Leiter zur Kanzel, wie einst von Henry Baensch gewollt. Gut für Ashok, falls jemand ansaß; denn eine Südluke gab es nicht, nur die Brettertür mit dem massiven Vorhängeschloß über dem Holzwaber. Doch etwaige Beobachter oder Lauschposten dort oben waren ohnehin nicht der Grund, weshalb der komische Namenlose sich, zehn Schritte bevor er den Platz erreicht hätte, abrupt unter einen Weißdornbusch duckte …

Deutlich waldfremde Geräusche. Eindeutig aus dem Dickicht auf der Ostseite der Lichtung, dem dichtverwachsenen Unterholz in jenem breiten Waldstreifen, der den Mondplatz von der letzten, der Schlagloch-Etappe des Feldwegs trennte. Knistern, rhythmisches Robb- und Raschelgeräusch – und das Knacken eines ungefähr fingerdicken Zweigs. Ein Fuchs ist das nicht. Ein Wildschwein aber auch nicht. Auf Knien und Ellenbogen kommt es bis zur Hüfte aus der Dickichtwand gekraucht: ein Mensch. Ein schmächtiges menschliches Wesen, beinah kindlich dünn, aber womöglich drahtig. Keine fünfunddreißig Schritt entfernt, erkennt Ashok auf dessen Rücken ein Gewehr mit lasergesteuerter Zielvorrichtung. *Sein* Gewehr. *Seine* Zielvorrichtung. Schwarz gekleidet, schwarze Sturmhaube, so daß die Augen weiß leuchten, als es nach allen Seiten wittert ... besonders ausgiebig in Richtung Ansitz. Vermutlich hat es noch aus der sicheren Tarnung des Dickichts heraus erkannt, daß die Lukenläden geschlossen sind. Hat es auch ihn entdeckt, ihn, Ashok?

Ashok fällt erst wieder ein zu atmen, als sein Herz zu stolpern beginnt. Dann, während das schwarze Wesen rückwärts zurück unters Gestrüpp kriecht, reißt Ashok den Mund auf und schnappt so geräuschlos als irgend möglich nach Luft. Will am liebsten abhauen. Doch von dort drüben keinerlei Geräusch mehr. Stille. Das Wesen kann sich nicht in Luft aufgelöst haben – es muß reglos daliegen, irgendwo da unterm Gestrüpp am Ostrand der Lichtung lauern. Ashok kann nicht verschwinden, ohne auf sich aufmerksam zu machen. Ruckweise löst er sich aus der Hocke, teils aus Einsicht, teils aus Resignation, teils aus Nerven- und Muskelschwäche. Kniet – und streckt sich schließlich, zentimeterweise, platt über den Waldboden hin bäuchlings aus, wobei er jede Geräuschquelle peinlich antizipiert und vermeidet. Bei angehaltenem Atem ist der Vorgang dermaßen strapaziös, daß er im Liegen für Sekunden in Ohnmacht fällt. Er erwacht davon, daß die Blutströme – während der Hocke gestaut – mit unerträglichem Kribbeln in Füße und Unterschenkel zurückschießen. Beide Augen jucken und brennen vom flutenden Stirnschweiß. Der Schließmuskel krampft vor Anstrengung, dichtzuhalten. Mit grausamer Ruhe krabbelt ein unsäglicher Tölpel von Käfer im Nacken umher.

Gleich darauf vernimmt Ashok das Geräusch eines schlaglochgeplagten Pkw-Motors. Zehn unendliche Minuten später kamen von der Nordflanke der Lichtung her – die Suhle westlich liegen lassend – der Exbürgermeister und Amtsförster a.D. Henry Baensch nebst Hund sowie einem Begleiter, den Ashok als Dennis Zumforts angeheirateten Onkel Onno Viets identifizierte. Je näher sie dem Fleck kamen, an dem das schwarze Wesen im Gestrüpp verschwunden war, desto unruhiger wurde der Hund. Er winselte und zerrte an der Leine, und der reglose, atemlose komische Namenlose in seinem nur allzu durchlässigen Versteck rechnete lange, quälend lange Augenblicke lang mit einer Schießerei; der alte Amtsförster aber zischte nur und nahm die Leine kürzer, und schließlich leinte er das Tier am Fuße der Leiter an und kletterte mit seinem Begleiter hinauf. Fiepend und mit aufgestellten Ohrknorpeln starrte der Hund ihm, Ashok, in die zehn bis elf Schritte Luftlinie entfernten entsetzten Augen.

Beinah zweieinhalb Stunden müssen es gewesen sein, die sie nun alle drei da liegen sollten – Diana, Ashok und der andere da hinten im Dickicht –, während Henry Baensch und Onno Viets dort droben auf Ansitz hockten und warteten, gleichviel, ob auf Sauen oder irre Frauen. Diana hatte sich schon nach kurzer Zeit an die olfaktorische Anwesenheit zweier fremder Menschen gewöhnt. Ihr Befehl war klar, und ihren Instinkt ordnete sie dem unter.

Ashok aber starb tausend Tode an jenem schwülen Juniabend. Gelähmt lag er da, bäuchlings auf dem Waldboden. Die Gefahr, von Henry und Onno entdeckt zu werden, war zwar gleich null – lag er doch im Süden, wohin keine Luke schaute. Vor ihnen hatte er ohnehin keine Angst. Angst, große Angst hatte er vor dem Wesen im Dickicht. Wenn es sein, Ashoks, Gewehr und seine Laserzielvorrichtung gefunden hatte, dann gewiß auch die scharfe Munition dafür. Was zum Kuckuck hatte der Mensch da bloß vor? Wer zum Teufel war das?

In der ersten Viertel- jener beinah zweieinhalb Stunden vermochte Ashok kaum einen klaren Gedanken zu fassen. Alles, was er tun konnte, war schwitzen und spähen: auf den Sekundenzeiger seiner Armbanduhr, auf das braun-silberne Fell des Tieres da hinter dem Grün am Fuß der Ansitzleiter und auf jene Stelle an der Dickichtwand rund vierzig Schritt entfernt, wo das maskierte, vermummte dünne Wesen vorhin rückwärts kriechend verschwunden war. Und seither lauerte. Eine andere Erklärung gab es nicht: Niemand konnte sich in jenem Dickicht fortbewegen, ohne, zumindest von Ashoks Warte aus, deutlich hörbare Geräusche zu verursachen.

Nachdem der andere keinerlei Anstalten machte, die Situation aufzulösen, imaginierte Ashok, was passieren würde, wenn er, Ashok, abrupt aufspränge und flöhe. Sicher würde der Hund anschlagen – angenommen, der Verwirrungseffekt auf die anderen Anwesenden spräche für ihn, Ashok: Würde der Vorsprung vor dem Vermummten ausreichen? Ashok war nicht gerade sportlich.

Während ihm der saure Schweiß in den aufgerissenen Augen brannte; während der tölpelige Käfer zurückkehrte und ein Gefolge von Ameisen und Tausendfüßlern hinter sich herzuschleppen schien, drängten sich Ashok Fragen auf. Warum sollte der andere da ihn, Ashok, erschießen wollen, sofern er ihn vor die Flinte kriegte? Wenn er das wollte, hätte er es nicht bereits getan, als er die Waffenausrüstung aus dem Hause Tara Parinama gestohlen hatte?

Nicht er war das Ziel. Als die Rauchwölkchen von Henrys Tabakspfeife aus der Ostluke aufstiegen, schien es, als wären sie der endgültige Beweis, daß der Vermummte es auf die Leute in der Kanzel abgesehen hatte. Vom Ostrain des Mondwaldes aus vielleicht hatte der beobachtet, wie sich das Fahrzeug des ehemaligen Amtsförsters näherte, war sodann quer durchs Dickicht zur Lichtung gerobbt und hatte sich auf die Lauer gelegt. Und jetzt – so schoß es Ashok schmerzhaft durch den Kopf – wartete er, daß es dunkler wurde.

Bei dieser Erkenntnis wollte sich Ashoks Hühnerbrust ein Seufzen entringen. Er preßte es zurück nach dort, wo es herkam – was ein paar Extrasystolen auslöste. Ab diesem Moment setzte jene anhaltende Lähmung ein. Denn letztlich waren es ja weder der Fremde noch die beiden Kanzelinsassen, die Ashok von der Flucht abhielten. Sondern seine existentielle Angst. Was, wenn Tara Parinama und ihre zahlenden Jüngerinnen über die ein oder andere menschliche Leiche stolperten?

Finkloch als Spitzenstandort der esoterischen Industrie, als Firmensitz und ja, auch als Heimat ... es wäre verbrannte Erde.

Und so lag er nahezu zweieinhalb Stunden lang da, der komische Namenlose, lag da am Rande des Mondplatzes, von der Pattsituation wie querschnittgelähmt. Es gab keine Ausflucht, er konnte nur bleiben und warten und hoffen, daß sich die Lage auflöste, bevor die Vollmondmesse beginnen, bevor Tara Parinama mit ihren siebenundzwanzig Jüngerinnen anrücken würde. Und als nach einer Ewigkeit, nach einer ganzen Epoche voll Angst und Käfern, Schweiß und Spinnen der Mond aufschien – ein blasser, mongoloider Riesenmond mit Wasserzeichen, aufgeblasen bis zum Platzen –, da endlich, von beinah zweieinhalb

Stunden lähmender Spannung gedehnt, zerrissen Ashoks Nerven.

Offenbar war er einem Sekundenschlaf erlegen gewesen, jedenfalls nahm er die vermummte, schmächtige Gestalt, das angelegte Gewehr und den schrillen roten Laserstrahl erst im selben Moment wahr, wie er von dem Gebrüll Henry Baenschs aufschreckte: «*Waffe* weg! *Waffe* weg!» Und in dem Moment – kurz bevor der erste Schuß fiel – wußte Ashok plötzlich, wer der dünne Schütze war. Und dann das erste PACHCHCH!!, so daß sein spitzer Schrei, wenn es denn nicht ohnedies ein stummer war, unterging im zweiten PACHCHCH!

*

«Grauehaft», raunte Ashok Und blies mit dünnem Flötentone auf den heißen Brei. «Wie se mit meiner Gnarre da rumg'fuchdelt hat? Und mit dem gnallrode Laserstrahl auf die Ganzel zielt hat …? Großer Grishnamurti, Alter, i hab dacht, jetsch geht's aber los …?» Die stoppelige Miene auf seinem Schildkrötenschädel gestaltete das Grausen so frisch, als sei der Vorfall nicht achteinhalb Wochen, sondern achteinhalb Minuten her.

Längst hatten die beiden ungefähr gleichaltrigen Männer einander vorgestellt, dort im Farnwald. Die erste Selbstgedrehte hatte Onno seinem Gegenüber überreicht, und als er die nächste Linie Knaster aus seinem Beutelchen zog, sagte das: «Wie heißt du? Ich heiß' Ashok?»

«Aschock?» fragte Onno. «Onno.»

«Onno, ach ja, weiß i ja vom Dennis. Oschtfriesisch, gell? Ashok, ja. Mei Sannyasin-Nam. G'sunder Nam. Der granke Eckart Grüger isch schon lang dot …?»

Auch und gerade auf einen wie den komischen Namenlosen übte Onnos treuherzige braune Yogi-Iris jene Wirkung aus, für die er im Familien-, Freundes- und Bekanntenkreis berühmt war. Ja, selbst unter der nur allzu naßforschen Annäherung hatte sein berühmtes ‹Charisma für Arme› nicht gelitten. Onno war es gewohnt, daß die Leute ihm ihr Herz ausschütteten. Er erachtete diese seine stimulierende Fähigkeit offenbar als keine besondere, hatte er in seiner ureigenen Bescheidenheit doch nie in Frage gestellt, daß sie prinzipiell allen Menschen in ähnlichem Maße zu Gebote stand.

Insofern hatte er sich, während sein Schock allmählich abklang, in den gesamten vergangenen zwei Stunden durchaus gefragt, weshalb Ashok ihm all' das eigentlich so bereitwillig erzählte ... ohne daß er, Onno, bisher auch nur einen Ton darüber verloren hatte, weshalb er überhaupt gekommen war.

«Waffe weg!, Waffe weg!, und dann BENG, BENG, *Fack*, Alter, grauehaft ...? Die isch volles Rohr, die isch richtig umg'schmisse worde, oifach nach hinde umkippt mit ausgebreidete Arm – so!», verzweifelt, voller rückwirkendem Entsetzen warf er die sehnigen Arme hoch, «fascht wie auf dem berühmte alte Fodo, weischt, des Andigriegsbild, ‹WHY?›, und die Gnarre isch im hohe Boge davog'floge, i hab's g'sehe, Alter, i hab de Lauf im Mondlicht blitze g'sehe und de rode Laserstrahl!?»

Obwohl die Bestürzung sich deutlich in seinen umrunzelten grauen Augen widerspiegelte, tat es ihm ebenso sichtlich gut, sich das schreckliche Erlebnis von der Seele zu reden. Seit achteinhalb Wochen rumorte es dort, und jetzt durfte es raus – aus welchem Grund auch immer er es sich gestattete.

Es hatte etwas seltsam Triumphierendes, als er erzählte, wie lang ihm die Stille vorkam nach den beiden Schüssen, «was habt ihr eigentlich so lang g'triebe, da obe?»; oder vielleicht war's ja auch gar nicht so lang – zwanzig Sekunden?, drei Minuten? –, jedenfalls lag er ja ebenso geschockt da unter seinem Busch, und dann ... «I hab dacht, i seh net recht!?» ... dann sei Nelkenheini davongerobbt. Einfach davongerobbt. Nachdem sie minutenlang dagelegen habe wie tot, sei sie davongerobbt. Zurück ins Dickicht. «I hab dacht ... i hab dacht, mi laust der Aff!? Hier, i grieg immer noch Gänsehaut! ...?» Klagend hielt er Onno den Unterarm hin, der tatsächlich aussah wie gerupfter Ganterschenkel. Zurück ins Dickicht gerobbt sei Nelkenheini, immer weitergerobbt, hat deutlich geraschelt, «des müßt ihr doch au g'hört habbe?!», während der angeleinte Hund die ganze Zeit stocksteif dastand und winselte.

Und weil da oben nichts passierte, da oben auf dem Ansitz, da habe er, Ashok, seine Chance beim Schopf ergriffen, sei mit pumpenden Pulsen die dreißig, vierzig Schritt an der einzigen Zeugin, der winselnden Diana, vorbei nach vorn gehastet, wo der Ziellaser rot und flach durchs nächtliche Gras der Lichtung schoß, habe ihn ausgeknipst und samt Gewehr gepackt (zwar war die Nummer herausgefeilt, doch wer wußte schon, ob nicht seine, Ashoks, Fingerabdrücke noch drauf waren), und während er von oben aus der Kanzel Henrys und Onnos gepreßten Wortwechsel vernahm, sei er wie von tausend Teufeln gejagt über den Trampelpfad entflohen. –

Ungeordnet erfuhr Onno weitere Details. Daß Ashok Waffe samt Laser sogleich im Löschteich versenkt hatte (so wie die Finklocher einst vorm Anrücken der Tommies die ihren), allerdings nicht, ohne sie vorher rasch zu untersuchen – und festzustellen, daß zwei Platzpatronen im Doppellauf steckten, neben der abgefeuerten eine unversehrte.

Daß es ihm gelungen war, geduscht und gekämmt und unverfänglich aus seiner Kammer hervorzutreten, als Tara bei ihm anklopfte und, bevor sie ihre Klientinnen in den Wald führte, fragte, ob auch er den merkwürdigen Doppelschuß gehört habe. Daß er mit ja geantwortet und behauptet habe, das sei viel weiter nordöstlich gewesen, im Moor oder am See.

Daß er nach einer schlaflosen Nacht, gen Geestend aufbrechend, den alten Amtsförster Baensch im Dorfe gesehen habe, der ihn, als ob nichts gewesen wäre, wie üblich nicht mit dem Arsch angeguckt habe.

Daß er tage-, ja wochenlang erwartet habe, daß irgend etwas passierte ... daß die Polizei an die Tür des HAUSES TARA PARINAMA pochte oder Henry Baensch nebst Onno oder Arnulf Toppin samt Sturmabteilung – oder eben Nelkenheini selbst, schwer verletzt. Oder daß einer der Jäger ihre Leiche im Dickicht fände. Selbst habe er sich nicht auf die Suche nach ihr gemacht. Wie hätte er die entsprechend häufige Abwesenheit Tara Parinama erklären sollen? Nein: Er konnte nur warten.

«Warum bist du dir», fragte Onno an dieser Stelle endlich, «eigentlich so sicher, wer das war, der vermummte Schütze da?» Wiewohl er unter Schock stand, hatte Onno anfangs noch die Frage auf der Zunge gebrannt, wie zum Teufel Ashok denn überhaupt aus so völlig heiterem Himmel darauf käme, daß es sich um ausgerechnet Nelkenheini handele. Woher er sie überhaupt kannte, war ihm allerdings klar – erinnerte er sich doch durchaus noch aus eigener Anschauung an jene Zeiten ab Mitte der Siebziger, als die gar nicht mehr so kleine Evelyn sich so magisch angezogen fühlte von jener Kommune am Sackbahnhof. Andererseits war das schließlich und endlich Jahrzehnte her.

Wie auch immer, ein gutes Dutzend Abers brannte Onno auf der Zunge, während er innerlich rudernd versuchte, nicht unterzugehen in der Redeflut des komischen Namenlosen mit dem komischen Namen. Dennoch, schon allein eingedenk der Kriterien Richard Wisemans hinsichtlich der Unterschiede zwischen ehrlichen und gelogenen Berichten zweifelte Onno kaum noch am grundsätzlichen Wahrheitsgehalt. Und so vernahm er mit seinem inneren Ohr schon ein *Ja*, hörte ein *Ja* heraufwispern aus den Tiefen seiner eigenen Intuition: Ja, Nelkenheini – das wäre aus verschiedenen Gründen des Rätsels naheliegendste Lösung. Nichtsdestoweniger fragte er nun ausdrücklich: «Warum bist du dir eigentlich so sicher, wer das war, der vermummte Schütze da? Warum bist du dir so sicher, daß es Nelkenheini –»

«Dann sag du», unterbrach ihn Ashok. Nachdem er den Rauch geräuschlos in den Rachen gesaugt, einen Ring daraus entlassen und den Rest mit heftigem Zischen inhaliert hatte, sagte er, aus Mund und Nase qualmend, zum ratlos schweigenden Onno: «Siehschst du?»

Onno holte tief Luft. Dann sagte er: «Aber wie lang ist das denn bitte schön her, daß du sie zum letzten Mal gesehen hast? Da –»

«Drei Jahr oder so?» sagte er.

«Was?»

«Seit se wieder im Land war, hat se uns zwei-, dreimal b'sucht? Immer erscht den Löbl in Geeschtend, abber dann uns.»

Verdutzt schwieg Onno.

«Aber des wichtigschte Indiz, daß sie's war, die g'schosse

hat, isch des hier: Wer, frag i di, hat denn sonscht noch das G'heimfach im ehemalige Waffeschrank von dei'm Schwiegervader kannt? Wer – wohlg'merkt –, *der og'fähr ihr Schdatur hat?*»

Onno, der gerade ein Zündholz aus der Schachtel fingern wollte, starrte ihn an. Schließlich sagte er, aus purem Trotz: «Na, *du*, nech?»

«Ja, abber warum sollt i des tue? Um die *Gatz* zu räche?» Er lachte erstaunlich dreckig. «Und selbscht, wenn i so dumm wär, einen Mordanschlag zu verübe: Glaubscht, i wär dumm g'nug, des mit Blatzbatrone zu versuche?»

Wieder starrte Onno ihn an. Auf der Zunge lag ihm: *Und warum sollte Nelkenheini mit Platzpatronen schießen?* Leider aber ahnte er die grausige Antwort.

Und plötzlich sprang Ashok auf, nachdem er einen Blick auf die Swatch an seinem dünnen Handgelenk geworfen hatte. «*Fack*, i muß z'rück. Des Seminar isch glei zu End? I muß die Quiddunge und Urkunde ausgebbe?»

Onno beeilte sich, seinerseits auszupacken. Während der komische Namenlose von einem dünnen Bein aufs andere trat, versuchte Onno es dennoch. Rückte endlich damit heraus, er habe den Infraschallgenerator im Wald entdeckt. Verlange, Ashok möge Tara auffordern, ihn deinstallieren zu lassen.

Und wenn es noch eines Beweises bedurft hätte, daß Dennis mit seiner Einschätzung, der komische Namenlose sei «debil», meilenweit danebenlag, dann lieferte der ihn jetzt: «Des werd' ich *net* tun», sagte er vollkommen unbeeindruckt, nur ein wenig hastig. «Mir brauche des Gerät g'schäftlich dringendscht. Und wenn du auf die Idee komme solldescht, Onno Viets, der Tara auch nur oi einzig's Wörtche zu verrade – oder die Olag kaputtzumache oder so –, dann steh i zehn Minude später bei euch vor der Tür und erzähl deinem Schwiegervater, daß er högschtwahrscheinlich sei eigene Schdiefdochter erlegt hat.»

*

Zuletzt hatten Edda und ich bei einem unserer ersten Schäferstündchen über Nelkenheini gesprochen. Ich weiß nicht mehr genau, wie wir auf sie kamen – alle paar Jahre wieder kam ohnehin die Sprache auf sie; zwangsläufig, denn von einem entglittenen oder entflohenen, jedenfalls einst geliebten Menschen muß man sprechen, um zu verhindern, daß er in einer abgelegenen Herzkammer verkümmert.

Trotz seines allzu flapsigen Anklangs angesichts eines kleinen Mädchens war Nelkenheini ein Kosename reinsten Wassers. Wer von der Familie ihn in den Mund nahm, tat es in der entschiedenen Absicht, das so benamste Kind zu kosen ... zu Anfang der Siebziger jedenfalls, als der Wunsch noch ungetrübt war. Doch auch später bewahrte die einstige Rührung über die Inhaberin nichts so schlicht um schlicht wie dieser skurrile Spitzname. Denn Inhaberin und Urheberin waren identisch: Sieben Jahre alt war Evelyn Baensch, als sie verkündete, sie wolle einen ähnlich schönen Namen wie die von ihr vergötterte Stiefschwester Rosemarie ... Nelkenheini eben. Und es tat – so befand die Familie – dem Genialischen keinen Abbruch, daß die Idee auf einem Kinderwitz beruhte.

Henry und Betty hatten Evelyn adoptiert, als sie drei Jahre alt war. Im März 1967 war es gewesen, daß die Baenschs das verstörte, phasenweise teilnahmslose, magere Kind aus einem Kreuzberger Heim abholten. Unter nie geklärten Umständen war es durch die Mauer geschleust und ausgesetzt worden. Am Prenzlauer Berg hatte sein biologischer Vater die Mutter erwürgt und ihren neuen Gefährten erschlagen. Evelyn umzubringen hatte er nicht übers Herz gebracht. Es handelte sich um den Halbbruder von Henrys ungeliebter Schwägerin, und bevor er sich erhängte, verfügte er in seinem Abschiedsbrief, Evelyn möge «vom einzigen Verwandten im freien Westen» aufgenommen werden.

Bettys pragmatische Humanität dämpfte Henrys irrlichternde Wut auf seinen Bruder da drüben (der lange vor der Wiedervereinigung sterben würde) – «Ist das der Dank für all die Weihnachtspakete: ein wildfremdes Kind?!» – recht rasch. Edda, fast zehn, und Rosemarie, achteinhalb, freuten sich über den unverhofften geschwisterlichen Zuwachs.

Und hatte er das schutzlose Geschöpf erst einmal, wiewohl mit knirschenden Zähnen, per Linienflug in den Westen überführt, war Henry sowieso weich geworden … weicher noch als die mullgefüllte, selbstgenähte Puppe, die Betty der Kleinen mitgebracht hatte und die diese die nächsten sieben Jahre nicht mehr losließ. Gelegentlichen, «fast autistischen Phasen» (Edda) zum Trotz, entfaltete sich Evelyn ganz allmählich unter der Obhut und Zuneigung ihrer Pflegeeltern und Stiefschwestern, blühte auf in ihrem neuen Zuhause in Hamburg-Wilhelmsburg.

Die fünfte Klasse aber besuchte sie bereits im Lyzeum von Geestend. Intelligent, burschikos drahtig und ebenso verschlossen wie widerborstig, hatte sie es nicht leicht mit ihren Mitschülerinnen. Die einzige schlechte Note im ersten Zeugnis war ein Befriedigend in Betragen. Zwar eignete ihr nichts Streberhaftes, doch die Kontinuität, mit der ihre Beteiligung im Unterricht sowie ihre Klassenarbeiten, ob sprachlich, ob naturwissenschaftlich, mit Gut bis Sehr gut bewertet wurden, war ihren Kameradinnen suspekt. Hätte sie nicht auch im Sport zu den Besten gezählt – wo sie sich gleichermaßen durch Verbissenheit wie sture Fairneß auszeichnete –, wäre sie wohl das perfekte Mobbingopfer gewesen.

Nelkenheini schien den Verlust ihrer Wilhelmsburger Umgebung und ihrer Spielkameradinnen (Freundinnen hatte sie nicht) leidlich zu verschmerzen: Die Frequenz der autistisch-absencenhaften Zustände blieb im gewohnten Rahmen. Zu Henrys, Bettys und Rosis Erstaunen. Ein Erstaunen, in dem Erleichterung enthalten war ... wie aber auch die Befürchtung, diese Erleichterung möchte sich als trügerisch erweisen.

Dennoch überwog sie, denn kaum hatte Nelkenheini ihre Hausaufgaben – wiewohl stets höchst gewissenhaft – erledigt, stürzte sie aus dem Forsthaus in den Garten, wo sie ein Zelt aufgebaut hatte (in dem sie manchmal übernachten durfte), oder tiefer in den Lärchenwald. Erbaute sich eine Märchenwelt aus Lauben und Höhlen, streifte durch Felder, über Weiden und Heide, durch Tamerlans Tannen und Puckens Busch, durch Mondwald und Moor bis hin zu den Ufern des Finkensees. Sie streunte durchs Dorf, ließ sich bei Hein und Fietje Poppenkamp eine Scheibe Fleischwurst schenken und kaufte in Berthold Bobziens Dorfkrug eine Tüte Lakritzschnecken, turnte auf dem rostigen Prellbock am Bahnsteig herum und beobachtete voll unbändiger Neugierde das Treiben im verwilderten Hof vorm Haus der «Kommune», wie Henry die dort ein und aus flatternden Paradiesvögel nannte ... wenn er sie nicht «arbeitsscheues Gesindel» schimpfte, «Gesocks» oder gar «Abschaum der Menschheit». Henry verbot Nelkenheini kategorisch, sich dem Anwesen auch nur zu nähern.

Doch noch nie hatte er angedrohte Hausarreste oder ähnliches umzusetzen vermocht; Töchter waren aus Herzensgrunde zum Hätscheln da. Mit Ausnahme der ein oder anderen pathetischen, hitzigen Ansprache enthielt Henry sich erzieherischer Maßnahmen. Weder hatte er die Nerven, solche durchzuführen, noch die Möglichkeit, sie zu überwachen – war er doch die wenigste Zeit des Tages zu Haus, vielmehr meist im Wald, in seinen Vereinen, beim Musizieren, im Ortsrat oder sonstwelchen Gremien.

Und die Exekutive – sprich Betty – setzte ihre eigenen Prioritäten. Obzwar es ihr ebensowenig geheuer war, wenn ihr zu Ohren kam, daß Evelyn wieder einmal bei den antiautoritären Schmuddelkindern der «Kommune herumgelungert» hatte. (Was sie ausgiebig und immer wieder tat; sie lernte nicht nur Dora und Ashok recht gut kennen, sondern hatte sich, wie sie später einmal Rosi anvertraute, mit ihren zehn Jahren in einen dreiundzwanzigjährigen Trotzkisten mit langen kastanienbraunen Haaren verliebt.) War Betty eine konsequente Sanktionspolitik bei Edda und Rosemarie stets leichtgefallen (wiewohl nur selten nötig), so spürte sie ihr Verantwortungsorgan bei Nelkenheini fast zerreißen zwischen mitleidigem Laisser-faire und Überkompensation ... der tiefere Grund für all die späteren Selbstvorwürfe.

Eines Tages im Mai 1976 («Ich weiß es genau», pflegte Betty ungeachtet des historisch ohnedies feststehenden Datums zu sagen, «weil's nicht lange nach Eddas Geburtstag war ...») fragte Evelyn am Abendbrottisch, was eine gewisse Ulrike Meinhof eigentlich so gefährlich mache, daß der Staat sie im Gefängnis vorsorglich umbringen müsse. Sie war noch keine zwölfeinhalb, und obwohl sie es bestritt, war es für Henry gar keine Frage, wo sie diesen Namen, diese These und überhaupt dieses alptraumhafte Panier einer Parallelwelt aufgeschnappt hatte, die selbst Idyllen wie Finkloch seit Jahren überschattete.

Tatsächlich aber war nicht «die Kommune», sondern Dr. Woelkers dafür verantwortlich. Er hatte den Suizid der ursprünglichen Chefideologin der RAF im Gemeinschaftskundeunterricht zur Diskussion gestellt. Dr. Woelkers – allein der Name («Dr. Woelkers meint ...», «Aber Dr. Woelkers hat gesagt ...» etc.) verursachte Henry binnen weniger Wochen ein Magengeschwür – hatte einst an der Anti-Schah-Demonstration in Berlin teilgenommen (drei Monate nachdem sie, Evelyn, von dorther abgeholt worden war). Mit einigen wenigen weiteren «fortschrittlichen Kräften» bildete er eine «Zelle der Liberalität» innerhalb des «bis heute erzkonservativen Kollegiums» im Geestender Lyzeum, wie der gemäßigte Peter Zumfort, ein grüner Realo der ersten Stunde, es formulierte.

Immer häufiger saß Nelkenheini mit gespitzten Ohren am Radio oder – wann immer es möglich war – großäugig vorm Fernseher und stellte Betty und Rosi Fragen. Wo lag Entebbe? Was war die ‹Bewegung 2. Juni›? Was wollte sie? Wofür stand das Datum?

Noch war Evelyn geduldig mit ihrer Familie. Im Jahr darauf schon herrschte sie Betty an: «Ihr wißt aber auch gar nichts.» Über die Funktionen eines Siegfried Buback und Jürgen Ponto etwa. Und im Oktober des darauffolgenden Jahres wurde sie krank, «von all den schrecklichen Geschichten», wie Betty bis heute behauptete. Als die Nachricht von der Geiselbefreiung durch die GSG9 in Mogadischu kam, hatte Nelkenheini vierzig Grad Fieber – bestand aber mit besorgniserregendem Nachdruck darauf, daß als Pflegelager das Wohnzimmersofa hergerichtet werden möge. Betty gab nach, mußte aber mehrfach einschreiten und den Fernseher ausschalten.

Um ein Haar hätte Evelyn bereits den Konfirmandenunterricht abgebrochen. Mit allen Salben der Befreiungstheologie gerieben, gelang es dem Geestender Pastor jedoch, sie wenn nicht zu überzeugen, so doch zu überreden. Das weiße Kleidchen wirkte an ihr dermaßen offensichtlich unpassend – ja, wie Hohn –, daß Betty sich grausam vorkam.

Mit fünfzehn schließlich war Nelkenheini endgültig für die Familie verloren. Nach Hause kam sie nur noch zum Schlafen. War sie nicht in der Schule, dann in der Kommune, um all die drängenden Zeitfragen mit den verschiedenen dort vertretenen Fraktionen zu diskutieren.

Erstmals riß sie in den Sommerferien 1979 aus. Rosi gegenüber hatte sie verlauten lassen, sie wolle, um die Sandinisten nach ihrem Sieg über Diktator Somoza zu unterstützen, nach Nicaragua reisen. Ein Staat, von dessen Existenz geschweige geopolitischen Umständen Henry und Betty nur allzu vage Vorstellungen hatten. Sie kam bloß bis Hamburg, und keine zwei Wochen später brachte die Polizei sie zurück. Nahtlos setzten sich die Auseinandersetzungen fort, insbesondere zwischen Henry und ihr. Noch zweimal verschwand Evelyn und kehrte in polizeilicher Obhut zurück. 1980 absolvierte sie mit Ach und Krach die zehnte Klasse, doch in den Ferien riß sie erneut aus. Diesmal dauerte es sechs Wochen, bis sie aufgegriffen wurde – wie sich herausstellte, hatte sie in einem Protestcamp in den Wäldern an der geplanten Startbahn West bei Frankfurt gehaust.

Auch Betty konnte sie nicht mehr halten. Immer wieder verschwand Nelkenheini für Wochen, dem Vernehmen nach hauptsächlich in Hamburger Wohngemeinschaften, deren ideologisches Spektrum von Kiffer- und Späthippietum, Anti-Atomkraft- und sonstigen Initiativen über dogmatische Linke einerseits sowie andererseits Anarcho- und Sponti- bis hin zur RAF-Sympathisanten- und -Unterstützer-Szene reichte. Stippvisiten stattete sie auch Edda und Onno ab. Alle beide nicht gerade die beseeltesten Propheten politischen Bewußtseins, wobbelten Eddas Mahnungen, Ratschläge und Warnungen zwischen Gouvernantenbaß und pastoralen Flötentönen, während Onno sich zuallermeist auf gütiges Grienen beschränkte. Weder dies noch jenes war für Nelkenheinis Lebens- und Bewußtseinslage hilfreich, und so wandte sie sich von ihnen künftig ab, in einer Edda durchaus kränkenden Mischung aus Enttäuschung und Verachtung.

Auf der großen Brokdorf-Demo im Februar 1981 schließlich war sie, gerade siebzehn geworden, an vorderster Front dabei, wie Edda, Onno und übrigens auch ich mit eigenen Augen gesehen hatten. Kaum war sie volljährig, wurde sie in einem rekordverdächtigen Schnellverfahren zu acht Monaten Isolationshaft verurteilt – wegen angeblicher «Werbung für eine terroristische Vereinigung». (Sie distanzierte sich von Gewalt gegen Personen, erklärte sich aber solidarisch mit den Forderungen der RAF-Kämpfer der zweiten Generation nach besseren Haftbedingungen. Ich war noch nicht fertig mit Studium noch Referendariat, sonst wäre es wohl ich gewesen, der ihre Verteidigung übernommen hätte. Das Strafmaß war grotesk. Und typisch für die, wohlwollend ausgedrückt: Hysterie jener Jahre.)

Ihre Schwestern und Betty besuchten sie regelmäßig. Henry nie.

Nach ihrer Entlassung kam es zu der großen, grundstürzenden Auseinandersetzung in der Familie. Schon den ganzen Tag erschien die Luft im Baensch'schen Försterhaus wie ein hochexplosives Gasgemisch, und als Henry eine nebensächliche Bemerkung Evelyns dahingehend korrigierte, bei der «Knarre» im RAF-Signet handele es sich keinesfalls um eine Kalaschnikow AK47, sondern um die MP5 von Heckler & Koch und also «gute deutsche Wertarbeit» ... da drehte Evelyn durch, bezeichnete Henry als reaktionären Despoten und Kryptofaschisten etc. und Henry Evelyn als Terroristin. Er behauptete, von Anfang an gewußt zu haben, daß es nicht gutgehen könne mit «diesem Kuckucksei», und entzog ihr den Tochterstatus.

Schon eine Minute später bereute er die Äußerung, war jedoch erst eine Stunde später bereit oder in der Lage, sie zurückzunehmen – und da war es bereits *zu* spät: Von jetzt auf gleich war Evelyn verschwunden ... und blieb es für die nächsten sechzehn Jahre.

Henry trat noch im selben Jahr von seinem Bürgermeister-Posten zurück. Offizielle Begründung: Überlastung. Mancher im Dorfe glaubte, es hänge mit der verpatzten ‹Unser Dorf soll schöner werden›-Aktion zusammen. Den meisten im Dorfe aber war klar, daß er sich durch seine Ziehtochter moralisch korrumpiert fühlte.

Von Evelyn hörte man zunächst nur mehr Gerüchte. Sie sei in den Untergrund gegangen, zähle zur dritten Generation der RAF. Man habe sie in Italien gesehen, in Frankreich, im Jemen. Bei der Bastelei mit einer Granate sei ihr die linke Hand abgerissen worden, und ähnliches. Und immer wieder einmal gab es angebliche Sichtungen in der Hamburger Hafenstraßen-Szene.

Seit den Morden an Exponenten des «militärisch-industriellen Komplexes» – dem MTU-Chef Zimmermann, Angehörigen des US-Militärs, am Siemens-Vorstand Beckurts und am Diplomaten von Braunmühl – bangten die Baenschs um Evelyn. So daß sie nach der Nachricht vom Attentat auf Staatssekretär Tietmeyer aufzuatmen vermochten. Zugegebenermaßen nicht, weil es fehlgeschlagen war, sondern weil Betty kurz darauf einen kurzen, eher kühlen und (da zu ihrem fünfzigsten Geburtstag) doch rührenden Brief von Nelkenheini bekam, in dem dieselbe andeutete, daß sie seit «1983 in Übersee» sei: Die Marken auf dem Umschlag trugen zwar einen Poststempel aus Brüssel; nicht unwahrscheinlichen, wiewohl unbestätigten Informationen zufolge aber handelte es sich bei ihrer Wahlheimat um El Salvador. Das erste Lebenszeichen seit sechs Jahren.

Bis zu einem neuerlichen sollte es weitere zehn Jahre dauern. Über sechzehn Jahre nach dem Bruch tauchte sie ohne Ankündigung auf ... kurz nach Bettys sechzigstem Geburtstag. Ein zutiefst aufwühlendes Ereignis, welches das kollektive Seelenleben der Baenschs bis auf den heutigen Tag prägte – warf es doch mehr Fragen auf, als es bis zum neuerlichen Eklat nur rund eine halbe Stunde nach ihrer Ankunft hatte beantworten können.

Bettys runder Ehrentag am 27. Oktober 1998 war auf einen Dienstag gefallen. Es war geplant, am darauffolgenden Sonnabend ein Fest zu geben und gleichzeitig Rosis Vierzigsten (der am 17. Oktober gewesen war) nachzufeiern. Wie sich später herausstellte, war es die letzte große Feier der Baensch'schen Sippe, die je im Forsthaus stattfinden sollte. Wiewohl nur Verwandtschaft eingeladen war – allerdings bis ins letzte Glied –, liefen die Vorbereitungen für Kaffeetafel und Abendessen ab acht Uhr morgens. Edda war eigens bereits am Vorabend angereist, Onno, damals noch Inhaber von *Onno's Chaosk* in Eimsbüttel (jawohl, vorsätzlich mit Apostroph!), würde erst nachmittags nachkommen.

Eddas Erinnerung zufolge muß es gegen elf Uhr gewesen sein, als es an der Küchenscheibe klopfte (dort, wo fast zehn Jahre später der komische Namenlose auf Onno treffen sollte). Rosi, Betty und sie rollten gerade Teig aus. «Alle drei waren wir wie vom Donner gerührt», erzählte Edda. «Wir standen da und starrten sie an.»

Inzwischen war sie vierunddreißig Jahre alt, sah aber immer noch aus wie mit achtzehn im Knast – nur noch härter, sehniger und blasser. Sie hatte sichtlich «einen Knacks weg», wie Betty sich ausdrückte, und doch (oder gerade deswegen): Die Wachsamkeit, mit der sie sich bewegte, nachdem sie eingelassen worden war, ihre sichernden, zielenden blauen Blicke … Evelyn wirkte wie Pfeil und Bogen zugleich, gespannter Bogen, aufgelegter Pfeil.

«Die Umarmung fühlte sich schrecklich an», sagte Edda. «Nur Knochen und Muskeln. Und sie wollte sich nicht setzen, sie tigerte mehr oder weniger die ganze Zeit umher.»

Rosemarie empfand es anders. In ihren Armen hatte sie sich weich und warm angefühlt. Und sprach man je Betty darauf an, versuchte sie ein paar Augenblicke lang tapfer und redlich zu antworten, ging dann aber jeweils aus dem Raum. Irgendwann sprach sie niemand mehr drauf an.

Es war wenig, was die Frauen während Nelkenheinis nur allzu kurzem Aufenthalt erfuhren. Sie mußten ihr «alles aus der spitzen Nase ziehen», wie Edda sich mit frotzelnder Zärtlichkeit ausdrückte; kaum, daß sie dem jeweiligen Antwortsatz noch einen zweiten hinzufügte. Immerhin erfuhren sie, daß sie tatsächlich elf Jahre lang in dem kleinen mittelamerikanischen Land namens El Salvador gelebt hatte, acht Jahre davon im Bürgerkrieg. Ob sie selbst gekämpft hatte, erzählte sie nicht, aber es fragte sie auch niemand. Als ihr Mann gestorben war – woran, erwähnte sie ebensowenig –, sei sie zunächst nach Italien gegangen, dann nach Portugal und schließlich zurück nach Deutschland. Seit drei Jahren lebe sie in Berlin. Wie und wo und was sie dort tat, erzählte sie nicht.

Während sie Evelyn die Frage stellte, ob sie Kinder habe, erlitt Betty einen Weinkrampf, und wie es der Teufel wollte, betrat in dem Moment Henry den Raum. Gerade von frustrierenden halbamtlichen Gesprächen bezüglich der Übernahme des Forsthauses zurückkehrend, hatte er das fremde Fahrzeug vorm Hof entdeckt und aufgrund eines Aufklebers als Mietwagen identifiziert. Konnte so kurz vor einer umfangreichen Familienfeier nur Ärger bedeuten. Was er vorfand, als er die Küche betrat, war seine in Tränen schier aufgelöste Frau, zwei Töchter mit kaum weniger feuchten Augen und eine seit Jahren verlorene Stieftochter mit gefrorenem Lächeln.

Er war erst seit ein paar Monaten pensioniert, und seit einigen Wochen litt er unter Nervosität und Reizbarkeit; schlief schlecht und hatte Alpträume, und ständig verfolgten ihn Bilder seiner Flucht aus der Neumark unfaßliche dreiundvierzig Jahre zuvor. Dazu die enervierende Immobilienverhandlung mit der Landesforst – kurzum, er ging hoch wie eine Rakete. Fluchte und fuchtelte und verfluchte Evelyn, während der Schicksalskeil zwischen seinen Brauen beinah zu blaken schien, und obwohl Rosi und Edda sogleich gegenanschrieen, drehte Nelkenheini wortlos auf dem Absatz um. Wie er ihr, so gab auch sie ihm nicht die geringste Chance.

Edda schrie auf ihren Vater ein, doch das Feuerwerk seiner Wut mußte erst abbrennen. Als nur noch dünner

Rauch war, erkannte er das Mißverständnis. Doch da war es schon zu spät; Nelkenheini war mit dem Auto davongerast. Henry mit dem seinen sogar noch hinterdrein, vergeblich.

Während Edda mit ihrem Vater gerungen hatte, waren Betty und Rosi flehend hinter Evelyn hergelaufen, hatten handgreiflich versucht, sie festzuhalten – ebenso vergeblich; gegen die geballte, wendige Kraft Evelyns kamen selbst die schwereren Frauen nicht an. «Ich kann ihn einfach nur noch aus tiefstem Herzen hassen», habe Nelkenheini gesagt, sagte Rosi. Vergeblich habe sie um ihre Berliner Adresse gebettelt.

Bezüglich des Namens Evelyn Baensch liefen alle entsprechenden Rechercheversuche ins Leere. Ohne Wissen Henrys hatte Betty sogar eine Detektei beauftragt. Etliche tausend Mark hatte sie von ihrem Ersparten drangegeben. Nach dem Umzug gab sie auf.

Die Hoffnung aber, daß Evelyn den Mut aufbringe, einen weiteren Versöhnungsversuch zu wagen – wenn vielleicht nicht gerade zum fünfundsechzigsten Geburtstag Henrys, so doch vielleicht zu Bettys dreiundsechzigstem, vierundsechzigstem oder Rosemaries fünfzigstem –, geisterte seither als sei's un-, sei's ausgesprochene Frage in den Tagen und Stunden vor der jeweiligen Feier zwischen den Familienmitgliedern hin und her: Ob Nelkenheini wohl kommt?

*

Erst als Onno uns nach jenem Gipfeltreffen mit dem komischen Namenlosen direkt in die Arme lief – den Rucksack mit der Wumme auf dem Buckel, Diana an der Leine –, fiel ihm wieder ein, daß wir verabredet gewesen waren.

... daß er höchstwahrscheinlich seine Stieftochter erlegt hat ... Widerlicher Ohrwurm, der Onno auf dem Rückweg über die Mittelspangen zugesetzt hatte, zusetzte, während er mit uns im Garten hockte und während er sich – nach unserer Abreise – minutiös betrank, und der ihm noch in den nächsten Wochen und Monaten zusetzen sollte, während deren er sein Seelenheil im tagtäglichen Durchforsten der Wälder und Felder Finklochs suchte. Zunächst den Mondwald und seine Umgebung, anschließend das Lärchenwäldchen zwischen Friedhof und altem Forsthaus und später alles wieder von neuem. Er hatte kaum eine Ahnung, was genau zu finden er eigentlich hoffte. Wenn es denn Nelkenheinis Leichnam sein sollte, so hatte er nicht nur kaum eine, sondern überhaupt keine Ahnung, in welchem Zustand sich derselbe mehr als acht Wochen nach den Ereignissen wohl befinden mochte. Angesichts von Henrys angelegentlicher Aussage, in welch verstörender Geschwindigkeit Krähen und Greife, Marder, Sauen und Fuchs etwa einen Rotwildkadaver in den Kreislauf der Natur zurückführten, blieb ihm bestenfalls, auf Kleiderreste, das Gebiß oder ähnliches zu hoffen.

Gleich am ersten Tag riß, schlug und schnitt er sich eine Art Tunnel durchs Dickicht, von der Stelle am Mondplatz aus, wo der Schütze gestanden hatte, eine Stunde lang, ein paar Meter weit, bis er sich fragte: was, wenn sie zwei Meter parallel lag ...? O. k., machte er im Winter halt einen neuen Anlauf; dieses Gestrüpp hier war bestimmt nicht immergrün.

Nichtsdestoweniger, Diana an der Leine, den Rucksack huckepack, zog er in den Spätsommer (beziehungsweise vorzeitigen Herbst), mal später am Vormittag, mal früher am Nachmittag, aber nahezu täglich, bei Wind und Wetter, und kam meist erst zum Abendbrot zurück, mit frisch verschorften Dornenrissen an den Handrücken, Brennesselbrand im Nacken und Kletten im Haar, die Hosenaufschläge naß, das Sohlenprofil voll Muttererde. Ganz nebenbei erreichte seine Flotte von Borkeschiffchen britannische Ausmaße. Zwei-, dreimal fragte Betty halbherzig nach und hörte sich seine Ausflüchte an. Schließlich aber schüttelte sie nur noch den Kopf und informierte Edda, die darin nur einen Grund mehr für ihre Verzweiflung und Ratlosigkeit, ja Resignation erkannte, was ihre Ehe betraf. (Onno aber sollte mit seinen Streifzügen auch im Früh- und Spätherbst nicht aufhören – und auch im Winter nicht, bis er im Januar des darauffolgenden Jahres jene erschütternde Entdeckung am Nordrain des Mondwaldes machte.)

Unterdessen hatte er noch keinerlei Entscheidung wegen der Erwerbsunfähigkeitsrente. Die Krankenkasse stritt sich noch mit anderen potentiellen Kostenträgern.

Wenn eine Sturm- oder Regenpause es erlaubte, saß er in eine Wolldecke gewickelt – unter der Pergola. Allein, oder mit Betty, oder mit Rosi und Miesepeter genoß er die offene Voliere des Gartens.

«Mit den Amseln kannst du was erleben», erzählte Betty. «Vor zwei, drei Jahren ist eine mit Karacho gegen die Stubenscheibe gebirst und ins Beet gefallen. Wir hin, und sie lebte noch, und dann haben wir versucht, sie aufzustellen, ist aber immer wieder umgefallen ... Zum Steinerweichen! Irgendwann hat sie sich aber tatsächlich wieder berappelt ... Und Häuptling Weiße Feder, schon zum dritten Mal dieses Jahr versucht er, sein Gelege durchzubringen. Das erste hat wahrscheinlich diese rote Katze geräubert, die hier immer rumstreunt, und das zweite, da waren die Jungen schon so groß» – sie zeigte Daumen und Zeigefinger –, «und am nächsten Tag waren sie weg. Hat alle die Elster geholt ... Ich mag ja die Rotkehlchen am liebsten. Später, im Herbst, wenn ich in die Beete gehe, stehen die ganz zutraulich bei Fuß! Warten auf die Mecken, die beim Unkrautjäten an die Oberfläche kommen ...»

Ein Igel trippelte durchs Gras wie an der Schnur gezogen, von der Eiche aus hinüber zum Gartenhaus. Onno beneidete ihn um seine Zielstrebigkeit.

Am 2. September kehrte ein Henry Baensch aus Bad Herrenalb zurück, der dort auf den letzten Metern doch noch halbwegs die Kurve gekriegt zu haben schien. Zwar trug er – unter wuchtigem Einsatz des Schicksalskeils in seiner dreifach gewellten Stirn – bei jeder sich bietenden Gelegenheit Verbitterung zur Schau. Es erschien ihm nicht nur widersinnig, sondern auch grausam, ein aus der Heimat vertriebenes, traumatisiertes Kriegskind dreiundsechzig Jahre später noch einmal aus seiner Heimat zu vertreiben, um das Trauma zu heilen. Zur Kronzeugin zog er eine junge Psychologin heran, krankheitsbedingte Vertretung von Henrys Stationstherapeuten beim allwöchentlichen Einzeltermin in der letzten Woche seines Aufenthalts, die diesbezüglich angeblich einen «ärztlichen Kunstfehler» eingeräumt hatte.

Ob dies nun die reine Wahrheit war oder Henry sie zweckdienlich zurechtschnitzte, es verschaffte ihm eine gewisse Genugtuung, die er ebenso vehement demonstrierte. Nach Ansicht seiner Frau und Töchter aber war viel wichtiger, daß er – ebenfalls in der letzten Woche seines Aufenthalts – mit einem Neuzugang ins Gespräch gekommen war. Es handelte sich um einen nahezu gleichaltrigen Bremerhavener, der aus Landsberg an der Warthe stammte, heute Gorzów Wielkopolski. Nur rund zwanzig Kilometer von jener Kreisstadt entfernt liegt, ebenfalls an der Warthe, das winzige Dorf Roszkowice ... Henry Baenschs einstiges Rauschenbach.

Ludwig Stenzel hatte fest vor, seiner Kindheit und Vertreibung aus der ehemaligen Neumark ebendort im kommenden Frühjahr nachzuspüren. Sich vor Ort den Gespenstern zu stellen, die ihm den Lebensabend vergällten. Auch er litt unter quälender Unruhe und Zwangsvorstellungen und körperlichen Symptomen, für die kein Arzt der Welt körperliche Ursachen fände.

Im Gegensatz zu Henry aber hatte Stenzel diese Einsicht bereits verinnerlicht.

Immerhin schien Henrys Widerborstigkeit durch diese Bekanntschaft aufzuweichen. Als Edda und Rosi das erkannten, faßten sie einen Entschluß. Und begannen damit, Henry systematisch auf eine Begegnung mit seinen Gespenstern hinzuführen.

Sie teilten sich die Aufgaben auf. Recherchen übernahm Edda. Erstens funktionierten die aus einem Funkloch ohnehin schlechter, und zweitens war unmittelbare Nähe zu ihrem Vater dafür nicht nötig. Kaum zurück in Hamburg, füllte sie im Internet ein Formular für eine Suchanfrage an die WASt in Berlin aus, die Deutsche Dienststelle für die Benachrichtigung der nächsten Angehörigen von Gefallenen der ehemaligen deutschen Wehrmacht. Rosi unterdessen fing damit an, Henry mehr oder weniger systematisch nach seinen Erinnerungen zu befragen. Nachdem Tim anläßlich eines Telefonats aus dem Outback sein dringendes Interesse an dem «Stoff», wie er es nannte, zum Ausdruck gebracht hatte – spontan formulierte er die Idee, darüber sein erstes ernsthaftes dramatisches Werk zu verfassen –, kaufte Rosi sich ein Diktiergerät und hielt es Henry fortan jeden Sonntagnachmittag unter die Nase.

‹Was fällt dir als erstes ein›, fragte sie ihn gleich nach seiner Rückkehr, ‹wenn du an deine Kindheit denkst?› (Und nicht sie, sondern ihre Schwester bemerkte es beim interessierten Abhören der Bänder: Anfangs klang ihre Stimme noch, als führte Daisy Duck ein Interview für den Entenhausener Kurier; nach und nach aber war deutlich zu hören, wer Jenny den wunderbaren Alt vererbt hatte.)

‹Eisblumen›, antwortete Henry, zu Beginn noch auf ein bis zwei Fußballen wippend. Zur Beruhigung stopfte er sich seine Sonntagspfeife, die schöne Billard von Bo Nordh, während er hin und wieder zu den gerahmten umbrastichigen Bildchen überm Büfett hinüberschielte.

Eisblumen, ja. Farnartig gespreitet, doch mit einer Menge Kristallblüten, einer Füllhornschwemme ziselierter Kristallblüten, rauh und fein zugleich, dort an der Stubenscheibe des hellen Häuschens ... Haften sie drinnen oder hier draußen? Wenn er sich streckt, kann er sie bestimmt mit dem filzigen Fäustling berühren – nie und nimmer aber würde er die Nadelspitzen der scheingläsernen Möhren erreichen, die von der Dachkante abwärts wachsen und in der Sonne tröpfeln.

Er versucht's trotzdem, und schon rutscht – unter Mantel, Pullover, Hemd, schafwollener Hose – dieser eine Knopf am Saum des Leibchens aus seinem Knopfloch am langen Wollstrumpf. Und folglich der ganze Strumpf.

‹Noch heute als alter Mann freu ich mich, wenn Eis in der Sonne tropft ... Obwohl, wann sieht man so was schon noch heutzutage. Das kann man sich ja gar nicht mehr vorstellen, was das für Winter waren!›

Und was für ein Spektakel, wenn die Warthe stand. *Die Warthe steht:* Heißersehnte magische Losung! Er trabt durchs verharschte Gärtchen und die offene Pforte, über den Pfad am Fuß des Deiches, den man hier Wall nennt, den Wall hinauf, hinüber über den Wallweg und den Wall wieder hinunter, keine Minute, und da ist sie, die Warthe, und tatsächlich, sie steht. Endlich.

Seit Wochen schon hat er nicht mehr mit dem alten Dossow hinausfahren können auf dessen ächzendem Holzkahn, um im Morgengrauen die Netze zu bergen; manchmal darf er seinen Pfeifenkopf halten, und das ist so schön, so warm ...

«Der ist schuld, der alte Dossow», sagte Henry, «daß ich Pfeifenraucher geworden bin.»

Und seit Wochen schon sind auch keine Flößer mehr flußabwärts gefahren. Zu anderen Jahreszeiten fahren oftmals Flößer flußabwärts, lassen sich in der Strömung treiben auf den zusammengesteckten Baumstämmen, mit geschmiedeten Krampen zusammengesteckt zu Gestören, die auf diese Weise nicht nur transportiert werden, sondern gleichzeitig von Salzen und anderem Zeug reingewaschen, damit das Holz beim Trocknen nicht verzieht. Eine Klosetthütte tragen sie mit sich. Henry winkt den Flößern, und die Flößer winken zurück.

Die Warthe rast, die Zeit steht still.

Und schließlich sind auch die Diesel verstummt; an den Duckdalben und Landungsbrücken flußauf-, flußabwärts vertäut all die Schiffe und Schuten, Prähme und Schleppkähne, ihre Decks und Bauchhöhlen staubig, doch leer, längst gelöscht Baustoffe und Schüttgut wie Kohle; und auch Rauschenbachs kleine Fähre, die der alte Schulte an einer Kette eigenhändig ans andere Ufer hinüberzuziehen pflegt, liegt schon länger fest, dort drüben, am Landesteg von Költschen. Längst schon bringt der Strom nicht mehr das gutgeölte Tuckern der Dieselmotoren hervor – Musik in Henrys Ohren, die ihn so oft aus dem Federbett trieb beim ersten Erwachen. Vielmehr treiben nun riesige Schollen den Fluß hinunter.

«Was da alles drauf war! Eine Puppe ... einmal sogar ein Hund, ein lebender Hund ...»

Träge kreiselnd treiben die Schollen eilig, kreisrund vom Reiben und Rammen und wund an den Seiten, so daß die Schilferungen sich zu stattlichen Kristallrändern auswachsen. Schwimmendes, drehendes Geschirr, die ganze Warthe eine irre Eistöpferei – ein Eiszirkus, den Henry und die andern Jungen für Mutproben nutzen. Ja, sie springen auf ufernahe Schollen, hüpfen von Scholle zu Scholle und Scholle für Scholle zurück ans Ufer, und weh' dem, der über die Kristallkante stolpert ...

Doch das war gestern und letzte Woche, und jetzt steht die Warthe. Mit dem Pferdewagen nunmehr setzt der alte Schulte nach Költschen über, glättet Ecken und Kanten der eisigen Route mit der Schaufel und streut Sand drüberhin und setzt mit dem Pferdewagen über, die ganze Warthe eine einzige Brücke, und Henry und die anderen Jungen schleifen sich mit dem Stiefelprofil Rutschbahnen zurecht, und wenn Henry mit einer Beule am Kopf nach Haus kommt, seufzt Mutti: *Mensch Junge, dir hätt' ick doch in't erste Badewasser erseefen soll'n ...*

«Nach einem solchen Tag ins Bett zu gehen, herrlich ... Mutti wärmte die Zudecke für mich am Ofen vor ...»

Denn er ist das Nesthäkchen; *hast ja jar nicht mehr sollen sein*, wie Mutti sagt. Ruthchen und Lenchen sind vierzehn und dreizehn Jahre älter – arbeiten in Berlin, als Haushaltshilfen bei Filmleuten (Ruthchen bei Werner Eisbrenner, dem berühmten Komponisten) –, und Rudi ist elf Jahre älter und lernt Bauschlosser in Fichtwerder, wohnt noch zu Haus, hat aber schon ein Fahrrad.

Wenn die Schmelze beginnt, wird Henry von jenem Gletscherkrachen geweckt, jenem urzeitlichen Kalben, das von kilometerweit her bis an sein schlafwarmes Ohr dringt, von der Brücke vor Küstrin, wo all die großflächigen Trümmerplatten aus marmorhartem Warthewasser aufeinanderprallen, einander stauchen, sich übereinanderschieben, schräg, ja aufrecht gegen die Betonpfeiler stemmen und wie Schleusentore die Unterströmung stauen. Papa muß da manchmal hin und sprengen, damit es kein Hochwasser gibt. Papa ist Wasserbauarbeiter.

Und hier, in Rauschenbach, klettern Henry und die anderen Jungen an der Biegung, in jenem starren Park aus riesigen Scherben herum und rutschen auf den schräggestellten herunter, bis daß die ganze Herrlichkeit davongeschmolzen sein wird.

«Aber auch die Sommer, das waren noch richtige Sommer...»

Im Frühjahr, schon vor der Schule, sammeln Henry und die anderen Jungen Maikäfer in Zigarrenkisten, tauschen ‹Müller› gegen ‹Schornsteinfeger› und umgekehrt. Brechen Astgabeln aus den Weiden, schnitzen sie mit dem Fahrtenmesser zurecht, binden die Zunge eines alten Schuhes mit Weckgummi an der Zwille fest, und dann schießt Henry dem ollen Lenz ein Stück vom Schneidezahn weg, *Mensch, det nenn' ick Vorhaltemaß*, und anschließend nimmt Henry immer, wenn der olle Lenz übern Wall gefahren kommt, Reißaus.

Und in der Schule bauen Henry und die anderen kleine Flugzeuge aus Balsaholz, «richtig schön geschnitzt», kleben eingestrichenes Pergamentpapier auf die Spanten – «mit Uhukleber, deswegen bin ich ja heute noch schnüffelsüchtig!» –, und die Luftschraube wird mit Gummiband gespannt, und dann gelöst, und dann schnurrt es los ...

Und Papas Motorrad! «Von Brennabor, grün war's, und unterm Gepäckträger hatte es so einen langgezogenen Blechkasten mit Werkzeug, eingewickelt in Lappen.»

Und Weitpinkeln. Und Doktor spielen mit Elfriede Deideidei.

Und wenn der Mohn reift, streifen Henry und die anderen nachmittags durch die Felder mit jenen langstieligen Pflanzen, deren Kapselköpfe sie öffnen und ausweiden, die Ernte aus der Hand leckend. Und eines Morgens wird Mutti kommen und sagen: *Es jibt Kriech, hamse jesacht*, und, als taugte die nackte Nachricht nicht zum bösen Omen, hinzufügen: *Und der Himmel im Osten war janz rot*. Abendrot bringt Glück, Morgenrot aber Unglück.

Auf dem Plumpsklo ist es immer so gemütlich, dazusitzen und all den Brummern zu lauschen, sie zu betrachten; jeder schillert anders.

Plumpsen. Fällt er in den Sumpf, macht der Reiter plumps. Plumpsen. Piksen. Kullern. Purzeln. Er ist ein Kind, und es folgen spannende Zeiten.

Der Schlips mit dem geflochtenen Lederknoten, und das duftende Lederkoppel, und die Geländespiele, Planspiele mit Nahkampfübungen: ein Wollfaden am Knopf, und Henrys ist immer als erster abgerissen; er ist eben der Kleinste. Macht trotzdem Spaß. Und wenn eine Me 109 über der Warthe mit den Tragflächen wackelt, dann ist das der berühmte Nachtjäger Major Lent, der seinen Vater grüßt, den Pastor im Nachbardorf. Und einmal fliegt eine He III ganz tief übers Haus, so tief, daß Henry die deutschen Hoheitsabzeichen und das Hakenkreuz auf dem Seitenleitwerk genau erkennt, zu schweigen von dem MG-Schützen in dem verglasten Rumpfbug! Und wenn Rudi auf Urlaub kommt, was für ein Stolz, welche Pracht, die herrliche Uniform! Und Gewehr mitgebracht, und mit 'm Karabiner geschossen; er war Kradmelder in Rußland und hat sich später freiwillig zu den Fallschirmjägern an die Westfront gemeldet. Und den landverschickten Jungen aus Hamburg haben sie immer geärgert, weil er immer sagte: *Laß uns 'ne lütje Bude bauen*, aus Ästen und Zweigen, Reet und Gras. ‹Lütje Bude›! *Er meente ‹kleene Bude›*, wa. Und was für ein atemberaubender Anblick, wenn am nächtlichen Himmel über Küstrin oder Frankfurt an der Oder riesige Trauben aus roten und grünen Leuchtkugeln abwärts schweben, *Weihnachtsbäume*, sagt Mutti, abgeworfen von den feindlichen ‹Pfadfindern›, die Zielmarkierungen für die nachfolgenden Bomber setzen ...

«Wie gern hab ich das gesehn ...! Einfach, weil das so wunderschön aussah ... – Tja, und viel mehr hab ich vom Krieg nicht mitgekriegt, zu Haus in Rauschenbach jedenfalls. Bis die endlosen Trecks mit Pferden und Planwagen und Handwagen auf dem Wall vorüberzogen, die Lastwagen waren ja alle für die glorreiche deutsche Wehrmacht konfisziert, und die Leute immer runterkamen und Wasser holten von unserer Pumpe und sagten, was macht ihr denn noch hier, wollt ihr nicht weg?, der Russe ist schon da und da.»

Zwei Kühe hat die Familie Baensch im Stall, zum Nebenerwerb, wie die meisten der hundertsechsundachtzig anderen Rauschenbacher. Und eines Tages will Henry, wie immer, mit Mutti zum Melken in den Stall, und da sagt sie: «Nee, laß mal, Junge, heut nicht.»

Denn da sind zwei Deserteure aus Ostfriesland versteckt, deren komisches ‹Plattdütsch› Henry denn doch zu hören kriegt, als sie helfen, die alte Frau zu begraben. Die alte Frau, die eines Tages zwei, drei Leute aus dem Treck vom Wall herunterbringen, *die muß mal warm wer'n, die muß mal bei dir im Bette liejen*, und so kommt es; und als Henry am Morgen erwacht, läuft er nach unten und sagt: *Weeßte wat, Mutti, die is' janz kalt.* Und mit vier, fünf Mann, darunter die Ostfriesen, haben sie ein Loch ausgehoben und haben sie da reingeschmissen, bäuchlings, und der eine der Männer sagt: *Die sagt jetzt auch, die ganze Welt kann sie am Arsch lecken.*

«Und ich weiß noch ganz genau, wo sie liegt; da, wo's aus der Hecke rausgeht, zum Wall hoch, da stand eine alte Dreschmaschine, und da, wo der Motor umgefallen ist, da liegt die alte Frau begraben ...»

«Und wie ging's dann weiter?» fragte Rosi, und Henry sprang auf und wühlte in einem Schuhkarton, bis er gefunden hatte, was er suchte. «Guck, das ist ein Brief, den ich damals an Rudi geschrieben hab! Und einer von Mutti an ihn.»

«Ach, ja ... hatte ich schon ganz vergessen. Woher hast du die denn eigentlich?»

«Hat Lydia alle mitgebracht ... 'ne ganze Aktentasche voll Papierkram hat die damals mitgeschleppt ...» Rudis erste Frau, die 1947 schließlich aus dem russischen Sektor in den britischen wechselte – während Rudi dortblieb; jener anderen, älteren Frau zuliebe, die bereits fünf Kinder hatte (und deren Halbbruder später Evelyns Vater werden sollte).

Büschdorf bei Halle a. d. Saale,
den 30. Dezember 1945

Mein lieber Bruder,
ich habe nicht gedacht, daß wir von Dir noch ein Lebenszeichen hören werden. Im Januar kam bei uns der Russe, aber wir sind nicht geflüchtet, aber, Rudi, dann kamen auf der Warthe die großen Kriegsschiffe mit ganz voll russischen Matrosen, wo uns angst und bange wurde, und dann kamen die deutschen Flieger tief über die Schiffe und schossen, daß es man so knallte. Und dann haben die Russen in Gerlachstal eine Brücke über die Warthe gebaut, daß sie drüberkonnten. Aber da ging's erst los mit die deutschen Tiefflieger, dann haben sich die Russen immer eingenebelt, dann konnte man nirgends gucken. Nur das Maschinengewehrfeuer hat man blitzen gesehen. Und dann sind die Splitter einem um den Kopf gepfiffen, daß man ins Haus gehen mußte. Ja, ja, lieber Rudi, das war schon ein Krachen. Die Brücke in Landsberg haben sie auch in die Luft gejagt, warum bloß? Vor die Russen sind wir nicht geflüchtet. Und dann am 5. Juni hat uns der Pole in einer Stunde rausgejagt. Und dann mußten wir laufen von unsere Heimat bis nach Berlin. Aber Küstrin ist mit dem Erdboden gleich. Nun will ich schließen,
tausend Küsse,

Dein Bruder

Mein lieber guter Rudi!
Ja, mein Sohn, Deine Mutter lebt noch, und ich will es hoffen, daß ich noch so lange aushalte, bis wir uns wiedersehn, und noch, wenn Du hier bist, denn wer sollte Euch denn alles machen.

Rudi, wir sind Bettler. Wir sind doch in Rauschenbach geblieben, als der Kampf da tobte. Es ging ja alles zu schnell. Papa kam am 30. Januar von Landsberg abends zu Fuß, war hoher Schnee. Landsberg wurde geräumt, ich frug ihn: Und wo ist Ruthchen? Da sagte er: Ich konnte doch nicht mehr hin, die Brücke war gesprengt, die Russen waren schon da, ging schon alles kopfüber. Wir hatten schon das Haus voll Landsberger Flüchtlinge, und unser Ruthchen kam nicht, die ging zu Fuß mit fünf Mädels Richtung Berlin, anstatt zu uns zu kommen. Ein viertel Jahr habe ich nachts im Bett gesessen und um sie geweint. Es kamen von Warnick Flüchtlinge, die sie kannten, dem einen Mädel ihre Schwiegermutter, bei der waren sie eingekehrt, die sagte, Ruthchen ist von Russen in den Wald geführt und erschossen. Auf einmal kam sie an, einen Kinderwagen hatte sie sich organisiert, da hatte sie in Görlitz gearbeitet, auf einem Flugplatz, und nun konnte sie gehen, es waren Männer aus Derschau bei, mit denen ist sie gelaufen, in Költschen hatte sie ein Russe mit dem Kahn rübergesetzt. Papa ist Ende Februar vom Russen aus der Stube geholt – komm, komm, raboti – und kam nicht mehr wieder, lebt er noch oder nicht, ich weiß nicht.

Lieber Rudi,
und unsere liebe Lenchen ist am 23. Mai an Diphtheritis gestorben, sie war nur acht Tage krank, erst war es Scharlach so bunt am ganzen Körper. Wir haben sie noch nach Landsberg ins Krankenhaus gebracht. Müllers Frieda, die Frau Trabandt, hat gefahren mit den Volksdeutschen ihr Gespann. Aber zwei Tage hat sie nur noch gelebt, es war zu spät, keine Hilfe mehr, der Hals

war zu. Lieber Rudi, laß Lenchen ruhen, sie hat eine Heimat, und wir irren heimatlos in der Welt. Meine einzige Hoffnung bist Du nur noch, dann werden wir uns wieder eine Heimat schaffen, nicht wahr. Wenn bloß meine Gesundheit noch aushält. Wenn wir uns sehn, erzählen wir uns alles. Mein Sohn, halte auch aus, unternehme nichts, sei auch tausendmal gegrüßt und geküßt

            Deine Mutter

Ja, so war es gekommen, nachdem die alte Frau neben der alten Dreschmaschine begraben worden war. In nicht allzu weiter Ferne hörte er die Schüsse der Panzer und sah brennende Häuser, und Tage später kam ein Lastwagen vom Wall herunter auf den Hof gepoltert, und als das Motorengeräusch erstarb, wurde die Tür aufgestoßen; zu dritt saßen sie in der Stube, er, Mutti und Papa, der als Wasserbauarbeiter unabkömmlich war – er hatte sich einen Vollbart stehen lassen, um älter zu wirken.

Das erste, was er sah, war eine Uschanka, eine weiche graue Fellmütze mit blankem Stern aus roter Emaille, *Mensch, so 'ne schöne Pelzmütze!* Und dann erst die MP, Magazintrommel quer zur Maschine. *Hiitlerr kapuut! Uri, Uri!* Und sie mußten ihre Uhren abgeben.

«Und ich weiß gar nicht, ob wir noch 'n Hitlerbild an der Wand hatten, hatte ja jeder damals, aber ich weiß nicht, ob Papa in der Partei war, ich weiß nur noch, daß Mutti später immer sagte: Der war immer gegen Hitler, und doch ist er verschleppt worden.»

Und dann haben sie seinen Vater, mitsamt den beiden Ostfriesen, auf den Lkw verladen, und Mutti hat geschrien, wie er sie noch nie hat schreien hören, und das war das letzte

Mal, daß er seinen Vater je gesehen hat; aber das konnte er damals noch nicht wissen.

Monatelang lebte er «unterm Russen, mit elf Jahren bin ich mit den Soldaten dann immer zum Plündern gefahren, das war herrlich ...! Zu uns Kindern waren die Russen lieb und nett. Ruck, zuck hab ich ein bißchen Russisch gelernt. Idi suda, komm mal her ...»

Bei einem von ihnen durfte er auf dem Schoß sitzen und das riesige Lenkrad bedienen, und dann sind sie auf all die verlassenen Höfe in der ganzen Gegend gefahren, haben Schinken und Würste erbeutet.

Ein anderer machte ihm in null Komma nix aus 'nem Groschen 'nen Fingerring; er bohrte ihn mit der Bohrmaschine auf, steckte einen Stichel hinein und klopfte den Münzrand mit dem Hammer breit und breiter, bis er paßte.

Und mit wieder anderen durften er und der Nachbarsjunge auf Militärschlauchbooten mit zum Fischen rausfahren; sie drückten jedem von ihnen eine Eierhandgranate in die Hand, und dann rissen sie den Zünderring ab und zählten ras, dwa, dri, und dann schleuderten sie sie fort, so weit sie nur konnten, und dann gab's ein, zwei rumsende Wasserbeben, und dann brauchten sie nur noch mit dem Kescher einzusammeln, was da an der Oberfläche trieb – fünfzehnpfündige Hechte, ja all die fetten, bauchigen Brassen und langen, breitmäuligen Welse, die sie mit ihren Angelruten im Leben nicht zu fassen gekriegt hätten.

Und dann wurde Lenchen so krank, und Mutti hat ihr noch Urin zu trinken gegeben, weil das helfen soll, doch acht Tage später schließlich bettete man sie in einen roten russischen Soldatensarg. Auf einem Militärlastwagen wurde der zum Dorffriedhof gebracht. Zu Fuß sind sie hinterher,

Mutti und er. Die russischen Soldaten haben Lenchen ein Holzkreuz gezimmert, und darunter begruben sie sie.

Wo Ruthchen ist, wußten sie nicht; wo Rudi ist, wußten sie auch nicht, und ob Papa noch lebte?

Und elf Tage später, in aller Frühe, stand ein polnischer Soldat vor der Tür und gab Mutti und ihm eine Stunde, um mit Sack und Pack zu verschwinden.

«Von den Panzergefechten waren die Bäume der Wälder auf halber Höhe weggeschossen. Noch heute, wenn ich irgendwo Schneisen von Sturmschäden seh, erinnere ich mich an das Bild von damals.

Ich weiß nicht mehr, wie lang wir marschierten und wo wir schliefen.

Einmal am Straßenrand ein Wildschweinkopf, das weiß ich noch.

Und dann Berlin. Fürchterlich. Die Schuttberge. Die Planierraupen, die die Trümmer zusammenschoben; die Körperteile der Leichname, die daraus hervorragten, so daß Mutti mir die Augen zuhielt. Neulich erst, auf der Umgehungsstraße in Geestend, der schwere Unfall, da hing ein Arm aus dem Führerhaus des Lkws, und sofort, nach über sechzig Jahren, mußte ich wieder an Berlin 1945 denken.

Zwei Nächte unter der Siegessäule. Und dann konnte Mutti nicht mehr und sagte, *komm, Junge, wir jehn in't Wasser*, und sie wollte sich mit mir in 'nen Kanal stürzen, aber dann hab ich so geschrieen, daß sie davon abließ. Und irgendwann fanden wir dann Ruthchen, bei Werner Eisbrenner, und es gab Weißkohl zu essen, und ich mochte keinen Weißkohl, und Eisbrenner sagte: *Na Junge, wennde keinen Kohl magst, denn haste wohl noch nicht gehungert.*

Ende Juli vielleicht, Anfang August '45, sind wir zu Muttis Schwester nach Büschdorf bei Halle a. d. Saale. Und da müssen wir wohl an die drei Jahre geblieben sein, ich kann mich nicht im geringsten daran erinnern.

Warum wir nicht bei Rudi waren, ich weiß es nicht.

Und irgendwann müssen wir wohl Nachricht von Lydia gekriegt haben, daß wir rüberkommen sollen, in die britische Besatzungszone; sie hatte eine Kontaktadresse in Lüneburg. Wir fuhren bis zur Zonengrenze, und da wies uns ein Schleuser den Weg und sagte, da, da drüben ist Helmstedt, da müßt ihr runter. Und dann sind wir los, und dann peitschte ein Schuß, und jemand rief: *Stoj!*, und ein russischer Soldat kam auf uns zu. Und Mutti fing an zu weinen und radebrechte und zeigte auf mich und dann auf ein Foto von Rudi und sagte immer *Bruder, Bruder, Lüneburg, Lüneburg* und zeigte dann nach Helmstedt. Und dann sagte der junge Soldat: *Dawai, dawai*, und ließ uns laufen, und wir rutschten den Kohlenhang runter. Der war ganz jung. Das war ein ganz lieber junger Mann. Und so sind wir in die Lüneburger Heide gekommen, und irgendwann auf das Landgut von Hubert zur Au, wo ich dann später deine Mutter kennengelernt habe. Meine große Liebe. Die ganz große Liebe … Und da», und Henry strahlte, «da fing ein neues Leben an. Das kann man sich heute gar nicht mehr vorstellen, was das für eine Aufbruchstimmung war. Was für eine schöne Zeit.»

*

Oh ja – wider Erwarten ließ Henry sich auf das Wagnis ein, seine Erinnerungen, Erinnerungslücken und -schmerzen nicht länger zu unterdrücken und zu mißachten. Nunmehr willig, ja beinah willfährig ließ er eine wie die anderen aufquellen, als sei die Zeit dafür endlich reif.

Nicht, daß Betty ihn nicht längst immer wieder einmal gedrängt hätte, sich um seine Geschichte zu kümmern – um die Belange seiner Stammfamilie überhaupt. All die 60er und 70er Jahre war sie es gewesen, die Rudi Baensch, seiner Frau und seinen fünf Stiefkindern Briefe und Pakete schickte, bis er 1976 an Bauchspeicheldrüsenkrebs starb. Henrys Groll auf ihn wegen der kleinen Evelyn konnte nicht der Grund für jene an Scheu grenzende Oberflächlichkeit sein, mit der Henry der Existenz seines einst verehrten großen Bruders da «drüben» begegnete – zumal, nachdem er «Nelkenheini» ebenso liebgewonnen hatte wie nur je eine seiner anderen Töchter. Zumal, nachdem es sich um seinen letzten Blutsverwandten handelte ... nachdem Ruthchen bereits 1946 (an den Spätfolgen der Vergewaltigung) und seine Mutter 1959 (an Gram und Lungenentzündung) gestorben waren.

Oh ja, Henry stellte sich seinen Gespenstern. Eines allerdings – das aus der jüngsten Vergangenheit – schwieg er tot.
Nach seiner Rückkehr wechselten er und Onno (dem übrigens der Arminius HW5 gerade noch rechtzeitig genug eingefallen war, um ihn unbemerkt von Betty wieder an seinen Platz zurücklegen zu können) kein Wort mehr über ihr düsteres Geheimnis. Selbst die Verständigung darüber geschah wortlos; grad daß sie sich, sobald sie erstmalig unter vier Augen waren, eine Sekunde länger als gewöhnlich in dieselben schauten ... War noch was? – Nö ... Onno war sicher, Henry verbuchte das Vorkommnis als hanebüchene Provokation des Hauses Tara Parinama. Im Auftrag der Katzenzenzi hatte deren Hänfling mit Platzpatronen auf einen Jagdvertreter geschossen, um ihn aus dem Mondwald zu vertreiben. Er hatte mit postwendender Gegenwehr nicht

gerechnet und Schwein gehabt. Und der vernommene Kugelschlag Einbildung. Basta.

Nach dem Besuch bei Ashok hatte sich Onnos brennendes ursprüngliches Interesse, seinem Schwiegervater durch Aufklärung beizustehen, zwangsläufig ins Gegenteil verkehrt. Dankbar begrüßte er ihre stillschweigende Übereinkunft, auch wenn es ihn mitunter beunruhigte, daß es Henry nicht zu beunruhigen schien, wie scheinbar leicht Onno darin einwilligte.

Die Hirschbrunft war in vollem Gange, und Finklochs Jäger machten darüber hinaus auch in puncto Schwarzwild reiche Beute. Und weil im Moor, weil nahe Puckens Busch und Tamerlans Tannen, tat selbst Hitzkopf und Großmaul Arnulf Toppin, als habe er von einem Mondwald noch nie gehört. Jelle Jensen und Klaus-Dieter Heinrich verliehen Henry gegenüber ihrer Vermutung Ausdruck, Arnulf sei Henrys Gesundheitszustand unheimlich, so daß er schon allein deshalb lieber stillehielt. Weder darauf noch auf die mitschwingende Aussage *Uns übrigens auch* ging Henry mit auch nur einer Silbe ein.

Desgleichen winkte er auf Anfragen nach eigenen aktuellen waidlichen Ambitionen ab, stopfte seine Pfeife und nebelte sich in der Stube ein. Erst drei Wochen später ungefähr – die Saison neigte sich bereits dem Ende zu – ging er zwei aufeinanderfolgende Abende auf Ansitz, was allerdings wirkte wie ein Zugeständnis an Bettys Betrübnis. Er wählte die beiden Abende vor Vollmond, vielleicht, damit die Kapitulation nicht so augenfällig schien. Onno nahm er mit.

Mit Ach und Krach zweieinhalb Stunden hielt Henry jeweils aus. Die Kanzel unter einer einzelnen Eiche am

Rain von Tamerlans Tannen war nicht so bequem wie die auf dem Mondplatz, und die Frequenz der Anfälle unerträglicher Unruhe in den Beinen hatte in jüngster Zeit zugenommen. An beiden Abenden bekamen sie kaum Wild zu Gesicht – ein Schmalreh, das sich zum Nässen hinhockte, ein vorüberhoppelndes Kaninchen («Meister Funzel», murmelte Henry) –, und Onno hatte den Verdacht, daß Henry daran auch wenig Interesse hatte ... dafür schlampte er nur allzu sehr: Sein Wasser schlug er unweit des Hochsitzes ab, obwohl er zu anderer Gelegenheit erklärt hatte, das sei nicht gut – der Geruch stehe ewig in der Witterung –, und auch das Ruhegebot schien er schwer auszuhalten; nach jeweils zehnminütigen Pausen schwatzte er erneut drauflos, wenn auch flüsternd, überlieferte sein waidmännisches Wissen: daß nach jüngstem EU-Recht verunfalltes Wild wegen der schädlichen Streßhormone nicht mehr zum Verzehr freigegeben werden darf, sondern «leicht verblendet», das heißt, mit ein paar Zweigen abgedeckt im Wald belassen werden muß ... daß es in Finklochs Revier wenig Damwild gibt, weil es sich, so sagt man, nicht gut mit dem hier reichlich vorhandenen Rotwild verträgt ... daß Sauen schlecht sehen, aber hervorragend riechen und hören können, wohingegen Rotwild ausgezeichnete «Lichter» hat, insbesondere das Leittier, weswegen der Jäger sich bei «Anblick» eines solchen Rudels tunlichst nicht rühren solle, denn «unsere weißen Masken, sag ich mal», vermögen sie in Bewegung sehr wohl als feindlich zu identifizieren; Hirsche in der Brunft indes sehen und hören nix, «genau wie wir Menschen»; die jungen Hirsche haben noch nichts zu melden, aber die Platzhirsche in ihren Revieren scharen dreißig, fünfzig brünftige «Stücke» um sich, um soviel wie möglich zu beschlagen, und nur wenn sie grad genug zu tun haben, kommt vielleicht auch der ein oder andere mittelalte Abstauber zum Zuge ...

So hockten sie da, auf schmalem Brette eng nebeneinander in einer überdachten Kiste aus Schlaghobeldielen auf zwei Meter hohen Stelzen – von Henry mit eigener Hand in fünfzig bis sechzig Arbeitsstunden erbaut –, und spähten unter den Satanspfoten der Eichenblätter hindurch, die wie Ornamente vor den rahmenlosen Fenstern hingen, spähten mal nach links hinüber zum Scherenschnitt der Kastanienallee unterm angefressenen Mond in seinem diesigen Hof, mal geradeaus ins Panorama der schimmelig wimmelnden Silowiese, zumeist aber nach rechts hinüber, nach Tamerlans Tannen, deren Rain da funzelte wie auf einem Fotonegativ. Von dorther erwarteten sie das Wild – durchs Fernglas sah Onno die Grashalme feuchtsilbern glitzern –, und während hin und wieder Tannenzapfen auf den Boden prallten, Eicheln aufs Dach knallten und Fledermäuse kurz vorm Einflug abdrehten, lauschten sie nach dort hinaus. Lauschten auf das Huhuhuhuu eines Käuzchens. Auf das vereinzelte Klagegebell, das klang, als irrte ein Irrer durch den nächtlichen Forst. («Schreckendes Rehwild», flüsterte Henry, «die Sauen sind in Bewegung.») Und schließlich auf die rivalisierenden Hirsche – drei oder vier an der Zahl –, die sich die hungrige, herrische Seele aus dem Leibe zu kotzen schienen, und der kehlige Widerhall lief Onno kalt den Rücken hinunter.

Doch traute sich keines der Tiere hinaus auf die fahle Grasfläche, und während sich die Topographie der Nachtschatten mit steigendem Monde verschob, hing Onno seinen Gedanken nach, und wenn er versuchte, sich an einen zu erinnern, dann vergeblich. Einmal murmelte Henry, er habe «eigentlich sowieso keine Lust mehr, überhaupt keine

Lust mehr, überhaupt noch irgendwas zu schießen ...», und nachdem er kurz innegehalten hatte, flüsterte er, er habe einmal einen weißen Hirschen gesehen, damals, in der Lüneburger Heide, das sei ein unglaublicher Anblick gewesen, «wie eine Erscheinung».

«So was gibt's?» wisperte Onno.

«So was gibt's, klar», wisperte Henry. «Selten, aber gibt's.»

«Hast ihn geschossen?» wisperte Onno zurück, bang wider den Stachel löckend.

«Wohl kaum, Komma», raunte der alte Amtsförster; weiße Hirsche schieße man nicht ... die seien heilig. Und wer einen weißen Hirschen schieße, der – so sagt man – folge ihm noch im selben Jahre nach in den Tod. –

In derselben Nacht träumte Onno von einer Herde schneeweißen Rotwildes. In jenem Traum saß er gemeinsam mit Henry auf der Kanzel im Mondwald. Allerdings hatten sie sich auf der Sitzbank umgedreht und schauten bei geöffneter Tür hinauf zum nächtlichen Südhimmel, wo ein käsiger Supermond stand. Und dieser Mond, so schien es Onno im Traum, forderte ihn auf, sich wie üblich zur Nordluke zu wenden ... und in dieser Aufforderung enthalten war das Versprechen auf eine Herde schneeweißen Rotwildes unter Führung eines schneeweißen Hirschen. Doch als Onno tat, wie ihn der Mond geheißen, war in der Nordluke nichts zu sehen als stiller, nachtbleicher Wald.

*

Eines Sonntagnachmittags Mitte Oktober, als Betty und Rosi – drüben am Eßtisch sitzend – die Vorbereitungen auf die Feier ihres fünfzigsten und siebzigsten Geburtstags besprachen, schreckte Henry aus einem Nickerchen in seinem

Fernsehsessel hoch. Ein Weilchen lauschte er den Frauen, noch halbwegs besinnungslos; und schließlich nuschelte er etwas vor sich hin, von dem Onno, der seinerseits unter dem Stilleben auf dem Sofa döste, später hätte schwören können, daß es geklungen habe wie: Ob Nelkenheini wohl kommt?

Epilog eins
Januar 2009 ff.

Es ist am Nordrain des Mondwaldes, wo Onno nach monatelanger zielloser Suche endlich innehält; endlich ... und plötzlich. Vom Ruck an der Leine fiept Diana, und Onnos Haut im klammen Fäustling flammt auf. Unterm Stiefel zerbirst ein Spiegel aus Eis. Sieben Jahre Unglück. Durchs Krachen aufgestört, erhebt sich, fuchtelnd und fluchend, ein Rabe ins Abendgrau überm hartgefror'nen Moor.

Da. Zwischen Hohlweg und Waldrand, unter dem ausgreifenden Rankengewirr eines Brombeerbuschs, tut sich tatsächlich eine Grube auf. Überrest eines Entwässerungsgrabens, von der Einebnung ausgespart. Eben wegen des widerspenstigen Gestrüpps, vermutlich.

Gut und gern achthundert Meter vom Hochsitz entfernt, hatte Onno diese Vertiefung nicht auf der Rechnung gehabt. Im Spätsommer nicht und auch nicht im Herbst, und im übrigen ist sie selbst jetzt, trotz des Kahlschlags durch Gevatter Winter, nicht sofort als solche erkennbar. Der fahle Bewuchs, die weichen Konturen ... damit das Auge die Tiefe ausloten kann, hat es offenbar einen Kontrast gebraucht. Einen Kontrast durch einen Gegenstand. Einen eigentümlichen Gegenstand; für einen – sehnenlosen – Flitzebogen etwa viel zu kurz und am einen Ende zu stark eingedreht. Zudem knochenbleich. Eine ... Rippe? Ferner ein paar fadenscheinige Textilfetzen, eine poröse Schuhsohle.

Die Luft riecht nach nichts. Beinah klinisch riecht sie, so kalt ist sie. «Sitz», sagt Onno. «Sitz, Diana.» Der Dampf ihrer Atmung: zwei fröstelnde Lebensgeister; fröstelnd, verhuscht, doch quicklebendig ... heroisch auf rührende Weise. «Brav. So ist brav, nech?»

Dianas Schlappohren vibrieren, allerdings keineswegs vor Kälte. Bis in die Spitze der Rute gespannt verfolgt sie, wie Onno unters Gestrüpp in die Kuhle kriecht. Er keucht dabei. In Abständen ächzt er, und als der Strauch einen Widerhaken in seine Kopfhaut zieht, seufzt er scharf auf – schimpfen aber tut er nicht.

Onno Viets. Ähnlich zäh wie das Dornendickicht.

Drei Stunden später stand er in meiner Kanzlei. –

Ein paar *Tage* später verfluchte ich ihn. Ich, Dr. jur. Christopher Dannewitz, ihn, meinen Mandanten und Gelegenheitsdetektiv, vor allem aber Sports- und Busenfreund seit Jahrzehnten. Verfluchte ihn bis in die Steinzeit und zurück ... plus sieben Jahre in die Zukunft.

*

Allerdings im Stillen; war mein Verhältnis zu ihm doch unerträglich komplex geworden.

Während Onno sich in jene obskure, pseudookkulte Geschichte verrannte (die ihn desto stärker an seinen Schwiegervater zu binden und von seiner Frau zu entfernen schien, je mehr der satanische Gedanke sein Herz beschwerte, sie gehe fremd); während seiner in der Folge besessenen Suche nach einer Spur von Evelyn Baenschs Leichnam –; während all dessen hatte sich zwischen Edda und mir etwas angebahnt, das ihr und mein jahrzehntelanges gutes Verhältnis zueinander umwandelte ... in ein ungutes Verhältnis miteinander. Aber das ist eine andere Geschichte.

Zum besseren Verständnis an dieser Stelle nur so viel: Für mich war es, wie weiter oben bereits erwähnt, im Jahre 1978 Liebe auf den ersten Blick gewesen. (Für sie selbstverständlich nicht. Edda und Onno, Onno und Edda, das war der Anfangsvers aus einem Märchen oder so. Schon als Kinder waren sie ein Liebespaar geworden, damals, 1970 in Wilhelmsburg. Von ihrer ersten Begegnung an waren sie unzertrennlich, unteilbar eins.) Meine Liebe zu ihr konnte all die Jahre nur unerlöst bleiben. Wollte ich wenigstens die Freundschaft der beiden – und die wollte ich –, blieb mir gar nichts anderes übrig, als diesen Zustand auszuhalten. Und das tat ich.

Während Onno sich nun im Verlauf seiner «traumatologischen Dynamik» (wie sein Traumatherapeut, den er ab Februar 2015 endlich regelmäßig konsultieren sollte, jene Phase rückblickend benannte) immer weiter von ihr zurückzog, fühlten sie und ich uns immer stärker zueinander hingezogen. Und genau in der Phase, da wir unsere Treffen zu verheimlichen begannen, klopfte er jenes verhängnisvollen Januartages an die Tür meines Kanzleibüros am Hamburger Jungfernstieg. An der Stelle folglich, wo anderthalb Jahre zuvor ein gewisser Tibor Tetropov aus seinem soeben ramponierten Lamborghini Gallardo gestiegen war – jener spektakuläre «Irre vom Kiez» (HEZ), zwo Meter zwo, hundertachtundzwanzig Kilo Knochen und fettarme Muskelmasse, vollkommen zahnlos, doch implantierte Stummelhörner aus Teflon, splitternackt, ganzkörpertätowiert –, um sich an dem «Verräter» Onno Viets zu rächen. Wenn dieser Onno Viets seine nur allzu verständliche Beklommenheit hinsichtlich dieses Ortes überwand, dann mußte es schon einen besonderen Grund haben.

Seit jenem verunglückten Augustsonntag in Finkloch hatten wir uns nicht mehr gesehen, nur drei-, viermal telefoniert. Nichtsdestoweniger, in den Klagen und sorgenvollen Erzählungen Eddas war er mir ständig präsent. Von der Beschäftigung mit Henrys Kriegskindheit hatte sie sich – und das verschwieg sie mir keineswegs – neben der befriedenden Wirkung auf ihren Vater den mindestens ebenso wichtigen Effekt erhofft, daß Onno sich ihr wieder annähern möge. Quasi nach der Gleichung Onno liebt Schwiegervater, Schwiegervater liebt Edda, Onno liebt Edda. Vergeblich.

Auf den ersten Blick kam er mir noch genauso bleich und grau, aufgedunsen und abgestumpft vor wie bei unserer letzten Begegnung. Doch nachdem wir uns die Hände geschüttelt hatten und einander gegenüber Platz nahmen – und zwar merkwürdigerweise nicht etwa in der kleinen Sitzecke, sondern ich auf dieser Seite des Schreibtischs, er auf jener, mit anderen Worten intuitiv als Geschäftspartner –, bemerkte ich doch eine gewisse Veränderung. War der vorherrschende Eindruck im August von Niedergeschlagenheit, ja Bucklichkeit geprägt gewesen, so strahlte seine ganze Haltung nun zuvörderst etwas wie tragische, doch aufrechte Gewißheit aus.

Mit der Linken öffnete er den Reißverschluß seines Rucksacks – unter seinen allzu langen Fingernägeln klebte Erde, den Handrücken zierte ein Mikado-Muster von Dornenkratzern –, entnahm ihm mit spitzen Fingern etwas, wickelte es aus dem Zeitungspapier und legte es auf meinen Schreibtisch. Es sah aus wie eine Rippe.

«Tjorp», sagte er, «ich … ich glaub, das stammt von Nelkenheini.» Und nur sein unmißverständlicher Ernst hielt mich davon ab, aufzulachen oder wenigstens müde zu lächeln.

Ich ging zur Tür, rief meiner Gehilfin zu, ich möge bitte die nächste Stunde nicht gestört werden, setzte mich wieder und sagte: «Erzähl.»

Betty war Edda zufolge nicht sonderlich sentimental, was Requisiten aus den verschiedenen Entwicklungsphasen ihrer Töchter anging – nur in puncto Nelkenheini pflegte sie einen kleinen Schrein. Genauer: einen Schuhkarton. Er enthielt fünf Dinge, die ihr von ihrer verschollenen Pflegetochter geblieben waren: jene mullgefüllte, selbstgenähte Puppe, die sie der kleinen Evelyn zur Begrüßung im Jahre 1967 geschenkt hatte; den kargen und allein aufgrund seiner Existenz doch aussagekräftigen Brief, den Evelyn ihr zum fünfzigsten Geburtstag aus El Salvador geschrieben hatte; zwei Fotos und ein mit waldgrünem Kunststoff eingebundenes Notizbuch, laut Prägung das Werbegeschenk einer forstwirtschaftlichen Firma, die vor ungefähr dreißig Jahren in Konkurs gegangen war.

Das erste Foto, schwarzweiß, zeigte Evelyn kurz nach der Adoption im Alter von dreieinhalb Jahren. Sie schlief. Das pausbäckige Gesichtchen ließ nicht im geringsten auf ihre außergewöhnliche körperliche Zartheit schließen. Sie hatte es an das Mondgesicht – Punkt, Punkt, Komma, Strich – der Puppe geschmiegt und hielt im rechten Fäustchen deren linkes Bein fest. Die Haut zwischen den angespannten Augenbrauen kräuselte sich.

Auf dem zweiten Foto war sie vierzehn Jahre alt, trug ihr weißes Konfirmationskleid und machte einen Schritt auf den Fotografen zu, während sie ihm mit dem ausgestreckten Zeigefinger drohte; in der anderen Hand hielt sie eine brennende Zigarette. Ihr Haar trug sie kurz und ambitionslos. Ihr Körper wirkte wie der einer Zehnjährigen, die Haltung wie die einer fünfundzwanzigjährigen Berühmtheit, die gegen einen Paparazzo aufbegehrte.

Beide Fotografien hatte Betty gegen den Willen ihrer Ziehtochter aufbewahrt. Bevor sie zum ersten Mal ausgerissen war, hatte sie alle derartigen Spuren ihres Daseins, deren sie nur habhaft werden konnte, vernichtet oder verschenkt – darunter auch durchaus kostbarere Dinge wie etwa ein Necessaire, das Betty ihr zum zwölften Geburtstag geschenkt hatte. Betty war so tief gekränkt, daß ihre unvermittelten Tränen sogar die stahlharte jugendliche Revoluzzerin erweichten. Die Puppe entwand Betty ihr, bevor auch die noch im Bildersturm verschwand, und die Fotos, unter Hunderten anderen in Kartons verschüttet, tauchten zufällig irgendwann wieder auf.

Und das Notizbüchlein kam erst Jahre später beim Umzug ins neue Haus ans Tageslicht, versteckt unter einem Jahrgang ausgerechnet der Zeitschrift *Eltern*. Auf dem Vorsatzblatt stand in der runden Handschrift der Neunjährigen:

Geheimbuch No. 2
Finkloch, den 7. Juli 1974

Evelyn N. Baensch
2291 Finkloch
Forsthaus

Finderlohn!!!!!!!!!

Der Inhalt bestand überwiegend aus Skizzen von Trollen, geflügelten Pferden, Drachen etc. sowie Lageplänen von vergrabenen Schätzen. Und erstaunlich präzisen, doppelseitigen Landkarten, in denen die ‹Geheimhöhlen 1 bis 5› eingezeichnet waren.

In den gerade vergangenen Adventstagen hatte Onno auf Bettys Bitte hin geholfen, einen Stapel Schuhkartons mit Weihnachtsbaumschmuck aus dem Schrank im Gästezimmer nach unten ins Wohnzimmer zu befördern. Bei der Gelegenheit hatte er den Karton mit der Aufschrift ‹Evelyn› entdeckt. Den Schrein, von dessen Existenz natürlich auch ihm Edda einmal erzählt hatte.

Als am Vortag der Weihnachtsbaum entsorgt worden war, fiel Onno dieser Karton wieder ein. Nachdem er bei seiner monatelangen, ziellosen Suche nach Hinweisen auf den Leichnam Nelkenheinis keinen Schritt vorangekommen war, warf er – aus einer Eingebung heraus – einen Blick hinein. Und mehrere in jenes ‹Geheimbuch No. 2›. Und siehe da, die Geheimhöhle No. 4 – leicht lokalisierbar anhand beschrifteter Landmarken wie der Krüppelkiefer, des Findlings vorm Eingang zum Mondwald, dem Finkensee etc. – war exakt die Kuhle, in der er anderthalb Stunden später jene Rippe fand.

Eine Stunde danach entnahm er dem Karton die Puppe, und nun also stand er in meiner Kanzlei.

*

Anfangs sträubte sich selbstverständlich alles, aber auch alles in mir gegen Onnos bizarre Geschichte. Ich stufte sie als Ausgeburt seiner – durch sein eigenes, reales Schicksal überreizten – Phantasie ein. Verwarf den trübsinnigen Gedanken jedoch sogleich wieder: Daß sich seine geheimniskrämerischen monatelangen Streifzüge durch die Finklocher Feldmark, von denen Edda berichtete, in dem Fall auf ein Nichts bezögen, hielt ich denn doch nicht aus.

Also nahm ich's halb «spaßes»-, halb vorsichtshalber als Hypothese. Gut, in den USA mochte *Suicide by cop* ein unstrittiger kriminalsoziologischer Befund sein. Immer wieder griffen dort Selbstmordkandidaten Polizisten an, um durch deren Kugel zu sterben. «Gut», sagte ich also, «mag sein», mußte mich jedoch zusammennehmen, um die Replik an meinen alten Freund und Kupferstecher, der mir da spinnert und schmuddelig gegenübersaß, nicht über Gebühr spitzfindig klingen zu lassen: «... und im schwarzromantischen Vaterland muß es schon *Suicide by stepfather* sein, meinst du?»

«'ch, 'ch», kicherte Onno freudlos, um meiner scharfen Zunge seine Reverenz zu erweisen – vorsichtshalber (was zum Teufel ich damit genau sagen wollte, ahnte er nur dunkel, interessierte ihn aber auch nicht sonderlich) –, doch wich er sichtlich keinen Millimeter von seiner Vision ab.

Sodann versuchte ich's mit Salamitaktik aus dem Stegreif. Wahllos nahm ich Details unter die Lupe. «Wie soll sie denn, nur mal zum Beispiel, deiner Ansicht nach Knut Wiesmann wiedererkannt haben? Nach all den Jahren?»

«An seinem Gang. Nech? Den gibt's nur einmal im Dorf.» Grienend stand Onno auf und imitierte Knut Wiesmanns Hahnentritt. Ich entsann mich auf Anhieb.

Neuer Anlauf. «Angenommen, sie hat tatsächlich tagelang, wenn nicht wochenlang unentdeckt in Finkloch campiert. Hättest du nicht bei deiner *monate*langen Fahndung irgendwas finden müssen? Zum Beispiel im Lärchenwald? Ein Lager mit ihrem Zelt und –»

«Stimmt, hab nix gefunden. Aber im Lärchenwald hab ich nach einem Tag auch aufgehört mit der Suche. Weil, am

Tag X dürfte sie all ihre Habseligkeiten in die nächste Mülltonne getreten haben.»

«Warum sollte sie sich die Mühe machen?»

«Ist doch keine ‹Mühe›.»

«Trotzdem. Warum sollte sie den Kram nicht einfach liegenlassen?»

«Njorp ... tjorp ... und wenn? Dann stünd's eins zu null für mich, oder?»

Mein Detektiv. Ich war fast stolz auf ihn.

«Und was soll der melodramatische Quatsch mit dem Laserzielfernrohr? Gut, ihre Stimme darf sie nicht benutzen, das ist klar. Und Nacht muß es sein, damit Henry sie nicht womöglich trotz der Vermummung erkennt. Aber hätt's nicht gereicht, wenn sie einfach schießt?»

«Hab ich mir auch überlegt», sinnierte Onno. «Aber erstens war das Ding ja eh draufmontiert. Und zweitens, auf diese Weise konnte sie Henry effektiver provozieren, nech? Bißchen kitzeln. Wenn sie gleich losgeballert hätte, hätte Henry vielleicht gar nicht erst angelegt auf sie ...»

Ich war konsterniert. Er hatte sich zweifellos eingehend mit der Sache befaßt. «Ganz nebenbei: Könntest du Platzpatronen von echten unterscheiden?»

«Ich? Nö.»

«...»

«...»

«Aber Nelkenheini schon, meinst du?»

«Wenn das stimmt, was sie in dem Brief damals geschrieben hat, hat sie in 'nem Bürgerkriegsgebiet gelebt. Meinst du nicht, sie –»

«Und was, wenn's nicht geklappt hätte mit dem *Suicide by stepfather*?»

«Hätte sie sich selbst das Leben genommen, nech? Bei»,

Onno blieb kühl, als er meinen Begriff aufnahm, «*Suicide by stepfather* hast du ja nicht allzu viele Versuche.»

Hin- und hergerissen zwischen dem Drang, die Sache ins Lächerliche zu ziehen, und einem womöglich eben doch viel eher angemessenen Ernst – womöglich grausig angemessenen Ernst –, wurde ich wider Willen unwirscher. «Ach Onno, Mensch ... das ist doch alles ... wie soll das denn alles funktioniert haben. Die Anschlüsse, quasi. Was für'n Zufall, daß sie gerade in dem Moment, als Knut Wiesmann 'ne Katze schießt –»

«Sie wird ihn observiert haben.»

«Stundenlang, ja?»

«Wird wohl nicht viel anderes vorgehabt haben.»

«Und wie soll sie – nur zum Beispiel – mitgekriegt haben, daß ihr Plan, die beiden feindlichen Lager aufeinanderzuhetzen, aufging?»

«Sie wird die Anschläge am Schwarzen Brett gesehen haben, und –»

«Du meinst, sie ist tagsüber durchs Dorf gelaufen? Das glaubst du doch selber n–»

«Wer sagt was von tagsüber. Und gut, bei Knuts Katze, tjorp, weiß nicht. Kann Ashok sich auch einfach ausgedacht haben. Aber ich hab mit eigenen Augen gesehen, wie Henry seine in den Mais geschleudert hat. Und am nächsten Tag hing ein Bild von dem gekreuzigten Biest am Schwarzen Brett, da beißt die Maus kein' Faden ab. Nech? Und ...» Er rieb sich die Nase und fuhr fort: «Ich hab so oft gemeint, jemanden gesehen zu haben bei meinen Spaziergängen da in der Feldmark, und dann war doch wieder nix – das war sehr merkwürdig, war das. Und Edda auch, einmal, wenigstens, und wenn sie Edda an Omas Grab beobachtet hat und dann gesehen hat, wie sie zu meinem Auto ging, dann hat sie vielleicht später mein Auto vor dem Haus der Schwiegereltern stehen sehen und konnte uns so leicht abpassen und beschatten, und –»

«‹Beschatten›, Mann Gottes ... Meinst du wirklich, sie hat Knut Wiesmann ‹beschattet› – warum überhaupt dieser Riesenauf–»

«Du», unterbrach Onno mich, «Dennis hat mir da Storys erzählt ... Ist nicht ganz unwahrscheinlich, daß er Nelkenheini nicht nur an der Schulter berührt hat.»

«Was? O Gott, auch das noch. Trotzdem, also, daß sie dann zufällig mitkriegt, wie er an Herzversagen stirbt, und ihm dann den – wie heißt das: letzten Bissen verabreicht? Das ist doch alles vollkommen un– ... Also, ich bitte dich ...»

Ich versuchte, mir Evelyn – die ich zuletzt gesehen hatte, als sie siebzehn, achtzehn war – mit Mitte vierzig vorzustellen, wie sie nachts im Lärchenwald ihrer Kindheit den komischen Namenlosen bei seinen kindischen Laserspielchen im Garten beobachtet; versuchte mir vorzustellen, wie sie durch die ehemalige Hunde- und nunmehrige Katzenklappe ins Haus eindringt, die Knarre hinter der Scheinwand im Tresor, auf dem der komische Namenlose mal wieder hatte den Schlüssel stecken lassen, hervorholt und wieder in den Lärchenwald verschwindet ... und fühlte mich plötzlich in meinem Realitätssinn beleidigt. «Das ist doch alles totaler –»

Ich brach ab, entkräftet, entmutigt. Wer wußte schon, was in den knapp acht Jahren seit ihrer verhängnisvollen Stippvisite im Forsthaus in Evelyns Gemüt vorgegangen sein mochte? Und in den sechzehn Jahren zuvor?

Was wir ungefähr wußten, war, daß sie kein leichtes Leben geführt hatte.

Letztlich blieb Onno ohnedies unerbittlich. «Du kennst doch diese Frau Dr. Dings da», sagte er.

«Wen meinst du», fragte ich. Ich wußte genau, wen er meinte.

«Du weißt genau, wen ich meine. Die vom UKE. Von der Gerichtsmedizin oder Rechtsmedizin, wie heißt das, nech? Frag sie. Bitte sie um 'ne DNA-Analyse oder wie das heißt. Wenn die ergibt: ist nur 'ne Wildsau – okeh.» Er vollführte mit beiden Händen eine Wischwasch-*Erledigt*-Geste. «Nech?»

Ich stöhnte laut auf. «Aber nur dieser merkwürdige Knochen da, das –»

Doch ich brauchte den Satz nicht zu beenden, denn Onno kramte ein Ding aus seinem Rucksack, das aussah wie eine mullgefüllte, stockfleckige Puppe, die ihre besten Zeiten vor vierzig Jahren gehabt haben dürfte. «Das müßte als Gegenprobe hinhauen. Brauch ich aber so schnell wie möglich zurück. Muß ich so schnell wie möglich zurückschmuggeln. Stammt aus Bettys Schrein, nech? Wenn die was merkt, dann gnade uns allen Gott.

Tjorp», machte er und stand ächzend auf. «Danke, Stoffel. Tausend Dank. Wir müssen das so machen, das weißt du. Nix für ungut. So, ich fahr jetzt mal zu Edda. Dann kann ich morgen mit ihr zurück nach Finkloch.» –

Natürlich vergaß er, meine Antwort einzuholen auf die Frage, was eine solche DNA-Analyse wohl kosten möge – um die achthundert Euro nämlich. Desungeachtet rief ich noch am selben Abend meine fabelhafte Gewährsfrau an, die mir in vielen, vielen Jahren bereits zu dem ein oder anderen Prozeßgewinn verholfen hatte, auch und gerade jenseits des Dienstwegs.

Und ein paar Tage später verfluchte ich Onno. Verfluchte

ihn bis in die Steinzeit und zurück ... plus sieben Jahre in die Zukunft. Knochenpulver und Klebefolienabzug ließen keinen anderen Schluß zu: Die DNA-Profile stimmten zu einhundert Prozent überein.

Nachdem ich Onno bestätigt hatte, daß es sich bei dem sterblichen Überrest um Evelyn Baenschs handelte, bedrängte er mich im Frühjahr desselben Jahres – da war er bereits nach Hamburg zurückgekehrt (wo er inzwischen eine winzige Erwerbsunfähigkeitsrente bezog) –, ihn an einem bestimmten Wochenende nach Finkloch zu begleiten. Zum einen wollte er mir vor Ort erläutern, welche geostrategischen Finessen Nelkenheini bei ihren einzelnen Aktionen seiner Ansicht nach angewandt hatte. «Zum Beispiel an dem Abend des Schußwechsels», sagte er, «da brauchte sie einfach bloß irgendwo auf Höhe der Krüppelkiefer abzuwarten, bis wir mit Henrys Auto die dritte Etappe hochgeholpert kommen, und dann querfeldein, also die Weide runter und durchs Dickicht, da ist sie ruck, zuck da, noch bevor –»

«Onno», unterbrach ich ihn hochprozentig entnervt, «theoretisch ist es immer noch plausibler, wenn Ashok der Laserschütze war und Nelkenheini sich unabhängig davon in den Brombeergraben da legte, um sich umzubringen. In irgendeine Geheimhöhle ihrer Kindheit. Zyankalikapsel, fertig. Achthundert Meter von der Kanzel entfernt? Achthundert Meter weit soll sie gerobbt sein, oder was? Mit einem *Kopfsteckschuß*?» So etwas oder ähnliches mußte es schon gewesen sein, da Henry direkt danach ja keinerlei Blutspuren entdeckt hatte – ebenso wenig wie Ashok, übrigens. Daß es Fälle gab, in denen Opfer mit einer solchen Verletzung noch lange Wege gegangen waren, hatte ich bei Gerichtsmedizinern längst recherchiert – verriet es ihm aber nicht.

«So was gibt's», sagte Onno eifrig. «Hab ich recherchiert, nech?» Dann verdüsterte sich seine Miene. «Gott, wenn ich mir vorstelle, daß wir direkt an ihr vorbeigelaufen sein müssen, in der Nacht damals ...»

«Wie auch immer, Onno. Nimm's mir nicht krumm. Und ich halt' einen Besuch meinerseits in Finkloch auch nicht für besonders clever. Was, wenn Henry das mitkriegt? Welchen Grund soll ich angeben?»

«Dann eben ein Wochenende später, da will die Familie nach Polen, um das Haus zu suchen, in dem Henry aufgewachsen ist. Nech? Das würde doch passen.»

«...»

«Ich würd gern ... Ich würd außerdem gern die Rippe beerdigen, weißt du ...»

«Onno, bitte. Es ist deine Familie.»

Und so nahm er die Bestattung seiner Stiefschwägerin mutterseelenallein vor. Verscharrte ihre Rippe im Lärchenwald, bastelte aus zwei Zweigen und ein bißchen Bindfaden ein schiefes Kreuz und improvisierte, obwohl weder er noch sie an irgendeinen Gott glaubten, ein Gebet.

Heute schäme ich mich natürlich, daß ich ihm diesen Freundschaftsdienst versagte. Jahrelang aber hatte ich es ihm nicht verzeihen können, daß er mich überhaupt zum Mitwisser dieses Grauens gemacht hatte. Wenn er und Henry ihr gemeinsames Geheimnis mit ins Grab nehmen wollten, so dachte ich: schlimm genug, aber ihre Sache. Ich bin kein Staatsanwalt. Daß Onno wiederum Henry die wahrscheinliche Wahrheit verschwieg, verstand ich allerdings nicht nur, ich bewunderte ihn dafür, jenes Joch klaglos zu tragen. Und doch war ich wütend auf ihn.

Erst viel später erkannte ich, was es eigentlich gewesen

war, das mir so schwer zu schaffen gemacht hatte, daß ich meinen Zorn auf Onno lenkte (doch gleichwohl nie zielgerichtet an die Oberfläche dringen ließ): Es war natürlich die tief verdrängte Scham darüber, daß Onno mein Vertrauen in einem Moment beanspruchte, in dem ich es auf anderer Ebene aufs schmählichste mißbrauchte.

Einmal, zu einem Zeitpunkt, als jene bittere Selbsterkenntnis noch auf sich warten ließ, redete ich mir bigotterweise ein, was mir so schwer zu schaffen mache, sei die Pflicht, Edda gegenüber Stillschweigen zu bewahren. «Warum macht dir das eigentlich nicht zu schaffen?» pflaumte ich Onno an.

«Weil ich sie liebe, du Stoffel, du», sagte er auf seine gottverdammt sanfte Art, anstatt mir eine saftige Backpfeife zu verpassen.

Und ich krümmte mich geradezu. Dennoch – so ungeheuerlich es klingt: Ich brauchte noch Jahre, bis mir in aller Schärfe klar wurde, warum.

*

Im Sommer 2010 nahmen wir verdeckt Kontakt zu Florian auf, Evelyns letztem Mitbewohner. Auf welche Weise ich ihn ausfindig machte, braucht nicht detailliert geschildert zu werden. Wie bereits angedeutet, war der administrative, diplomatische und psychologische Aufwand zur Rekonstruktion der ganzen Geschichte außerordentlich. Zu Florian im besonderen nur so viel: Auf meine Seilschaften war Verlaß, und um der Wahrheit die Ehre zu geben – auch die sogenannten sozialen Netzwerke spielten insofern eine gewisse Rolle, als Florian sich anhand deren auf die Suche nach einer verschollenen Rosa Hernández begeben hatte.

Damit Onno und ich im Hintergrund bleiben konnten, setzte ich einen guten alten Kollegen und Exkommilitonen, der Anfang der Neunziger seine Kanzlei nach Berlin verlegt hatte, auf Florian an. Sie trafen sich in dessen Wohnung in Prenzlauer Berg, und mein Mann in Berlin gab sich als das aus, was er war: Rechtsanwalt. Allerdings verschleierte er die wahre Natur seines Auftrags und behauptete erstens, seine Mandantin sei die Stiefmutter von «Rosa Hernández», und zweitens, er werde ihn, Florian, über seine etwaigen Rechercheerfolge informieren. Was er natürlich nie vorhatte.

Florian gab an, daß Rosa das zweite Zimmer seiner damaligen Wohnung in der Kopenhagener Straße (die inzwischen der Modernisierungswelle zum Opfer gefallen war) von Januar 2006 bis etwa Ende April 2008 bewohnt habe. «Als ich aus'm Urlaub zurückkam, war sie nicht mehr da und kam auch nicht mehr wieder. Kein Zettel auf'm Küchentisch, gar nix.» Wo sie vorher gewohnt habe, habe er sie nie gefragt.

Ihr Zimmer habe sie ratzekahl hinterlassen – bis auf seine Möbel, die sie mitgemietet hatte –; sei aber sowieso «total genügsam» gewesen. Nahrung steuerte sie aus Containern bei, mit Lektüre versorgte sie sich aus Bücherhallen oder Umsonstläden. Einen Computer besaß sie nicht, ebensowenig Handy oder Fernseher. Persönliche Habe beschränkte sich seines Wissens auf «total schlichte, unmoderne Klamotten, Hauptsache, funktionstüchtig und kompostierbar», ein Fahrrad und eine «Outdoor-Ausrüstung». Offenbar war sie Naturliebhaberin; nur im tiefsten Winter verzichtete sie darauf, mit der S-Bahn in die Berliner Außenbezirke zu fahren, um dort tagelang zu wandern und zu campen. «Angeblich. Keine Ahnung.»

Florian war Krankenpfleger. Mein Mann in Berlin schätzte ihn als Feierabendkiffer ein, als gutherzig, anspruchslos und für sein Alter – Anfang, Mitte Dreißig – teils unbedarft. Außerdem vermutete er, daß er in seine ehemalige Mitbewohnerin ein wenig verknallt gewesen war.

«Sie kam mir immer vor, als hätte sie eine uralte Seele, die in einem noch viel zu jungen ... zierlichen ... aktiven Körper steckt!»

Plötzlich strahlte es nur so aus seinem schwammigen Gesicht mit den müden Lidern.

«Die war total fit! Joggen, exzessiv. Und Tai-Chi, jahrelang. Einmal hat sie sich hingestellt, so» – er sprang auf und demonstrierte gerade Haltung mit leicht gescherten Beinen –, «und hat gesagt: Los, schieb mich weg. Schieb mich weg, hat sie gesagt. Und ich hab's versucht. Ich hab *versucht*, sie an den Schultern wegzuschieben. Ging nicht. Ging nicht. Ging *absolut* nicht. Die stand da wie 'ne Eins. Wie'n ... Baum. Schieb mal 'n Baum weg. Die, die wog nicht mal *halb*soviel wie ich! Vierzig Kilo oder so? Mehr nicht, so'n Hänfling, wie die war. Aber wegschieben? Ging nicht. Ging absolut nicht. Die war total fit. Wenn die aus der Dusche kam – kein Gramm Fett. Kein Gramm.

Und 'n anderes Mal», er kam langsam in Fahrt und fragte meinen Gewährsmann, ob etwas dagegen spräche, wenn er sich einen Joint bastelte (und bot ihm höflich davon an); «'n anderes Mal, als wir von so 'ner Mieterschutzversammlung zurückkamen, zu Fuß, weiß nicht, zehn, halb elf abends, irgendwo in der Nähe der Schönhauser, hat sie sich über irgend so 'nen Macho-Spruch geärgert, den einer von diesen Angebern, weißt du, einer von diesen Bushido-Verschnitten im Vorbeigehn gemacht hat. Die waren zu dritt. Hat sie überhaupt nicht gestört. Die hat sich auf'm Absatz umgedreht, ist die zwei Schritte zu dem zurück und hat ihm voll eine geballert. Gestochene Grade oder so was. Voll auf die Nase.

Ist in Kampfstellung immer so auf und ab gewippt und hat ihn auf Deutsch und Spanisch beschimpft ... ‹Glaubst du, ich hab Angst vor dir? Puta madre› und so was ...» Florian lachte. «Ich mein', die waren sechzehn, siebzehn, die Bengels, die standen voll im Saft, und doch waren die dermaßen perplex ... Der betupfte bloß seine blutende Nase!» Florian lachte erneut, stellvertretend perplex. «Ich hab sie schnell am Ärmel weggezogen, und dann sind wir weggerannt, mir ging vielleicht der Stift ...»

War sie generell leicht erregbar?

«Hm ... nicht generell, meistens hat sie nur hart gegrinst, bei Weltnachrichten und so, aber in manchen Phasen schon, da hat, da hat die sich über *alles* aufgeregt, über den Verkehr, über Schaufenster, über die Gentrifizierung, über die Leute überhaupt ...»

Die Leute?

«Na, die Leute halt. Alle Leute. All die bescheuerten Leute halt.»

Hatte er den Eindruck, sie sei vielleicht ... psychisch krank?

«Krank ...! Nnnö. Gut, sie war eben ganz schön aggro manchmal, wenn sie sich so aufregte. Manchmal.» Plötzlich grübelte der Krankenpfleger. «Andererseits, bei dem, was die erlebt hat, wär's jedenfalls kein Wunder.»

Zweimal habe Rosa in den knapp zweieinhalb Jahren ihres Zusammenwohnens ein, zwei Gläser Rotwein mit ihm getrunken – mehr nicht, «aber das war reinstes Sabbelwasser!».

Das eine Mal habe sie von ihrer Zeit in Mittelamerika erzählt. Wo sie, gemeinsam mit ihrem einheimischen Mann, «schon bei den Gorriljas» gekämpft habe, als er, Florian, noch mit der Rassel um den Weihnachtsbaum, wodurch sie nach eigener Aussage «einer gewissen Verrohung» ausgesetzt worden war. «Schlimme Sachen hat die erzählt, von Granatenbeschuß und amputierten Gliedmaßen und Blut noch und noch ... Andererseits hat sie sogar von ‹Kriegsromantik› gesprochen, echt! Wie euphorisch die Gemeinschaft war nach einer gewonnenen Schlacht oder wie intensiv der Sex nach einem Gefecht.» Florian strahlte kurz auf, dann wandte er sich ab und schüttelte sich. «Ging aber nicht gut aus, letztlich; für sie schon gar nicht. Der Bürgerkrieg war schon zu Ende, da ist ihr Mann in der Hauptstadt von 'nem Gangster überfallen und erschossen worden, der sich später als ehemaliger Kampfgenosse rausstellte, das muß man sich mal vorstellen. Tragisch. Viele Kämpfer haben ja den Umschwung in die Zivilgesellschaft nicht geschafft. Der Krieg ging ja mit anderen Mitteln weiter. Na ja, und sie, sie ist als frische Witwe zurück nach Deutsch–, nee, erst noch Italien oder so, aber dann.»

Und das andere Mal habe sie von ihrem Kindheitsdorf erzählt, von dem Märchenwald, in dem sie immer gespielt hatte, aber auch von dem reaktionären Geist, der in dem Dorf herrschte, von den alten Nazis an ihrem Gymnasium, von der aufregenden Gegenwelt in der Kommune, von ihrer geliebten Stiefmutter und ihren lieben Stiefschwestern ...

Ob sie einen «verhaßten Stiefvater» erwähnt habe?

«Nicht, daß ich wüßte. Oder? Ich glaub, von einem Vater war überhaupt nicht die Rede. Vielleicht hab ich's auch vergessen.»

Bis auf diese beiden Male habe sie nie von ihrer Vergangenheit erzählt. Habe, wie gesagt, nie viel getrunken, in den letzten Monaten jedoch sehr viel gekifft; und wenn sie dicht war, wurde sie merkwürdigerweise immer schweigsamer. Wie sie sich das Zeug leisten konnte? Keine Ahnung.

Soweit die Informationsausbeute meines Mannes aus Berlin.

Ein inneres Bild von der erwachsenen Evelyn Baensch zu entwerfen – von ihrer Vergangenheit, jüngsten Gegenwart und Zukunftslosigkeit – fiel mir danach ein wenig leichter. Ein wenig. Im großen und ganzen blieb es dabei, daß die Begebenheit an sich dermaßen grotesk war, daß die groteskst denkbare Erklärung dafür am plausibelsten erschien.

*

«Die alten Nazis an ihrem Gymnasium», die Florian erwähnt hatte; am Geestender Lyzeum also …

Miesepeter hatte Edda einmal diese eine unscheinbare Begebenheit erzählt, die Nelkenheini ihm einmal erzählt hatte, als sie vierzehn, fünfzehn gewesen sein mochte. Und Edda hat sie mir einmal erzählt. Als Sextanerin sei Evelyn in der Erdkundestunde einmal aufgefordert worden, aufzustehen und die aufgegebene Hausaufgabe zu absolvieren: die Nebenflüsse der Oder auswendig aufsagen.

«Den kannte ich auch noch, den Herrn Dr. Woschni», hatte Miesepeter gesagt. «Wie oft bin ich mit dem aneinandergeraten. 1973 noch. Der ist '68/'69 mit aufgepflanztem Bajonett ins Bett gegangen, da kannst du von ausgehen.»

Schlohweißer Pißpottschnitt auf dem wackelnden Schrumpfkopf, Truthahnhals, Brille aus Kruppstahl … und im Tank des Füllfederhalters das Blut seiner Opfer.

Ich kann es mir lebhaft vorstellen. Dann stehst du da als kluges, dummes kleines Mädchen. Aalbach, Alte Oder, Welse, Lausitzer Neiße … Lohe, Ohle, Glatzer Neiße … Hotzenplotz, Porubka, Dürre Bautsch … Schönwalder Bach, Altwasser, Liebaucher Bach. – *Und jetzt das rechte Ufer!* –

Ihna, Thue, Röhrike Warthe, Eilang, Pleiske, Bartsch ... Raude, Olsa, Ostrawitza ... Lubina, Luha, Bleisbach.

Und dann schaut er grimmig auf, und vom Schädelwackeln schlackert die Wamme, und sagt mit bösartiger Genugtuung: *Das waren sie alle.* Und notiert ein *Sehr gut.* Und sagt mit bitterkalter Wut, *wenn einer das kann, warum können das nicht alle.*

Und dann stehst du da als kluges kleines Mädchen und fürchtest dich und schämst dich in Grund und Boden.

*

Im Gegensatz zu den Schnurrpfeifereien der Enkelin und Enkel hatte Henry über seine Töchter keine schriftlich festgehalten, was er bei jeder sich bietenden Gelegenheit bedauerte. Damals noch voll im Berufsleben, sei dafür aber nun mal einfach keine Zeit gewesen.

Immerhin verfügte er über ein gewisses mündliches Repertoire. Dazu gehörte auch eine Anekdote über seine Pflegetochter, die er nie zu erzählen vermochte, ohne daß der Schicksalskeil tief in seine melancholisch gewellte Stirne einschlug:

Nelkenheini mochte sechs oder sieben Jahre alt gewesen sein, da hatte sie – also noch zu Wilhelmsburger Zeiten – in einer Zeitung die Fotografie der Ruine eines mehrstöckigen Miethauses entdeckt. Berlin 1945. Es stand noch, doch weggesprengt war beinah die gesamte Fassade, so daß man freien Einblick in die bescheidene Privatsphäre der Wohnzimmer, WCs und Küchen hatte. Ein einzelner Mann mit Hosenträgern überm Unterhemd stand am Rand des dritten Stocks und schaute, die Hände in die Seiten gestemmt, abwärts.

Vollkommen fasziniert fragte Evelyn Betty, warum dieses Haus so «durchsichtig» war, und Betty erzählte ihr von Bombenelend und Krieg, der aber Gott sei Dank vorbei sei.

Tage später, als die Familie bei Nachbarn zum Kaffee eingeladen war, zeigte die Nachbarstochter Evelyn stolz ihr Puppenhaus, und Evelyn rief erschrocken: «Guck mal, Mami, der Krieg ist doch noch nicht vorbei!»

Epilog zwei
Mai 2015

Auch den Tag, an dem ihr Vater seinen achtzigsten Geburtstag beging, sollte Edda später gern verklären.

Sicher: Die voraufgegangenen Jahre waren schwer gewesen, die schwersten wohl, die sie seit dem tödlichen Unfall ihrer Freundin Gisa je erleben mußte. Der Tod ihrer geliebten Großmutter ... die Gründung der ‹Detectei Viets› im Jahre 2007, die den Amoklauf des ‹Irren vom Kiez› erzeugte ... Onnos anschließende seelische Verwahrlosung, die unaufhörlich das Fundament ihres Eheglücks unterhöhlte ... der Tod ihrer Schwiegereltern im März und November 2011 ... schließlich Onnos sonderbare, einsame, irreführende Kreuzfahrt im Oktober 2012, an deren Ende zu allem Überfluß ihre unselige Affäre mit mir aufflog ... sowie, parallel dazu, das verschleppte Trauma ihres Vaters, dessen Kriegskindheit die Altersruhe tödlich zu vergiften drohte, angefacht noch von den finsteren, pseudookkulten Vorgängen im und um den Mondwald in seiner letzten Heimat.

Und doch – jenen Donnerstag, den 28. Mai 2015, sollte sie künftig gern verklären.

Aus drei Gründen. Erstens, weil sich erst kürzlich herausgestellt hatte, daß Peter Zumforts schwere Lungenentzündung wirklich nur eine -entzündung und kein -krebs war. (Unglaublich, doch nach weit über dreißig Jahren hemmungslosen Nikotinmißbrauchs war noch nicht einmal ein Schatten auf dem Röntgenbild zu sehen – was Miesepeter in einen Hans im Glück verwandelte, der jener üblen Sucht vor lauter Dankbarkeit den Kampf ansagte, seit immerhin zwei Monaten erfolgreich.) Zweitens natürlich, weil Henry Baenschs schwere Alterskrise nach all den Jahren einen glücklichen Ausgang genommen hatte.

Obwohl nicht gerade der talentierteste in der Pflege von Kontakten, war es Henry mit dem zu Ludwig Stenzel gelungen. Und nachdem jener in Bad Herrenalb kennengelernte Landsmann aus der ehemaligen Neumark Anfang April 2009 telefonisch vom aufwühlenden, doch befriedenden Besuch in Gorzów Wielkopolski berichtet hatte, faßte auch Henry den Mut.

Indes Onno insgeheim die Bestattung von Evelyns Rippe vorbereitete, machte sich der alte Amtsförster – bewaffnet mit alten und neuen Landkarten sowie dem Foto seiner Stammfamilie vor dem väterlichen Hause, begleitet von Betty, Edda und Rosi – auf den langen Weg in seine Kindheit. Und nach zweitägiger, nervenaufreibender Franzerei, Radebrecherei mit überaus hilfsbereiten Polen (teils jedoch gar der deutschen Sprache mächtig) und reichlich *Horr!* einerseits und *Wohl kaum, Komma!* andererseits entdeckte Henry Baensch vom Warthewall aus, den sie eigentlich gar nicht befahren durften, sein Geburtshaus. Zweifelte seine eigene Entdeckung jedoch umgehend an. «Diese kleine Hütte da? Das kann doch nicht angehen», polterte er wider die Gewißheit.

«*Horr…!* Henry! Natürlich ist es das! Guck doch mal!» Und Betty hielt ihm das Foto vor die Nase. Die hellgetünchte Fassade, das dunkle Schindeldach und der mittige Windfang, gekrönt von einem Dreiecksgiebel mit – unglaublich – immer noch der Hausnummer 13.

Natürlich war es das. Bloß, daß es in seiner Erinnerung dreimal so groß war.

Wie der Zufall wollte, hatte es ein paar Jahre zuvor ein Berliner Paar von der alten Polin gekauft, die an die sechzig Jahre darin gelebt hatte und künftig in einem Heim versorgt werden mußte. Und wie der Zufall ferner wollte, machte dieses Paar hauptberuflich Filme. Zufällig mit Schwerpunkt Krieg. Krieg und Kriegsfolgen. In Tschetschenien, in Bosnien, in der Welt. Tamara war als Kind vor den Marodeuren der deutschen Wehrmacht aus ihrem ukrainischen Heimatdorf geflohen, und nun beobachtete sie einfühlsam und professionell gleichermaßen, wie ein von Polen, die von Deutschen überfallen worden waren, vertriebener Deutscher nach vierundsechzig Jahren über die Schwelle seines Geburtshauses trat. Es hatte sich seither kaum verändert. «Die Luke zum Kartoffelkeller! Der Kachelofen mit der Bank! Genau wie damals! Wie ist das nur möglich! Kinder, Kinder …»

Die Warthe: verlandet, die Ufer zugewachsen – verglichen mit dem Strom der Kinderjahre ein Flüßchen.

Als sie den Wall wieder hinabstiegen, flüsterte Henry Edda nickend ins Ohr: «Da liegt die alte Frau begraben …»

«Das war irgendwie süß von ihm», erzählte Edda mir. «Er wollte nicht, daß Tamara das hört – und von dem Wissen belastet wird. Dabei, nehm ich mal stark an, hat die noch ganz andere Sachen gesehen im Laufe ihres Berufslebens …»

Man saß vorm Haus bei Kaffee und Kuchen und tauschte Geschichten und Erfahrungen aus, Geschichten und Erfahrungen von Kindheit und Krieg. Schon dabei entstand die Idee für einen Film – einen Fernsehfilm, der fünf Jahre später denn auch in einem dokumentarischen Format gezeigt werden sollte. Die zentrale Szene findet in einem Ort namens Chwarszczany statt, einstmals Quartschen.

Im Herbst desselben Jahres 2009, in dem Henry sein Geburtshaus wiedergefunden hatte, erhielt er durch Ludwig Stenzel Kenntnis von einem Seminar, das die psychischen und psychosomatischen Leiden von alten Menschen zum Gegenstand machte, die zu Kriegszeiten Kinder gewesen waren. In Zusammenarbeit mit einer von revanchistischen Neigungen unbelasteten Historikerin bot ein emeritierter Professor, einstmals Inhaber eines Lehrstuhls für klinische Psychologie in Kassel – im entsprechenden Alter und also selbst betroffen –, Leidensgenossinnen und -genossen umfassende Ansätze zur Auseinandersetzung mit ihren Erlebnissen in der zuallermeist traumatischen Vergangenheit.

Diese Veranstaltung, die im Februar 2010 in einem Evangelischen Bildungszentrum in Niedersachsen stattfand, setzte nicht nur segensreiche Erkenntnisse für Henrys Genesungsprozeß in Gang, sondern erzeugte auch weiterführende Kontakte und zweckdienliche Hinweise. Einem davon zufolge wiederholte Rosi eine Anfrage nach dem Schicksal von Opa Gustav, die Henrys Mutter kurz vor ihrem Tod im Jahre 1959 beim Deutschen Roten Kreuz gestellt und Henry seit dem abschlägigen Bescheid nie erneuert hatte. Keine Zeit, keine Muße. Es galt, eine Existenz zu begründen, eine Familie, eine neue Heimat. Hätte er sich statt dessen mit dem Trauma seiner Kindheit befaßt, hätte er nicht auf ganzer Linie scheitern müssen …?

Im März 2011 erreichte das Haus Baensch ein Brief

des DRK München, Generalsekretariat Suchdienst. Nach dessen Aktenlage sei Herr Gustav Friedrich Baensch *13.09.1899 im März 1945 von der russischen Besatzungsmacht in Rauschenbach verhaftet worden. Hinweise auf Lagerhaft oder eine Todesmeldung gab es nicht. Allerdings die Anmerkung, daß er am 19. Dezember 1997 von Moskau rehabilitiert wurde – gemäß einem Gesetz der Russischen Sozialistischen Föderativen Sowjetrepublik «über die Rehabilitierung von Opfern politischer Repressionen» vom 18. Oktober 1991. Ferner hieß es, das DRK München habe an das DRK Moskau ein Nachforschungsersuchen gestellt.

Nach weiteren, langwierigen Briefwechseln mit etlichen jener Stiftungen und Institutionen, die noch Jahrzehnte nach den Verwüstungen durch Kriege das Blut aufwischen, nach neuerlichem Ausfüllen von Fragebögen, nach Beglaubigungen von Dokumenten und Erteilung von Vollmachten etc. traf Ende November 2011 folgendes Schreiben ein:

Sehr geehrte Frau Zumfort,
wir bedauern es außerordentlich, Ihnen diese Nachricht übermitteln zu müssen. Das Rote Kreuz in Moskau gab uns jetzt folgende Antwort auf unsere obige Anfrage:
Gustav Friedrich Baensch, geb. 1899 in Ludwigshorst Krs. Landsberg, Deutscher, Grundschulbildung, ab 1935 Mitglied der NSDAP, wurde am 16.03.1945 verhaftet und am 28.03.1945 vom Militärtribunal der 5. Stoßarmee gemäß Artikel 1 der Verordnung des Präsidiums des Obersten Sowjets der UdSSR vom 19.04.1943 zum Tod durch Erschießen verurteilt. Die Vollstreckung des Urteils erfolgte am

03.04.1945. Die Bestattung erfolgte nördlich von Quartschen.

Mit Beschluß der Hauptmilitärstaatsanwaltschaft vom 19.12.1997 wurde Herr Baensch rehabilitiert.

Wenn auch der Inhalt dieser Nachricht für Sie zunächst schmerzlich ist, so schafft sie Ihnen jetzt doch Klarheit nach langer Ungewißheit.

Mit freundlichen Grüßen

Im Anhang acht Seiten, deren xerographische Schatten den Moskauer Archivstaub von Jahrzehnten imitierten. Kyrillische Schrift, Druckschrift, Handschrift auf Formularen, Stempel.

Eddas Arbeitskollegin im Eimsbütteler Kindergarten Liliput, Irina, in den 90er Jahren deutschstämmige Einwanderin aus Weißrußland, fertigte eine Übersetzung an.

«Das hättest du sehen müssen», erzählte Edda, «wie Papa zittrig in den Originalunterlagen blätterte, die Übersetzung immer daneben … Uns allen klopfte das Herz, unheimlich.»

Onno hatte nicht dabeisein können; ein paar Tage zuvor war Mutter Elken Vater Fokko ins Grab gefolgt, und zusammen mit seiner Schwester kümmerte Onno sich um die Auflösung der Wilhelmsburger Wohnung. Unterdessen saßen Edda und Betty, Rosi und Miesepeter mit Henry vorgebeugt um den Couchtisch herum, und unter den Augen der umbrafarbenen Vorfahren an der Wand wuchteten sie papierschwere Trümmerbrocken der Geschichte.

Verhörprotokoll. Am 16. März des Jahres 1945 habe ich, Fahndungsbeamter der Abt. Spionageabwehr «Smersch» der 74. Zenitartilleriedivision Oberleutnant [*Name geschwärzt*], den Gustav Friederichowitsch Baensch, geb.

1899 im Ort Ludwigshorst im Landkreis Landsberg, verhört; deutscher Volkszugehörigkeit, Grundschulbildung, Wasserbauarbeiter, verheiratet, Ort Rauschenbach, Landkreis Landsberg. Er hat nicht in der Armee gedient, war freigestellt. Er hat keine Dokumente. Frage: Ihre Herkunft und gesellschaftliche Stellung? Antwort: Mein Vater war Schmied und hatte seine Schmiede ohne Lohnarbeiter. Ich selbst arbeitete im Wasserbau als Hilfsarbeiter. Frage: Sie sagen nicht die Wahrheit. Hilfsarbeiter wurden nicht vom Militärdienst befreit. Antwort: Alle Jungen wurden in die Armee eingezogen, aber ich als älterer Arbeiter bekam einen Aufschub. Frage: Waren Sie in der Nationalsozialistischen Partei Deutschlands, ab wann? Antwort: Ja, ich bin in der NSDAP, von 1935 bis jetzt. Ich war in der Ortsgruppe Lesow. Der Leiter dieser Gruppe hieß Welitz. Ich war Helfer des Ortsgruppenleiters. – Das Protokoll wurde mir vorgelesen und ist inhaltlich richtig. [Signatur Gustav Baensch]

«Als Papa das sah, tropfte ihm das Wasser nur so aus den Augen ... ‹Guck dir das an›, hat er gesagt und Mama das Blatt gereicht, und ich sag dir, wenn du seine Unterschrift daneben gelegt hättest, du hättest kaum einen Unterschied erkannt – diese Sorgfalt, und die Aufstriche, und diese kleinen Striche an den Großbuchstaben, wie heißen die noch mal ...» Serifen. «Wie ein Ei dem andern.»

Urteil. Fall No. 0062, Urteil Nr. 0057 vom 28. März 1945, Militärtribunal der 5. Armee, im Namen der UdSSR, unter Vorsitz des Justizmajors und unter Beteiligung der Mitglieder Oberleutnant und Obersergeant, ohne Beteiligung des Staatsanwalts, in einer geschlossenen Gerichtssitzung am gegenwärtigen Ort des Kriegstribunals, untersuchte den Fall der Beschuldigung des deutschen

Staatsangehörigen Baensch Gustav Friedrichowitsch, geb. 1899, eines Deutschen mit geringer Bildung, verheiratet, Mitglied der faschistischen Partei, des im Artikel 1 des Erlasses des Präsidiums des Obersten Rates der UdSSR vom 19. April 1943 bezeichneten Verbrechens. Das Material ergab, daß Baensch ab 1935 Mitglied der Nationalsozialistischen Partei war, die den bewaffneten Kampf gegen die UdSSR, die Massenvernichtung sowjetischer Bürger und Raub und Zerstörung von Volkseigentum des sowjetischen Staates anführte. Durch seine Mitgliedschaft beging Baensch das im Artikel 1 des Erlasses des Präsidiums des Obersten Rates der UdSSR vom 19. April 1943 bezeichnete Verbrechen. Den Artikeln 319/320 der Strafprozeßordnung RSFSR folgend hat das Tribunal geurteilt: Baensch Gustav Friedrichowitsch ist aufgrund des Erlasses des Präsidiums des Obersten Rates der UdSSR vom 19. April 1943 zur Höchststrafe zu verurteilen – dem Erschießen. Er hat sich schuldig bekannt in der Untersuchungshaft und in der Gerichtsverhandlung. Das Urteil ist endgültig und kann nicht angefochten werden.

Akte. 3. April 1945 Kriegführende Armee. Ich, Leutnant [*unleserlich*], Spionageabwehr «Smersch» 743 D R, in Gegenwart vom stellvertretenden Militärstaatsanwalt der 5. Armee Justizmajor [*unleserlich*] habe diese Akte abgeschlossen, indem wir das Urteil des Militärtribunals der 5. Armee vom 27. März 1945, bestätigt vom Militärrat der 5. Armee am 2. April 1945, heute, am 3. April 1945 um 23.10 Uhr vollstreckt haben. Höchststrafe durch Erschießung. Baensch Gustav Friedrichowitsch. Der Leichnam von Baensch Gustav wurde beerdigt in einem Kilometer nördlich vom Ort Quartschen nach allen Regeln (wie es sich gehört). [*Unterschriften, unleserlich*]

Von Roszkowice-Rauschenbach nach Chwarszczany-Quartschen war es eine halbstündige Autofahrt. Vor Ort gebürtig sowie wohnhaft, erwartete Artur, 41, polnischer Staatsbürger und freundlicher, zurückhaltender, hilfsbereiter Hobbyhistoriker, die Familie Baensch nebst Filmemacher. Letztere hatten ihn ausfindig gemacht und den Boden für eine Begegnung bereitet.

Unter einem Kirschbaum in seinem Garten erläuterte er das Ergebnis der jahrelangen lokalhistorischen Erforschungen seines Heimatdorfs. Mit weit ausgestrecktem Finger zeigte er, wo die Kommandoebene von Stalins berüchtigter «Smersch»-Einheit seiner Ansicht nach untergebracht gewesen sein mußte und wo die Gefangenen und wo vermutlich die Stätten der Exekutionen und Gräber lagen – «ein Kilometer nördlich», das konnte nur in jenem Wald dort hinten gewesen sein.

Und so zeigt die zentrale Szene des Films Henry Baensch und seine Frau und Töchter, wie sie aufs Geratewohl in einen lichten, mit langhalmigem Gras bewachsenen Wald aus ranken Kiefern schreiten – womöglich auf derselben Spur, die Gustav Baensch siebenundsechzig Jahre zuvor geschritten war, die Mündung einer Kalaschnikow im Kreuz –, bis sie auf eine einzelne hohe, ausladende Eiche treffen, die da steht wie einst eigens dafür gepflanzt. Zeigt, wie der siebenundsiebzigjährige Mann unter deren Laubschirm eigenhändig ein Loch gräbt, tief genug, daß die Detektoren der zahlreichen Altmetall- und Militaria-Sammler nicht jenen Miniatur-Kupfersarg aufspüren können, den der Gräber daheim selbst zusammengelötet und bestückt hat mit einem Foto seiner Familie sowie einem Abschiedsbrief an seinen Vater. Zeigt, wie er an das Erdloch tritt, die Finger um das kupferne Kistchen gekrampft, und spricht. Lieber Papa.

Nach siebenundsechzig Jahren steht dein Jüngster hier und nimmt Abschied. Mit seiner Familie. Gewiß sind wir tief ergriffen und traurig, aber gleichzeitig doch dankbar, daß wir noch erfahren durften, wo deine letzte Ruhestätte ist. Ruhe sanft. Zeigt, wie seine Frau einen Strauß aus Mohn- und Kornblumen in das Loch fallen läßt und er selbst das Kupferkästchen. Zeigt, wie sie sich zu viert umarmen, weinen und den Sand wieder ins Loch schaufeln. Und zeigt, wie Henry sagt, «die schönen Kiefern hier ...»

«Und den Artikel im ‹Spiegel›», sagte Edda zu mir, «mußt du auch unbedingt lesen.»

Alles, was sich aus den Moskauer Dokumenten ergab, hat mein Leben mit fast achtzig Jahren noch einmal völlig verändert, sagt der alte Amtsförster ... Man könne jetzt endlich mit ihm über all das reden, so sagt es seine Frau. Er wirke wie genesen; das Explosive sei weg, auch die manchmal formelhafte Starre, meinen seine Töchter. Und überhaupt die Depressionen ... Als einen Hansdampf in allen Gassen kannten ihn die Leute im Ort. Er hatte die Vergangenheit mit der gleichen umtriebigen Tatkraft abgelegt wie seinen Brandenburger Dialekt ... Selbst Bürgermeister war er einmal ... Doch war er schwierig, seine Unduldsamkeit, Wut und Ärger wegen nichtiger Anlässe, die Depressionen, Herzrasen, Jucken in den Beinen, Zwangsvorstellungen ... eines von dreieinhalb Millionen Kriegskindern, die als traumatisiert gelten ... Hinterher werden die Töchter sagen, daß sie es nie für möglich gehalten hätten, beim Abschied eines unbekannten Familienmitglieds so viele Tränen zu vergießen. Staunend werden sie berichten, daß es nun allen bessergehe – dem Vater, der Mutter, den beiden zusammen, auch ihnen selbst und der ganzen Familie im Verbund.

Der dritte Grund aber, weshalb Edda den achtzigsten Geburtstag ihres Vaters fortan mit Wonne verklären sollte, war derselbe, der dafür sorgte, daß sie seit rund achtundachtzig Minuten praktisch unausgesetzt plapperte, und zwar, wie es ihr grad in den Sinn kam.

Gegen Ende der Fahrt ungefähr wie folgt: «... wie wahnsinnig ich mich freue, sie wiederzusehn! Frau Professorin Supernichte, echt! Obwohl Mama ja unkte, daß sie noch lange nicht wieder ganz die Alte sein soll. Wie kann man sich aber auch dermaßen überfordernnnnn! Die jungen Leute heutzutage ... Überleg mal, wie wir drauf waren mit Anfang dreißig, und Jenny: Forschung und Lehre. Bundestag. Amnesty International. Auslandsreisen. Überhaupt all ihre Initiativen und Dingsbums, als ob sie allein das Klima retten müßte ... und ganz nebenbei macht sie noch ihr Laientheater weiter und Flüchtlingshilfe und ihren Gesangsunterricht und schreibt an ihrem Buch und – weißt du was? Gut, daß sie sich wenigstens gegen Kinder entschieden hat. Das fehlte noch. Jon ist zum Glück auch nicht scharf drauf.

Andererseits, Nele und Finn sind schon extreeem süß ... nä? Neulich hat er», sie krümmte sich kurz vor Lachen, «hat er mich gefragt: Hast du auch Brüste? Und ich so: Ja, guck doch mal, und was für welche! Und er: Schnallst du die auch abends ab? BH meinte er ja wohl. Und das schärfste, er so: Darf ich die mal anfassen? Wir haben uns vielleicht einen gehögt, Dennis und ich! Daß Dennis endgültig entschieden hat, zu Haus zu bleiben, hast du noch mitgekriegt, nä? Die verdient aber auch saugut, die wie heißt sie noch, wie peinlich, ich vergess' immer noch manchmal, wie sie – Lena, Lara, nee: Lana. Lana. Lana will übrigens nächstes Jahr in Geestend 'ne eigene Praxis für Kieferchirurgie aufmachen.

Ach, und Tim kommt eines Tages auch noch ganz groß raus, davon bin ich überzeugt.

Ach guck, hab gar nicht mitgekriegt, da vorn fängt ja schon Puckens Busch an – daß der gestorben ist, weißt du, nä? Elf Tage vorm Hundertsten! Überhaupt, die sterben hier wie die Fliegen. Elfriede Hornbach, Arnulf Toppin ja schon vor zwei Jahren oder so ... von den Honoratioren lebt ja auch nur noch Joseph Bock, ausgerechnet, ist aber auch schon reichlich bregenklöterig, der muß ja auch bald an die Hundert sein ... dann letztes Jahr Gertrud Heinlein und die Katzentrine ... das Dorf stirbt aus, unweigerlich. Obwohl der Hänfling da, der Helfershelfer, soll 'n Wahnsinnspreis erzielt haben für das Forsthaus. Jägerei ist in. Die Manager aus den Ballungsgebieten haben sie als neues Hobby entdeckt. Und übrigens auch immer mehr Jägerinnen! Und ist doch auch so schön hier! Das letzte Idyll, aber wirklich. Hast du gehört, daß sie hier einen Wolf überfahren haben? Der soll allmählich überhandnehmen hier ... tja, die einen sagen so, die andern sagen so.

Können wir noch eben vorher schnell zum Friedhof? Ich möchte Oma Guten Tag sagen, war lange nicht mehr da ... oder nee, doch lieber nicht. Nein. Heute nicht. Wir sind spät dran, und dann fängt Papa wieder an: ‹Wo seid ihr denn, wo bleibt ihr denn!› ... Sag mal, hab ich dir eigentlich je erzählt, was mir wegen Oma bis heute manchmal so schwer zu schaffen macht? Ich glaub, ganz früher mal, nä? Ich denk da nämlich nicht gern dran, und am liebsten würd ich überhaupt nicht drüber reden, aber es hat mir immer sooo schwer zu schaffen gemacht, daß sie ... Du weißt, ich hab sie innig geliebt, und ich werd sie immer lieben, ich kann's nicht ändern, aber um so mehr schäm ich mich, wenn ich daran denke, daß sie ... Bis ich zwölf war oder so, hab ich immer gedacht – o Mann, ich schäme mich in Grund und Boden, ich mag's gar nicht aussprech'nnn –, hab ich immer gedacht, ein anderer Ausdruck für Popel sei ... sei ‹Juden› ... ist das nicht fürchterlich? Ich hab noch genau im Ohr, wie Oma immer sagte, wenn sie mich beim Popeln erwischte – und zwar, ich hab's noch genau vor Augen, mit so'm Tadelgesicht, wie Omas es damals immer aufsetzten, wenn sie gutmütig erziehen wollten, so übertrieben, daß man auch als Kind merkt, na ja, nicht sooo schlimm, aber besser, du merkst es dir –: ‹Ou Kind, dascha 'n beusen Juden ...› Später, als ich größer war und als mir klar wurde, was das für'n ... für 'ne Sauerei war, da hab ich's einfach verdrängt. Oder nee, 'ne Weile lang hab ich das eine mit dem andern gar nicht in Verbindung gebracht, zumal: auf Platt wird das J ja auch wie das weiche französische J ausgesprochen, ‹Schuden› ... und irgendwann gab's aber einfach keine Ausflüchte mehr, das konnte nur so gemeint gewesen sein. Ich hab mich nur gefragt, warum ich den Ausdruck nicht auch von anderen alten Leuten je gehört hab, und heute denk ich, Oma war einfach naiv und ... einfältig, die hat, die hat den Schuß einfach nicht gehört, die war ... lieb und böse zugleich, böse im naivsten, schrecklichsten Sinne. Ich hab's nie fertiggebracht, sie darauf anzusprechen. Später hat sie's ja auch nie mehr gesagt, vielleicht ja bloß, weil man später ja nicht mehr so versonnen popelt wie als Kind; aber ... na ja, wie auch immer, es tut unheimlich weh, sich das klarzumachen, diesen Schandfleck auf Omas geliebter Seele, weißt du? Wenn ich mir vorstelle, daß sie ... daß sie Juden wirklich ... ablehnte ...? Daß sie, meine geliebte Oma, damals auf die Juden geschimpft hat! Ich weiß auch nicht, furchtbar. Manchmal kam da wirklich so ganz urtümlich der ... tja, der Fascho in ihr hoch. Weißt du, was sie gesagt hat, als so 'ne ‹angemalte Geestenderin› angeblich 'ne Affäre mit Schnucki Erzfeldt hatte, was da so richtig aus ihrem tiefsten Innern hervorbrach? ‹De schull man doch an'ne Tung ophing!› Furchtbar, oder? Und als ich dann zu ihr sagte, ganz sanft, aber deutlich geschockt, ‹Aber Oma, was sagst du denn da!›, da lacht sie da so ganz ertappt, lacht ihr klingelndes Mädchenlachen, als wär' sie 'ne ganz andere, als wär' sie aus 'nem bösen Traum aufgewacht oder so. Unglaublich. Ganz seltsam. Schrecklich. Versteh einer die Menschen, nä? Und doch kann ich nicht aufhören, sie zu lieben. Aber nie ohne diesen schrecklichen Schmerz.

Ach Onno», und von der Guillotine des Gefühls fiel ihr Kopf ins Körbchen ihrer Hände, und wie ein Blutsturz ergossen sich Tränen; «das war so schrecklich, wie du mir entglitten bist, nach und nach ... *Schrecklich* war das! Ich bin eingegangen wie 'ne Primel, hast du das denn nicht gemerkt? Ach Onno, kannst du mir wirklich, *wirklich* verzeihen?»

Sie schaute ihn nicht an, sondern behielt ihr Gesicht in den Händen verborgen, während ihr krummer Rücken verzweifelt bockte, bis sie wieder schluchzend zu Atem kam – und die Spasmen aufs neue begannen. Das Kastanienbraun seines Blicks war nicht länger glasig und blutunterlaufen wie in der schlimmsten Zeit von Ende Oktober 2013 bis Anfang Dezember 2014. Obwohl er noch in Raimunds Wohnwagen wohnte, duschte er inzwischen wieder regelmäßig (in Raimunds Keller, der einen separaten Eingang hatte), pflegte wieder eine Frisur zu tragen, die ihren Namen verdiente (und inzwischen matt glänzte wie vornehm angelaufenes Silber), und hatte von den elf Kilos, die er in jenen dreizehn Monaten verloren hatte, inzwischen ein paar wieder zurückerobert.

Entschieden trat er auf die Bremse und steuerte eine Lücke in der Kastanienallee an. In einem anmutigen kleinen Blütengestöber brachte er seinen siebzehn Jahre alten, frisch gewachsten Ford Ka am Rande des Kopfsteinpflasters zum Stehen. «Tjorp, nech?» sagte er. Er spähte über Eddas in der Abendsonne kupfern aufleuchtende Locken hinweg in die grüne Orgie von Puckens Busch und streichelte mit leichter und doch tiefer, fünfundvierzig Jahre alter Zärtlichkeit ihren so lange vermißten, gebeugten Nacken. «Hab ich doch längst. Wenn du *mir* verzeihen kannst, nech? Ich war nicht ich. Ich war einfach nicht ich selber. Ich hab selber tierisch drunter gelitten, daß ich nicht ich selber war. Ich hab selber nicht verstanden, warum ich so war, wie ich war, und kam aus der Nummer einfach nicht raus. Ich hab mich so nach dir gesehnt! Ich wär' fast vor die Hunde gegangen, als ich alleine da durch Palma gestreunt bin und Valencia und so. Aber als ich euch da in Dingsbumssee, wie hieß das noch, da so sitzen sah ... das war eben nun mal, das war 'n ganz schwerer Schock war das, und da mußte ich mich erst mal von erholen, nech?»

Edda wimmerte Zustimmung und wurde von einem neuerlichen Weinkrampf geschüttelt, zusammengekrümmt, wie sie war, den Kopf in ihren beiden Händen geborgen. Ihr Nacken war heiß und feucht, als drängen die Tränen sogar durch die Haut.

Vergangene Silvester war Onno sechzig Jahre alt geworden. (Bewußt allein und ohne Alkohol. Noch vor null Uhr stopfte er sich Ohropax in die Gehörgänge und verschlief das übliche Getöse.) Schon Wochen zuvor hatte er damit begonnen, Eddas Briefe zu lesen, die er zwölf Monate lang nicht lesen konnte und wollte und die Raimund für ihn aufbewahrte. Anfang Dezember hatte er ihr geantwortet –

erstmalig seit der einjährigen totalen Funkstille. Fortan schrieben sie sich regelmäßig. Liebesbriefe, würde ich sagen.

Im Februar nahm Onno einen Termin an, den Raimund für ihn bei einem Trauma-Therapeuten vereinbart hatte. Die sogenannte Übertragung funktionierte bestens, und schon in den ersten beiden Stunden gelang es dem erfahrenen Psychologen, Onnos Hoffnung darauf zu schüren, eines Tages doch wieder Kontakt zu seinem alten, vertrauten Ich aufnehmen zu können. Er rauchte wieder mit einer halbwegs vernünftigen Frequenz, trank erst mal weiterhin überhaupt keinen Alkohol und verließ sich auf Medikamente. Er empfand sich als arbeitsfähig und signalisierte das auch dem Arzt bei seiner Krankenkasse, die letztlich den Streit um die Kostenträgerschaft für seine Erwerbsunfähigkeitsrente verloren hatte. Daraufhin besuchte er das Jobcenter und stellte einen Antrag auf berufliche Rehabilitation. Ein gutes Zeichen für die Vitalität seiner natürlichen Widerstandskraft, wenngleich ein naives. Sein alter Fallmanager aber stellte ihm immerhin in Aussicht, womöglich für die INRAM in Frage zu kommen, die Integration von Rehabilitanden in den Arbeitsmarkt – eine achtmonatige Maßnahme mit Kompetenzanalyse, Bewerbungshilfe, Praktika, Streßbewältigungskursen und ähnlichem bei einem Bildungsträger, den es noch zu bestimmen gälte ...

Welches berufliche Ziel er denn anstrebe, fragte der Mann unsern Onno ganz ohne Süffisanz.

Und der antwortete in vollem Ernst: «Tjorp ... Detektiv. Nech?» –

Mitte April kehrte er für einen Besuch in seine und Eddas Wohnung zurück, erstmalig, seit er sie anderthalb Jahre zuvor verlassen hatte, um jene ominöse Kreuzfahrt anzutreten. Und es war außerdem das erste Mal, daß sie sich wiedersahen, seit er Edda und mich in unserem Schlupfwinkel gestellt hatte.

Seither kam Onno jede Woche an zwei, drei Abenden, betrachtete als seinen Wohnsitz aber nach wie vor Raimunds Campingwagen.

Auch am 28. Mai klingelte er an der Tür von seiner und Eddas Wohnung, die Edda gerade verlassen wollte, um ihren Vater zum achtzigsten Geburtstag zu umarmen. Ein paar Tage vorher hatte sie Onno schüchtern gefragt, ob er nicht bitte nach Finkloch mitkommen möge. Es war ein Donnerstag, gefeiert werden aber sollte am Sonnabend, allerdings im engsten familiären Kreise. Weder Henry selbst noch Betty, an der «naturgemäß» die meiste Vorbereitungsarbeit hängenbliebe, hatten noch Mumm genug für eine dorfweite Einladungspolitik.

Onno hatte die Antwort vor sich hergeschoben, bis Edda schon keine Hoffnung mehr hatte. Nun aber stand er, frisch gewaschen und gekämmt, in neuen Jeans vor dem Haus in der Stellingstraße. Und mit feuchten Augen bat Edda ihn, das Steuer des Ford Ka zu übernehmen.

*

Wie üblich dachte sie beim Klang der Gummireifen auf dem Kopfsteinpflaster der Kastanienallee an einen Bongotrommelwirbel, als sie und Onno den letzten Rest der Fahrt antraten. Und Onno war gewappnet, als er den rechten Abzweig einschlug. «Ich hoffe ja immer noch», seufzte Edda denn auch prompt, «daß Nelkenheini eines Tages doch mal wieder auftaucht ... ich würd's Mama so sehr wünsch'nnn.»

«Njorp», würgte Onno hervor, ja sogar: «Weiß man nicht, nech? Wer weiß.» Mit sehr gemischten Gefühlen hatte er aus Eddas Munde vernommen, daß Jennys jüngster privater Projektwunsch darin bestand, nach Evelyns Schicksal zu forschen.

Als sie ihren Kleinwagen längs dem Jägerzaun vorm Baensch'schen Haus abstellten, durchströmten Edda wie immer jene Freude und Geborgenheit, welche die Zugehörigkeit zu einer liebevollen Familie zu schenken vermag. Doch beim Öffnen des Türchens im niedrigen Jägerzauntor versetzte es ihr wie jedesmal seit zwei Jahren einen Stich, daß keine Diana auf sie einstürmte – und nie wieder einstürmen würde.

In dem Moment bemerkte Henry sie. Die Arme zu beiden Seiten auf der Lehne abgelegt, saß er mit entspannt übereinandergeschlagenen Beinen auf der hexagonalen Sitzbank um die alte Eiche, während die flachen Strahlen der Abendsonne seinen Schicksalskeil über der Nasenwurzel vergoldeten. Wie die Cauda beim Q steckte die Pfeife im Mund. Indem er die Kiefer entriegelte, entnahm er sie ... und: «Tochter!» tönte er, und seine zufriedene Miene erblühte in Freude. «Größte Tochter aller Zeiten! Wo – ach du ahnst es nicht!» Hinter Edda hatte er nun auch seinen Schwiegersohn bemerkt, errötete um eine weitere Nuance und rang die Hände. «Du aaahnst es nicht! Das ist aber schön!»

«Henry!» schimpfte es postwendend und vorlaut aus der entgegengesetzten Ecke. Betty, noch unsichtbar hinterm Haus – so daß sie den wahren Grund für ihres Mannes ‹Windmacherei› noch gar nicht erahnen konnte. «*Horr...*»

Doch in diesem kräftigen Hauch der Gewohnheit, der Ungeduld und des Tadels strömte die tiefste Liebe mit, menschliche Liebe ... tiefere Liebe, als irgendein Gott für seine Geschöpfe aufzubringen sich je erlauben dürfte, wollte er nur bleiben ein allmächtiger Gott.

Glossar
Plattdeutsch / Missingsch

S. 23 f. Ick hef morgen fröh keen Tied. Ick mutt noch mien Rezept afholn. = Ich habe morgen früh keine Zeit. Ich muß noch mein Rezept abholen.

S. 25 Wat seggst du, mien Deern? Wat sall de Düwel woll weeten? = Was sagst du, mein Mädchen? Was soll der Teufel wohl wissen?

S. 28 Finklocher Dörpsmus'kanten = Finklocher Dorfmusikanten

S. 29 Mien Nom is Klaus-Dieter-Heinrich, hef ick seggt, und he, wat seggt he? – Jo, *wat* denn nu. = Mein Name ist Klaus-Dieter-Heinrich, habe ich gesagt, und er? – Ja, *was* denn nun.

S. 30 Wat hett he seggt? = Was hat er gesagt?

S. 30 All wedder = schon wieder

S. 37 Turnschoh op'n söbentichsten Geburtstach? = Turnschuhe auf der Feier eines siebzigsten Geburtstags?

S. 46 Du ok, man to! = Du auch, schnell!

S. 47 Ick glöv, dat beste is, wi bringt jüm in't Gehege vun Willem, und morgen fröh seht wi wieter. = Ich glaube, das beste ist, wir bringen sie in Wilhelms Gehege, und morgen früh sehen wir weiter.

S. 49 Tüdel ick, oder rökt dat nach Zirkus hier? = Spinne ich, oder riecht es hier tatsächlich nach Zirkus?

S. 75 eine «Löt machen» = ein Gesicht schneiden

S. 78 Und ick segg noch: Vadder, schlacht dat Schwien. Öber nee – he lett dat vunne Küken dotpetten. = Und ich sag noch: Vater, schlachte das Schwein. Aber nein, er läßt es von den Küken tottreten.

S. 98 Nu is se woll heel und deel mallerig wor'n. = Nun ist sie wohl ganz und gar verrückt geworden.

S. 104 Tünkram = Hirngespinste

S. 104 fünsch = wild, wütend

S. 107 unglubsch = unwirsch, unbedacht, unruhig

S. 109 schlafutern = schwatzen, quasseln (bettyeigene Abwandlung von schafutern = schimpfen, schreien)

S. 118 Hier schult dat 'n beten, wat? = Hier ist es ein wenig windgeschützt, nicht wahr?

S. 120 Wat seggt man dor to, wa? – Dat segg ick di. = Was sagt man dazu, nicht wahr? – Das sag ich dir.

S. 121 hier op'n Dörp = hier auf dem Dorfe

S. 123 So hett he güstern obend all stunn. Und as ick vörhin keum, un sien schätterige Kist stünn jümmers noch genau so dor, heff ick mi glieks dacht, dor stimmt doch wat nich. = So hat er gestern abend schon gestanden. Und als ich vorhin ankam und seine Klapperkiste stand immer noch genauso da, hab ich mir gleich gedacht, da stimmt doch was nicht.

Harr jo öbers ok een Panne ween kunn = Hätte ja aber auch eine Panne gewesen sein können.

S. 124 Ick heff em nich ünnerseugt, klor. Öbers to sehn is nix. Ick gleuv öbers nich, dat he freewillig op den Twieg rümgnauelt hett. = Ich habe ihn nicht untersucht, klar. Aber zu sehen ist nichts. Ich glaube aber nicht, daß er freiwillig auf dem Zweig herumgekaut hat.

Viellich is he von sülbens starvt, und denn ers hett em wo een den Bruch twüschen de Teen dwardelt. = Vielleicht ist er einfach gestorben, und dann erst hat ihm jemand den Bruch zwischen die Zähne gesteckt.

S. 127 De hett doch ok jümmers so Eukalyptusbonsche lutscht. = Der hat doch auch immer Eukalyptusbonbons gelutscht.

S. 127 Se sülbens kümmt jo woll kuben de Ledder ropp. = Sie selbst kommt ja wohl kaum die Leiter hinauf.

S. 129 Opbummeln? Den Dragoner? Dor brukst du 'n Kran. Aufhängen? Den Dragoner? Da brauchst du einen Kran.

S. 133 Huschnusch = Krimskrams, Nippes

S. 140 gleunige Augen = feucht glänzende Augen (mit einem manischen Anklang)

S. 153 Verlot di dor op: De köfft mi denn Schneid nich af, dat segg ick di. An Vullmond go ick op Sauen. Basta. Öbers du – du mokst gonnix. Gonnix. Du hollst dien Feut fein still, versteihst du? = Verlaß dich darauf: Die kauft mir den Schneid nicht ab, das sag ich dir. An Vollmond geh ich auf Sauen. Basta. Aber du – du machst gar nichts. Gar nichts. Du hältst die Füße fein stille, verstehst du?

S. 155 Wohrschienlich sogor fiefmol, so mastig wie de is. = Wahrscheinlich sogar fünfmal, so fett, wie die ist.

S. 158 gleunig (s. Anm. zu S. 140)

S. 183 Grote Dör = Große Tür (architekturhistorischer Begriff)

S. 216 figelinsch = vertrackt, knifflig

S. 217 schätterige Plünnen = etwa: lumpige Klamotten

S. 219 Olsch = hier in etwa: gouvernantenartige Frau, eigentlich: «Alte»

S. 225 Dat Beer is' öbers nich koult. = Das Bier ist aber nicht kalt.

S. 227 Een ehemoligen Bürgermeester hett Post vun een Kurklinik in Bad Herrenalb kregen. = Ein ehemaliger

Bürgermeister hat Post von einer Kurklinik in Bad Herrenalb bekommen.

S. 244 Du tüdelst doch. = Du faselst doch, du phantasierst doch.

S. 306 gebirst = gerast

S. 307 Mecken = Regenwürmer

S. 365 einen gehögt = sich amüsiert

S. 366 bregenklöterig = schwachsinnig, trübsinnig, verwirrt

S. 367 Dascha 'n beusen Juden. = Das ist ja ein schlimmer Jude.

S. 368 De schull man doch an'ne Tung ophing. = Die sollte man doch an der Zunge aufhängen.

Dank und Anmerkungen

In tiefer, ewiger Liebe danke ich meiner Mutter, Hildegard Schulz, geb. Blume († 2015), weißgott nicht nur für ihre Blumen- und Küchenrezept-, sowie meinem Vater, Gerhard Schulz, nicht nur für seine waidmännischen Expertisen. Für ergänzende Auskunft zur Jagd sowie Exkursionsbegleitung auch meinem Neffen Hennig Zyber.

Ferner DNA-Analytikerin Dr. Christa Augustin vom Institut für Rechtsmedizin am UKE Hamburg, Michael Hartmann vom Waffenhaus Eppendorf in Hamburg und Karsten Wegner von der Landwirtschaftskammer Bremervörde für freundliche Auskünfte. Karen Duve und Dr. Gabriele Haefs für kritisches Material zum Thema. Das nach reiflicher Überlegung zwecks notwendiger Revision des erzählerischen Konzepts kaum zum Einsatz kam.

Danke außerdem: Catharin und Robert Chromow für Trouvaillen und aussagekräftige Erinnerungsstücke. Dr. Merle Skawran für medizinische Information. Martina Wimmer (mare) für jene gewisse Anekdote. Einmal mehr Günther Willen, ebenfalls für Material zur Jagd, aber auch für den Linkshänder-Witz. Tamara Trampe und Johann Feindt, Prof. Hartmut Radebold, Dorothe Dörholt sowie Katja Thimm in Sachen Kriegskindheit. Gero Kümpers in Sachen Arbeitsagentur. Dito Verena Kantrowitsch, aber weißgott nicht nur dafür. Und Wolfgang Hörner, nicht zuletzt fürs

Schwäbeln, sowie Willi Winkler fürs Baiern und Tobi Vogel für den Hinweis auf den Infraschallgenerator.

Besonderer Dank gilt dem Literaturfonds Darmstadt, der die Arbeit an diesem Roman mit einem einjährigen Stipendium gefördert hat.

Und dem Hamburger Café Royal für neuerliche Überbrückung klaffender Finanzierungslücken.

Sowie der Kulturbehörde Hamburg nebst dem Hotel Laudinella in St. Moritz-Bad (Schweiz), wo ich für vier Wochen ungestört von Alltagskalamitäten den Endspurt einleiten durfte.

Kontrafaktische Anmerkung: 2008 verlief der Mond nicht im Perigäum; ich habe mich in dieser Hinsicht auf das Jahr 2014 bezogen. Auch die Zeitangaben der Mondauf- und -untergänge sowie -höchststände folgen nicht astrophysikalischen Fakten, sondern dichterischen Erfordernissen.

Quellennachweis: Paraphrasen und Zitate auf S. 364 entstammen dem Artikel «Ein letzter Gruß für Gustav Schulz» im «Spiegel» Nr. 24/7.6.2014 von Katja Thimm.

Diverse Paraphrasen und Zitate entstammen Richard Wiseman «Quirkologie: Die wissenschaftliche Erforschung unseres Alltags», Fischer Taschenbuch 2008.

Weitere Titel von Frank Schulz

Mehr Liebe

Onno Viets

Onno Viets und der Irre vom Kiez

Onno Viets und das Schiff der baumelnden Seelen

Onno Viets und der weiße Hirsch

Hagener Trilogie

Kolks blonde Bräute

Morbus fonticuli oder Die Sehnsucht des Laien

Das Ouzo-Orakel

Mehr von Onno Viets –
»Die Welt ist danach nicht mehr die gleiche.«
FAS

Gebunden, 368 S., Euro 19,99   Gebunden, 336 S., Euro 19,99

»Schulz ist einer unserer nicht nur lustigsten, sondern auch intelligentesten Schriftsteller. Ein Meisterwerk des bösen Humors.«
Die Welt

»Der brillante literarische Querkopf Frank Schulz hat den lustigsten Roman der Saison geschrieben, der auch noch einer der tiefsinnigsten ist.« *FAZ*

»Ich hatte viel von ihm gehört, nur Gutes über ihn gelesen, jetzt habe ich ihn endlich kennengelernt. Onno Viets, eine Romanfigur, die man nicht mehr vergisst. (…)« *Dörte Hansen*

www.galiani.de

Das für dieses Buch verwendete Papier ist FSC®-zertifiziert.